LEO BORN
Sterbende Seelen

Weitere Titel des Autors:

Blinde Rache
Lautlose Schreie
Brennende Narben
Blutige Gnade
Vergessene Gräber

Titel auch als Hörbuch erhältlich

Über den Autor:

Leo Born ist das Pseudonym eines deutschen Krimi- und Thriller-Autors, der bereits zahlreiche Bücher veröffentlicht hat. Der Autor lebt mit seiner Familie in Frankfurt am Main. Dort ermittelt auch – auf recht unkonventionelle Weise – seine Kommissarin Mara Billinsky.

LEO BORN

STERBENDE SEELEN

EIN MARA BILLINSKY THRILLER

lübbe

Dieser Titel ist auch als Hörbuch und E-Book erschienen

MIX
Papier aus verantwortungsvollen Quellen
FSC® C014496

Originalausgabe

Textredaktion: Bernhard Stäber
Titelillustration: © anweber/shutterstock; © KHIUS/shutterstock
Umschlaggestaltung: Massimo Peter-Bille
Satz: hanseatenSatz-bremen, Bremen
Gesetzt aus der Stempel Garamond
Druck und Verarbeitung: GGP Media GmbH, Pößneck
Printed in Germany
ISBN 978-3-404-18325-8

2 4 5 3

Sie finden uns im Internet unter
luebbe.de
Bitte beachten Sie auch: lesejury.de

Teil 1

Schwarze Glühwürmchen

Mädchen, die auf Reisen gehen

Sie war nackt.

Vollkommen nackt.

Man konnte alles sehen, ihren gesamten Körper, ihre Haut, jeden Kratzer, jede Pore.

Nie in ihrem Leben hatte Azuka sich so wehrlos, so verletzlich gefühlt. Ihr Herz trommelte. Tiefe Furcht breitete sich in ihr aus.

Der Mann, der sie hergebracht hatte, ging wortlos nach draußen. Damit befand sich außer ihr nur noch der Priester in dem Wellblechverschlag. Er trug eine hölzerne, rot und weiß bemalte Maske, die sein Gesicht verbarg, und war in seine Galabia gehüllt, den langen Baumwollkaftan. Seine nackten Arme waren von Narben übersät.

Von dem dickflüssigen Getränk, das er Azuka Minuten zuvor in einer Tonschale gereicht hatte, musste sie immer noch würgen. Gift? Drogen? Sie blinzelte. Vor ihren Augen begann sich plötzlich alles zu drehen, ihre Lider flatterten.

Der Priester winkte sie näher zu sich heran.

Zögernd machte sie zwei Schritte auf ihn zu. Sand und winzige Steinchen stachen in ihre bloßen Sohlen, doch sie war viel zu verstört, um darauf zu achten. Ihr Gesicht war schweißbedeckt. Weiterhin sah sie alles nur verschwommen. Sie zitterte, ihre Beine fühlten sich sonderbar weich an, als besäße sie keine Knochen mehr.

Der Priester streckte ihr seine riesige Pranke hin, Handfläche nach oben, und Azuka übergab ihm den kleinen, durchsichtigen Zellophanbeutel, dessen Inhalt er vor einer der vielen brennenden Kerzen begutachtete. Es handelte sich dabei um Azukas Menstruationsblut, das sie mit einigen ihrer abgeschnittenen Zehennägel und Schamhaare vermischt hatte, wie es ihr aufgetragen worden war.

Er ließ den Beutel unter seinem Gewand verschwinden und bedachte Azuka mit einem eindringlichen Blick, den sie durch die Augenöffnungen der Maske wie eine Berührung auf ihrer Haut zu spüren meinte. Er begann düstere Beschwörungsformeln zu murmeln, recht leise, doch das war unheilvoller und beängstigender, als wenn er gebrüllt hätte. Seine Hand lag auf ihrer Schulter. Er drückte Azuka nach unten, bis sie auf dem Boden kniete.

Ihr Herzschlag ging noch schneller, ihre Nerven spielten völlig verrückt. Einen Moment lang dachte sie verwirrt, die Hütte wäre auf einmal voller Menschen, voller Stimmen. Aber natürlich war sie nach wie vor allein mit dem Priester, der sich nach einem verschließbaren Korb bückte, aus dem ein Rascheln erklang. Er öffnete den Deckel. Jäh zog er ein Huhn hervor, das in seiner großen Hand wild flatterte.

Azuka kam sich vor wie dieses hilflose Huhn.

In seiner anderen Hand hatte der Priester plötzlich ein Messer. Das Huhn gackerte immer lauter und aufgeregter, der Ton war unerträglich.

Er hielt das Tier genau über Azukas Kopf. Wieder glaubte sie Stimmen wahrzunehmen, die durcheinanderredeten, doch auch das unentwegte Murmeln des Mannes war deutlich zu hören.

Abrupt verstummte das Huhn. Fast gleichzeitig spürte Azuka eine Flüssigkeit, die auf sie herabregnete. Warm und klebrig floss sie ihren Hinterkopf herab und an ihrer Wirbelsäule entlang. Obwohl sie schwitzte wie nie zuvor in ihrem Leben, war mit einem Mal alles eiskalt in ihr.

Das leblose Tier wurde ihr direkt vors Gesicht gehalten. Mit dem Messer schnitt der Priester in dem kleinen, dürren Körper herum. Dann warf er ihn achtlos weg und legte et-

was, das er in der Hand verbarg, in eine weitere kleine Tonschale.

Erneut stieß er seine Beschwörungsformeln aus, in Azukas Kopf drehte sich alles noch schneller. Im nächsten Moment spürte sie den Schmerz, als die Klinge ihre Haut ritzte. Einmal, zweimal, dreimal und noch öfter. Auf den Schulterblättern, weiter unten auf dem Rücken, hinter beiden Ohren. Das Blut des Tiers vermischte sich mit ihrem eigenen, die Stimme des Mannes toste in ihrem Kopf.

Mit der freien Hand hob er Erde auf und rieb sie in Azukas Wunden. Es brannte. Er raunte etwas von geheiligtem Heimatboden, den sie von nun an unter der Haut tragen würde, wo immer sie sich befinden mochte, bis zu ihrem letzten Tag.

Diese Worte machten ihr bewusst, dass sie bald aufbrechen musste. Dann würde sie zu ihnen gehören. Zu den Mädchen, die auf Reisen gehen. So nannte man sie, obwohl man meistens eher darauf achtete, kein Wort über sie zu verlieren.

Die letzten Zauberformeln des Priesters erklangen, gefolgt von einer Stille, die Azuka noch mehr erschreckte als zuvor die vielen Stimmen in ihrem Kopf.

Die kleine Schale wurde vor sie hingestellt, ganz dicht vor ihre Knie. Darin lag das Herz des Huhns. Das Organ sah widerlich aus und schien noch leicht zu zucken.

Azuka wusste, was von ihr erwartet wurde.

Sie holte Luft und griff verzweifelt nach dem Herzen. Warm lag es in ihrer zitternden Hand. Sie schob es sich in den Mund, biss zu, kaute. Der Priester sagte ihr Worte vor. Sie sprach sie mühsam nach, musste dabei immer wieder heftig würgen.

Erneut wurde die Hütte von Stille erfüllt.

Azuka verspürte eine jähe Erschöpfung. Ihre Lider sanken herab, alles wurde schwarz. Trotzdem sah sie etwas, erst nur vage, dann deutlich: ihre Seele. Tatsächlich. Schutzlos schwebte ihre Seele durch die Luft, klein und zart, geformt wie eine Blume, die ihre Blütenblätter schloss für die Nacht. Azuka hielt den Atem an, und tief in ihr erwuchs die Erkenntnis, dass sie ausgeliefert war. Dass es kein Zurück gab.

1

Am Ende dieses Abends würde er tot sein. Er hatte nicht den leisesten Zweifel. Schon seit Stunden stieg Angst in ihm auf, er schmeckte sie auf der Zunge, bitter wie Gift.

Alles fühlte sich fremd an, als hätte er es nie zuvor getan, selbst das Autofahren kam ihm ungewohnt vor. Er vergaß, den Blinker zu setzen, und bog ruckartig ab. Mit zusammengepressten Lippen folgte er der schmalen, von Schlaglöchern übersäten Straße, bis er die seit Langem stillgelegte Gießerei entdeckte. Er brachte den Wagen zum Stehen. Als er den Motor ausschaltete, machte ihm die einsetzende Stille seine verzweifelte Lage nur noch bewusster.

Sie hatten ihn völlig in der Hand. Und jetzt? Welche Wahl hatte er? Nachgeben und bezahlen – oder sich wehren. Dazwischen gab es nichts.

Schweiß stand ihm auf der Stirn. Wieder überfiel ihn die Gewissheit, dass er diesen Tag, ja vielleicht die nächsten Minuten nicht überleben würde.

Ein Blick zur Uhr, ein tiefes Seufzen, dann stieg er aus. Von der Rückbank holte er den Aktenkoffer. Mit steifen Schritten näherte er sich der Fabrik, zu der er am Vormittag beordert worden war. Der Koffer fühlte sich schwerer an, als sein Inhalt war.

Er überquerte das Parkplatzareal. Zwei Autowracks rosteten auf platten Reifen vor sich hin. Nicht mehr lange, und die Dunkelheit würde sich über das von Unkraut überwucherte Fabrikgelände senken, das am äußersten Rand eines Industriegebiets lag. Er betrat die Gießerei durch den Vordereingang. Die Flügel der Doppeltür standen offen, ihre Scheiben waren zersplittert. Er folgte einem langen Korridor im Erdgeschoss, vorbei an Büros, in denen alte Akten und noch gefüllte Schnellhefter wild verstreut herumlagen, als wäre das Unternehmen damals von einem Tag auf den anderen dichtgemacht worden.

Eine Ratte huschte vor seinen Füßen vorbei und verschwand.

Am Ende des Korridors hing eine Tür schief in den Angeln.

Er hielt inne. Atmete tief durch und schwitzte noch stärker. Die Angst schien ihn zu lähmen.

Waren sie bereits da? Erwarteten sie ihn?

Sie konnten mit ihm spielen wie eine Katze mit einer Maus. Die Situation überforderte ihn. Als es angefangen hatte, war er sicher gewesen, jederzeit alles im Griff zu haben. Nie hätte er für möglich gehalten, dass es jemals so weit kommen würde. Und jetzt … Immer noch rührte er sich nicht von der Stelle.

Würde er wagen, was er sich vorgenommen hatte? Nun ja, erst einmal würde er abwarten, was sie sagten, und womöglich … Nein, es gab keinen anderen Ausweg, das war ihm klar, es war dumm, sich etwas vormachen zu wollen. Sein Herz hämmerte in der Brust. Er musste sich zwingen, seinen Weg fortzusetzen und die Halle zu betreten. Hohe Decke, nackte Wände, massige Stützpfeiler. Über die in gut zwei Metern Höhe eingesetzten, größtenteils kaputten Fenster drang das schwächer werdende Tageslicht als milchiger Schleier ins Innere. Sanft legte es sich über die Männer, die am anderen Ende der Halle standen und ihm entgegensahen.

Langsam bewegte er sich auf sie zu, noch steifer als zuvor, und er fragte sich, ob sie das bemerkten.

Sie waren zu zweit. Für ihn benötigte man nicht mehr, sollte das wohl heißen. Kapuzen, Hoodies, funkelnde Goldketten, Sneaker. Sie wirkten auf ihn wie Gestalten aus einem

Videoclip auf MTV, es fehlten nur noch die stampfenden Beats eines Rap-Songs.

Die Stimme ließ die Stille ringsum zersplittern: »Hast du das Geld?«

Er stoppte, als wäre er gegen eine unsichtbare Wand gelaufen.

»Natürlich«, hörte er sich mit dünner Stimme antworten.

Beide Männer deuteten ein Grinsen an, überheblich und ganz die Ruhe selbst. Die lässige Art, mit der sie sich präsentierten, hatte für ihn etwas Demütigendes, und das machte alles noch schlimmer. Sie standen relativ nahe beieinander, auch das ein Zeichen, dass sie keinen Respekt vor ihm hatten. Denn je größer der Abstand zwischen Personen war, desto schwerer war es bei einer Auseinandersetzung, sie auszuschalten. Ja, sie waren vollkommen entspannt.

»Dann mal her mit der Kohle, Josch.«

Er fuhr sich mit der Zungenspitze über die trockenen Lippen. *Josch.* Diesen Namen hatte er ihnen genannt, als sie sich kennengelernt hatten. Inzwischen wussten sie, wie er in Wirklichkeit hieß.

Er kniete sich hin, legte den Aktenkoffer auf dem Boden ab und klappte ihn so auf, dass die Männer keinen Blick auf den Inhalt werfen konnten. Er badete geradezu im Schweiß.

Nachher wirst du tot sein.

Kein anderer Ausweg, sagte er sich erneut. Er würde durchführen, was er sich vorgenommen hatte. Nie zuvor hatte er so etwas gemacht. Gewiss, er hatte mit Gewalt zu tun gehabt, aber das war nicht vergleichbar.

»Na los, Josch«, ertönte die nächste Aufforderung.

Aus dem Augenwinkel streifte er sie mit einem unauffälligen Blick. Wo trugen sie ihre Waffen? Hinten im Hosenbund? Er musste schnell sein. Musste sie vollkommen überrumpeln. Das würde sein Vorteil sein – sein einziger.

Jetzt! Er riss die schon vor Fahrtantritt entsicherte Pistole aus dem Seitenfach des Koffers und begann im Knien zu schießen, ohne zu zielen, er drückte einfach den Abzug durch, immer wieder. Die Männer zogen ihre Waffen. Das gewaltige Dröhnen der vielen Schüsse ließ ihn erzittern, er fühlte sich wie im Zentrum eines tobenden Orkans. Durch den Pulverdampf tränten seine Augen. Erneut drückte er ab und noch einmal und noch einmal, bis das Magazin fast leer war.

Als eine dumpfe Stille eintrat, wusste er nicht, wo ihm der Kopf stand. Hatte er überhaupt irgendwen getroffen? Hatte er etwa selbst etwas abbekommen? Er keuchte und ließ seine Pistole fallen, die mit einem metallischen Klacken auf dem Boden landete. Schweiß lief noch immer an ihm herunter. Oder war es Blut? Er schloss die Augen.

2

Irgendetwas lag in der Luft. Es erfüllte die Gänge, die Büros, die Kantine. Jeder hatte etwas gehört, aber keiner etwas Verlässliches. Seit gut vier Wochen fehlte Hauptkommissar Rainer Klimmt nun schon. Krankheitsbedingt, wie es hieß. Welches Leiden den Leiter der Mordkommission zu der Pause zwang, wusste allerdings niemand, obwohl sich doch so etwas schon längst herumgesprochen haben müsste. Und jetzt hatte Staatsanwalt Christian von Lingert auch noch kurzfristig eine Besprechung für das gesamte Team einberufen.

Ja, irgendetwas lag in der Luft, diesen Eindruck hatte auch Kommissar Jan Rosen, der hastig von seinem Schreibtisch aufstand. Ein dienstliches Telefonat hatte ihn Zeit gekostet, und nun musste er sich beeilen. Er mochte es nicht, zu spät zu kommen. Nicht nur Pünktlichkeit war ihm wichtig, auch gute Manieren, Ordnung und das Einhalten des polizeilichen Regelwerks. Eigentlich ein Wunder, dachte er in einem Anflug eher seltener Ironie, dass er schon seit einer ganzen Weile eng mit einer Kollegin zusammenarbeitete, die bisweilen auf all das pfiff.

Wo trieb sie sich eigentlich wieder herum? Wo war Mara Billinsky?

Sie hatte etwas Unberechenbares, steckte voller Energie und war eigentlich ebenfalls eine Einzelgängerin – ein Grund mehr, um sich darüber zu wundern, dass ihre Zusammenarbeit meistens ganz gut klappte.

Auf dem Weg zum Konferenzraum eilte Rosen hinter zwei Kollegen her, die ihrerseits unterwegs zur Besprechung waren. Ihren Bemerkungen entnahm er, dass Hauptkommissar Klimmt wohl noch länger ausfallen würde. Die beiden stellten Mutmaßungen an, wer ihn – zumindest fürs Erste – vertreten solle. Schleyer und Patzke waren die Namen, die fielen. Offenbar wurde diese Frage schon länger unter allen Kollegen erörtert, ohne dass Rosen, der immer ein Außenseiter gewesen war, es so richtig mitbekommen hatte.

Er betrat als Letzter den modern ausgestalteten Raum mit den Möbeln aus hellem Birkenholz, den in Grün gehaltenen Tapeten und dem Whiteboard, vor dem der Staatsanwalt bereits Aufstellung genommen hatte.

Als Rosen die Tür schloss, begann Christian von Lingert unverzüglich mit der Ansprache, beäugt von der gesamten Abteilung.

»Ich danke Ihnen allen, dass Sie einen zeitlichen Slot gefunden haben, um hier zu sein. Die meisten von Ihnen werden sich denken können, warum ich Sie hergebeten habe – es geht um Hauptkommissar Klimmt.«

Von Lingerts ausgeprägte Geheimratsecken, das streng nach hinten gekämmte, über den Ohren graue Haar und die Brille ließen ihn älter wirken als seine vierzig Jahre. Das kantige, schmale Gesicht mit den tief liegenden kleinen Augen zeugte von Entschlossenheit. Er war wahrlich kein Typ, der herzlich wirkte oder gar vor Humor sprühte. Über ihn kursierten keine Gerüchte, das Privatleben hielt er gekonnt unter Verschluss. Er war ledig, anscheinend nicht einmal liiert, und sein kleiner, aber feiner Freundeskreis bestand aus renommierten Juristen. Ansonsten wusste man nichts über ihn.

»Nach meinem jetzigen Kenntnisstand«, fuhr er fort, »wird der Chef Ihrer Abteilung wohl noch eine ganze Weile fehlen. Sie verstehen sicher, dass ich hier nicht ins Detail gehen kann.«

Rosen fiel auf, dass von Lingert angespannt wirkte, auch wenn der Staatsanwalt das wie üblich durch seine fast schon übertrieben sachliche Art zu überdecken versuchte.

»Es geht nun darum«, sprach von Lingert weiter, »Herrn Klimmts Position interimsweise zu besetzen.«

Ein Moment tiefer Stille entstand. Unauffällige Blicke wurden gewechselt.

»Derjenige, der diese Rolle übernimmt, dient als direkter Ansprechpartner für mich und hat darüber hinaus …« Er musste sich räuspern, richtete den Krawattenknoten. »… bei allen Entscheidungen, die Ihre Abteilung betreffen, das letzte Wort.«

Für jemanden wie von Lingert eine recht unpräzise Ausdrucksweise, befand Rosen und sah verstohlen in die Runde. Wieder fragte er sich beiläufig, wo Mara Billinsky stecken mochte.

Der Staatsanwalt schien die nächsten Worte genau abzuwägen, wie seine starre Miene verriet. »Es war letzten Endes die Entscheidung des Hauptkommissars, schließlich geht es um seine Abteilung.«

Rosen stutzte. Offenbar war der Staatsanwalt nicht unbedingt begeistert über das, was er mitzuteilen hatte.

»Wie dem auch sei«, sagte von Lingert. »Ich gebe Ihnen nun bekannt, wer den Hauptkommissar bis zu seiner Rückkehr vertreten wird.«

Viele Blicke streiften Schleyer und Patzke, die aussichtsreichsten – und wohl einzigen – Kandidaten.

Dann nannte von Lingert den Namen.

Rosen merkte, wie ihm der Kiefer nach unten klappte. Er konnte nicht glauben, was er hörte. Verdutzt musterte er die Kollegen. Jedem stand die Verblüffung ins Gesicht geschrieben, manchem sogar kaum verhohlene Wut.

Nach einem Raunen breitete sich wiederum Stille aus. Man konnte sie förmlich mit den Händen greifen.

3

Durch ein zerklüftetes Meer aus Wolkenfetzen stachen hier und da blasse Sonnenstrahlen. Die Luft war an diesem späten Nachmittag von einer Kälte erfüllt, die dem Frühling keine Chance gab. Doch Mara Billinsky spürte kaum, dass sie fröstelte, so angespannt war sie.

Sie hätte Verstärkung anfordern müssen, ihre Alleingänge waren längst berüchtigt und bei den Kollegen nicht unbedingt beliebt. Allerdings war mal wieder alles sehr schnell gegangen, und ein Impuls hatte ihr gesagt, sie müsse dranbleiben und sich auf den Mann konzentrieren, den sie in der Nähe des Hauptbahnhofs aufgespürt hatte.

Als er die Rolltreppe nach unten genommen hatte, um eine U-Bahn zu erwischen, war sie ihm unauffällig in den Waggon gefolgt. Am Ostbahnhof war er ausgestiegen. Sie blieb ihm auf den Fersen, doch etwas hatte ihn misstrauisch gemacht. Ganz kurz nur hatten sich ihre Blicke gekreuzt – das allerdings hatte genügt, sie spürte es.

Er bewegte sich anders, schien nun aufmerksamer zu sein. Er nahm die Rolltreppe, ging dann Richtung Danziger Platz.

Mara musste vorsichtig sein. Sie durfte ihm nicht zu nahe kommen, ihn aber auch nicht aus den Augen lassen. Jede Menge Leute befanden sich zwischen ihnen, wahrscheinlich Angestellte, die jetzt um die Feierabendzeit mit der S-Bahn aus Frankfurt hinaus nach Hause wollten.

Auf dem Danziger Platz herrschte ein ziemliches Durcheinander an Passanten. Hinzu kamen eine Menge Obdachlose, die überall verstreut auf Pappen und Schlafsäcken hockten, halb volle Wodkaflaschen vor sich.

Plötzlich rannte der Mann von einem Augenblick auf den anderen los.

Mara hatte sich also nicht getäuscht. Er hatte sie bemerkt. Ohne zu zögern, nahm sie die Verfolgung auf. Sie hetzte zwischen Fußgängern und Radfahrern hindurch, stolperte fast über einen auf Decken sitzenden Bettler und rannte weiter.

Der Flüchtende beschrieb einen Bogen und rannte den Weg zurück, auf dem sie gekommen waren, die Unterführung hindurch auf die andere Seite, weiter bis zur Hanauer Landstraße. Nur einmal sah er zurück, um sich zu vergewissern, dass sie hinter ihm her war. Er beschleunigte, überquerte die stark befahrene Straße, und auch da ließ Mara sich nicht abschütteln, wobei sie die quietschenden Reifen der jäh bremsenden Autos ignorierte.

Er bog in die nächste Seitenstraße ab. Maras Blick lag auf seinem leuchtend roten Sportsweater und den ebenso knallig bunten Sneakern. Sie keuchte, sie schwitzte. Obwohl sie in letzter Zeit viel gelaufen war und ihre Kondition verbessert hatte, musste sie anerkennen, dass dieser Kerl einer anderen Liga angehörte. Geschmeidig rannte er mit ausladenden Schritten dahin, ohne an Geschwindigkeit einzubüßen.

Wieder bog er ab, wieder folgte Mara – und auf einmal war er nicht mehr zu entdecken. Auch sonst niemand. Eine abgelegene Ecke jenseits der belebten Hanauer Landstraße. Vom nahen Osthafen wehte der Geruch von brackigem Wasser zu ihr herüber. Wo steckte der Kerl?

Vorsichtiger als zuvor folgte sie nun dem Schienenstrang der Hafenbahnstrecke. Links von ihr reihten sich kastenförmige Industrie- und Bürobauten aneinander. Sie erreichte ausrangierte Güterwaggons, deren Bretterwände von Moos überwuchert und von Graffiti verschmiert waren.

Hatte er sich in Luft aufgelöst? Wie ein Gespenst? Zwischen zwei Waggons schlich sie weiter, plötzlich erfüllt von einem tiefen Unbehagen. Automatisch legte sich ihre Hand auf die Waffe im Hüftholster. Am Ende der Waggons stoppte sie erneut.

Ihr unvermindert lautes Keuchen war das einzige Geräusch weit und breit. Plötzlich ein Schatten über ihr, der Luftzug beim Sprung, die große, sportliche Gestalt, die federnd auf der Erde landete – und dann der Faustschlag, der sie links im Gesicht traf.

Mara wurde zurückgeschleudert, prallte hart gegen den Waggon und landete auf der Erde. Ihr wurde schwarz vor Augen, vielleicht für zwei Sekunden, die ihr aber viel länger vorkamen. Während sie sich panisch aufrappelte, zog sie die Waffe. Von ihrem linken Wangenknochen gingen Schmerzwellen aus. Kurz hörte sie noch die flinken Schritte des Mannes, dann war wieder alles ruhig.

Sie setzte sich recht wacklig in Bewegung und spähte um die Ecke des Waggons. Nichts mehr zu sehen von ihm. Noch einmal verschwamm alles vor ihr, erst dann hatte sie sich endgültig gefangen. Doch zu spät. Sie hätte nicht einmal sagen können, in welche Richtung er davongestürmt war.

»Shit«, murmelte sie leise.

Eigentlich der richtige Zeitpunkt, um ins Präsidium zurückzukehren und durchzuatmen, aber Mara ging es gegen den Strich, aufgeben zu müssen. Eine neue Bedrohung breitete sich offenbar gerade in Frankfurt aus, ein neuer Gegner, den es so früh wie möglich ins Visier zu nehmen galt. Zuerst waren es nur vage Gerüchte gewesen, nun aber gab es erste konkretere Hinweise darauf, dass eine bislang unbekannte Verbrechergruppierung auf dem Vormarsch war.

So war es auch der Tipp eines ihrer Informanten gewesen, der Mara auf die Spur des gerade geflüchteten Mannes gebracht hatte. Also nicht wieder ins Büro, sondern erneut ins Bahnhofsviertel. Dort wollte sie ihren Alfa holen, um anschließend einen Abstecher zu einem weiteren Frankfurter

Brennpunkt zu unternehmen. Denn ihr Informant, ein Kleinkrimineller namens Ramon, hatte ihr noch einen zweiten Tipp gegeben.

Kurze Zeit später, als sie im Wagen quer durch die Stadt fuhr und sich über den wie immer dichten Verkehr ärgerte, antwortete sie ihrem Kollegen Rosen auf dessen WhatsApp-Nachricht. Er hatte sich erkundigt, wo sie stecke, und mitgeteilt, dass es wichtige News gebe. *Bin bald wieder zurück und berichte dann*, tippte sie auf ihre gewohnt knappe Art ein und schickte den Text ab.

Sie befand sich mittlerweile in der Theodor-Heuss-Allee, nahe der Zufahrt zur A 648. Es gelang ihr, in Sichtweite des Frankfurter Straßenstrichs an einer unauffälligen Stelle einen Parkplatz zu finden. Sie ließ das Fenster herunter und damit die kalte Luft hinein. Windböen pfiffen zwischen den hohen, abweisend wirkenden Gebäuden. Ihre linke Gesichtshälfte schmerzte von dem Schlag. Sie betrachtete die in gewissen Abständen stehenden Frauen, die in ihrer knappen Kleidung froren, und die Autos, die langsam die Reihe abfuhren. Manchmal wurde angehalten, es entwickelte sich eine Preisverhandlung, und je nach deren Verlauf stieg die Prostituierte ein oder eben nicht.

Die Minuten verstrichen. Mara trommelte auf dem Lenkrad mit ihren Fingern im Takt des Metallica-Songs *Turn the Page* und musste an den dazugehörigen Videoclip denken, der die traurige Geschichte einer Hure zeigte. Im Laufe ihrer Dienstjahre hatte es vieles gegeben, was Mara zugesetzt hatte, aber kaum etwas ging ihr derart an die Nieren wie die Schicksale von Frauen, die zumeist mit brutaler Gewalt dazu gezwungen wurden, ihren Körper zu verkaufen. Je mehr man ihnen helfen wollte, desto mehr verstrickte man sich in einem Gewirr aus komplizierten Gesetzesparagrafen und den Unvorhersehbarkeiten der menschlichen Natur.

Was war der Tipp überhaupt wert, der sie hierhergeführt

hatte? Vielleicht gar nichts. Mara liebte ihren Job, so hart er auch sein mochte, aber sie hasste es, wie viel Zeit während langer Schichten mit nutzlosem Warten verstrich.

Sie wollte gerade den Alfa starten, als ein alter gelber Ford Mondeo mit zwei angedellten Kotflügeln ihre Aufmerksamkeit weckte. Dieses ramponierte Gefährt hatte ihr Informant erwähnt. Der Ford stoppte, eine junge Frau mit schwarzer Hautfarbe stieg aus, und der Wagen fuhr wieder los.

Unverzüglich nahm Mara die Verfolgung auf. Es ging praktisch genau auf dem Weg zurück, auf dem sie hergefahren war, quer durch die Stadt, bis sie von Neuem mitten im Bahnhofsviertel landete. Der Mondeo wurde in einer der wenigen freien Lücken abgestellt, und Mara blieb nichts anderes übrig, als ihren Alfa rasch in das Parkverbot vor einer Ausfahrt zu bugsieren.

Aus dem Ford schob sich ein Mann, der losging, ohne sich umzusehen. Mara folgte ihm. Er war kaum größer als sie, ein dürrer Endzwanziger, der trotz der kühlen Witterung nur eine dünne Collegejacke mit weißen Ärmeln trug. Maras Informationen zufolge handelte es sich um einen kleinen Fisch im Milieu, der bei allen möglichen krummen Geschäften mitmischte. Er wurde Wiesel genannt, seinen richtigen Namen kannte sie nicht. Was sie allerdings über ihn wusste, war seine Vorliebe für schwarze Prostituierte. Vor allem wusste sie, dass *er* ihr nicht entwischen würde.

Mara rückte noch dichter auf, lief urplötzlich neben ihm her und drängte ihn in den Schatten einer Durchfahrt, die den Blick auf einen schäbigen Hinterhof frei machte. Sie stellte sich ganz nah vor ihn, sodass sein Rücken die Wand der Durchfahrt berührte und sich ihm kein Fluchtweg bot. Sie hielt ihm ihren Dienstausweis unter die Nase. Während er noch völlig verdutzt darauf starrte, tastete sie ihn rasch nach Waffen ab, ohne auf eine zu stoßen.

Kalt betrachtete sie sein kleines, spitzes Gesicht mit den

vorstehenden Schneidezähnen. Der Name Wiesel passte bestens zu ihm, fand sie.

»Sind Sie verrückt geworden?«, stieß er überrumpelt von Maras jähem Erscheinen hervor.

»Los, dort rüber!« Lediglich mit dem Blick ihrer schwarzen Augen drängte sie ihn weiter in den Hof hinein, wo sie vor neugierigen Passanten abgeschirmt waren.

»Was wollen Sie eigentlich?«

»Ganz einfach, ich will Antworten.« Ohne ihm auch nur eine Sekunde Zeit zum Überlegen zu lassen, begann sie: »Wer sind die Neuen im Viertel?«

»Hä? Wer?«

»Diejenigen, über die geredet wird.« Ihr war klar, dass ihr bohrender Blick durchaus seine Wirkung hatte, aber der Widerling hatte sich gefangen und schaffte es, sie frech anzugrinsen.

»Du weißt genau, von wem ich spreche«, zischte sie.

»Nicht die leiseste Ahnung«, kam es nach einer Weile von ihm.

»Ich kann dich auch aufs Präsidium schleifen. Und dann reden wir sehr lange miteinander. Mal sehen, was da noch alles über dich ans Tageslicht kommt. Was ich bisher gehört habe, reicht mir schon ziemlich. Wäre dir das lieber?« Leiser fügte sie an: »Oder wir lassen das mit dem Präsidium. Du beantwortest ein paar Fragen und hast für immer Ruhe vor mir.«

Er zuckte mit den Achseln, betont gleichgültig.

»Also. Wer sind die Neuen?«

»Äh, Sie meinen vielleicht die *Blackies*? Über die weiß ich nichts. Gar nichts.«

Sie bedachte ihn mit einem abfälligen Blick. »Ich spreche tatsächlich von Männern mit dunkler Hautfarbe. Woher kommen sie?«

»Aus Afrika, schätze ich mal.« Er kicherte.

»Aus welchem *Land*, du Scherzkeks?«

»Keine Ahnung.« Er zwinkerte frech mit einem seiner Wieselaugen. »Keinen Schimmer, warum Sie ausgerechnet mir auf den Sack gehen.«

Von den Straßen des Viertels drang dumpf das Motorenbrummen in ihre versteckte Ecke.

Sie musterte ihn. »Ich habe keine Lust mehr, mich von Vögeln wie dir anlügen zu lassen. Keine Lust mehr, immer Regeln befolgen zu müssen, während andere auf jede Regel scheißen.«

Er demonstrierte ein ausgiebiges Gähnen. »Das ist jetzt echt nicht mein Problem und ...«

»Doch«, unterbrach sie ihn. Ganz dicht stellte sie sich vor ihn und bohrte ihm den Zeigefinger auf die Brust. »Ab dieser Sekunde ist das *dein* Problem. Du hast vorhin nämlich nicht zugehört. Ich nehme dich mit, und ich schwöre dir, ich finde etwas, das uns dazu bringt, dich sehr, sehr lange bei uns zu behalten. Glaub mir, ich kann auch auf Regeln scheißen, wenn es sein muss.«

Halt dich zurück, sagte Mara eine innere Stimme, die Rosens Stelle einnehmen musste. Er hätte längst schon beruhigend auf sie eingeredet. Aber Typen wie dieser Kerl hier waren schwer zu ertragen.

»Dann noch mal von vorn, Arschloch«, meinte sie schneidend. »Ich will *Antworten*. Ich weiß einiges über dich, was mir nicht gefällt. Zum Beispiel, wie du die Frauen behandelst, die du in deine Klapperkiste einsteigen lässt. Dass du sie beim Preis reinzulegen versuchst. Dass du sie aufs Übelste erniedrigst. Dass du deine Kippen gern auf ihrer Haut ausdrückst.«

Er war still geworden. Maras Blick fiel auf ein rostendes Eisenrohr, einen knappen halben Meter lang, das nicht weit von ihr auf dem Boden lag. Am liebsten hätte sie es gepackt, um ihm damit eins zu verpassen. Typen wie er widerten sie wirklich an.

Der Druck ihres Fingers wurde stärker, ihr Blick noch bohrender.

»Sie dürfen mich nicht anfassen«, japste er, längst nicht mehr grinsend.

»Zurück zu meiner Frage«, erwiderte Mara ungerührt. »Woher kommen die Männer?«

»Nigeria«, erwiderte er leise.

»Was ist ihr Business?«

»Scheiße, ich weiß auch nicht alles und …«

»Hey!«, unterbrach sie ihn. »Lass das Geschwafel. Antworten!«

»Okay, schon gut«, murmelte er. »Also, die Typen haben ein paar Mädels laufen.«

»Und außer Prostitution?«

»Drogen, glaub ich.«

»Welche Drogen? Irgendwas Spezielles?«

»Nee, die verkaufen den üblichen Dreck. Heißt es jedenfalls.«

»Wer hat das Sagen bei ihnen?«

»Ach, es wird so viel gequatscht …« Etwas ganz Zögerliches mischte sich sofort in seine Stimme. Wenn es um Namen ging, war das immer so bei Kerlen wie ihm.

»Dann quatsch auch du. Wer hat das Sagen?«, wiederholte sie.

»Der Typ mit der Machete.«

»Machete?«

»Ja, man hört, damit kitzelt er die Leute ganz gern.«

»Ist er auffallend groß, schlank, sehr sportlich?« Mara dachte an den Mann, der ihr zuvor entwischt war.

»Hm, eher klein, glaube ich. Also, etwas größer als ich. Aber breiter gebaut.«

»Ich will seinen Namen.«

Der Kerl schnaufte, dann sagte er leise: »Augustus Yekini.«

»Yekini? Mit Ypsilon?«

»Keine Ahnung, wie man den schreibt. Bin froh, wenn ich so wenig wie möglich über ihn weiß.«

»Wen gibt es noch?«

»Ich hab aufgeschnappt, dass Yekini einen Bruder hat.«

»Vorname?«

»Solomon.«

»Auch ein Boss?«

»Solomon ist, glaub ich, gar nicht in Deutschland. Aber Augustus will ihn wohl hierherholen.«

Mara löcherte ihn weiter mit Fragen, als jedoch nicht mehr viel kam, sagte sie: »Wenn ich mitbekomme, dass du für deine Kippen weiterhin keine Aschenbecher nimmst, werde ich dir richtig auf die Pelle rücken. Dann wird's schlimm für dich.«

Es gab viele ekelhafte Mistkerle wie ihn. Wut loderte nach wie vor in Mara, und es wurde Zeit, dass sie Abstand zu ihm bekam, sonst würde sie sich wirklich nicht mehr beherrschen können. Sie sah ihm die Erleichterung an, als sie ihn ohne eine weitere Bemerkung einfach stehen ließ.

Erst auf der anschließenden Fahrt zum Präsidium gelang es ihr, ihn aus ihren Gedanken zu verscheuchen. Wenigstens hatte er ihr eine Information geliefert, die unter Umständen viel wert war. Endlich hatte sie einen Namen, und falls der sich als wahr herausstellte, war das ein kleiner Sieg, zumal Maras Alltag oft genug von Spuren geprägt war, die im Nichts endeten.

Als sie kurz darauf den riesenhaften sechsgeschossigen Gebäudekomplex betrat, war es endgültig dunkel geworden. Sie folgte den von Neonröhren beleuchteten Gängen und stellte fest, dass Kollegen, denen sie begegnete, ihr merkwürdige Blicke zuwarfen, die sie nicht deuten konnte. Aber keiner äußerte etwas.

Dabei war die Zeit, in der man sie schief angeschaut hatte, doch eigentlich vorbei. Sie hatte sich durchgesetzt. Trotz anfänglicher Schwierigkeiten und der heftigen Abneigung, die ihr entgegengeschlagen war. Das hatte nicht nur an ihrer mitunter scharfen Zunge und kompromisslosen Art gelegen, sondern auch an ihrem Äußeren. Zu viel Schwarz für den Geschmack der Kollegen: die Doc-Martens-Schnürstiefel, die etwas zu große Motorradlederjacke, die langen gefärbten Haare und die von Kajal noch betonten, unangenehm direkt blickenden Augen. Hämisch hatte man ihr anfangs den Spitznamen Krähe verpasst – inzwischen war er jedoch zu so etwas wie einem Markenzeichen von Mara geworden.

Schleyer kam ihr entgegen, ein erfahrener Bulle, einer der Platzhirsche. Er schien geradewegs durch sie hindurchzustarren. Nicht, dass er sonst die Höflichkeit in Person gewesen wäre, aber das wunderte sie trotzdem.

Sie erreichte das mit Trennwänden in drei Zweierzonen aufgeteilte Großraumbüro, in dem sich ihr Arbeitsplatz befand. An dem Schreibtisch, der ihrem gegenüber platziert war, saß Jan Rosen, ihr Teampartner. »Hallo, Boss«, sagte er zu ihr.

Sie ließ sich auf ihren Stuhl fallen. »Die Gebrüder Yekini«, erwiderte sie direkt, wie es ihre Art war. »Kennst du den Namen?«

»Sollte ich?«

»Ich habe das Gefühl, dass wir von denen noch mehr hören werden, als uns lieb sein kann.«

»Aber du hast wohl nicht gehört, was ich eben zu dir gesagt habe.«

Mara stutzte. »Was meinst du?«

Rosen schmunzelte. »Ich sagte *Hallo, Boss.*«

Sie hob eine Augenbraue und erwiderte nichts.

»Tja, Billinsky. Du bist es, die Klimmt vertreten wird. Du wirst die Abteilung leiten.«

»Ich?« Ihr war, als hätte man ihr gerade den Boden unter den Füßen weggezogen. »Was?! Spinnst du? Das kann nicht dein Ernst sein.«

Wieder schmunzelte er. »Guten Flug, Krähe!«

Mara starrte ihn immer noch mit großen Augen an. Ein einziges Wort kam über ihre Lippen: *»Fuck!«*

4

Falko Steffen hätte viel dafür gegeben, durchatmen zu können und von diesem Druck in der Brust befreit zu werden. Er hatte all die Jahre gar nicht zu schätzen gewusst, was für ein angenehmes, sicheres Leben er geführt hatte. Es war ihm nicht im Geringsten bewusst geworden, was er alles aufs Spiel setzte. Einzig und allein für das, was man wohl einen *Kick* nannte.

Warum hatte er nicht widerstehen können, warum hatte er sich immer tiefer hineinziehen lassen?

Inzwischen bereute er es – mehr als jemals zuvor etwas. Und er hatte keine Ahnung, wie er aus der Geschichte herauskommen sollte. Die Mistkerle hatten ihn bereits ziemlich ausgepresst. Und sie machten natürlich dennoch weiter. Mit den Nerven war er längst am Ende, bald auch mit den Ersparnissen. Er musste sie stoppen. Selbst auf die Gefahr hin, dass sein Leben in sich zusammenfiel wie ein Kartenhaus.

Ständig warf er nervöse Blicke über die Schulter. Er konnte sich überhaupt nicht mehr konzentrieren, auch in diesem Moment nicht, als er im Kinderzimmer am Fenster stand und so tat, als hörte er Milena zu, seiner vierjährigen Tochter, die von der Geburtstagsfeier einer Freundin plapperte, zu der sie eingeladen war.

Es war fast schon Abend. Nachher stand noch ein Treffen mit Anwaltskollegen an. Ziemlich regelmäßig sah man sich in wechselnder Zusammensetzung. Früher hatten sie Sport getrieben, Fußball und Basketball, mittlerweile handelte es sich nur noch um Trinkgelage. Eigentlich hatte Falko Steffen absagen wollen, doch andererseits wollte er sich durch den Druck nicht alles in seinem Alltag kaputtmachen lassen.

Also brach er eine gute halbe Stunde später auf. Milena lag schon im Bett, seine Frau Yvonne machte es sich gerade auf dem Sofa für eine neue Netflix-Serie bequem. Wenn sie wüsste, in welchen Schlamassel er sich hineinmanövriert hatte! Sie wäre am Boden zerstört. Sie würde sich scheiden lassen und Milena zu sich nehmen.

Er durfte sich das gar nicht in allen Details ausmalen, er wurde auch so schon wahnsinnig vor Angst. Und dennoch – er *musste* es stoppen. So konnte er nicht weiterleben.

Angesichts der unvermeidlich vielen Gin Tonics, die auf ihn warteten, nahm Steffen ein Taxi. Als er wieder ausstieg, achtete er kaum auf die große Menge an Trinkgeld, die er dem Fahrer in die Hand drückte, dabei wollte er doch ab jetzt sparsamer sein. Er befand sich am Rande des Westends. Wohnstraßen, deren Bürgersteige leer waren, alte Villen, moderne Bürogebäude. Direkt um die Ecke, in einer engen, etwas umständlich zu befahrenden Einbahnstraße, hatte einer der Kollegen eine neue Cocktail-Bar aufgetan, die sie alle unbedingt austesten wollten.

Die Straßenlaternen standen zu weit auseinander, um genügend Licht zu spenden. Schon nach ein paar Schritten sah Steffen den Eingang der Bar, die *Calypso*. Doch gleichzeitig entdeckte er auch etwas anderes: eine Gestalt.

Ja, jemand hielt sich im Schutz eines ausladenden winterfesten Strauchs auf, der zu einem winzigen Friseursalon gehörte.

Angst durchzuckte Falko Steffen wie ein jäher Stromstoß. Dabei war er nie ein Feigling gewesen, ganz und gar nicht, er war jemand, der Probleme anpackte und sich Herausforderungen stellte. Diesmal war alles anders.

Die Gestalt löste sich aus dem Schatten des Strauchs und kam auf ihn zu.

Steffen wischte sich mit einer fahrigen Bewegung kalten Schweiß von der Stirn. Erst jetzt erkannte er, wer sich ihm da näherte.

»Du?«, entfuhr es ihm überrascht. »Woher weißt du, dass ich hier …« Er verstummte. Er selbst hatte die Verabredung und den Treffpunkt erwähnt, jetzt erinnerte er sich daran.

Der Mann hatte etwas in der Hand, das er zuvor nicht bemerkt hatte, weil der es dicht an den Körper drückte. Der Gegenstand war mit einer Supermarkt-Plastiktüte umwickelt. Irgendetwas kam ihm eigenartig daran vor.

»Deine Andeutungen haben mich nervös gemacht«, ertönte die vertraute Stimme.

»Andeutungen?«

»Du willst wirklich alles auffliegen lassen? Das kannst du nicht tun. Da hängst nicht nur du drin.«

»Aber einfach weitermachen kann ich auch nicht. Mir steht das Wasser bis zum Hals.« Die Worte kamen Steffen abgehackt über die Lippen.

»Du meinst es ernst, was?«

»Mir bleibt nichts anderes übrig«, sagte er dumpf.

»Das dachte ich mir.«

Es ging unglaublich schnell. Steffen verstand gar nicht, was geschah. Es war ein Stoß mit diesem Gegenstand in der Tüte. Er wurde im Bauch erwischt. Erst als die Klinge in einem Strahl spritzenden Blutes herausgezogen wurde, begriff er. Doch da steckte die Waffe schon wieder in seinem Körper. Er fühlte keinen Schmerz, nur den sich eisig ausbreitenden Schock. Wie gelähmt stand er da, seine Arme hingen schlaff herab.

Ein dritter Stich, seiner Kehle entwich ein Röcheln. Fremd klang der Laut, als käme er nicht von ihm. Er sackte zusammen, lag halb auf der Seite und fühlte die Kälte des Asphalts unter sich. Über ihm war die Klinge, von der ihm sein eigenes Blut ins Gesicht tropfte.

Noch ein Stich.

Nun tat es doch weh, aber der Schmerz war gar nicht einmal so schlimm, sondern irgendwie entfernt, als hätte er zuvor eine Betäubungsspritze bekommen. Seine Lider senkten sich herab, ganz schwer waren sie auf einmal. Er spürte, wie er an den Schultern gepackt und ein Stück weit über den Untergrund geschleift wurde. Eine Hand, geschützt von Leder, berührte seine eigene Hand. Was geschah? Sekundenlang fühlte er kalten Stahl an seinen Fingerspitzen. Was sollte das?

Etwas kratzte seine Wange. Man drückte ihn offenbar mit Gewalt unter eine Hecke oder ein Gebüsch. Er atmete mühsam und war vollkommen verwundert darüber, dass das der Tag war, an dem er sterben sollte.

5

Es gab wohl auf der ganzen Welt keinen Ort, an dem sie sich hätte fremder fühlen können als hier. Ungewohnt vorsichtig, als könnte sie beim Hinsetzen vom Blitz erschlagen werden, nahm Mara Billinsky auf dem lederbeschichteten Drehstuhl Platz.

Sie sah sich in dem schmucklosen Büro um. Kein einziges Bild an den Wänden, keinerlei persönliche Gegenstände wie Familienfotos, Glücksbringer, halb leere Bonbonpackungen oder Urlaubssouvenirs. So sah es sonst nur bei ihr selbst aus. Eine von sehr wenigen Gemeinsamkeiten, die sie und ihr Chef aufwiesen.

Ja, Hauptkommissar Rainer Klimmts Reich. Sogar der Geruch seiner verbotenerweise gerauchten Zigaretten hing noch in der Luft.

Es war der folgende Morgen, und nach wie vor kam Mara nicht mit dem Gedanken klar, dass ausgerechnet sie ihn vertreten sollte. Den Mann, mit dem sie sich so manches dienstliche Scharmützel geleistet und der anfangs keinen Hehl daraus gemacht hatte, dass er sie am liebsten wieder aus seinem Team subtrahiert hätte.

Doch nach dem anfänglichen Kleinkrieg war eine gewisse Verbundenheit zwischen ihnen entstanden, die alle verblüfft hatte. Erst recht Mara und Klimmt selbst. Und nun saß sie auf seinem Stuhl, wenn auch nur vorübergehend. Ausgerechnet sie. Mit ihren Piercings und ihrer Lederjacke. Die *Billinsky*. Die Krähe. Verrückt, welchen Lauf das alles genommen hatte.

Die restlichen Stunden des gestrigen Arbeitstages waren für bürokratischen und technischen Kram draufgegangen.

Die IT-Kollegen hatten eine ganze Weile gebraucht, um ihren Arbeitsplatz hierher zu verlegen, es gab Onlineprobleme, und plötzlich war es weit nach neun Uhr gewesen. Deshalb hatte Mara an diesem Morgen Wert darauf gelegt, besonders pünktlich zum Dienst zu erscheinen. Sie hatte eine Dienstbesprechung anberaumt, die in recht frostiger Atmosphäre abgelaufen war, und Aufgaben zugeteilt. Nun vergrub sie sich tief in den Datenbanken. Sie hatte den mittlerweile dritten Becher Automatenkaffee neben dem Laptop stehen, als es klopfte.

Ihr Kopf ruckte hoch. »Was gibt's?« Es war wirklich ungewohnt, ein Einzelbüro zu haben.

Jan Rosen betrat den Raum, einen DIN-A5-Schreibblock in der Hand. »Guten Morgen.« Er nahm auf einem der beiden Besucherstühle Platz. »Ich habe gerade erst deine Nachricht gesehen. Du willst mich sprechen?«

Sie tauschten ein schiefes Grinsen. Ja, auch diese Situation war ungewohnt – seit über zweieinhalb Jahren hatten sie sich die enge Zweierzone im Büro geteilt.

»Eigentlich gestern Abend schon«, bestätigte Mara. »Aber ich wurde ständig aufgehalten. Nach unserem Teammeeting hatte sich von Lingert angekündigt, dann aber doch wieder abgesagt. Das Gespräch, die Unterredung, wie immer man es nennen mag, ist verschoben.«

Sie musterte ihn. Rosen hatte eine harte Zeit hinter sich. Er hatte sich in eine Zwangsprostituierte namens Anyana verliebt, viel auf sich genommen, um sie aus ihrem höchst gefährlichen Umfeld zu retten, und dann miterleben müssen, dass alles umsonst gewesen war. Anyana war ermordet worden. Seither hatte sich Rosen, immer schon zurückhaltend, fast gehemmt, noch mehr abgeschottet. Wie es oft bei solchen Menschen der Fall war, gelang es auch ihm mit seiner unscheinbaren Art, vor der Umwelt zu verbergen, wie sehr er litt. Mara wusste es dennoch nur zu gut. Aber sie hatte keinen Weg gefunden, wirklich zu ihm vorzudringen und ihm die Freundin zu sein, die er jetzt brauchte.

Rosen erwiderte ihren Blick. »Na, Billinsky? Hast du dich schon ein bisschen an dein neues *Zuhause* gewöhnt?« Ein vorsichtiges Lächeln umspielte seine Lippen.

Sie deutete knapp auf die geschlossene Tür. »Wie geht's denn da draußen? Die Geier kreisen, schätze ich mal.«

»Kreisen um die Krähe, meinst du? Schon möglich. Du denkst wahrscheinlich an Schleyer.«

»Unter anderem.«

»Schleyer war reichlich überrascht, dass nicht er jetzt auf diesem Stuhl sitzt.« Beiläufig zeigte Rosen in Maras Richtung. »Um es dezent auszudrücken.«

»Und Patzke?«

»Ebenfalls.«

»Stanko?«

Er winkte leicht ab. »Dem ist es wohl ziemlich egal. Schließlich hat er noch nie besondere Ambitionen gezeigt.«

»Stimmt schon. Aber es geht ja nicht nur um eigene Ambitionen. Was alle auf die Palme bringt, ist die Tatsache, dass ausgerechnet ich es bin, die man ihnen vor die dicken Nasen setzt.« Mara grinste. »Ist ja auch ein starkes Stück.«

»Und das hast du wohl Klimmt zu verdanken. Zumindest nicht von Lingert, wenn ich seine finstere Miene richtig gedeutet habe.« Rosen stutzte. »Was ist das eigentlich für eine Schwellung in deinem Gesicht?«

Sie lehnte sich zurück und schilderte ihm alles, was sich am Vortag zugetragen hatte.

»Gut, dass es nur bei einem Faustschlag geblieben ist und du nicht mehr abbekommen hast.«

»Wir müssen alles daransetzen, dass bald die andere Seite etwas abbekommt.«

»Dank deiner Aktion mit diesem Typ namens Wiesel scheint es zumindest konkreter zu werden.« Er zog einen Kugelschreiber aus der Brusttasche seines dunklen Jeanshemds und notierte sich etwas auf dem Block, was von Mara mit zurückhaltendem Schmunzeln beobachtet wurde. Inzwischen mochte sie dieses Beflissene, Sorgfältige an ihm, erst recht, weil sie ganz anders war.

»Nigeria also«, murmelte er. »Mit Verbrechern aus Afrika kenne ich mich nicht besonders gut aus. Aber ich versuche, das nachzuholen.«

»Da bin auch gerade dabei. Als es mehr Anzeichen für Gangster afrikanischer Herkunft gab, hab ich ein bisschen im Dreck gewühlt. Übrigens, ich bin dabei auf einen Kollegen in Italien gestoßen, mit dem ich nun häufiger telefoniert habe.«

»Ach? Davon wusste ich ja gar nichts.«

»Ich wollte weiter mit ihm im Austausch bleiben und erst dann berichten. Es lässt sich nämlich gut an.« Mara stand auf und lehnte sich an die Fensterbank. »Wo wir auf jeden Fall ansetzen müssen, ist der Name Yekini. Einer der beiden Brüder, nämlich Augustus, ist kein unbeschriebenes Blatt. Unsere Abteilung hatte mit ihm noch nicht das Vergnügen, aber Kollegen anderer Ressorts. Es ging um Gewaltdelikte, Drogenhandel, Zuhälterei beziehungsweise Menschenhandel. Ich habe heute schon ziemlich früh herumtelefoniert und auch die Datenbanken durchforstet. Viele Verdachtsmomente gegen unseren Augustus, aber keine Beweise, also auch keine Anklage oder gar Verurteilung.«

»Der Kerl mit dem kräftigen Schlag: War das womöglich Augustus?«

»Auf jeden Fall war er ein echtes Lauftalent. Aber Augustus ist wohl von eher kleiner Statur. Der Typ von gestern wirkte jünger, und er war auffallend groß.«

Rosen notierte eifrig. »Und du bist durch einen Tipp von Ramon auf ihn gekommen, richtig?«

»Auf ihn und auch auf Wiesel, diesen Widerling.« Sie hob kurz die Augenbraue. »Wir bräuchten mehr solcher Infos, aber der Bande aus Nigeria ist es bisher gut gelungen, im Verborgenen zu agieren.«

»Falls es sich wirklich um eine Bande handelt«, warf Rosen abwägend ein. »Also mit einer klaren Struktur, einer Anzahl an konstanten Mitgliedern und so weiter. Wie gesagt, wir wissen einfach zu wenig.«

Mara nahm wieder Platz. »Aber etwas habe ich doch noch anzubieten. Unser Augustus kam über Italien nach Deutschland. Über Sizilien, um genau zu sein.« Sie überlegte kurz und fuhr fort: »Über seinen Bruder Solomon habe ich noch gar nichts gefunden, nicht mal eine namentliche Erwähnung.«

Er sah auf. »Woher kommen die Sizilien-Infos zu Augustus? Etwa von dem italienischen Kollegen?«

Mara nickte. »Ich habe vorhin wieder mit ihm telefoniert. Sein Name ist Domenico Manzoni. Er sprang sofort an, als ich Yekini erwähnte. Offenbar ist der *Commissario* schon länger hinter den Brüdern her. Ohne Erfolg. Er hat mir auch gesagt, dass Yekini eine Tätowierung auf dem Unterarm hat, die Buchstaben A und Y in geschwungenen Lettern. Übrigens, Manzoni spricht sehr gut Deutsch. Wirklich, der Austausch mit ihm verläuft vielversprechend, das scheint ein cleveres Kerlchen zu sein. Er und ich haben darüber diskutiert, dass ich mal zu einem kurzen Besuch nach Italien fliege. Falls afrikanische Gangster tatsächlich dabei sind, über den Zwischenstopp Sizilien bei uns Fuß zu fassen, scheint das nicht die schlechteste Idee zu sein.«

Erstaunt betrachtete Rosen sie. »Ich hatte tatsächlich keine Ahnung, dass du so viel Energie und Zeit in die Sache steckst. Also, dass das so etwas Großes wird.«

»Du weißt ja, wenn die Alarmlämpchen in meinem Kopf erst mal leuchten …«

»Kannst du etwa Italienisch, Billinsky?«

»Ich kann ganz gut italienischen Rotwein trinken.« Sie zwinkerte ihm zu. »Aber Manzoni spricht hervorragend

Deutsch. Er hat erzählt, dass er kein Sizilianer ist, sondern aus Mailand stammt. Dort hat er eine Schweizer Schule besucht, mit Deutsch als Pflichtfach. Außerdem hat er wohl Freunde in Deutschland.«

»Die Krähe im Anflug auf Sizilien ...« Er schmunzelte.

»Warum nicht? Ich hatte vor Kurzem sogar Klimmt deswegen angerufen. Und er hat sein Einverständnis gegeben.«

»Ob das jetzt noch gilt ...«, zweifelte Rosen.

»Für mich schon.« Sie legte Entschlossenheit in ihren Ton. »Alles deutet darauf hin, dass sich hier in Frankfurt ein Feuer ausbreitet. Und ich will es im Keim ersticken, bevor es zum Flächenbrand wird.«

In diesem Moment klopfte es, die Tür wurde einen Spaltbreit geöffnet, und Stankos Kopf kam zum Vorschein.

»Was ist los?«, fragte Mara.

»Doppelmord«, antwortete er schlicht. »In einer ehemaligen Gießerei.«

Mara federte vom Stuhl hoch. »Okay, ich komme.«

»Eigentlich wollte ich nur wissen, wer das übernehmen soll.«

Sie stutzte. »Rosen und ich fahren hin.«

»Ich kann das auch machen«, bot Stanko an. »Solltest du dich nicht jetzt eher um die Koordination ...«

Sie unterbrach ihn ruhig, aber bestimmt: »Koordination bedeutet nicht, dass ich nicht mehr aus diesen vier Wänden rauskomme, oder?«

»Wie du meinst.«

»Übrigens, haben dich Schleyer und Patzke vorgeschickt?«

Er grinste fast ein wenig verlegen, als wäre ihm die ganze Situation unangenehm. »Schon möglich«, meinte er.

Sie griff nach ihrer Lederjacke, die über der Stuhllehne hing. »Es bleibt dabei, Rosen und ich übernehmen das.«

6

Die Kollegen der Spurensicherung huschten in ihren Schutzanzügen und Plastiküberschuhen in emsiger Stille durch die Halle der früheren Gießerei. Verhüllte Gestalten, die immer als Erste den Tatort begutachteten, damit Kriminalbeamte nicht durch eine flüchtige Unachtsamkeit Spuren wie Fußabdrücke im Staub unbrauchbar machten.

Billinsky und Rosen standen am Halleneingang, zu dem ein langer Gang führte, und betrachteten alles wortlos. Mara erinnerte die Fabrik an ihre turbulente Jugendzeit, als sie mit einer Gruppe abgerissener Gestalten solche langsam verfallenden Schauplätze bewusst aufgesucht hatte. Lange vor dem Bau der neuen Europäischen Zentralbank war gerade das Frankfurter Ostend voller *Lost Places* gewesen, wie sie sie nannte. Dort hatte sie etliche Stunden nutzlos verstreichen lassen. Wohl ein Grund dafür, dass Mara heute am liebsten keine Zeit mehr verlor und immer vorauspreschte.

Als sie endlich das Zeichen erhielten, sich nähern zu dürfen, setzte sie sich in Bewegung, um sich ein genaueres Bild vom Tatort zu verschaffen, gefolgt vom wie immer eher zurückhaltenden Rosen.

Die beiden männlichen dunkelhäutigen Leichen lagen auf dem Rücken, die Oberkörper zerfetzt von mehreren Schusswunden. Das ausgetretene Blut war auf dem Hallenboden eingetrocknet und bildete bizarre rostrote Muster. Neben ihnen befanden sich ihre Pistolen. Rosen deutete darauf. »Zwei Beretta U22.«

Mara nickte. »Wie ich so mitbekommen habe, sind die Dinger zurzeit beliebt bei den bösen Jungs.«

»Stimmt. Das liegt wohl vor allem an dem Design. Mit einer solchen Knarre gilt man als *cool*, nehme ich mal an.«

»Tja, auch beim Töten darf man keinen Trend versäumen«, meinte Mara sarkastisch.

»Falls die beiden einen afrikanischen Hintergrund haben, könnte das der Flächenbrand sein, von dem du gesprochen hast.« Rosen fuhr sich durch sein schütteres blondes Haar. In den langen Wochen seiner Trauer um Anyana hatte er an Gewicht eingebüßt, die Wangen waren schmaler geworden. Er wirkte älter als seine Anfang dreißig.

»Ja, der Flächenbrand«, murmelte sie. »Oder zumindest sein Anfang.«

»Der Mann, der links liegt, ist klein und untersetzt«, sagte Rosen.

»Ist mir auch aufgefallen.« Mara winkte einen Kollegen der Spurensicherung heran und bat ihn, bei dem Toten die Ärmel der Sportjacke und des Sweatshirts hochzuziehen.

Auf einem Unterarm wurde eine Tätowierung sichtbar: ein A und ein Y.

»Nett, dich kennenzulernen, Augustus«, sagte Mara.

»Können Sie einschätzen, wie lange die beiden tot sind?«, fragte Rosen den Mann in der Schutzkleidung.

»Auf jeden Fall länger als vierundzwanzig Stunden, vielleicht sogar achtundvierzig.«

»Dafür sehen sie noch recht gut aus, um es mal so zu sagen«, meinte Rosen abwägend.

»Trotzdem möglich. Recht kalte, trockene Luft. Männer im besten Alter. Na ja, wirklich festlegen können wir uns erst nach der Obduktion.«

»Irgendwelche Papiere gefunden?«, wollte Mara wissen.

»Nein. Auch sonst bis jetzt nichts Bemerkenswertes außer den Waffen, den Smartphones und dem Autoschlüssel.« Er wandte sich wieder seinen Aufgaben zu.

»Jede Menge Patronenhülsen«, sagte Mara zu Rosen. »Recht viele Treffer, wie die Wunden zeigen, und noch mehr Schüsse, die das Ziel verfehlt haben. Aber kaum Hülsen, die zu den Pistolen der beiden Toten passen.«

»Offenbar sind sie ziemlich überrascht worden«, erwiderte Rosen. »Sie konnten ihre Waffen ziehen, aber kaum noch Gegenwehr leisten.«

»Sieh dir nur die Wand hinter ihnen an. Großflächig von Kugeln perforiert und angekratzt. Da hat jemand die Herren mit wahren Salven eingedeckt.«

»Und somit muss ohrenbetäubender Lärm geherrscht haben.«

»Stimmt.« Mara nickte. »Gab es keine Meldungen? Weißt du irgendwas?«

»Nein, habe nichts gehört.« Rosen winkte ab. »Ziemlich abgelegen hier.«

»Also hat's niemand mitbekommen.« Sie strich sich eine vorwitzige Strähne aus der Stirn. »Den vielen herumliegenden Hülsen zufolge haben der oder die Killer etwa dort gestanden. Und da findet sich kein einziger Tropfen Blut.« Ihr Finger zeigte auf die Stelle, die sie meinte.

»Stimmt«, sagte Rosen. »Der Sieger dieser Auseinandersetzung ist unverletzt davongekommen. Oder *die* Sieger.«

»Mal sehen, was die Auswertung der Ballistiker noch bringt. Übrigens, wer hat die Toten gefunden?«

»Drei Jugendliche«, erwiderte Rosen, der das gleich bei ihrem Eintreffen in Erfahrung gebracht hatte. »Sie kommen wohl öfter hierher, um abzuhängen.«

»Und ein paar Joints kreisen zu lassen.«

»Du denkst wohl an deine eigene Teenagerzeit, was?«

»Heute bin ich keine Vorzeigepolizistin, und damals war ich keine Musterschülerin, das kann ich nicht leugnen.« Sie lächelte kurz, wurde aber sofort wieder ernst.

»Ich habe die Namen und Adressen der Jugendlichen notiert«, meinte Rosen. »Wir werden sie eingehender befragen müssen, obwohl ich mir nicht viel davon verspreche.«

»Ich mir auch nicht.« Mara zuckte gleichmütig mit den Achseln. »Wir können froh sein, dass sie die Leichen gefunden haben. Wer weiß, wie lange sie sonst unentdeckt geblieben wären.«

Während Rosen dem Beamten von der Spurensicherung weitere Fragen stellte, trat Mara beiseite und zog das Handy aus der Innentasche ihrer Jacke. Sie wählte einen Kontakt mit einer italienischen Nummer aus.

Domenico Manzoni nahm den Anruf so schnell entgegen, als hätte er darauf gewartet. »Meine Kollegin aus Deutschland – wie schön! *Buongiorno.* Wie geht es Ihnen?«

»Jedenfalls besser als dem guten Augustus Yekini.«

»Wieso?«, fragte Manzoni.

»Er ist erschossen worden.« Sie beschrieb das Tattoo auf dem Arm des Toten. »Ich kenne ihn ja nicht, aber es wäre schon ein Zufall, würde es sich nicht um Yekini handeln.«

»Ich hätte mit vielem gerechnet, damit allerdings nicht«, murmelte er mit seinem hörbaren, aber nicht ausgeprägten Akzent. »Trotzdem werde ich wohl auf Trauerkleidung verzichten.«

»Es reicht, wenn Sie einen Rosenkranz beten. Sie als Italiener …«

Er lachte. »Sagen Sie's nicht weiter, aber ich gehe nie in die Kirche. Fußball mag ich auch nicht – aber ich bin trotzdem ein waschechter *Italiano.*« Während sie ihm zuhörte, gestand sie sich ein, dass sie neugierig auf ihn war – bei ihr eher eine Seltenheit. »Manzoni, einer von Yekinis Mitstreitern ist Seite an Seite mit ihm gestorben.«

»Es könnte sein, dass die Jungs aus Nigeria dabei sind, bei euch einen kleinen Revierkrieg anzuzetteln. Das kennt man ja in Frankfurt, habe ich recht?«

»Und ob«, meinte Mara dumpf. »Können Sie mir noch

mehr über Yekini sagen? Das würde womöglich helfen, seinem Mörder auf die Spur zu kommen.«

»Die wenigen Fakten, die ich weiß, habe ich Ihnen mitgeteilt. Jetzt, da Augustus tot ist, wird Solomon umso wichtiger. Mit ihm würde ich mich zu gern unterhalten. Vielleicht könnte er uns sagen, wer seinen Bruder auf dem Gewissen hat.«

»Er befindet sich also noch in Sizilien?«

»Ich habe keine gegenteiligen Informationen. Wir werden hier alles daransetzen, Solomon zu kriegen.«

»Falls Sie Unterstützung brauchen, rufen Sie an.«

Sie hatte es mit Ironie ausgesprochen, aber er erwiderte betont ernsthaft: »Guter Punkt. Ich sagte Ihnen ja schon einmal, Signorina Billinsky: Wenn Sie mehr über Verbrecher mit nigerianischem Hintergrund erfahren wollen, müssen Sie nach Sizilien kommen. Hier liegt die Wurzel des Bösen.«

»Oder ich müsste gleich nach Nigeria.«

»Nein, denn erst hier werden diese Gelegenheitsgangster zu Berufskriminellen. Die Hintergründe des ganzen Wahnsinns kann ich Ihnen nicht in einem Bericht näherbringen, dazu muss man hierherkommen. Glauben Sie's mir, Signorina Billinsky.«

»Das *Signorina* können Sie sich sparen. Wenn wir uns treffen, wissen Sie, warum.«

»Signo–« Er stoppte mitten im Wort und musste lachen. »Wirklich, ich freue mich auf Sie, Billinsky.«

Als sie das Gespräch beendete, spürte sie, dass sie endgültig entschlossen war, den Besuch in Sizilien anzutreten. Auch gegen eventuelle Widerstände.

Nach der Rückkehr ins Präsidium dauerte es nicht lange, bis Staatsanwalt Christian von Lingert in Maras Büro auftauchte, um den abgesagten Termin nachzuholen. Sie nahmen Platz, zwischen ihnen Klimmts Schreibtisch, auf dem sich bereits Maras übliches Papierkramchaos ausbreitete, und maßen sich gegenseitig mit langen Blicken.

Man konnte sich kaum zwei gegensätzlichere Menschen vorstellen. Hinzu kam die Tatsache, dass ihre beiden Familien durch eine blutige Vergangenheit miteinander verbunden waren. Doch trotz allem hatte es einen Moment gegeben, an dem sich die Gegensätze auf irritierende Weise angezogen hatten. Zwischen Mara und von Lingert war es zu einem One-Night-Stand gekommen. Es war spontan gewesen, aus einer Laune heraus, fast surreal, wie ein plötzlicher Schneefall im Hochsommer. Und es war ein Ereignis, das es ihnen im Nachhinein noch schwerer machte, auf neutrale Weise miteinander umzugehen. Zumindest war es ihnen gelungen, dass diese eine gemeinsame Nacht ein Geheimnis geblieben war und sich auf den Fluren des Präsidiums nicht herumgesprochen hatte.

Auch jetzt kam die Unterhaltung nur schleppend in Gang.

»Ich wollte dir die Ernennung als Vertreterin persönlich mitteilen«, begann von Lingert betont professionell. »Aber du warst ja mal wieder unterwegs, und keiner der Kollegen wusste, wo …«

»Waren wir zwischenzeitlich nicht wieder beim Sie?«, unterbrach sie ihn mit einem provozierenden Schmunzeln, wohl wissend, dass sie damit Menschen wie ihn zum Kochen bringen konnte.

»Ich weiß nicht, bei was wir waren«, gab er brüsk zurück.

»Na ja, mir soll's wurscht sein.« Sie wusste, dass auch diese flapsige Art ihm nicht passte. Und setzte gleich noch einen drauf: »Ich kann dir ansehen, wie *sehr* du mir das gönnst.«

Inzwischen lag etwas Lauerndes in seinem Blick. Als wären sie zwei Kontrahenten vor Gericht.

»Es geht nicht ums Gönnen.« Er richtete seinen perfekt gebundenen Krawattenknoten, wie er es oft tat. »Sondern darum, ob jemand für eine Position geeignet ist.«

Mara lehnte sich bequem zurück und zeigte ihm wieder ihr Schmunzeln. »Ich war nicht geeignet, Polizistin zu sein. Schon gar nicht Kriminalbeamtin bei der Mordkommission.

Jetzt bin ich natürlich auch nicht geeignet, Klimmt zu ersetzen. Shit, wir reden doch nicht über die Position des Polizeipräsidenten, sondern nur über ein paar Wochen Vertretung.«

Sein Kopf ruckte hoch, was ihm etwas von einem Raubvogel gab. »Aber auch diese Position – und sei es nur für eine vergleichsweise kurze Zeit – hat jemanden verdient, der etwas repräsentabler ist.«

Mara schmunzelte ihn immer noch an. »Nur darum geht es?«

»Nein, sicher nicht. Und Klimmt war nun auch nicht gerade sonderlich repräsentabel mit seiner brummigen ...« Er verstummte, als er merkte, dass er sich fast hätte gehen lassen.

»Hast du *war* gesagt? Etwas voreilig, findest du nicht?«

Er nahm die Brille ab, säuberte die Gläser mit einem Tuch, was er ebenfalls oft tat, und verzichtete auf eine Antwort.

»Aber keine Sorge«, fuhr Mara fort, »eine Weile braucht sich hier keiner an meiner unrepräsentablen Visage zu stören.«

Irritiert fixierte er sie. »Wieso?«

»Ich werde für einige Tage nach Sizilien verschwinden.« In ein paar hingeworfenen Sätzen umriss sie ihre Absichten und die Gründe dafür.

Er schüttelte wild mit dem Kopf. »Ganz sicher nicht. Gerade jetzt, wo du hier die Abteilung leiten sollst, verdrückst du dich.«

»Ich verdrücke mich nie. Ich ermittle.«

»Das geht nicht.«

»Und ob das geht.«

Ruckartig stand er auf. »So war das nicht geplant.«

»Doch. *Ich* habe es so geplant. Klimmt war eingeweiht.«

»Davon hat er mir nichts verraten«, schnarrte von Lingert.

»Commissario Manzoni und ich hatten das seit Längerem in Erwägung gezogen. Es macht allen Sinn der Welt, um mehr darüber zu erfahren, mit welcher Art von Gegner wir es neuerdings zu tun haben. Außerdem befindet sich Solomon Yekini, der Bruder des erschossenen Augustus Yekini, noch in Sizilien. Es wird nach ihm gefahndet – und da will ich dabei sein.«

»Du bist Klimmts Stellvertreterin. Brauchen wir dann einen Stellvertreter für die Stellvertreterin, oder wie hast du dir das gedacht?«

Mara hob eine Augenbraue. »Einerseits bin ich nicht geeignet, andererseits sollte ich nicht für ein paar Tage wegkönnen?« Sie winkte ab. »Entspann dich lieber.«

»Entspannen?«, zischte er und beugte sich nach vorn, um die Hände auf der Schreibtischoberfläche abzustützen und Mara noch aggressiver ins Visier zu nehmen. »Ich versichere dir: Falls du keine klaren, verwertbaren Ergebnisse, die zu Festnahmen und Anklagen führen, mitbringen solltest, hat das Konsequenzen für dich.«

»Was du nicht sagst«, gab Mara aufreizend gelassen zurück, obwohl sein besonders heftiger Ton sie nun doch überraschte.

»Ich rede von fundamentalen Konsequenzen für deine Laufbahn als Polizistin.«

»Das war kaum falsch zu verstehen.«

Von Lingert richtete sich auf und starrte immer noch verärgert auf sie herab. »Das will ich auch hoffen. Für Sie, Frau Kommissarin.«

»Wir zwei Hübschen sind also wieder beim Sie?«

»Dabei hätten wir *immer* bleiben sollen.«

Sie grinste ihn spöttisch an. »Endlich sind wir mal einer Meinung.«

7

Es war erst zwei Tage her, dass er an einem blutigen Tatort gestanden hatte. Solche Situationen waren ihm zuwider. Innerlich wünschte er sich dann immer ganz weit weg. Und womöglich war das ja der springende Punkt: Vielleicht hatte Jan Rosen schon immer ein anderer sein wollen, betraut mit anderen Aufgaben, verwurzelt in einem anderen Alltag.

Ja, erst achtundvierzig Stunden war es her, dass er auf die Leichen von zwei ermordeten Menschen hatte starren müssen – und hier lag bereits die nächste.

Hinzu kam, dass er sich nicht in Begleitung von Mara Billinsky befand, wie er es gewohnt war. Sie hatte tatsächlich ihren berüchtigten Dickschädel durchgesetzt und war nach Sizilien abgerauscht. Deshalb musste Rosen mit seinem Kollegen Wolf Stanko ein Duo bilden. Stanko war um einiges älter als Rosen, Mitte vierzig, und galt als verlässlicher Ermittler, der auch die schwierigen Seiten des Jobs zu nehmen wusste, aber nie einen Zentimeter weiter ging, als er musste. Mit seinem runden Gesicht und dem Bauchansatz strahlte er manchmal etwas fast Gemütliches aus. Im Präsidium gehörte er nicht zu den Wortführern, und deshalb war es Rosen lieber, im Moment ihn zum Partner zu haben als Schleyer oder Patzke. Noch vor ihrer Abreise hatte Billinsky Rosen gebeten, sich um die Sache zu kümmern, wohl weil sie sich auf ihn mehr verließ als auf andere und ihr klar war, dass er Stanko bevorzugte.

Dabei machte der Fall in der früheren Gießerei Rosen sowieso schon schwer zu schaffen. Sie kamen keinen Zentimeter voran, obwohl die erste Zeit nach der Tat doch die wichtigste war, um eine Ermittlung in die richtige Spur zu bringen. Die einzige neue Information betraf die Tatwaffe: Augustus Yekini und sein Begleiter waren mit einer Glock 17, Kaliber .22 getötet worden. Aus der Pistole waren nach den Ergebnissen der Spurensicherung vermutlich achtundzwanzig Schuss abgefeuert worden, von denen elf die Opfer getroffen hatten. Man konnte dieses Modell mit einem Magazin ausstatten, das mit dreiunddreißig Kugeln gefüllt werden konnte – offenbar war der Täter also auf eine derart heftige Auseinandersetzung vorbereitet gewesen.

Es war ein bewölkter Tag, und das passte zu Rosens Stimmung. Der Winter schien sich regelrecht an die Stadt zu klammern.

Rosen hielt sich zurück, wie es meistens seine Art war, während Stanko mit den Männern der Spurensicherung sprach. Er wandte sich ab und spähte die schmale, kaum befahrene Einbahnstraße des Westends hinab, doch vor sich sah er immer noch den mit mehreren Messerstichen ermordeten Mann, der wohl erstaunlich lange unbemerkt in einem Gebüsch neben dem Bürgersteig gelegen hatte, zusätzlich abgeschirmt durch eine Litfaßsäule. Schließlich war er von einem Spaziergänger oder eher dessen Pudel entdeckt worden. Ein schlimmer Anblick. Das verzerrte Gesicht, von Ratten angeknabbert. Die gelblich verfärbte Haut. Das eingetrocknete Blut.

Wie immer in solch bedrückenden Momenten musste Rosen an Anyana denken. An die Situation, als er von ihr hatte Abschied nehmen müssen. Sie hatte auf einem Obduktionstisch aus blankem Metall gelegen, bis zum Kinn bedeckt mit einem weißen Laken. Dieser Anblick hatte sich ihm eingebrannt, der erlöste Ausdruck, als wäre sie froh, dass diese Episode namens Leben endlich vorüber war. Ein Schauer überlief ihn bei der Erinnerung. Nachts träumte er oft von ihr, auch jetzt noch.

»… mir überhaupt zugehört, oder was?«

Die Stimme drang erst mit Verzögerung in sein Bewusstsein. Er drehte sich zu Stanko um, der ihn mit abschätzigem Blick betrachtete.

»Äh … was?«

»Du hast ihn doch auch erkannt, oder?«

»Den Ermordeten?«, entfuhr es Rosen verdutzt.

»Mann, du hast wirklich keine Silbe mitgekriegt.« Ein knappes Kopfschütteln folgte. »Bist du ihm echt nie begegnet? Er war doch mehr als einmal bei uns im Präsidium. Sogar die Jungs von der Spusi wussten sofort, dass es sich um einen Rechtsverdreher handelt.«

»Hm. Das Gesicht habe ich nie zuvor gesehen. Du kanntest ihn also?«, fragte Rosen.

»Ich? Nein, nur ganz flüchtig. Ich hatte nie was mit ihm zu tun.« Stanko winkte ab. »Dann mal zu den Details. Zum Beispiel seinem Personalausweis, der in seinem vollen Geldbeutel steckte. Raubüberfall kommt demnach nicht infrage. Also, er hieß Falko Steffen. Einundvierzig Jahre alt. Wie gesagt, von Beruf Rechtsanwalt.«

Stanko fügte noch weitere Punkte an, Rosen fiel es jedoch schwer, sich zu konzentrieren. Das hielt auch dann noch an, als er und sein Kollege die rundum liegenden Häuser abklapperten und Anwohner befragten, von denen jedoch keiner auch nur einen hilfreichen Hinweis geben konnte. Eine zähe Aufgabe, der weder er noch Stanko mit großem Eifer nachgingen, wie er feststellte. Wieder einmal fehlte ihm Billinsky. Sie besaß etwas Drängendes, Unbedingtes, das ihn manchmal einschüchterte, sie aber oft weiterbrachte und um das Rosen sie insgeheim beneidete.

Irgendwann brachen er und Stanko die entmutigenden Befragungen ab. Sie kehrten ins Präsidium zurück. Im Gegensatz zu der Gewalttat in der Gießerei gelang es ihnen bei dem neuen Fall zügig, sich ein klares Bild vom Opfer zu machen. Bei Falko Steffen handelte es sich um einen seit vielen Jahren praktizierenden Juristen, verheiratet, eine Tochter, unbescholten, beliebt. Doch es gab keinerlei Anzeichen dafür, warum gerade ihn ein so gewaltsamer Tod ereilen musste.

Es war schon gegen Abend, als Rosen und Stanko sich auf den Weg nach Kronberg machten, wo Steffen einen villenartigen Neubau bewohnt hatte. Yvonne Steffen brachte erst die kleine Tochter ins Kinderzimmer, dann führte sie die beiden ins Wohnzimmer, das etwa halb so groß war wie Rosens komplette Wohnung. Sie war eine attraktive, sportlich wirkende Frau, sechsunddreißig Jahre, mit modischem Kurzhaarschnitt. Rosen und Stanko sahen ihr die Bestürzung und die Unsicherheit an. Am Vortag hatte sie ihren Mann als vermisst gemeldet. Einen Abend zuvor war er zu einem feuchtfröhlichen Treffen mit Kollegen aufgebrochen, aber in der Bar niemals aufgetaucht.

Stanko, der im Auto noch recht munter geplappert hatte, war auf einmal in Schweigen verfallen. So blieb es an Rosen hängen, die traurige Nachricht zu überbringen, und das lag ihm überhaupt nicht. Jetzt hätte er Billinsky erst recht gebraucht. Mit ihrer geradlinigen, vorpreschenden Art schreckte sie auch nie davor zurück, die Angehörigen vor vollendete Tatsachen zu stellen. Manchmal war sie ihm zu hart dabei vorgegangen, aber das war womöglich besser als das Herumgedruckse, das von ihm kam, bis er die entscheidende Einzelheit endlich über die Lippen brachte.

Yvonne Steffen tat alles, um vor den beiden Fremden nicht ihre Beherrschung zu verlieren. Bei dem Versuch, die Tränen zurückzuhalten, wurde ihr hübsches Gesicht immer starrer, geradezu maskenhaft.

Rosen fragte sich, warum man sich eigentlich immer so schämte, seine Gefühle zu zeigen. Rasch ermahnte er sich wieder zur Konzentration. Er begann, die in solchen Situationen üblichen Fragen zu stellen, und die Frau, die völlig unversehens zur Witwe geworden war, gab tapfer Antworten. Leise Worte, knappe Sätze. Wie sie ihm leidtat. Genauso wie all die anderen zuvor, die er unter derartigen Umständen hatte erleben müssen.

Nach einiger Zeit bat Rosen darum, das Büro sehen zu dürfen, das Falko Steffen sich zu Hause eingerichtet hatte, während seine Kanzlei sich in einem Frankfurter Bürokomplex in der Taunusanlage befand.

»Die Kanzlei werden wir selbstverständlich auch unter die Lupe nehmen müssen« fügte er an, »vor allem unsere Spezialisten, aber ein kurzer Blick …« Er suchte erneut nach Worten und verfluchte seine Unbeholfenheit ebenso wie Stanko, der sich nicht einmal ein wenig Mühe gab, ihn bei der Befragung zu unterstützen.

Die Überprüfung des Büros erbrachte nichts, wobei es ohnehin nicht klar war, wonach genau sie suchen sollten. Als sie sich verabschiedeten und Rosen Frau Steffen Unterstützung durch den Polizeipsychologen anbot, fiel ihm das Fahrzeug des Toten ein. »Wir würden gern auch noch einen Blick in die Garage werfen, auf das Auto Ihres Mannes.«

Yvonne Steffen hob schwer die Schultern. »Natürlich.« Gleich darauf reichte sie ihm die Autoschlüssel.

»Ach so.« Rosen hatte etwas vergessen. »Bitte auch den Schlüssel für die Kanzlei, damit die Spurensicherung ihre Arbeit machen kann.« Wortlos und mit nach wie vor versteinerter Miene kam sie der Aufforderung nach, wobei sie ihm noch mehr leidtat.

Nachdem sie sich Falko Steffens schwarz lackierten BMW angesehen hatten, ohne auf etwas Auffälliges zu stoßen, fuhren sie zurück nach Frankfurt. Diesmal kam kein Ton von Stanko, und auch Rosen flüchtete sich in ein brütendes Schweigen. In der Taunusanlage stellten sie ihren Wagen ab, dann marschierten sie auf das Gebäude zu, in dem die Kanzlei im ersten Stock untergebracht war.

Sie nahmen die Treppe, nicht den Aufzug, und als sie die Tür aufschlossen, merkte Rosen, dass er in Gedanken schon wieder bei Anyana war. Er versuchte, die Erinnerungen zu ignorieren, betrat mit einem Seufzer die Kanzlei, gefolgt von Stanko, und hielt augenblicklich inne.

»Sieh dir das an!«, entfuhr es ihm völlig überrascht.

Mädchen, die auf Reisen gehen

In der Hütte des Priesters hatte ihr Weg begonnen. Manchmal konnte sie gar nicht glauben, wie lange das Ritual nun schon zurücklag. Und erst recht konnte sie kaum glauben, dass sie voller Hoffnungen aufgebrochen war, damals, als sie von einem Tag auf den anderen zu ihnen gehört hatte. Zu den Mädchen, die auf Reisen gehen. *So lange war das her … so viele Hoffnungen, die zerfetzt worden waren …*

Bereits einen Tag nach dem Ritual hatte man sie aus Benin City nach Kano gebracht, einer Stadt im Norden Nigerias, gemeinsam mit zwei anderen stillen, dünnen Geschöpfen in ihrem Alter. Ja, sie erinnerte sich genau. Erinnerte sich an mehr, als ihr lieb sein konnte.

In Kano saßen sie tagelang in einem leeren Haus fest, in dem ständig Ungeziefer über den Boden krabbelte. Sie hatten viel Zeit zum Nachdenken. Mit den beiden Mädchen redete Azuka kaum, sie wirkten noch eingeschüchterter als sie selbst. So saß sie stundenlang auf einer Matratze und musste sich erst einmal vergegenwärtigen, wie schnell das alles gegangen war. Sie war von einem Freund ihres Vaters angesprochen worden, ob sie sich vorstellen könne, in Europa zu leben und viel Geld zu verdienen. Er wisse von guten Jobs als Kindermädchen, Hairstylistin, Restaurantbedienung. Mit der Schule hatte sie aufhören müssen, sie war schon über siebzehn, Aussichten auf Arbeit gab es nicht.

Na klar konnte sie sich das vorstellen.

Der Freund organisierte einen Pass, nicht mit ihrem Namen, aber ihrem Foto. Azuka war glücklich, voller Erwartungen, zum ersten Mal in ihrem Leben. Das Ritual ließ ihre

Gefühlslage kippen. Ihre Seele schwebte durch den Raum. Sie gehörte nicht mehr Azuka, sondern jemand anderem – genauso fühlte es sich an.

Vom Freund ihres Vaters war sie nach Kano begleitet worden. Dann allerdings verschwand er wieder, schon bald nach der Ankunft. Ein anderer Mann nahm sich ihrer an, nur ein weiterer Kerl in einer langen Reihe, die auf Azukas Weg ins gelobte Europa an ihr verdienten. Das allerdings wusste sie damals noch nicht. Die Reise wurde von einer offenbar ziemlich selbstlosen Dame organisiert, einer Nigerianerin, die, so hatte man es ihr erklärt, die Heimat verlassen hatte und deren großes Herz für ihre Landsfrauen schlug. In ihre Obhut würde Azuka am Zielpunkt übergeben werden. Azuka war neugierig auf die Dame, deren Name niemals fiel; sie wurde einfach nur die Madame *genannt.*

Die Narben auf ihrem Rücken, die ihr der Priester zugefügt hatte und die sie manchmal mit einer Spiegelscherbe betrachtete, verheilten gut. Sie ahnte noch nicht, dass einem Menschen Wunden zugefügt werden konnten, die nie verheilten und immer schmerzen würden.

Nachdem zwei weitere Mädchen zu ihnen gestoßen waren, wurden sie alle von Kano mit einem klapprigen Kleinbus in die nächste Stadt gefahren, nach Niamey in Niger. Diesmal mussten sie in einem leeren Ziegenstall mit einer einzigen kleinen Fensteröffnung schlafen.

Nachts wurde Azuka von dem neuen Begleiter geweckt und nach draußen geführt. Sie war schlaftrunken, völlig durcheinander. Ein Fremder wartete auf sie. Er trug ein langes Gewand und eine Rundmütze. In seinen Augen schimmerte etwas, das Azuka fremd war, das sie jedoch von da an noch oft bei Männern bemerken sollte. Hinter dem Stall wurde sie vergewaltigt. Erst von dem Kerl mit der Mütze, anschließend von dem Begleiter. Irgendwann sollte sie erfahren, dass eine besonders hohe Summe für sie bezahlt worden war, da sie noch Jungfrau war.

In derselben Nacht versuchte sie wegzulaufen, doch der Begleiter erwischte sie und schlug sie zusammen. Sie hoffte nur noch, dass die Reise bald vorbei sein würde.

Den übrigen Mädchen erging es ebenso, auch sie wurden hinter dem Stall zum ersten Mal in ihrem Leben verkauft. Azuka hörte ihre Schreie, als sie auf dem mit Ziegenkot verschmierten Stroh kauerte. Beim Klang der Stimmen von draußen spürte sie, dass etwas in ihr zerbrach. Sie fühlte die Splitter in ihrem Inneren wie scharfe Glasscherben. Sie fühlte auch, dass sie gerade dabei war, eine andere zu werden.

In einem verbeulten Pick-up wurden sie von Niamey weggebracht, bis über die nächste Landesgrenze. Alles geschah nachts, ohne Licht. Zwölf Menschen und jede Menge Zigaretten wurden geschmuggelt. Sie saßen wie eine Ware übereinander, und genau das waren sie auch. Azuka hatte das Glück, ganz oben zu hocken. Die Mädchen, die unten waren, fühlten sich wie zerquetscht, ihre Beine knickten beim Aussteigen ein, sie konnten nicht mehr aufstehen. Eines von ihnen wäre fast erstickt und überlebte nur mit knapper Not.

Sie befanden sich in einem Ghetto am Stadtrand von Gao, einer Stadt in Mali. Zum ersten Mal mussten sie versteckt werden, in Bretterverschlägen, löchrigen Zelten. Ab hier begann die Jagd auf Flüchtlinge. Die Ghettos waren Sammelstellen für alle, auf die der Weg durch die Wüste wartete.

In jedem Ghetto gab es einen Chef, der Nahrung organisierte. Alle wollten schnell weg, doch manche blieben Monate. Bei dem Ritual des Priesters hatte Azuka das Gefühl gehabt, in die Hölle zu blicken. Doch nach und nach sollte sie lernen, dass es viele Höllen gab. Und das Ghetto war nur eine davon.

Alle Flüchtlinge wurden auf derart engem Raum zusammengepfercht, dass sie praktisch übereinander schliefen, Männer, Frauen, Kinder. Sie besaßen gar nichts, nicht einmal Decken. Die Frauen hatten keine Tücher, wenn ihre Regel kam, und blieben schmutzig.

Manchmal schickte die Polizei Suchtrupps aus, aber die zeigten sich nicht erpicht darauf, tatsächlich etwas zu finden. Das hätte wohl nur zu viel Arbeit und einen Haufen Papierkram bedeutet.

Alle aßen gemeinsam aus einem Topf. Darin befand sich eine Suppe, in die alles kam, was der Ghettochef auftreiben konnte, Ziegenfüße, Hühnerhälse, Schafaugen. Manchmal gab es einen Mehlbrei aus Hirse.

Die Weiterreise verzögerte sich wegen Geldschwierigkeiten. Azukas Begleiter wurde immer verärgerter, er schimpfte auf die Madame, die ihm zu wenig hatte zukommen lassen. Nachts brachte er Azuka und zwei andere Mädchen in staubige Seitengassen. Dort warteten Männer. Der Begleiter rauchte währenddessen. Azuka sah immer seine Zigarette aufglühen, bei jedem Zug, den er nahm. Zwei Zigarettenlängen brauchte ein Mann im Ghetto normalerweise, manche auch drei.

In Azuka glomm der Wunsch, erneut wegzulaufen, aber sie getraute sich nicht mehr. Wohin hätte sie auch gehen sollen? Ihr wurde bewusst, dass sie gar nicht mehr nach Hause wollte. Eigentlich wollte sie gar nichts mehr, auch nicht nach Europa. Nichts außer sterben.

Eines Abends wurde ihre Gruppe von dem Begleiter aufgescheucht. Er schrie herum und fuchtelte wild mit den Armen. Ein Motor brummte auf, und da wusste Azuka Bescheid. Nach fast drei Monaten im Ghetto ging es weiter.

Die Wüste wartete auf sie.

Die nächste Hölle.

8

Hinter Mara Billinsky ragte die Stadt auf, ein wildes, verwinkeltes Ungetüm in Hellgelb und Ocker. Beim Blick aus dem Flugzeug und während der Fahrt vom Flughafen hatte sie den Eindruck gewonnen, dass Catania alles andere als eine Schönheit war, eher ein rohes, abweisendes Biest. Aber davon hatte sie sich nicht abschrecken lassen. War es nicht genau diese Schroffheit, die sie von Frankfurt kannte und die ihr auf seltsame Weise imponierte?

Vor ihr bildete das Meer eine petrolfarbene, scheinbar endlose Spiegelfläche, die das gleißende Sonnenlicht zurückwarf. Es war Nachmittag, kein Wind wehte. Maras Blick wanderte über die großen schwarzen Felsbrocken, die den Strand von der Straße trennten. Auch der Sand war dunkel, Reste uralter Lavaströme, die der Ätna ins Land getrieben hatte. Es war verbrannte Erde, über die Mara ging. War das ein böses Omen? Gut, dass sie nicht an so etwas glaubte.

Fast niemand war unterwegs, Touristen nutzten Catania zumeist nur als Startpunkt für Reisen zu den attraktiveren Flecken der Insel. Mara schlenderte noch ein Stück weiter und musste über viele vom Meer angespülte, von Salz und Kalk zerfressene Gegenstände hinwegsteigen: einzelne Flip-Flops, Peroni-Bierflaschen, Plastikförmchen, mit denen Kinder gespielt hatten.

Sie zog die Lederjacke aus und legte sie sich über die Schulter, sodass ihre Dienstwaffe, die im Hüftholster steckte, weiterhin verborgen blieb. Zum Glück hatte sie im kalten Frankfurt gerade noch daran gedacht, die Jeansjacke in ihre Reisetasche zu stopfen, die jetzt allerdings im Hotelzimmer an der Stuhllehne hing. Immerhin hatte sie ihre schweren Doc Martens gegen Chucks eingetauscht, deren Sohlen tief in den Sand einsanken. Es war verdammt heiß, dabei war es noch so früh im Jahr.

Lediglich ein dreistündiger Flug lag hinter ihr, doch als sie an dem einsamen Strand die salzige Luft einsog, kam es ihr vor, als wäre sie auf einem anderen Planeten gelandet. Ein fast surrealer Moment. Wie lange war sie nicht mehr aus Frankfurt herausgekommen, aus dem Präsidium, aus dem Kreislauf der Fälle?

Sie merkte aufs Neue, wie sehr sie sich von den meisten Menschen unterschied, die wahrscheinlich ein- oder zweimal im Jahr Urlaub machten, einem gewöhnlichen Job nachgingen, ein normales Leben führten. Sie hatte nie dazugehört, war nie wirklich Teil einer Gruppe gewesen, nicht einmal die Hälfte eines Pärchens, das auf die übliche Weise zusammenlebte. Die geborene Außenseiterin, eben die Krähe. War es so? Konnte man tatsächlich dazu geboren sein? War sie von den Umständen in diese Rolle gedrängt worden? Oder bestand die Möglichkeit, dass sie einfach nur Angst hatte vor dieser Sache, die man *normales Leben* nannte? Angst davor, durch einen vorhersehbaren Job, zu dem keine Waffe gehörte, und einem Alltag mit Freunden und einem Hund, den man Gassi führte, im Nichts zu verschwinden, sich irgendwo in der Masse aufzulösen? War diese Furcht ihr eigentlicher Antrieb?

Wer war sie, diese Kommissarin namens Mara Billinsky, was machte sie wirklich aus?

Sie starrte aufs Meer und fühlte sich wie gelöchert von den Fragen, die so plötzlich über sie herfielen. Ihre Gedanken schienen gleichzeitig zu ent- und beschleunigen, und das gefiel ihr nicht. Sie mochte es durchaus, die grauen Zellen in Bewegung zu halten, aber nur, wenn sie selbst nicht der Gegenstand solcher Grübeleien war. Deshalb war sie fast erleichtert, als hinter ihr ein Geräusch ertönte. Sie drehte sich um.

Ein Mann kam durch den dunklen Sand auf sie zu. Weder hastig noch schleichend, aber den Blick ganz unverwandt auf sie gerichtet.

Maras Haltung versteifte sich automatisch.

Einen Meter vor ihr blieb er stehen. »*Bienvenuto*, Kommissarin Billinsky.«

»Wie haben Sie mich hier gefunden, Commissario Manzoni?«

»An der Rezeption haben sie mir gesagt, dass Sie in Richtung Strand weggegangen sind.« Er grinste und hielt ihr wie nebenbei seinen Dienstausweis hin. »Und glauben Sie mir, keine einzige Sizilianerin würde an diesem herrlichen Frühlingstag eine schwarze Lederjacke tragen. Sie hätte ich in keinem Fall übersehen.«

»Übrigens, vielen Dank für den Service! Sehr nett, mich von einem Ihrer Beamten abholen und zum Hotel bringen zu lassen.«

»Ich bitte Sie, wir Italiener sind doch ... wie sagt ihr? Kavaliere.« Alles, was er äußerte, hatte einen ironischen Tonfall. Sein Akzent war stärker hörbar als noch am Telefon.

»Ich hätte mir auch einen Leihwagen nehmen können.«

»Besser nicht. In Sizilien gibt es nur eine einzige Verkehrsregel: *keine* Regeln.«

»Ich hänge auch nicht an Regeln, ich wäre schon klargekommen.«

Er musterte sie scheinbar beiläufig, doch Mara entging nicht, dass er jede Einzelheit aufnahm. Auch sie taxierte ihn prüfend. Kein Riese, nur unwesentlich größer als sie, aber seine Schultern waren breit, die Hände groß. Sein schwarzes Haar war gewellt und ziemlich verstrubbelt. Eine einzelne lange silbergraue Strähne stach daraus hervor. In dem dunklen Dreitagebart schimmerte es ebenfalls grau. Die Form seines Gesichts war seiner Gestalt nicht unähnlich, kurz und breit, mit wuchtigem Kinn und starkem Unterkiefer. Und die Ausbuchtung unter seinem Arm aufgrund einer Waffe im Schulterholster war Maras wissendem Blick nicht entgangen.

»Das Timing für Ihren Besuch ist perfekt, Signora Kommissarin, das kann ich Ihnen versprechen.«

»Dann sollten Sie das auch halten.«

Sein Grinsen flackerte wieder auf, er deutete eine Verbeugung an. »Aber selbstverständlich.« Erst jetzt wurde sein Ausdruck ernsthafter. »Ein wichtiger Einsatz steht an. Schon morgen. Wir haben Informationen, die sich sehr gut anhören.«

»Hinsichtlich Solomon Yekini?«

»Das wird sich zeigen. Jedenfalls können Sie quasi live erleben, wie effektiv und effizient wir arbeiten.«

»Und wo sehen Sie dabei meinen Platz? Als Beteiligte? Übrigens, ich möchte, dass Sie eine Waffe für mich beantragen. Meine durfte ich nicht mitnehmen.«

»Das ist doch nur bürokratischer Kram, der viel Zeit und Mühe kosten würde. Eine Waffe wird nicht nötig sein.« Domenico Manzoni schmunzelte. »Für mich sind Sie eine Art Gasthörerin. Heißt es nicht so an der Universität?«

»Was hat es mit dem Einsatz auf sich?«

»Keine Sorge, Sie werden die Einzelheiten erfahren, wenn es so weit ist.«

Im Gegensatz zu Manzonis etwas derbem Gesicht war sein anthrazitfarbener Anzug edel und schick, wie ihn auch Maras Vater oder Christian von Lingert hätte tragen können. Dazu passten allerdings nicht das einfache hellgrüne T-Shirt und die Schuhe, die eher sportlich waren und dicke Sohlen aufwiesen.

»Also erst morgen? Dann ist das Timing doch nicht so perfekt.«

»Wollen Sie sich nicht erst mal akklimatisieren?«

»An die Hitze werde ich mich sowieso nicht gewöhnen.«

»Hitze?« Er lachte. »Das ist doch gar nichts. Fast noch Winter für uns.«

»Gut, womit fangen wir an?« Mara sah ihm in die Augen.

»Sie verlieren nicht gern Zeit, richtig?«

»Ich verliere überhaupt nicht gern.«

»Ich auch nicht.« Erneut wurde Manzoni ernsthaft. »Wir fangen an mit den Glühwürmchen.« Rasch blickte er auf seine silbern funkelnde Armbanduhr. »Das heißt, mir fällt gerade noch etwas ein. Sie haben doppeltes Glück. Morgen folgt der Einsatz, und schon heute erwartet Sie eine besondere Vorstellung, eine echte Show. Das haben Sie Pfarrer di Salvo zu verdanken. Freundlicherweise hat er nichts dagegen, dass Sie und ich kurz zuschauen werden.«

»Glühwürmchen, eine Show«, wiederholte Mara skeptisch. »Um mal eines klarzustellen: Ich bin nicht hier, damit Sie mich mit Rätselspielchen aufheitern. Sie können also offen sprechen. Ich mache das auch.«

»Das merke ich.«

»Ein Pfarrer? Ich habe nicht gerade einen Stammplatz in der vordersten Kirchenbank.«

»Wie schon mal erwähnt, ich auch nicht.«

Mara folgte ihm zu einem roten, ziemlich in die Jahre gekommenen Audi TT der zweiten Baureihe. »Sie fahren einen kleinen Deutschen, ich habe zu Hause einen kleinen Italiener«, bemerkte sie.

»Gutes Zeichen. Wir scheinen uns zu ergänzen.«

Die Fahrt führte sie durch ein Labyrinth aus engen Gassen, in denen Papierfetzen und Abfall aufwirbelten. Die Hitze ballte sich in den Häuserschluchten. »Catania hat wunderschöne Seiten«, verkündete Manzoni. »Prächtige Alleen, verschnörkelte alte Bauten, beeindruckende Kirchen und Theater. Aber leider liegen sie nicht auf unserem Weg.«

Eine ganze Weile ging es weiter durch menschenleere Straßen. Die kleinen schwarzen Fenster der Gebäude wirkten wie Augen. Über dem Audi schwebte ein Streifen des makellos blauen Himmels. Manzoni gab ordentlich Gas. Immer wieder bog er ab. Unmöglich für Mara, die Orientierung zu behalten. Ein ungutes Gefühl machte sich in ihr breit. War sie zu naiv? Sie wusste nichts über ihn, hatte nur ein paarmal mit ihm telefoniert und kurz auf seinen Ausweis geschielt. Dieser Moment vager Ungewissheit machte ihr wieder bewusst, dass sie hier eine völlig Fremde war.

Am Ende einer langen Reihe trister Wohnblöcke, zwischen denen Wäscheleinen mit etlichen Kleidungsstücken gespannt waren, wuchs beinahe wie aus dem Nichts eine winzige, unscheinbare Kirche aus dem staubigen Boden.

»Di Salvos kleines Reich«, murmelte Manzoni, als er das Tempo verringerte und den Audi neben zwei uralten, von Rost zerfressenen Fiats parkte.

Manzoni vornweg, Mara dichtauf, betraten sie das Gebäude mit dem schief wirkenden Turm und wurden sofort von matter Dunkelheit verschluckt. Ein paar Sitzbänke aus rohem Holz, ein schmaler Altar, nichts von dem Pomp, den Mara vielleicht sonst mit sizilianischen Kirchen verbunden hätte.

Stille. Weihrauchduft. Ein Hauch von Kühle – die erste, seit sie aus dem Flugzeug gestiegen war.

Der Commissario führte sie an den Bänken vorbei zu einem seitlichen Durchgang, den sie zunächst nicht bemerkt hatte. Von dort ging es eine schmale, mittelalterlich erscheinende Steintreppe nach unten. Hier war es noch kühler und finsterer, Mara konnte kaum mehr Manzonis Umrisse ausmachen.

Er hielt inne, und sie konnte es im letzten Moment vermeiden, gegen ihn zu prallen. Gemurmel drang an ihr Ohr. Sie verspürte eine Gänsehaut, und das lag nicht daran, dass es hier unten so frisch war.

9

Jan Rosen saß an seinem Schreibtisch in der Bürozweierzone, die er im Moment für sich allein hatte. Wolf Stanko stand am Fenster, durch das man auf den grauen, unfreundlichen Frankfurter Himmel sah. Auf Billinskys verwaistem Stuhl hatte gerade Staatsanwalt Christian von Lingert Platz genommen, der sich zuvor mit einem Telefonat angekündigt hatte.

»Da es bei dem Fall in der Gießerei wohl immer noch keine Fortschritte gibt«, bemerkte von Lingert spitz, »bringen Sie mich bitte bei dem Steffen-Fall auf den aktuellen Stand. Die ersten Informationen hatte ich ja erhalten.«

Immer noch keine Fortschritte, hallte es in Rosens Ohren nach.

»Also«, begann er, »bei der Tatwaffe handelte es sich um ein Messer mit auffallend breiter, langer und offensichtlich sehr scharfer Klinge. Kein Sägemesser, denn die Wundränder sind glatt, nicht zerfasert. Die Klinge war nicht gekrümmt oder gar verbogen. Es könnte ein Schlachter- oder Jagdmesser gewesen sein. Oder sogar eine kleinere Machete.« Er räusperte sich kurz. »Vom Täter konnten keine Spuren gesichert werden. Keine Fingerabdrücke, keine Hautpartikel, nichts, was einen DNA-Abgleich ermöglichen würde.«

»Klingt ja großartig«, warf von Lingert sarkastisch ein.

»Falko Steffen ist nicht bestohlen worden. Bargeld, Kreditkarte, Armbanduhr, Smartphone, nichts davon fehlte. Bis auf den Schlüsselbund, aber darauf komme ich gleich noch mal.« Im Unterbewusstsein merkte er, dass er den knappen Telegrammstil von Billinsky übernommen hatte, die für gewöhnlich auf diese Weise Bericht erstattete. »Wir haben den

Taxifahrer ausfindig gemacht, der Steffen befördert hat. Er setzte ihn in unmittelbarer Nähe der Bar *Calypso* ab und hat nur wenige Minuten später bereits den nächsten Kunden einsteigen lassen.«

»Was ist mit Steffens Handy?«

»Wie erwähnt, trug er es bei sich, aber etwa eine halbe Stunde nach seinem Tod war der Akku leer. Sowohl die Männer, mit denen er sich zu dem Umtrunk treffen wollte, als auch seine Frau schickten ihm Nachrichten und riefen bei ihm an – ohne Antwort.«

»Ich meinte, ob es Daten gibt, die uns weiterhelfen?«

»Die Auswertung ist noch nicht abgeschlossen.«

»Anhaltspunkte für ein Motiv?«, fragte der Staatsanwalt ähnlich knapp, wie Rosen die Informationen weitergab.

»Nein, noch nicht. Was Steffens Privatleben angeht, gibt es keine Anzeichen. Im Gegenteil, alles war sehr harmonisch, das Verhältnis zu seiner Frau und der kleinen Tochter, auch die Beziehungen zur Verwandtschaft. Keine Geliebte oder sonstige Auffälligkeiten. Er war offenbar ein Mann, den man mochte und der keine Feinde hatte.« Rosen machte eine Geste, die er selbst als hilflos empfand, und das ärgerte ihn.

»Und beruflich? Ich habe ihn zwar einige Male getroffen, kannte ihn jedoch nicht sonderlich gut.«

»Auch da haben wir nichts herausarbeiten können, was eine genauere Untersuchung erforderlich macht.« Rosen betrachtete seine ordentlich aufgeschriebenen Notizen. »Steffen hatte ein gutes Verhältnis zu seinen Kollegen. Es gab auch keinen Vorfall, der auf einen rachedurstigen Mandanten schließen lässt. Und keine juristischen Auseinandersetzungen, die nicht im Rahmen geblieben wären.«

»Jedenfalls hat er auf recht großem Fuß gelebt«, meldete sich Stanko zu Wort. »Also allein diese Villa …« Er rieb Daumen und Zeigefinger aneinander.

»Steffen stand finanziell wohl tatsächlich sehr gut da«,

nahm Rosen den Faden auf. »Er leistete erfolgreiche Arbeit, soweit ich das beurteilen kann, und wurde demensprechend entlohnt.«

»Hm.« Von Lingert runzelte die Stirn. »Zurück zur eigentlichen Tat. Es waren zwar gleich mehrere Messerstiche, aber nach blinder Raserei sieht es trotzdem nicht aus.«

»Nein«, bestätigte Rosen.

»Auch nicht nach einem Zufallsopfer. Denn da ist ja noch die Sache in Steffens Kanzlei. Ein Einbruch, sagten Sie am Telefon.«

Rosen nickte. »Der Täter nahm nach dem Mord wohl Steffens Schlüsselbund an sich und drang damit in die Räumlichkeiten ein. Alle Schubladen wurden durchwühlt, Dokumente, Ordner und Schnellhefter auf dem Boden verstreut. Ein kleiner Wandsafe blieb unangetastet, Laptop und PC waren seit Steffens Tod nicht eingeschaltet worden, wie die IT-Experten festgestellt haben. Die Schlüssel wurden auf dem Schreibtisch zurückgelassen.«

»Kann man schon sagen, was gestohlen wurde?«

»Nach unserem bisherigen Wissensstand rein gar nichts.«

Von Lingert schüttelte den Kopf. »Da passt doch irgendetwas nicht zusammen.«

Rosens Bürotelefon klingelte, und nach einem entschuldigenden Nicken nahm er ab. Nicht länger als zwei Minuten telefonierte er, fast ohne ein Wort zu äußern, dann legte er auf. »Neuigkeiten von unseren IT-Forensikern, die Falko Steffen immer noch virtuell durchleuchten.« Er sah den Staatsanwalt an. »Offenbar lag ein Irrtum vor. Seine finanzielle Lage war nicht so hervorragend, wie wir annahmen. In letzter Zeit hat er mehrfach größere Summen in bar abgehoben, was im Vergleich zu seinem Verhalten in den Vorjahren eher ungewöhnlich war.«

Eine kurze Stille entstand.

Rosen fuhr sich durchs Haar. »Mich würde interessieren, ob seine Frau davon wusste.«

»Finden Sie's heraus«, meinte von Lingert auf diese oberlehrerhafte Art, die er gelegentlich an den Tag legte. »Und außerdem …«

Das erneute Läuten von Rosens Festnetzapparat stoppte ihn. Wiederum dauerte das Gespräch nicht lange. Als Rosen auflegte, sah er erstaunt aus.

»Noch mal die IT-Jungs?«, erkundigte sich Stanko.

»Nein, die Spurensicherung.« Rosen blickte von seinem Kollegen zum Staatsanwalt. »Es wurde doch noch etwas in der Kanzlei gefunden. Ein Gegenstand, der mit Klebeband an der Rückseite eines Schranks versteckt worden war. Sehr merkwürdig.«

»Gegenstand?«, wiederholte von Lingert mit einer Ungeduld, die Rosen von Billinsky allzu gut kannte. »Geht's auch etwas präziser?«

»Entschuldigung, eine Schusswaffe.«

»Und was genau ist so besonders merkwürdig daran?«

»Es handelt sich um eine Glock 17, die erst kürzlich benutzt worden ist. Sie verfügt über ein dreiunddreißig Schuss fassendes Magazin.« Betont fügte Rosen an: »Und im Magazin befinden sich noch genau fünf Patronen.«

10

Das Gemurmel der unbekannten Stimmen wurde lauter.

Mara Billinsky atmete tief durch. Ihre Augen gewöhnten sich allmählich an die Dunkelheit. Knapp vor sich nahm sie eine Bewegung von Domenico Manzoni wahr.

Endlich konnte sie alles besser erkennen.

Manzoni zog etwas beiseite. Einen Vorhang. Sofort wurde es ein wenig heller. Er postierte sich rechts des Vorhangs, während Mara sich links davon hinstellte und an dem muffigen Stoff vorbeispähte, direkt in einen von lediglich einer Altarkerze nur schwach erhellten Raum.

Auch hier gab es einen schmalen Altar. Darauf befanden sich ein Gebetbuch, ein Aspergill und ein verziertes Kruzifix. Ein zierlicher alter Mann etwa in Maras Größe, mit zerfurchtem Gesicht, gekleidet in das schlichte schwarze Gewand eines Pfarrers und eine gekreuzte violette Stola, entzündete mit Streichhölzern weitere Kerzen, die rasch ihren Wachsduft verströmten.

So wurden Zentimeter für Zentimeter zwei Frauen angestrahlt. Eine davon war schon recht alt, eine Nonne, wie ihre Tracht zeigte. Sie hatte ein ebenso kleines, runzliges Gesicht wie der Pfarrer. Die andere war wesentlich jünger. Ihre Haut war schwarz, sie trug T-Shirt, Jeans und Sandalen. Ihre großen Augen ließen erkennen, wie angespannt sie war.

Die Nonne legte der Dunkelhäutigen, die sich auf ein zerschlissenes Samtkissen kniete, die Hand auf die Schulter. Die Frau zitterte, ihre Angst war deutlich spürbar.

Mara merkte, dass sie selbst unwillkürlich den Atem anhielt. Auch von Manzoni war kein Mucks zu hören.

Der Pfarrer besprenkelte sich und die beiden Frauen mit Weihwasser aus dem Aspergill. Mit geschlossenen Augen begann er monoton auf Latein zu beten. Wort um Wort stieß er zwischen kaum geöffneten Lippen hervor, und je länger er sprach, desto mehr geriet die kniende Frau ins Zittern. Sie erbebte förmlich, Tränen liefen in Strömen an ihren glänzenden Wangen herunter. Ihre Augen waren noch immer weit aufgerissen und spiegelten eine verzweifelte Furcht wider, wie Mara sie selten bei jemandem gesehen hatte.

Die Stimme des Pfarrers wurde lauter, etwas Bedrückendes, fast Aggressives ging von ihr aus. Die Schwarze zitterte immer heftiger, die Hand der Nonne lag nicht mehr nur auf ihrer Schulter, sondern drückte sie zusehends stärker nach unten. Im Blick der jungen Frau schimmerte neben der Angst etwas schwer Fassbares, nahezu Wahnhaftes auf, ihre Augäpfel traten hervor. Sie wand sich unter dem Griff. Die zweite Hand wurde auf ihre andere Schulter gepresst, sie schrie laut auf, und ihr Kreischen überdeckte rasch das unentwegte Beten des Pfarrers. Die Frau sank wie vom Blitzschlag getroffen zu Boden, die Nonne ging rasch in die Knie, um sie weiterhin unter Kontrolle zu halten.

Mara fiel auf, dass nicht nur sie selbst, sondern auch Domenico Manzoni alles völlig gebannt verfolgte.

Die junge dunkelhäutige Frau kreischte immer lauter, sie zappelte wild mit den Beinen und schlug mit den Fäusten nach der Nonne, die sie mit ganzer Kraft zu Boden drückte und dabei den Hieben auszuweichen versuchte.

Der Pfarrer hatte die Augen nach wie vor geschlossen, seine Stimme wurde noch lauter, durchdringender, und die lateinischen Silben hoben sich immer wieder wie dumpfes Donnergrollen von dem schrillen Geschrei ab. Die beiden Frauen lieferten sich einen bizarren, immer heftigeren Ringkampf auf dem steinernen Boden, mit dem flackernden Licht der Kerzen als Spotlights. Das Brüllen der Dunkelhäutigen wurde von den nackten dunklen Wänden zurückgeworfen, die Laute schienen sich auf gespenstische Weise zu vermehren, als entstammten sie vielen Kehlen.

Mara fühlte die Stimme tief unter ihrer Haut, sie war wie erstarrt und zuckte erschrocken zusammen, als Domenico Manzoni ihr kurz auf die Schulter tippte. Er ruckte mit dem Kinn, um ihr zu zeigen, dass er nicht mehr länger zusehen wollte. Widerstrebend folgte sie ihm nach einem letzten Blick auf das unverändert wilde, beklemmende Schauspiel. Ihre Kehle war trocken, ihr Nacken trotz der kühlen Luft voller Schweiß.

Draußen wurden sie von einem Himmel empfangen, dessen vorhin noch perfektes Blau dunkle Wolkentupfer erhielt. Vor dem Audi TT stoppte Manzoni, aber er stieg nicht ein, sondern schob sich ein Zigarillo zwischen die vollen Lippen. Als er ihr die Schachtel hinhielt, konnte Mara – eigentlich seit Jahren halbwegs erfolgreiche Nichtraucherin – nicht widerstehen und bediente sich. Er gab ihr Feuer mit einem silbernen Zippo.

Die unscheinbare Kirche befand sich in nur wenigen Metern Entfernung, umhüllt von Stille. Niemand zeigte sich an den Fenstern der umliegenden Häuser, niemand ging die Straße entlang, kein Auto passierte die Stelle.

»Fuck«, sagte Mara leise, ihr erstes Wort, seit sie die Kirche betreten hatten.

Manzoni inhalierte tief und schwieg.

»Gehört das zum Touristenprogramm?«

»Nein, das war eine Sondervorstellung. Nur für ausgewählte Gäste.«

»Fühle mich geehrt.«

Er öffnete die Fahrertür, den Zigarillo lässig im Mundwinkel, und stieg ein. Als Mara sich auf dem Beifahrersitz niederließ, startete er den Motor und fuhr los. Im seitlichen Rückspiegel sah Mara die Kirche hinter aufwirbelnden Staubfontänen verschwinden. Auf einmal begann Manzoni den monotonen Tonfall des Pfarrers zu imitieren: »Ich treibe dich aus, unreiner Geist, zusammen mit all deiner satanischen Kraft, mit jedem Schreckensgespenst aus der Hölle und all deinen Gefährten – im Namen deines Herrn Jesus Christus. Gehe hin und bleibe fern von diesem Geschöpf Gottes. Denn er ist es, der dir befiehlt, er ist es, der einst das Meer, den Wind und den Sturm zähmte. Zittere in Furcht, Satan, du Feind des Glaubens … und so weiter, und so weiter.«

»Besten Dank fürs Dolmetschen. Latein- und Religionsunterricht habe ich meistens geschwänzt.« Mara musterte ihn von der Seite und stellte fest, dass sie wieder völlig gefasst war; der Eindruck des eben Erlebten ließ nach. »Also, wozu sollte das gut sein, Manzoni? Wollten Sie mich beeindrucken? Erschrecken? Gleich wieder vertreiben?«

»Weder noch. Sie kommen aus Frankfurt, einer hochmodernen Wirtschaftsmetropole. Sie sehen selbst modern aus – fast *zu* modern für meine Begriffe, wenn Sie gestatten. Sie leben in einer rationalen, fortschrittlichen Umgebung, und ich möchte Sie daran erinnern, dass es noch andere Welten gibt. Altehrwürdige Welten, in denen das Unsichtbare nicht nur existiert, sondern Macht hat über die Menschen wie vor Jahrhunderten. Ich spreche von Dingen, die nicht von Daten erfasst werden können. Von Dingen, die uns als Kinder nachts haben aufschrecken lassen.« Er grinste sie frech an. »Oder werden Sie nicht auch heute noch manchmal von unheimlichen Träumen geweckt?«

Mara erwiderte nichts.

Manzoni fuhr nicht mehr so zügig, sondern recht gemächlich. Die Dunkelheit nahm hingegen schnell zu, als würde ein riesiges Tuch über die Stadt geworfen. Straßenbeleuchtung gab es so gut wie keine. Schattenhaft, fast unwirklich flogen links und rechts die Gebäude an ihnen vorbei.

»Das ist Sizilien«, fuhr der Kommissar unvermittelt fort.

»Himmel und Hölle liegen hier sehr nah beisammen. Jede Menge Geister sind unterwegs. Was Sie gerade erlebt haben, war ein Zweikampf. Das römisch-katholische Gedankengut gegen das heidnische. Die junge Frau ist überzeugt, von einem bösen Schwur beherrscht zu werden. Und Pfarrer di Salvo wiederum ist überzeugt, diesen Schwur mit der Kraft seines Glaubens vertreiben zu können.« Manzoni zwinkerte ihr zu. »Na, was meinen Sie, wer ist stärker?«

»Was meinen *Sie*? Schließlich sind Sie der Experte.«

»Ebenso wenig wie Sie. Ich sagte es ja schon mal am Telefon, ich bin in Mailand aufgewachsen. Industrie, Wirtschaft, Digitalität. Mailand liegt im übertragenen Sinne viel näher an Frankfurt als an Sizilien. Ich habe mich immer als einen Menschen des 21. Jahrhunderts betrachtet, aber in dieser Gegend können einem die Geister wirklich böse Streiche spielen.«

»Was ist das für ein Schwur, den Sie angesprochen haben?«

»Das werden Sie noch genauer erfahren.«

Sie hatten die Randbezirke Catanias erreicht. Manzoni folgte einer schmalen, wiederum sehr schlecht ausgeleuchteten Landstraße. Es schien, als würden sie auf das schwarze Ende der Welt zusteuern. Er schnippte den Rest seines Zigarillos aus dem geöffneten Fenster und sprach weiter: »Exorzismus-Rituale sind in ganz Süditalien weitverbreitet. Etwas fast Alltägliches. Das ist heutzutage schwer zu glauben, aber das hier ist eine Insel. Nicht nur geografisch, viel mehr noch in geistiger Hinsicht. Das sollten Sie nicht vergessen. Es hilft Ihnen, die Verhältnisse besser einschätzen zu können.«

»Ich versuche zu lernen«, erwiderte Mara trocken. Sie nahm einen letzten Zug und entledigte sich ebenfalls ihres Zigarillos.

Manzoni bog von der Landstraße auf eine Schotterpiste ein. Er fügte halb ernst, halb spöttisch hinzu: »Glauben Sie mir, Kollegin, hier gibt es wirklich Geister.«

»Und es gibt Glühwürmchen.«

»Sehr richtig. *Lucciole*. So heißen sie auf Italienisch. Oder in diesem Fall *lucciole nere*. Schwarze Glühwürmchen. Und jetzt werde ich sie Ihnen zeigen.«

Mit seinem Finger deutete er nach vorn. In der Finsternis wurden plötzlich fahle Lichtpunkte sichtbar.

11

Dunstschleier schwebten über den Straßen des Westends. Es nieselte leicht, und immer noch war es kühl. Kaum jemand zeigte sich draußen.

Jan Rosen rieb die klammen Hände aneinander und zog sich die Wollmütze tiefer in die Stirn. Regenwasser hatte die Blutflecken auf dem Asphalt längst weggespült, auch sonst deutete nichts mehr darauf hin, dass hier vor Kurzem ein Mensch auf gewaltvolle Weise gestorben war.

Stanko stand wortlos ein Stück entfernt von ihm, lässig an einen Laternenpfahl gelehnt, und beobachtete ihn mit einer Mischung aus Skepsis und Ironie. Rosen ging von der Stelle, an der es zu der Messerattacke gekommen war, zu dem Gestrüpp, zu dem der Täter Falko Steffen anschließend geschleift hatte.

»Was erwartest du hier zu finden?«, kam es von Stanko. »Eine Visitenkarte, die der Killer verloren hat und die von den Kollegen übersehen worden ist?«

»Nein«, erwiderte Rosen auf seine spröde Art, als wäre die Frage ernst gemeint gewesen.

Sein Kollege bedachte ihn mit einem unverhohlen mitleidigen Blick. »Rosen, was um Himmels willen sollen wir hier?«

Dennoch war Rosen nach wie vor froh, dass Stanko ihm zugeteilt worden war. Gegen Schleyers Spott war das gar nichts, das stand fest. Und er gestand sich ein, dass er selbst nicht so recht wusste, was er hier eigentlich wollte und warum er Stanko dazu überredet hatte. Vage dachte er an Billinsky. Sie machte das immer so. Kehrte an die Tatorte zurück, lange nachdem es nichts mehr zu entdecken gab. Um die Atmosphäre zu inhalieren, die *Vibes* zu spüren, wie sie das nannte.

Er verschränkte die Arme und sah ein, dass es eine Schnapsidee gewesen war. Den Weg hätten sie sich sparen können. Es wurde Zeit, Ergebnisse zu liefern. Ein mulmiges Gefühl erfasste ihn, als würde das, was vor ihm lag, sich als viel zu groß herausstellen. Als wäre ein Scheitern seinerseits vorprogrammiert.

Mit Unbehagen erinnerte er sich an ihren zweiten Besuch bei Yvonne Steffen, etwa eine Stunde zuvor. Sie war aus allen Wolken gefallen, als sie erfahren musste, dass ihr Gatte in den Wochen vor seinem Tod beträchtliche Summen ihrer Rücklagen flüssig gemacht und sich als Bargeld hatte auszahlen lassen. Ihr Erstaunen war nicht gespielt, das zumindest war Rosens Eindruck gewesen. Als sie sich von ihr verabschiedeten, war sie nicht nur in Trauer, sondern auch ziemlich verwirrt gewesen.

Was war mit dem Geld geschehen? Im Moment schien es, als würde es mehr als nur ein Geheimnis geben, das den Tod des Rechtsanwalts umgab.

Noch einmal starrte Rosen dorthin, wo Steffen gestorben war. »Man hat ihn umgebracht und dann lediglich ein paar Schritte über den Asphalt und unter dieses Strauchwerk gezogen.«

»An dem Punkt waren wir schon«, grummelte Stanko. Missmutig spähte er über sich zur Wolkendecke empor. Tropfen glitzerten in seinem leicht welligen Haar. Das Nieseln ließ nach.

»Warum hat man ihn nicht einfach liegen gelassen?«

»Um ihn zu verstecken.«

»Ja, aber wenn man ihn schon verstecken wollte, warum dann so halbherzig?«

»Immerhin hat es das Auffinden des Leichnams tatsächlich herausgezögert. Zeit, die der Mörder nutzen konnte, um aus der Stadt oder gleich dem Land zu verschwinden.« Stanko winkte ab. Er wollte endlich gehen.

»Und warum der Einbruch in die Kanzlei?« Rosen seufzte. »Was wurde entwendet?«

»Das sagte ich doch schon. Wahrscheinlich die enormen Mengen an Bargeld, das Steffen sich besorgt hat.«

»Aber der Safe war verschlossen und völlig unversehrt. Niemand hat sich daran zu schaffen gemacht.«

Auch Stanko seufzte, aber in genervtem Ton. »Vielleicht wurde die ganze Kohle in einem Koffer aufbewahrt. Oder in die Schubladen unter irgendwelche Akten gestopft. Oder was weiß ich … Auch an dem Punkt waren wir schon. *Mehrmals.*«

»Ich meine ja nur, dass der Täter die Schlüssel extra an sich genommen hat, um in …«

»Mensch, lass uns abhauen, ich frier mir noch die Nüsse ab.«

Nach ihrer Rückkehr ins Präsidium stellte Rosen fest, dass die Schwermut der letzten Tage ihn wieder eingeholt hatte. Er kam sich vor wie ein Hamster in einem Laufrad, allerdings in lähmendem Zeitlupentempo. Immerhin hatte sich bei dem Fall in der Gießerei etwas Neues ergeben. Durch weitere Abgleiche mit internationalen Datenbanken hatte die Identität der beiden Toten geklärt werden können. Bei einem von ihnen handelte es sich wie vermutet um Augustus Yekini. Sein Begleiter hatte auf den Namen John Okpube gehört. Beide waren in Italien unter Verdacht auf Drogenhandel geraten. Man hatte ihnen die Fingerabdrücke abgenommen, und kurz darauf waren sie mangels Beweisen freigelassen worden, bereits vor Monaten.

Rosen tippte eilig eine WhatsApp für Billinsky ins Handy, um ihr das alles mitzuteilen. Wie mochte es ihr gerade ergehen? Auf seine letzten Nachrichten hatte sie nicht geantwortet, was bei ihr allerdings nicht ungewöhnlich war, selbst wenn sie sich in Frankfurt befand.

Eine weitere erhoffte Bestätigung ließ auf sich warten: Es

ging um die Glock 17, die in Falko Steffens Kanzlei gefunden worden war. Mit dem dreiunddreißig Patronen fassenden Magazin, das noch genau fünf Patronen enthielt. Das konnte kein Zufall sein – das musste das Bindeglied sein, das beide Fälle zusammenbrachte!

Rosen stand auf und wollte sich am Automaten einen Kaffee holen, als Christian von Lingert sich an der mobilen Trennwand vorbeischob und sich abermals auf Billinskys Stuhl setzte.

»Wissen Sie es schon?«, fragte der Staatsanwalt, ohne sich mit einem Wort der Begrüßung aufzuhalten.

»Die Namen der Getöteten? Yekini und Okpube? Ja. Habe es gerade erfahren.« Auch Rosen setzte sich wieder. Er hatte das Gefühl, er würde gleich einnicken. Was gar nicht an körperlicher Erschöpfung lag, sondern an dieser bleiernen inneren Müdigkeit.

»Sie wissen es also *nicht*.« Ernst schüttelte von Lingert den Kopf. »Ich meine tatsächlich etwas anderes. Allerdings etwas, das mit den beiden Nigerianern zusammenhängt.«

»Äh. Und was?«

»Mensch, Rosen, was schon? Die Pistole! Die Glock 17, die sich vor Falko Steffens Tod offenkundig in seinem Besitz befand.«

Er fuhr sich über die Augen. »Ach so. Ist sie die Tatwaffe? Steht das nun fest?«

»Ja, es steht fest. Mit dieser Glock sind die Nigerianer erschossen worden. Und wessen Fingerabdrücke befinden sich darauf?«

»Äh ...« Rosen zögerte mit der Antwort. Obwohl sie ihm auf der Zunge lag, hatte er plötzlich eine unsinnige Angst, sich zu blamieren. Sein Kopf war einfach vollkommen leer.

»Falko Steffens Fingerabdrücke«, kam es vom Staatsanwalt, einmal mehr wie von Lehrer zu Schüler. »*Ausschließlich* seine. Aber die Glock ist nicht auf ihn zugelassen.«

»Auf wen dann?«

»Das lässt sich nicht mehr feststellen, die Nummer wurde mit einer Feile unkenntlich gemacht.«

»Falko Steffen war Mitglied des Hessischen Schützenverbandes«, erläuterte Rosen zögerlich und kramte in seinen Notizen. »Er besaß einen Waffenschein und war relativ regelmäßiger Gast auf einer Schießanlage in Steinbach. Bei ihm zu Hause fanden die Kollegen eine Sportpistole mit 6-Zoll-Lauflänge im Universalkaliber 9 mm Luger. Eine typische Waffe für einen geübten Schützen.«

»Würde er dann derart wild auf zwei Männer schießen?«

»Ich denke, schon. Allein schon aus Aufregung. Erst recht, da es sich nicht um eine Zielscheibe, sondern um zwei Kriminelle handelte. Außerdem wollte er gewiss unbedingt verhindern, dass sie dazu kamen, Gegenwehr zu leisten.«

»Hm. Gut, das mag durchaus sein.«

»Das Adrenalin wird in Steffen geradezu explodiert sein«, bekräftigte Rosen. Sein Denkapparat funktionierte endlich besser, als wäre er nun warmgelaufen. »Andererseits war Steffen trotzdem ein rechtschaffener Familienvater. Man kann ihn sich schwer als jemanden vorstellen, der in eine derartige Situation gerät, geschweige denn sie herbeiführt.«

»Womöglich nicht ganz so rechtschaffen. Vergessen Sie nicht seine Geheimniskrämerei vor der eigenen Frau. Ich meine das Geld, von dem es keine Spur gibt.«

»Ich frage mich die ganze Zeit, was aus der Kanzlei gestohlen wurde«, sagte Rosen leise.

»Na, doch wohl eben dieses Geld.«

»Dieser Ansicht ist auch Stanko.«

Von Lingert beugte sich vor und stützte die Ellbogen auf der Tischplatte ab. »Apropos Stanko. Unterstützt er Sie?«

Rosen nickte. »Natürlich. Wieso fragen Sie?«

»Weil ich von anderen nicht diesen Eindruck habe.« Er verzog das Gesicht. »Vor allem Schleyer und Patzke schmollen wie kleine Jungs, die nicht Mannschaftskapitän sein dürfen. Machen Dienst nach Vorschrift und schlürfen die ganze Zeit Kaffee.«

Rosen hielt es nicht für angebracht, sich dazu zu äußern.

»Mit seiner Entscheidung hat mir Klimmt wirklich ein faules Ei ins Nest gesetzt. Und Billinsky mit ihrem Sizilien-Trip gleich das nächste.« Von Lingert schüttelte den Kopf und maß ihn mit einem prüfenden Blick aus diesen kleinen, stets hellwachen Augen. »Wie auch immer, Rosen, Sie müssen dranbleiben. Und ziehen Sie Stanko mit. Er braucht ab und zu jemanden, der ihn aufweckt.«

»Werde mein Bestes tun.« Rosen fühlte sich nicht wohl in der Rolle, die er soeben unvermittelt erhalten hatte.

»Falko Steffen. Die Glock 17. Das verschwundene Geld. Die toten Nigerianer, die zu einer Bande gehören, über die uns nichts bekannt ist ...« Von Lingert erhob sich und stand kerzengerade da. »Diese Details müssen Sie miteinander in Beziehung bringen.«

»Das ist mir klar.«

Ebenso wenig, wie er eine Begrüßungsfloskel geäußert hatte, verschwand der Staatsanwalt nun ohne ein Wort zum Abschied. Rosen sah ihm nach, bis sein Blick zur Trennwand mit den angepinnten Fotos von zwei Tatorten wanderte.

Erst nach einer ganzen Weile stand er auf, um am Fenster auf die Adickesallee zu starren, auf der der gewohnt dichte Verkehr in zwei Richtungen entlangrollte. Die Scheibe war übersät von Tropfen des Nieselregens, der sich inzwischen aufgelöst hatte. Der Himmel war marmoriert von den ersten dunklen Flecken des Abends.

Rosen dachte an den ergebnislosen Besuch des Tatorts im Westend. Reine Zeitverschwendung. Und dennoch spielte er mit dem Gedanken, auch den anderen Tatort noch einmal aufzusuchen. Warum, hätte er nicht sagen können. Vielleicht nur, weil das Büro ebenso erdrückend auf ihn wirkte wie seine einsame Wohnung. Sollte er Stanko auffordern, ihn zu begleiten? Nein, entschied er, zumal er den Kollegen beim Verlassen des Büros am anderen Ende des Flurs erblickte, vertieft in eine Unterhaltung mit Schleyer.

Als er einige Zeit später seinen Wagen auf dem Parkplatz abstellte, wurde ihm wieder bewusst, wie versteckt die Gießerei lag, die in Richtung der Stadt von einem Waldstück abgeschirmt wurde. Noch war es gerade hell genug, sodass er weder eine Taschenlampe noch das Licht des Smartphones benötigte.

Auf seinen Sneakern gelangte er fast geräuschlos ins Gebäude, das nicht mehr gesperrt war – die Kollegen der Spurensicherung hatten ihre Tatortarbeit beendet. In der Halle, in der zwei Männer in einem wahren Kugelhagel gestorben waren, war es kalt. Auf dem Boden waren noch die Flecken eingetrockneten Blutes zu sehen. Grabesstille. Rosen ging wieder nach draußen. Warum war er hergefahren? Er fand keine Antwort darauf.

Auf dem Weg zum Auto fiel sein Blick auf den zwischen Baumwipfeln spitz herausragenden Giebel eines Hauses, das in einiger Entfernung mit asphaltierter Zufahrt zur Landstraße auf einer Lichtung stand. Ein Beamter der Spurensicherung hatte ihm gesagt, es sei ein altes, ebenfalls leer stehendes Wohngebäude. Vor etlichen Jahren habe darin die Familie gelebt, die den Gießereibetrieb gegründet hatte. Es war nur oberflächlich überprüft worden, da alle Zugänge verbarrikadiert waren und es sich mit der Schießerei in keinen Zusammenhang bringen ließ.

Er zog den Autoschlüssel aus der Jackentasche und hielt auf einmal inne. Hatte er sich getäuscht – oder hatte da gerade eben ein Lichtpunkt aufgeleuchtet? Dort, wo sich das alte Haus befand?

Etwas zögerlich bewegte sich Rosen zwischen knorrigen Bäumen und Sträuchern hindurch auf das Gebäude zu. Als er die Lichtung erreichte, schien das Haus vor ihm regelrecht aus dem Boden zu wachsen. Der Wind brachte Äste und Zweige ringsum zum Rascheln.

Jetzt ließ er sein Handy doch einen Fächer aus Licht werfen. Fachwerk, abblätternder Putz, Bretter vor den Fenstern, ein mit den Jahren etwas schief an einer Hausecke hängender Erker.

Plötzlich Geräusche. Aus Richtung des Hauses. Was war das für ein Schaben?

Im nächsten Moment ertönten Schritte. *Im Haus oder draußen?*, fragte sich Rosen unsicher. Er spürte die Furcht, die jäh in ihm hochkroch, und ihm wurde bewusst, wie sehr ihm solche Situationen zusetzten. Die Angst darf dich nicht erwischen, hatte Billinsky einmal gesagt. Du musst schneller sein als die Angst.

In diesem Moment jedoch war Rosen nicht schnell. Auch dann nicht, als erneut das Geräusch von Schritten erklang. Er hätte nicht einmal sagen können, ob jemand auf ihn zukam oder vor ihm flüchtete. Wie versteinert stand er da, unfähig, klar zu denken, erst recht unfähig, zu der Waffe in seinem Hüftholster zu greifen. Da entdeckte er eine schlanke Gestalt, kaum mehr als ein Schatten, der mit der Finsternis verschmolz.

12

Wie schwarzer Samt lag der Abend über der Gegend. Nur vereinzelt zeigten sich bislang die Sterne. Die Luft, die durch die offenen Autofenster ins Innere quoll, war auch jetzt noch drückend. Catania hatten sie ein Stück hinter sich gelassen. Sie folgten weiter der Schotterpiste, inzwischen deutlich langsamer, und Mara Billinsky erkannte, was die rätselhaften Lichtpunkte zu bedeuten hatten. Es handelte sich um eine lange Reihe von Kohlefeuern, entzündet in Blechkanistern.

Ein Feuer für jede Hure.

»Deshalb nennt man sie also Glühwürmchen«, sagte Mara Billinsky leise.

»Im Winter bringen die Flammen Wärme«, erwiderte Domenico Manzoni. »Und das ganze Jahr über dienen sie vor allem dazu, dass die Ware angestrahlt wird und die Freier schnell finden, was sie suchen. Wer will schon die Katze im Sack kaufen? Das ist doch ein Sprichwort bei euch, oder?« Er drosselte das Tempo weiter. »Das ist der Billigstrich. Die schlechteste Lage, weit weg von der Stadt. Hier kommen Fernfahrer her, die in der Nähe die Autobahn entlangbrausen und auf ein paar Minuten Entspannung aus sind. Oder arme Schlucker. Illegale, Arbeitslose, Kleinkriminelle.«

»Vorhin war die Rede von *schwarzen* Glühwürmchen.« In dem Moment, als sie es aussprach, wurde Mara bewusst, dass hier ausschließlich Frauen und Mädchen mit dunkler Haut ihren Körper anboten. »Verstehe.«

»Ja. Afrikanerinnen. Die meisten von ihnen stammen aus Nigeria. Sie haben noch weniger Rechte, noch weniger *Standing* als Prostituierte ohnehin.« Er brachte den Audi am linken Rand der staubigen Fahrbahn zum Stehen und ließ den Motor leise wummern. Rechts von dem lang gezogenen Schotterband warteten die Frauen, jeweils in einem Abstand von etwa zehn Metern.

Sie nahmen die misstrauischen Blicke wahr, die ihnen zuflogen. Manzoni schaltete die Scheinwerfer seines Wagens aus.

»Zehn Euro Handjob, fünfzehn Euro Blowjob, ab zwanzig Euro gibt es alles, was Sie sich vorstellen können. Ohne dass allerdings die zwanzig Euro noch sonderlich steigen würden. Hier ist nichts teuer.« Manzonis Stimme klang sachlich, doch Mara meinte, trotz des diffusen Lichts im Auto ein hartes Funkeln in seinen Augen zu erkennen. »Die Frauen werden mit falschen Versprechungen und hinterlistigen Lügen geködert. Sie kommen in der Erwartung nach Europa, dass sie einen richtigen Job kriegen. Und dann landen sie hier. Sie denken, sie entwischen der Armut, stattdessen finden sie sich in einer wahren Hölle wieder.« Er zog den nächsten Zigarillo aus der Schachtel und vergaß, Mara ebenfalls einen anzubieten. »Ende der Neunziger ging es los, da sah man die ersten Afrikanerinnen. Meist standen sie zu zweit am Straßenstrich, völlig verloren. Sie winkten den Autos nicht zu, machten nicht auf sich aufmerksam. Sie hatten keinen Schimmer, was sie tun sollten, was ab jetzt ihr Leben war. Es wurden immer mehr. Damals gelangten sie noch per Flugzeug hierher. Doch die Kontrollen wurden schärfer, viele wurden entdeckt und zurückgeschickt. Deshalb nutzen Menschenhändler und Schleuser die abenteuerlichsten Wege, oft durch die Wüste. Das ist zwar langwieriger, verlustreich und auch teurer, weil man gleich mehrere Schlepper bezahlen muss, aber die Mädchen holen das wieder herein – und weitaus mehr.«

»Die armen Frauen«, bemerkte Mara dumpf.

»Heute schätzt man, dass es allein in Italien zwanzig- bis vierzigtausend afrikanische Zwangsprostituierte gibt. Und längst sind sie überall. In Barcelona, in Stockholm, bei Ihnen im berühmten Frankfurter Bahnhofsviertel. Sie sind in Belgien, den Niederlanden, in Norwegen und Dänemark. In ganz Europa sollen es viele Zehntausende allein aus Nigeria sein. Wirklich gezählt hat sie niemand, das ist unmöglich. Etwa zehn Milliarden Euro werden jährlich in der Europäischen Union mit Menschenhandel verdient. Dabei geht es zu neunzig Prozent um Frauen und Kinder. Schätzungen sprechen von über vier Millionen Frauen und Mädchen, die weltweit pro Jahr wegen Heirat, Prostitution und Sklaverei ver- und gekauft werden. Aber auch diese Zahlen sind mit Vorsicht zu genießen, weil es schwer ist, Menschenhandel zu messen. Womöglich gibt es noch weit mehr Betroffene.«

»Die junge Frau in der Kirche – das war auch eine Prostituierte, richtig?«, vermutete Mara.

»Eine ehemalige Prostituierte, ja. Die mithilfe von Pfarrer di Salvo und seiner Nonnen darum kämpft, dem Teufelskreis zu entkommen.«

»Was hat es mit dem Schwur auf sich?«

»Er ist die perfekte Fessel. Eine stählerne, praktisch nicht mehr zu lösende Kette aus Glaubenskraft. Die Frauen könnten aus unserer Sicht vielleicht als naiv bezeichnet werden, aber das wäre unfair und ignorant. Gewiss, sie sind ohne Bildung, leicht zu beeinflussen und zu verunsichern. Aber vor allem kommen sie aus einem Land, in dem Hexenverfolgung zum Alltag gehört und es den Tod bedeuten kann, als Hexe bezeichnet zu werden. Allein in Lagos gibt es laut Polizeiangaben sechzig Ritualmorde. Nicht pro Jahr, sondern pro Monat. Die meisten davon Hexenverbrennungen. Und wie gesagt, die Mädchen werden mit verlockenden Zusicherungen geködert. Reiches Europa, schöner Job, regelmäßige Bezahlung – sogar genug, um ihren Angehörigen etwas schicken zu können. Dass sie darauf hereinfallen, darf man ihnen nicht vorwerfen. Sie können es gar nicht besser wissen. Und ihre

Familien freuen sich, dass wenigstens eine von ihnen rauskommt aus Hunger und Perspektivlosigkeit.« Manzoni blies eine Qualmwolke aus dem Fenster. »Das sind Menschen, die an ihre Götter glauben. Sie sind überzeugt, dass sie, wenn sie den Schwur brechen, mit Geisteskrankheiten, Unfruchtbarkeit, schlimmsten körperlichen Schäden und letztlich dem Tod bestraft werden. Die Frauen und Mädchen werden vor ihrer Abreise einem Ritus unterzogen, in dessen Verlauf sie schwören, alles zu tun, was von ihnen verlangt wird. Auch alle Kosten zurückzuzahlen, die für ihre Reise anfallen. Sie schwören zu gehorchen. Sie schwören, sich an diejenigen zu binden, die sie nach Europa bringen.«

»Männer wie Augustus und Solomon Yekini?«

»Darauf komme ich noch. Jedenfalls können sogenannte aufgeklärte, gebildete Leute wie Sie und ich diesen Frauen hundertmal erklären, dass der Schwur nichts als ein Trick ist, eine Art Gehirnwäsche. Sie *glauben* daran. *Juju.* So heißt der Schwur. Manche Europäer meinen, das ist dasselbe wie Voodoo, doch das ist nicht korrekt. Denn trotz der unheilvollen Assoziationen gilt *Voodoo* in vielen afrikanischen Kulturen als etwas, das den Menschen hilft, während *Juju* für negative Energien steht, die eingesetzt werden, um Schaden zuzufügen.« Er winkte ab. »Man bläut den Mädchen nicht nur ein, dass sie selbst Unheil erwartet, wenn sie den Schwur missachten, auch ihre Familien würden Leid erfahren. Und manchmal hilft man auf sehr irdische Weise nach. Man schickt Schläger zu den Eltern und Geschwistern und lässt denen ein paar Knochen brechen – und lässt es die Mädchen wissen. Nächstes Mal sind deine Eltern tot, erklärt man ihnen. Es gibt auch eine offiziellere Version. Eine Art Gericht, *Ayelala* genannt, das in Abgeschiedenheit abgehalten wird und an dessen Ende ein ähnliches Ergebnis steht. Gebrochene Knochen, eingeschlagene Schädel, angeblich wurden sogar manche Besucher eines *Ayelalas* nicht mehr lebend gesehen. Es ist verrückt, eine

Welt für sich. Und da spielen übrigens die sogenannten *Mesdames* eine zentrale Rolle. Schon von ihnen gehört?«

»Ja, aber nur am Rande. Meine Kollegen und ich konnten nie sicher sein, wie groß die Bedeutung der Mesdames ist. Es gibt keine Studien, keine Fälle, die beispielhaft herangezogen werden könnten, es gibt ...«

»Rein gar nichts«, fiel Manzoni ihr ins Wort. »Und es wird auch weiterhin so gut wie nichts geben. Das System funktioniert im Verborgenen, und zwar sehr gut.«

Er ließ die Scheinwerfer wieder ins Dunkel stechen, fuhr langsam an und wendete. »Die Frauen haben hier einiges auszuhalten. Ihre Wehrlosigkeit befeuert sexuellen Sadismus. Zigaretten, die man auf ihrer Haut ausdrückt, sind noch das geringste Vergehen. Die Freier hier sind oft miese, frustrierte Kerle, die ihre Wut auf die Welt an ihnen auslassen. Sie ahnen nicht, wie viele solcher Typen es gibt.«

Mara musste sofort an Wiesel denken, den kleinen Fiesling aus Frankfurt.

»Die Frauen müssen zehn, zwölf oder noch mehr Stunden arbeiten.« Manzonis Stimme erfüllte wieder das Wageninnere. »Wenn viel los ist, haben sie in einer Schicht über zwanzigmal Verkehr. Es sind Unmengen fragwürdiger Cremes in Umlauf, mit denen sie ihre Geschlechtsorgane quasi betäuben. Es gibt sogar ein Zeug, ähnlich wie Botox, das sie sich mit Einwegspritzen in die Schamlippen jagen, damit sie unempfindlicher sind gegen Schmerzen. Diese bedauernswerten Geschöpfe. Sie sind nichts wert. Sie haben keine Rechte. Bist du hier, geht es nicht mehr weiter nach unten.«

»Tut irgendwer etwas für sie?«

»Tun?« Er stieß ein paar italienische Laute aus, die nach Flüchen klangen, und beschleunigte den Audi. »Was tut man bei euch für solche Frauen? Ihr lebt in einem Rechtsstaat, und wir auch. Das heißt, es muss erst jemand Anklage erheben. Es muss irgendwen geben, der mit der Polizei redet. Opfer haben das Recht, sich an die Polizei zu wenden, aber wenn sie dieses Recht nicht wahrnehmen ...« Er fluchte erneut. »Es gibt im Zusammenhang mit solchen Frauen gar keine Verbrechen. Keine Anzeigen. Keine Vorfälle, die jemand gesehen hat und bezeugen würde. Und für diese Frauen existieren nur die eigene Madame und deren Helfer. Keine von ihnen verfügt noch über Papiere, um sich auszuweisen, keine kennt die wahren Namen derjenigen, die sie ausbeuten. Sie sprechen unsere Sprache gerade so gut, um mit einem Freier einen lächerlichen Preis für jede Art von Sex auszuhandeln.«

»Ich hatte, auch wenn ich bei der Mordkommission bin, schon öfter mit Menschenhandel und Zwangsprostitution zu tun.«

»Ich glaube Ihnen, dass Sie mit der Materie vertraut sind. Aber hier kommt noch die afrikanische Komponente hinzu.« Manzoni beschleunigte. Schotter wurde an die Karosserie gespritzt, dass es laut knallte.

»Und dazu gehören diese Mesdames.«

»Richtig. Ihre Rolle ist tatsächlich alles andere als marginal.« Im Halbdunkel des Wageninneren schaute er zu Mara herüber. Seine Wut, eben noch deutlich spürbar, hatte sich wohl etwas gelegt. »Aber essen wir erst mal etwas. Sie müssen Hunger haben.«

»Bei dem Thema kann einem der Appetit vergehen.«

»Gegen eine schöne Pasta ist nichts einzuwenden. Mögen Sie sizilianischen Rotwein?«

»Manche behaupten, ich ernähre mich davon.«

Er lachte auf. »Das gefällt mir. Und während wir essen und trinken, sprechen wir über die Mesdames.«

»Und über Augustus Yekini. Auch wenn er tot ist, möchte ich mehr über ihn und seine Helfer wissen, vor allem seinen Bruder.«

»Ratten sind eben niemals Einzelgänger, sie kommen in Schwärmen.« Er beschleunigte noch stärker, als sie die

Schotterpiste verließen und zurück auf der Landstraße waren. »Aber wenn der Einsatz morgen glückt, haben wir vielleicht ein paar von ihnen hinter Gittern.«

»Bei dem Einsatz geht es also um die Zuhälter der Frauen?«

Er machte eine vage Geste. »Ja, aber wegen Zuhälterei werden wir sie kaum belangen können, weil ihre Opfer nie gegen sie aussagen würden. Doch die Männer haben ihre Finger mittlerweile in vielen schmutzigen Geschäften. Haben Sie noch Geduld – zumindest bis morgen.«

»Geduld ist nicht meine Stärke«, gab sie trocken zurück.

Eine Dreiviertelstunde später saßen sie in einem überfüllten Restaurant in der Nähe von Maras Hotel. Der einfache Hauswein tat Mara gut. Köstlich war auch die Pasta mit Pistazien, eine sizilianische Spezialität, doch die Eindrücke des Tages ließen keinen rechten Appetit bei ihr aufkommen. Ihr italienischer Kollege redete während des Essens fast pausenlos, neigte allerdings dazu abzuschweifen.

Manzonis Zorn, als er zuvor über die Verhältnisse am Straßenstrich gesprochen hatte, war Mara aufrichtig vorgekommen, und dennoch gab es etwas an ihm, das sie nicht einzuschätzen vermochte. Mal lag es an seinem Grinsen, mal an seinen scheinbar beiläufigen, allerdings sehr bewussten Blicken, dass sie sich in seiner Gegenwart nie völlig entspannen konnte.

Nach einem letzten Schluck Rotwein verabschiedete sie sich relativ eilig, sie wollte allein sein und fühlte sich matt. Im Hotelzimmer schaltete sie die Klimaanlage ein und war sofort wieder hellwach, geradezu unruhig. Die Gedanken schwirrten durch ihren Kopf wie die Moskitos, die sie in Hände und Arme gestochen hatten.

Sie setzte sich an den winzigen Schreibtisch, klappte ihren Laptop auf und machte das, was Jan Rosens Spezialität war: Sie recherchierte, versuchte es zumindest in dem Rahmen, den die schlechte Netzverbindung zuließ. Vor allem die Einzelheiten, die sie von Manzoni über die Mesdames erfahren hatte, beschäftigten sie, da es alles übertraf, was man bei der Frankfurter Polizei zu dem Thema wusste. Sie nahm sich vor, Rosen möglichst bald ins Bild zu setzen.

Nach wenig Schlaf und viel Espresso, schwarz wie Teer, nahm sie von ihrem Zimmer aus an einer Telefonkonferenz mit den Kollegen zu Hause teil, doch die Verbindung war so schlecht, dass sie zumeist nur Rauschen hörte.

Am späten Vormittag wurde sie vor dem Hotel von Manzoni abgeholt. Er hatte seinen Audi TT offenbar durch eine Waschstraße gejagt, denn der rote Lack funkelte makellos im Sonnenschein. Erneut trug er einen teuren Anzug über einem schlichten pastellfarbenen Shirt. Mara hatte diesmal nur ihre schwarze Jeansjacke mitgenommen.

Manzoni raste los, ohne sich um Geschwindigkeitsbegrenzungen zu kümmern. Wiederum erwies er sich als sehr gesprächig. Auf seiner breiten Nase saß eine Sonnenbrille, sodass sein Blick nicht zu erkennen war, was Mara nur bewusster machte, dass sie noch nicht entschieden hatte, was sie von ihm hielt.

Sie fuhren aus Catania heraus und folgten einer kaum befahrenen Landstraße in südlicher Richtung. Auf der linken Seite konnte Mara erst noch das Band des Meeres sehen, dann wurde die Landschaft karger. Baumlose Weiten erstreckten sich bis zum Horizont, stellenweise unterteilt durch brüchige, scheinbar ewig lange Steinmauern. Keine Dörfer, nicht einmal eine Tankstelle, nur dann und wann inmitten dieser Eintönigkeit ein uraltes verlassenes Gehöft mit rissigem Gemäuer und löchrigem Dach. Es gab kaum noch Verkehr, nicht einmal landwirtschaftliche Fahrzeuge, wie man sie in einer solchen Gegend erwartet hätte. Schlaglöcher klafften in der Straße, hin und wieder sprang der Audi regelrecht. Auf der rechten Seite nahm ein karstiges Gebirge seinen Anfang.

Wenn du hier verschwindest, wird dich bis zum Jüngsten Tag niemand finden, sagte sich Mara, der bewusst wurde, wie sehr sie das Brodeln einer Stadt gewöhnt war. Von dieser Einöde schien eine Bedrohlichkeit auszugehen. Immer wieder schaute sie auf die GPS-App ihres Handys, aber es war nicht leicht, die Orientierung zu behalten. Zum ersten Mal löste es ein unangenehmes Gefühl in ihr aus, dass sie unbewaffnet war.

Der salzige Geruch war auf einmal wieder da, ebenso wie das Meer selbst, das sich am Horizont abzeichnete. Parallel zu einem schmalen, leeren Streifen Strand fuhr Manzoni weiter, bis wie aus dem Nichts die verstreut daliegenden Gebäude eines Dorfs vor ihnen aufragten.

Palazzolo, las Mara auf dem Ortsschild.

Über die Hauptstraße erreichten sie den Kern des Nests, der sich als überraschend lebendig entpuppte. Autos fuhren kreuz und quer, Fußgänger mischten sich in Gruppen oder einzeln zwischen die Fahrzeuge, und sie kamen nur im Schritttempo voran. Manzoni parkte, sie stiegen aus. Das Rot des Audis war unter einer dicken Staubschicht begraben. Die Sonne brannte, keine einzige Wolke zog am blauen Himmel dahin. Mara setzte sich ebenfalls die Sonnenbrille auf.

»Machen Sie sich bereit, Kollegin.« Er blickte auf seine Armbanduhr. »Wir sind pünktlich.«

»Ach ja«, meinte Mara mit einem Schmunzeln, »Sie wollen mir ja unbedingt demonstrieren, wie effektiv und effizient Ihre Truppe arbeitet.«

Während der Fahrt hatte er den bevorstehenden Einsatz kurz umrissen, ohne abermals allzu viel preiszugeben.

»So ist es. Folgen Sie mir.«

»Was bleibt mir anderes übrig«, erwiderte sie noch sarkastischer, doch das bekam er nicht mehr mit, weil er bereits in seiner Muttersprache in sein Handy redete. Er führte sie zwischen einigen ärmlichen Wohnhäusern hindurch. Aus kleinen, ausgedörrten Gärten heraus wurden sie von struppigen Kötern angekläfft. Die Geräusche des Dorfs verklangen, es wurde still, nur das Knirschen ihrer Schritte im Geröll war zu hören.

Sie bewegten sich am Rande eines Pinienwaldes. Hier war es noch heißer. Dornengestrüpp wucherte, dazwischen wuchsen kleine Feigenkakteen. Es roch nach Wacholder und wildem Jasmin. Sie ließen die Bäume hinter sich und gingen eine steinige Anhöhe hinauf. Auf einem flachen Sandsteinfelsen hielten sie inne. Ein Stück unter ihnen befanden sich wiederum Gebäude.

»Ist das ein anderes Dorf, oder gehört das zu Palazzolo?«, fragte Mara.

»Ich hatte Sie vor Geistern gewarnt. Und wo sind wir? In einer Geisterstadt«, erwiderte Manzoni vage, dann begann er schon wieder zu telefonieren. Im prallen Sonnenschein glitzerte seine graue Haarsträhne fast silbern.

In der Tat, die Ansammlung aus schmucklosen Wohnblöcken wirkte wie ausgestorben. Dahinter war wieder das Meer zu erkennen, dessen Geruch von einem warmen Wind zu ihnen getragen wurde.

Manzoni beendete sein Gespräch und gab Mara ein Zeichen, ihm zu folgen. Stumm kam sie der Aufforderung nach, aber so langsam ging es ihr auf die Nerven, dass sie auf ihn angewiesen war, auch wenn das von vornherein klar gewesen war.

Nebeneinander schritten sie eine der wenigen Straßen zwischen den verlassenen Kästen entlang, an denen der helle Putz abblätterte. Auch hier ballte sich die Luft in heißen Böen, die um sie herumwirbelten. Mara spürte nicht nur eine dicke Schweißschicht überall am Körper, sondern auch eine größer werdende Anspannung. Ein merkwürdiger Ort im Nichts war das.

»Diese Häuser wurden für US-amerikanische Soldaten

und ihre Familien aus dem Boden gestampft«, setzte Manzoni zu einer Erklärung an. »Die Gemeinde Palazzolo witterte viel Geld, als der Stützpunkt entstand. Ein eigenes Stadtviertel sollte hier wachsen, mit Hotels am Strand. Dass dadurch ein Naturschutzgebiet zerstört wurde, interessierte niemanden. Die mit dem Bau beauftragte Firma gehörte allerdings der Cosa Nostra, also der Mafia, wie Sie sagen würden. Das stellte sich erst später heraus, und in Palazzolo ging die Angst um, wie die US-Streitkräfte reagieren würden, wenn sie durchschauten, wem sie ihre Mieten überwiesen. So war man nicht enttäuscht, als der Stützpunkt relativ bald dichtgemacht wurde. Die US-Boys und ihre Frauen und Kinder reisten ab. Palazzolos Stadtherren wollten sich dieses jetzt nutzlosen Schandflecks aus Beton entledigen. Wieder wurde eine Firma beauftragt, die auch zur Tat schritt und das erste Hotel in die Luft sprengte. Was für eine Inszenierung das war. Man wollte nach außen ein Zeichen setzen. Alle sollten verstehen, dass Palazzolo *sauber* ist und nicht noch einmal mit dem organisierten Verbrechen geschäftliche Abmachungen treffen würde.«

Sein bitteres Auflachen hallte in der leeren Straße gespenstisch wider. »Doch dann merkte man, dass auch die Abrissfirma der Cosa Nostra gehörte. Es gab Streit im Gemeinderat, die Arbeiten wurden gestoppt und nie wieder aufgenommen. Und das Resultat ist diese Stadt der Geister.«

Über ihnen kreisten Seemöwen. Sie bogen in die nächste Gasse ab, die ein Spiegelbild der ersten war. Abfallhaufen, Glassplitter, leer stehende, mit Graffiti in unterschiedlichen Sprachen verschmierte Blöcke, deren Fenster wie dunkle viereckige Augen auf sie herabzustarren schienen. Viele Scheiben bestanden nur noch aus Scherbenkränzen. Staubwirbel wurden über den rissigen Asphalt geweht, durch den sich unverwüstliche Unkrautbüschel fraßen.

»Es kommt mir vor wie im Wilden Westen«, sagte Mara.

»Gegen diesen Ort war der Wilde Westen wahrscheinlich ein Erholungsgebiet.«

»So gefährlich?«

Manzoni gab keine Antwort.

Eine seltsame, nahezu beklemmende Atmosphäre umschloss sie. Es gab verschiedene Arten von Stille, und Mara kannte viele davon. Hier herrschte eine Ruhe, bei der sich die Härchen in ihrem Nacken aufstellten. Die Empfindung, an einem völlig verlassenen und vergessenen Flecken gelandet zu sein, verflüchtigte sich. Immer stärker hatte Mara das Gefühl, dass sie nicht allein hier waren. Fast war ihr, als könnte sie die Blicke, die ihnen folgten, wie Berührungen spüren.

Sie glaubte, ein Geräusch rechts von sich wahrzunehmen, und wirbelte herum. Unwillkürlich suchte ihre Hand die Pistole, bis ihr klar wurde, dass sie ja gar keine Waffe bei sich hatte.

13

Rosen legte es nicht bewusst darauf an, aber mittlerweile verschanzte er sich regelrecht in seiner Ecke des Großraumbüros. Trennwände auf Rollen, Berge aus Aktenordnern, der großformatige Monitor, alles half, damit Jan Rosen abtauchen konnte. Billinsky hätte ihn provoziert und angetrieben, jetzt allerdings gab es niemanden, der diese Rolle übernahm. Stanko wirkte eher so, als wäre er ganz froh, wenn ihn selbst keiner aufscheuchte, und Schleyer und Patzke schnitten ihn.

Er starrte auf seinen Bildschirm, doch was er in Wirklichkeit sah, war das verlassene Haus in der Nähe der Gießerei. Was er selbst in der Erinnerung unmittelbar fühlen konnte, war die Furcht, die ihn ergriffen und geradezu versteinert hatte. Ein Gefühl, das er gut kannte und das ihn immer wieder in solchen Situationen übermannte. Dabei hatte es zwischenzeitlich anders ausgesehen. Da hatte er sich aus seinem Schneckenhaus hervorgewagt und sich behauptet. Doch mittlerweile …

Ja, die Situation bei dem alten Haus nagte an ihm. Die Gestalt, die er entdeckt hatte, war davongelaufen, wahrscheinlich aufgeschreckt durch den Lichtstrahl aus Rosens Smartphone. Vielleicht nur ein Obdachloser, der in dem verlassenen Gemäuer einen Platz für die Nacht gesucht hatte.

Aber was, wenn es *kein* Obdachloser gewesen war? Wenn der Unbekannte nicht fort-, sondern auf ihn zugerannt wäre? Und wie ein Stadtstreicher hatte die Gestalt in der Tat nicht gewirkt, auch wenn Rosen zu angespannt gewesen war, um Details bewusst wahrnehmen zu können.

Er lehnte sich zurück und betrachtete die aufgehängten

Tatortfotos. So oft hatte er auf solche Aufnahmen geblickt. Viel zu oft. Er wehrte sich dagegen, doch Erinnerungsfetzen strömten auf ihn ein, die weit zurücklagen. Sein Vater. Streng, durchsetzungsstark. Ein Bulle, wie es sie früher häufig gegeben hatte, Polizist mit Leib und Seele. Auch sein Onkel war so gewesen. Beide lebten nicht mehr und konnten sich kein Bild von Jan machen, der ihren Weg eingeschlagen, aber im Gegensatz zu ihnen niemals den Eindruck gewonnen hatte, angekommen zu sein. Warum war er *wirklich* hier gelandet? Nur weil er nie den Mut gefunden hatte, seinem alten Herrn zu sagen, dass er sich für sein Leben etwas anderes wünschte?

Aber einen solchen Wunsch – hatte es ihn überhaupt je gegeben? Er hatte sich immer eingeredet, dass er Polizist geworden war, um anderen zu helfen. War es so simpel?

Hinter Rosens Schutzwall ertönte unablässig die übliche Geräuschkulisse. Gespräche der Kollegen, Telefonläuten, zuschlagende Türen. Sein leerer Blick fiel auf Billinskys Platz. Wer hätte es für möglich gehalten, dass er ausgerechnet sie einmal vermissen würde? Anfangs hatten sie kaum mehr als zweieinhalb Sätze am Stück miteinander wechseln können, so verschieden waren sie.

Hör auf zu grübeln und abzuschweifen, schimpfte er stumm mit sich. Er überflog seine Notizen. Viele Fragezeichen. Eines davon bezog sich darauf, wie man Falko Steffen mit der aus Afrika stammenden Bande in Verbindung bringen konnte. Nichts in Steffens Privatleben oder bei seinen letzten Fällen ließ es auch nur ansatzweise denkbar erscheinen, dass er etwas mit ihnen zu tun hatte. Kein einziger Hinweis, keine einzige E-Mail, keine einzige nachverfolgte Telefonnummer, die er angewählt hatte. Und doch war in seinen Räumlichkeiten die Tatwaffe gefunden worden – mit *seinen* Fingerabdrücken.

Das Klingeln des Bürotelefons ließ Rosen aufschauen. Das Display zeigte eine Mobilfunknummer, die ihm nicht bekannt vorkam. Er nahm den Anruf entgegen, und nach einem langen Moment der Stille erklang eine männliche Stimme: »Spreche ich mit Kommissar Jan Rosen?«

Unwillkürlich wurde Rosen aufmerksamer. Der Anrufer bemühte sich offenkundig, seine Stimme zu verstellen. Es klang, als redete er durch ein Tuch ins Telefon.

»Ja, hier ist Rosen.«

»Wie ich höre, kommen Sie im Fall Falko Steffen überhaupt nicht voran.«

Mittlerweile saß er kerzengerade auf seinem Stuhl. »Wer sind Sie?«

»Ich sage Ihnen, wenn Sie bei Steffen im Dunkeln tappen, sollten Sie sich Udo Grabach genauer ansehen.«

Udo Grabach. Das sagte ihm etwas, aber es fiel ihm spontan nicht ein, wo er den Namen gehört hatte.

»Wer ist das?«, hörte er sich fragen, während er automatisch nach Kugelschreiber und Notizblock griff.

Es kam keine Antwort.

»Noch mal, wer ist Grabach?« Er versuchte, seiner Stimme einen autoritären, zwingenden Ton zu verleihen.

Erneut erhielt er keine Antwort.

»Wer ist …?« Rosen verstummte. Der Anrufer hatte das Gespräch beendet. Sekunden verstrichen. Ratlos betrachtete Rosen seine akkurat geschriebenen Buchstaben auf dem Block: *Udo Grabach.*

14

»Was haben Sie?«, fragte Domenico Manzoni leise.

Misstrauisch spähte Mara Billinsky zu einem der Gebäude. Sie lief los und erreichte die Hausecke.

»Was ist?«, hörte sie Manzoni in ihrem Rücken.

Vorsichtig spähte sie um die Ecke.

Nichts und niemand zu entdecken. *Merkwürdig*, dachte Mara. »Ich bin sicher, ich hab etwas gehört. Vielleicht Schritte.«

»Hier hört oder sieht man immer etwas. Es ist die Stadt der Geister. Kommen Sie, Kollegin.«

Den Moment des Erschreckens fühlte Mara noch ganz unmittelbar. Hatte sie sich wirklich getäuscht? Und hatte Manzoni etwa ihren Griff nach der nicht vorhandenen Pistole bemerkt? Selbst wenn, das war ihr egal. Sie war jedenfalls keineswegs entspannter, als sie nun wieder neben ihrem italienischen Kollegen einherschritt. Ihre Instinkte waren hellwach, ihr Blick jagte in alle Richtungen. Von dem überall aufgetürmten Abfall strömte ein widerlicher Geruch aus, den sie erst jetzt wahrnahm.

Abrupt blieb Manzoni stehen, also stoppte auch Mara. Beiläufig spürte sie den Sonnenbrand in ihrem Gesicht und auf beiden Handrücken.

»Vielleicht hätte ich Sie beim Auto lassen sollen«, murmelte Manzoni.

»Vielleicht sollten Sie sich endlich mal klarer ausdrücken«, erwiderte sie hart. »Was wollen wir hier?«

»Es findet gleich ein Einsatz statt. Deswegen meine Bemerkung zu Ihnen und dem Auto.«

»Haben Sie meine Rolle denn nicht mit Ihrem Vorgesetzten abgeklärt? Das zumindest haben Sie mir gesagt.«

Er winkte ab. »Mein Vorgesetzter? Leider gab es noch keine Gelegenheit, Ihnen Herrn Carmelo Bonaventura vorzustellen. Ehrlich gesagt, er schien selbst nicht über alle Maßen interessiert daran zu sein.«

»Das war nicht meine Frage.«

Er seufzte. »Ganz offen, ich kläre nicht immer alles bis ins Detail ab, ich gehe gern meinen eigenen Weg.«

»Das tue ich auch.« Mara taxierte ihn argwöhnisch.

Seine Mundwinkel verzogen sich zu einem Grinsen. »Stimmt also: Wir beide ergänzen uns gut. Finden Sie nicht?«

»Das finde ich ganz und gar nicht. Dafür müssten Sie offener sein und keine Spielchen treiben.«

Er lachte auf. »Ich liebe Spiele.«

»Das ist mir nicht entgangen. Übrigens auch nicht, dass das *keine* Geisterstadt ist.«

»Spricht für Ihre Instinkte.«

»Wer hält sich hier auf?«

Mit einer ausholenden Geste wies er auf die Wohnblöcke um sie herum. »In diesen Kästen wahrscheinlich niemand. Es geht um die Hotels, die ich vorhin erwähnte. Nur eines ist weggesprengt worden. Drei weitere stehen noch. Die Eingänge sind von unseren Kollegen versiegelt worden, aber es ist natürlich kein Problem, sich Zutritt zu verschaffen.«

»*Wer* verschafft sich Zutritt? Und aus welchem Grund?«

»Ganz einfach, um hier zu leben.« Er deutete nach vorn. »Kommen Sie, wir schauen uns die alten Hotels mal mit einem gewissen Abstand an.«

»Warum nicht aus der Nähe?«, fragte Mara. Ihr war bewusst, dass es ihr nicht leichtfiel, ihre sonstige Selbstsicherheit zu zeigen, was auch an Manzonis geschickter Art lag, sie einerseits mit Informationen zu versorgen und sie andererseits über manches im Unklaren zu lassen.

»Das werden meine Kollegen übernehmen. Sie haben immerhin einen Platz in der ersten Reihe. Alles andere wäre nicht gut.« Er drehte den Kopf in ihre Richtung und musterte sie durch die Gläser seiner Sonnenbrille. »Stellen Sie sich vor, Ihnen würde etwas zustoßen. Was für eine Tragödie.«

Sie grinste ihn an. »Tragisch wegen des Papierkrams, der auf Sie zukäme, schätze ich.«

»Weshalb sonst?« Er erwiderte ihr Grinsen. »Vergessen Sie also nicht, dass für Sie die Rolle der Beobachterin vorgesehen ist. Egal, was auch passiert.«

Sie erreichten das Ende der Gasse und blieben stehen, abgeschirmt von einer Hausecke. Manzoni zeigte auf die Hotels, die sich in Strandnähe zehn Stockwerke hoch erhoben. Drei Klötze in stark verblichenem Himmelblau. Es war fast vollkommen windstill, das Meer bildete eine glatte, nahezu versteinert wirkende Fläche.

»Also, Manzoni: Wer lebt hinter diesen Mauern? Falls man es leben nennen kann.«

»Da haben sich vor allem die Nigerianer eingenistet. Männer, die keine Aufenthaltsgenehmigung besitzen und mit Verbrechen ihr Geld verdienen. Und die Frauen, die von ihnen auf den Strich gezwungen werden. Wir haben immer mal wieder versucht, dieses Rattenloch auszuheben. Aber die Zuhälter haben gute Kontakte zu unseren unteren Diensträngen. Geld und kostenlosen Sex mit den Huren gegen Tipps. Oft sind wir angerückt und haben nur leere Behausungen vorgefunden.«

»Warum klappt es heute?«, fragte Mara mit herausforderndem Unterton.

»Weil alles besser vorbereitet ist. Und weil nur wenige meiner Kollegen eingeweiht sind – jedenfalls bis zur letzten Sekunde.«

»Und wenn ich mich gerade doch nicht geirrt habe? Wenn da jemand war, dem wir aufgefallen sind?«

»Hoffentlich nicht.« Manzonis Kinn ruckte in die Höhe. »Hören Sie die Musik?«

Leise drangen Hip-Hop-Klänge bis zu ihnen.

Mara nickte.

»Wenn ich sonst hier war, herrschte absolute Ruhe. Ein gutes Zeichen.«

»Wo sind Ihre Männer?«

»Ganz in der Nähe, was denken Sie denn?«

Unverändert standen sind da, den Blick auf die Hotels gerichtet.

»Augustus Yekini«, sagte Mara. »War das sein Revier?«

»Kann man so sagen. Bis ihm der Absprung ins reiche Deutschland gelang, vielleicht mit einer Zwischenstation auf dem italienischen Festland.«

»Wie schafft man so etwas?«

»Mit den richtigen Beziehungen, den richtigen Großtaten, dem richtigen Timing. Er dealte, beutete die Frauen aus, wie andere auch, aber er war recht erfolgreich.«

»Was ist mit seinem Bruder Solomon? Auch ein Erfolgstyp?«

»Moment, bitte.« Manzoni holte das Handy aus der Jackentasche. Er telefonierte nicht länger als eine halbe Minute. Angespannter sagte er dann zu Mara: »Der Tanz wird in weniger als dreißig Minuten beginnen. Viel dichter heran dürfen Sie nicht, Kollegin.« Er wies nach rechts. »Dort hinten. Pinien, Felsen, Oleander – eine hervorragende Deckung. Wenn ich verschwinde, ziehen Sie sich zurück. Da sieht man von Ihnen nichts, und Sie selbst haben gute Sicht auf alles.«

»Schon klar, ich bin nur die Beobachterin.«

»Korrekt.«

Sofort setzte er sich in Bewegung, geduckt und mit jähem Tempo, wobei er darauf achtete, im Schutz eines weiteren der nahezu identischen Blöcke zu bleiben. Im Laufen zog er eine Pistole aus dem Schulterholster.

Sie tat das, was er ihr aufgetragen hatte, und eilte zu der Stelle, die zwischen den Blöcken und den Hotels lag. In der Mitte zweier großer, ausladender Oleanderbüsche, die sie deutlich überragten, bezog sie ihren Posten.

Das schwache Rauschen des Winds und die entfernt wummernde Hip-Hop-Musik bildeten nach wie vor eine zurückgenommene, geradezu einschläfernde Geräuschkulisse. Mara versuchte, die Konzentration aufrechtzuerhalten, was gar nicht so leicht war, obwohl die Ruhe ringsum trügerisch wirkte. Die Hitze lag schwer auf ihr. Sie straffte das Gummiband, das den am Morgen hastig gebundenen Pferdeschwanz zusammenhielt. Die Sonne war beinahe weiß, ein glühender konturenloser Klecks am Himmel.

Kein Mensch war zu sehen. Hoch über ihr kreischte eine Seemöwe. Ein Blick auf die Uhr im Handydisplay – laut Manzonis Zeitplan blieb noch mehr als eine Viertelstunde. Obwohl die Büsche Schatten spendeten, schwitzte Mara immer heftiger. Nein, den Hochsommer in Sizilien mochte sie sich gar nicht ausmalen, und sie stellte fest, dass sie die Frankfurter Kälte, das Nieseln, den morgendlichen Nebel vermisste.

Zum ersten Mal seit ihrer Landung musste sie konkret darüber nachdenken, dass Klimmt sie zu seiner Vertretung bestimmt hatte. Freute sie sich, auch wenn sie es nicht zugeben würde? Nicht vor Rosen, nicht einmal vor sich selber. Oder fühlte sie sich unbehaglich? Als würde sie gezwungen sein, ein lächerliches, zu großes Kostüm überzustreifen? Sie konnte sich einfach nicht zu einer klaren Antwort durchringen. Bisher war es ihr schwergefallen, das zu verfolgen, was man eine *Karriere* nannte. Wollte sie das denn überhaupt? War das *ihr* Weg?

Durch die getönten Gläser der Sonnenbrille nahm sie eine Bewegung wahr, und alle Gedanken waren wie weggeblasen. Mit sofort wieder konzentriertem Blick verfolgte sie die Gestalten mit Schutzhelmen und -westen, die sich in einem

Halbkreis den Hotelgebäuden näherten und versuchten, jeden möglichen Fluchtweg zu versperren. Nur in Richtung Meer hätte man abhauen können, aber das würde nichts bringen. Unwillkürlich versteifte sich Maras Körperhaltung. Es war ein ungewohntes, sogar unangenehmes Gefühl, nicht eingreifen zu dürfen. Als hätte man ihr die Hände auf den Rücken gefesselt.

Ihr fiel auf, dass der Halbkreis nicht eng genug geschlossen war, vor allem auf der dem Landesinneren zugewandten Seite. Dennoch schien es keinen Anlass zur Sorge zu geben. Noch immer war an den Fenstern der Hotels niemand auszumachen – das Auftauchen der Polizeikräfte schien unbemerkt zu bleiben. Domenico Manzoni war nicht zu sehen, wahrscheinlich hielt er sich im Hintergrund, um den Überblick zu wahren.

Ja, alles wirkte professionell, konzentriert, ruhig, fast wie eine Übung.

Und einen Sekundenbruchteil später herrschte Chaos.

Aus allen drei Hotels jagten urplötzlich etliche Männer und Frauen, die in alle denkbaren Richtungen auseinanderstoben. Die menschenleere Kulisse hatte sich im Nu gewandelt, und Mara starrte auf das wilde Gewimmel, in das sich die Polizisten mischten, die verzweifelt versuchten, die Flüchtenden einzufangen. Das war also der Einsatz, den Manzoni angekündigt hatte.

Eine Kakofonie aus Schreien wuchs zu einem gewaltigen Lärm an. Überall entstand Gerangel, Schüsse peitschten, Frauen kreischten, Männer brüllten. Jetzt hätte Mara verdammt gern ihre Dienstpistole zur Verfügung gehabt, selbst wenn sie hier über keine Befugnisse verfügen mochte.

Eine große Traube rennender Gestalten kam genau auf sie zu. Männer mit im Sonnenlicht schimmernder schwarzer Haut, während rund um die Hotels das Durcheinander größer wurde.

Was sollte sie tun? Sich weiter ins Gebüsch zurückziehen, um unentdeckt zu bleiben? Eingreifen? Sie verfluchte die Unentschlossenheit, die sich ihrer bemächtigte.

Die Entscheidung wurde ihr in dem Augenblick abgenommen, als die Gruppe von Männern, die wie Hochleistungssprinter auf sie zustürmten, Mara sahen. Ihre Blicke kreuzten sich. Sie atmete tief durch und trat vor die Oleandersträucher.

»Stop! Police!«, rief sie auf Englisch.

Keiner der Männer verlangsamte seine Schritte. Im Gegenteil, sie schienen schneller zu werden.

Mara riss die Arme hoch.

»Stop! Police!«

Von der Seite her fiel ein Schatten auf sie. Ein Mann hechtete ihr entgegen und riss sie um. Beide landeten in staubbedecktem Unkraut.

Der Fremde kam wieselflink auf die Beine. Sie versuchte sich ebenfalls aufzurichten, doch ein anderer Kerl trat zu. Sie konnte gerade noch sein rundes, vollbärtiges Gesicht und den neongrün leuchtenden Sportschuh an seinem Fuß ausmachen, der auf ihr Gesicht zuschnellte.

Mara spürte die enorme Wucht des Trittes, dann rein gar nichts mehr. Die Geräusche um sie herum verebbten, und vor ihren Augen löste sich alles auf, bis nur noch Schwärze blieb.

Teil 2

Glitzernde Nattern

Mädchen, die auf Reisen gehen

Nach einer kurzen Fahrt wurden Azuka und die anderen von einem klapprigen Bus ausgespuckt. Die Wüste lag vor ihr. Nur ganz allmählich begriff sie, dass es jetzt tatsächlich zu Fuß weiterging. Sie waren etwa sechzig Leute, vor allem aus Nigeria und Ghana. Jeder erhielt einen Kanister Wasser, ein Brot, ein großes Tuch, ansonsten konnte man kaum etwas mitnehmen.

Sieben Tage dauerte der erste Abschnitt. Der Sand unter den Füßen war derart heiß, dass es sich anfühlte, wie auf Feuer zu laufen. Azukas Gummisandalen klebten ihr förmlich an den Sohlen. Sie riss von ihrem Tuch zwei Streifen ab, um sie sich um die Füße zu wickeln und weiterzugehen. Später gab ihr ein Araber, der die Gruppe führte, Ledersandalen, die er einem Toten abgenommen hatte. Viele Leichen lagen am Rand der Strecke, einige erst vor Kurzem gestorben, andere zu Skeletten geworden. Man schnappte sich ihre Kleider und Schuhe und ließ die eigenen kaputten Sachen zurück.

Nachts wickelte Azuka sich vollständig in ihr Tuch ein. Sie lauschte dem Ehrfurcht einflößenden Wüstenwind, der wie eine Bestie fauchte. Die Sandalen steckte sie aufrecht in den Untergrund, dem Wind zugewandt, den Kopf bettete sie dahinter, so wurde sie weniger stark vom Sand zugeweht. Dennoch musste sie sich morgens fast immer mit den Händen freiwühlen. Man lag in einem Grab aus Sand. Einige wachten nicht mehr auf.

Ein sechzehnjähriges Mädchen, es hieß Madu und stammte auch aus Benin City, litt seit den Nächten im Ghetto an einer Unterleibsentzündung. Madu konnte kaum noch gehen, sie hatte Fieber. Ein Mann aus Ghana trug sie eine Weile, dann blieben die beiden immer weiter zurück. Bei Einbruch der Nacht stieß nur der Ghanaer wieder zur Gruppe. Er erklärte, das Mädchen sei bei einem anderen Trupp untergekommen. Niemand sagte etwas. Jeder wusste, dass Madu einfach gestorben war.

Beim Gehen durch den tiefen Sand schwirrten die Erinnerungen wie Insekten um Azukas Kopf herum, kaum sichtbar, schnell und schemenhaft, dennoch intensiv. Erinnerungen an Benin City, zwei Millionen Einwohner, eine verrückte Stadt, die eher wie eine riesige Ansammlung etlicher kleiner Dörfer wirkte. Sie dachte an die ständige Gefahr durch Banden, die Baumstämme auf die Zugangsstraßen legten, um Fahrgäste aufzuhalten und sie mit vorgehaltenen Waffen auszurauben. Einmal hatte Azuka in einem Linienbus gesessen, der mit Schüssen, die die Fensterscheiben splittern ließen, gestoppt wurde. Der Kopf einer alten Frau, die in der Sitzreihe vor ihr schlief, wurde zerfetzt wie eine Melone.

Sie dachte an die Musik, die in Benin City aus offenen Fenstern drang, fröhliche Klänge, ungeachtet der Armut ringsum. Ebenerdige kleine Häuser reihten sich in lockerer Linie entlang der staubigen Gassen, nur die Hauptstraßen waren asphaltiert. Die Leute lachten viel, egal, wie schlecht es ihnen ging. An Kreuzungen wurden Früchte, Reis, Kräuter und Gläser mit Ajar *aus Südafrika verkauft.*

Sie dachte an ihr Heimatdorf, an den Rand von Benin City gepresst, doch noch nicht von der Stadt geschluckt. Nur über einen Erdweg, nicht gemacht für Autos, konnte man es erreichen. Ein Dutzend großer Holzhütten mit Blätterdächern gruppierte sich um eine breite Wiese. Kinder spielten Fußball und plantschten im glasklaren Flüsschen, die Frauen saßen auf einer Holzbrücke und wuschen die Kleidung. Auch die Hütte, in der Azuka aufgewachsen war, hatte man aus Brettern gezimmert. Eine Küche, ein Zimmer, ein Schlafraum. Im Nach-

hinein wirkten die Bilder von damals idyllisch und seltsam unwirklich auf Azuka. Hatte sie tatsächlich dort gelebt? Oder war alles nur Einbildung? Die Wüste schien Erinnerungen und Wahrnehmungen zu zermalmen und den Verstand heillos zu verwirren. Sie war wie ein Planet für sich, abgeschnitten vom Rest des Universums.

Die folgende Etappe war die längste. Zwei Wochen. Azukas Gruppe umfasste mittlerweile mehr als hundert Leute. Es gab viele solcher Trupps, eine wahre Massenwanderung durch das mörderische Meer aus Sand. Nur etwa fünfzig gelangten ans nächste Zwischenziel, Tamanrasset im südlichen Algerien, Sammelpunkt für zahllose Migranten und Opfer des Menschenhandels.

Neue Begleiter tauchten auf, diesmal bewaffnete, denn Flüchtlingsgruppen wurden überfallen, weil manche Algerier glaubten, sie führten Geld für die Reise mit sich. Räuber, Rebellen, Polizisten, man wusste nie, von wem gerade am meisten Gefahr drohte.

Bald ging es weiter. Und immer weiter und weiter. Sand, Steine, große Felsen, keine Pflanze, kein grüner Fleck inmitten des Nichts. Die Luft sah oft aus wie ein See, dicht über dem Sand. Irgendwann taumelte man einfach auf dieses klare Wasser zu, auch wenn man wusste, dass es keines war, und tauchte Hände und Gesicht in glühend heißen Sand.

Die Trinkvorräte gingen aus. Ein angekündigter Pick-up mit Nachschub tauchte nicht auf. Ihnen blieb nichts anderes übrig, als den eigenen Urin zu trinken. Sie lernten, dass Frauen mehr Flüssigkeit im Körper speicherten als Männer, die sie bald um ihren Urin und sogar ihr Regelblut anbettelten. Manche verkauften beides.

Sie lernten außerdem, dass es jetzt noch gefährlicher war als bisher, weil die algerische Polizei Prämien für jede Person erhielt, die nach Afrika zurückgeschickt wurde. Also mussten die Begleiter die Beamten bestechen, was lange Verhandlun-

gen bedeutete. Die Polizisten gingen durch Azukas Gruppe und teilten sie nach Geschlecht auf.

Von den Frauen wurden drei der hübschesten ausgewählt, darunter Azuka, die in die Zelle eines kleinen Gefängnisses kamen. Ein Polizist nach dem anderen benutzte jede von ihnen über mehrere Tage hinweg. Hier lernte Azuka, mit ihrem Geist wegzufliegen, einfach nicht mehr da zu sein, sondern in die Vergangenheit abzutauchen. In den Hof ihrer Großmutter, wo sie im gleißenden Licht der Heimatsonne mit lustig gackernden Perlhühnern spielte, betete und die Lieder sang, die sie in der Schule gelernt hatte, während über ihrem Kopf Schwalben kreisten.

Azukas nächste Etappe war ein weiteres Ghetto, diesmal in der Stadt Maghnia, an der Grenze zu Marokko. Sie und mehrere andere Mädchen wurden an einen neuen Begleiter weitergereicht, doch auch er erwähnte die Madame, und langsam dämmerte es Azuka, dass diese geheimnisvolle Dame trotz des Chaos, in dem Azuka sich befand, tatsächlich immer Bescheid wusste, wo sie gerade steckte, zumindest in etwa. Die Frau wurde zu einer letzten Hoffnung für Azuka. Vielleicht gab es ja doch jemanden, der ihr irgendwann, irgendwo helfen und dieses unvorstellbare Grauen für sie beenden konnte.

Mit der Begründung, dass sie noch zweitausend Euro für die bald anstehende Überfahrt nach Europa und noch mal so viel für seine Dienste zu bezahlen hatte, vermietete der Begleiter Azuka an algerische Männer. Auch die Kerle aus dem Ghetto, nigerianische Landsleute, benutzten sie. Es war noch schlimmer als in Tamanrasset, jede neue Hölle bedeutete offenbar eine Steigerung an Unmenschlichkeit. Es gab keinen Hauch von Moral, es ging ums nackte Überleben. Azuka sah, wie die Menschen um sie herum zu Tieren wurden, und sie versuchte, sooft es nur ging, ihren Geist wegfliegen zu lassen, irgendwohin, einfach nur weg von hier.

Eine ihrer Leidensgenossinnen hieß Fayola. Sie wurde

schwanger und musste zu einem Arzt gebracht werden. Danach wäre sie fast verblutet, wochenlang lag sie im Fieberwahn, bis sie starb. Ansonsten erfuhr man von keinen Schwangerschaften, was verwunderlich war, denn es gab keine Kondome. Wie Azuka hörte, waren sie in Algerien sogar verboten. Den Männern war das egal, sie wurden ja nicht schwanger, und die Mädchen waren ihnen natürlich erst recht egal.

Eines Abends, die Dunkelheit brach gerade herein, wurde Azukas Gruppe mit lauten Rufen am Rande des Ghettos zusammengetrommelt. Normalerweise war das das Zeichen zum Aufbruch. Andererseits waren Gerüchte aufgekommen, dass manchmal Flüchtlingstrupps einfach so verschwanden, wenn sie sich nicht mehr rentierten oder es zu wenig Platz für die letzten Etappen gab.

Ihr Begleiter brüllte irgendetwas, Azuka erhielt einen rüden Stoß, und die endlose Reise wurde fortgesetzt. Über ihnen wölbte sich der sternenklare Himmel, und sie fragte sich, ob ihre Eltern genau in diesem Moment zu denselben Sternen blickten. Sie dachte an das Versprechen, ihnen Geld zuzuschicken, Geld, das Azuka im großartigen Europa verdiente. Je länger sie unterwegs war, desto weiter schien sie sich von ihrem Ziel zu entfernen. Von sich, ihrem Wesen, jenem Mädchen, das sie gewesen war, bevor sie die Hütte des Priesters betreten hatte. So lange lag das zurück, so vieles hatte sie seither gesehen. Unbeschreibliches, Unbegreifliches. Dinge, die wie die Narben, die ihr bei dem Ritual zugefügt worden waren, auf ihrer Haut brannten, auf ihrem Herzen, ihrer Seele. Dieser kleinen, schutzlosen Seele, die nicht mehr ihr gehörte.

In jener Nacht gelangten sie über die Grenze nach Marokko, indem sie einem langen Tal mit einem ausgetrockneten Flusslauf folgten. Es wurde viel geflüstert, manchmal blitzten die Lichter von Taschenlampen auf, die Stimmung war angespannt, aggressiver als sonst. Es war bekannt, dass etliche

Flüchtlinge in der Gegend unterwegs waren und damit auch Polizisten und Räuber, die darauf aus waren, den Flüchtlingen ihr Geld abzunehmen.

Marokko war eine entscheidende Etappe auf dem Weg, bald würde die Fahrt mit dem Boot folgen, die Fahrt nach Europa; der Begleiter würde sie zum Kapitän bringen. Doch niemand wurde dadurch elektrisiert, niemand machte auch nur eine Bemerkung darüber. Man schwieg, fast die ganze Zeit über, die Stille war ein Freund, der einzige, den man hatte.

Azuka verspürte noch immer diese dumpfe Leere in sich, während sie inmitten der Übrigen durch dieses trostlose Tal trottete. Sie hatte keine Angst, sie war nicht müde. Als ganz in der Nähe Schüsse fielen, erschrak sie nicht einmal.

Plötzlich rannten alle, auch Azuka, nahezu mechanisch tat sie es den anderen gleich, jeder ein fahler huschender Schatten in der Nacht. Sie warfen sich hinter trockenen Büschen in den Sand, machten sich klein, waren mucksmäuschenstill.

Erneut fielen Schüsse. War das das Ende? Ein Teil von Azuka hoffte es sogar. Das Ende wäre eine Erlösung. Weitere Schüsse dröhnten. Jetzt noch näher. Azuka hielt den Atem an. Sterben, dachte sie. Der Moment war gekommen.

Zeit zu sterben.

15

Regen trommelte aufs Autodach. Ein monotones Geräusch, das sich irgendwo in Jan Rosens Kopf festzusetzen schien. Es war ein kalter Tag, genau wie die vorangegangenen. Noch immer war nichts von Frühling zu spüren.

Wieder einmal lagen hinter Rosen ein paar Wege, die er sich hätte sparen können. Alle Versuche, dunkle Flecken in Falko Steffens Leben zu finden, erwiesen sich trotz weiterer Nachforschungen als erfolglos.

Er parkte und hastete durch den kalten Guss, der unvermindert auf Frankfurt herabprasselte, ins Präsidium. Am Vortag hatten er und Stanko zum wiederholten Mal das Bahnhofsviertel durchkämmt, allerdings war es hier genauso erfolglos abgelaufen. Niemand war bereit, auch nur ein Wort über eine Bande aus Nigeria zu verlieren. Seit den Schüssen in der Gießerei herrschte eine fast schon beunruhigende Stille im Viertel.

Kaum dass er sich mit einem Kaffee etwas aufgewärmt hatte, erschien Stanko bei ihm und ließ sich auf Billinskys Stuhl plumpsen. »Na, Rosen, hat sich was Neues ergeben?«

Resigniert winkte er ab. »Nicht das Geringste.« Er ordnete seine Notizen, in denen sich die Fragezeichen mehrten, statt weniger zu werden.

»Lass dich davon nicht unterkriegen, so ist das eben.« Stanko starrte aus dem Fenster ins wilde Grau der Wolken. »Da draußen herrscht ein Dschungel. Schnappst du einen miesen Schweinehund, schlurfen zwei neue um die nächste Ecke. Man reibt sich auf, und am Ende rennt man doch nur gegen eine Mauer.«

»Dieser Falko Steffen ... ich kapiere einfach nicht, was da gespielt wurde.«

»Mensch, das ist doch klar. Steffen hatte sich irgendwie mit den Nigerianern eingelassen. Es gab Ärger. Er hat sie weggepustet, und sie haben sich gerächt und ihn kaltgemacht. Mit einer Machete, weil es mitten in einem Wohngebiet passiert ist und man folglich auf einen stillen Abgang gesetzt hat. Außerdem hatte ja schon Billinsky erwähnt, dass dieser Yekini Macheten mochte. Da war er wohl nicht der Einzige in dem Verein.« Stanko nickte überzeugt. »In den Stichverletzungen wurden kleine Partikel einer Plastiktüte gefunden. Darin wurde die Machete verborgen.«

Rosen runzelte die Stirn. »Aber selbst wenn Steffen die Tat in der Gießerei mit Glück und Geschick fertiggebracht hat und der Mord an ihm aus Rache erfolgte – was genau ist die Verbindung zwischen ihm und einer Gangsterbande?«

»Er wäre nicht der Erste, der aus Leichtsinn, Dummheit oder einfach nur Pech an die Falschen geraten ist.« Stanko schüttelte den Kopf. »Und was bleibt, sind wieder mal diese Mauern, gegen die unsereins dann rennt.«

»Was ist also die Lösung?«

Stanko grinste. »Sich eine Elefantenhaut zulegen, nicht alles so verdammt ernst nehmen, einfach mal auf den ganzen Mist scheißen.« Er gähnte. »So viele Fälle bleiben ungelöst. Wir sehen das jeden Tag. Wer weiß schon, was mit Steffen wirklich los war. Wenn wir es nie erfahren, wird die Welt sich trotzdem weiterdrehen.«

Rosens Blick blieb an einem seiner Notizblätter hängen. »Sagt dir der Name Udo Grabach etwas?« Grüblerisch strich er das Blatt penibel an allen vier Ecken glatt. Er hatte versucht, den anonymen Anruf durch die Kollegen nachverfolgen zu lassen, doch das war gescheitert. Offenbar war ein simples, altmodisches Handy mit Prepaidkarte verwendet und gleich darauf entsorgt worden. Aufgrund anderer Aufgaben war er noch nicht dazu gekommen, sich mit dem genannten Namen zu beschäftigen. Er sah auf. »Äh, Stanko, hast du mich nicht gehört? Udo Grabach. Klingelt da irgendwas bei dir?«

»Hm.« Sein Kollege musterte ihn nachdenklich. Oder tat er nur so und war in Gedanken bei der Frage, was er abends essen sollte? »Wie kommst du auf den Namen?«

»Mich hat jemand anonym angerufen und etwas von Falko Steffen und diesem ominösen Grabach dahergeredet. Der Name kommt mir bekannt vor.«

Stanko machte eine wegwerfende Geste. »Ach, vergiss es. Solche Hinweise kannst du in die Tonne kicken, das weißt du doch. Einer von fünfhundert ist was wert, wenn überhaupt.«

»Wahrscheinlich hast du recht.«

»Und ob!« Stanko lachte. »Wenn ich heute wieder nicht hier rauskomme, lass ich mir eine Pizza bringen. Magst du auch eine?«

Also tatsächlich das Abendessen. »Nein danke.«

»Weißt du was, ich bestell einfach eine für dich mit. Mit der megascharfen Pepperoniwurst.«

Rosen musste nun doch grinsen. »Okay. Danke!«

»Na siehst du.« Stanko stand auf und verschwand.

Rosen schüttelte beiläufig den Kopf. Stanko war wirklich keine Hilfe, aber wenigstens kein übler Kerl wie Schleyer und Patzke, die ihn weiterhin wie Luft behandelten. Dabei konnte er am wenigsten dafür, dass Klimmt Billinsky als Vertretung bestimmt hatte.

Er erhob sich und suchte die Toilette auf. Als er am Waschbecken stand, um sich die Hände zu waschen, tauchte plötzlich Schleyer neben ihm auf, breit und schwer, mit gereizter Miene. Ohne Rosen anzusehen, murmelte er: »Irgendwann muss man sich mal für eine Seite entscheiden.«

Rosen blickte ihn verdutzt an. »Wie meinst du das? Wir stehen doch alle auf derselben Seite.«

»Immer nur wegducken bringt nix, Spatz.«

Das war der Spitzname, mit dem man den stillen Rosen verspottet hatte, als er Billinsky, der Krähe, zugeteilt worden war.

»Wegducken? Vor was denn?«

»So kann es hier in der Abteilung jedenfalls nicht weitergehen.«

Diesmal erwiderte Rosen nichts.

»Was macht eigentlich deine kratzbürstige Lieblingskollegin in Sizilien? Urlaub?«

Wieder schwieg Rosen.

Schleyer stellte sich vor ein Pissoir und fing an zu pinkeln. »Wegducken bringt nix, merk's dir.«

Rosen öffnete die Tür und verschwand auf den Flur. Der Typ spinnt doch, dachte er. Eigentlich hätten alle an einem Strang ziehen und zusammenarbeiten müssen, doch davon war nichts zu spüren. Er hatte gerade wieder am Schreibtisch Platz genommen, als sein Telefon läutete. Ein Blick zum Display, auf dem ein Name aufleuchtete, und er verzog den Mund. Widerstrebend nahm er ab. »Hier Rosen, hallo!«

»Da ich nichts von Ihnen höre, muss ich mich wohl melden«, begann Staatsanwalt von Lingert ohne Umschweife und natürlich ohne Begrüßung. »Gibt es nichts Neues? Irgendeine Spur muss sich doch endlich mal auftun.«

»Leider nicht.« Er hasste es, mit leeren Händen dazustehen. Es fühlte sich an, als wäre er ein Komplettversager.

»Großartig«, kam es sarkastisch vom anderen Ende der Leitung.

Beiläufig streifte Rosens Blick wieder das glatt gestrichene Notizblatt. »Äh, ich hätte eine Frage«, meinte er zögerlich, wohl nur, um nicht stumm wie ein Schuljunge ohne Hausaufgaben zu wirken. »Kommt Ihnen der Name Udo Grabach bekannt vor?«

»Grabach?«, wiederholte von Lingert. »Warum fragen Sie?«

»Es geht um einen anonymen Hinweis, dessen möglichen Wert ich gerade einzuschätzen versuche.«

»Oh Gott, Rosen, drücken Sie sich nicht immer so kompliziert aus. Ich bin sicher, Sie haben selbst schon von Grabach gehört. Gerade die Umstände seines Todes waren ja etwas ... hm, ungewöhnlich.«

Rosen war längst dabei, den Namen Udo Grabach in eine Suchmaschine einzutippen. Warum hatte er das nicht gleich nach dem merkwürdigen Anruf gemacht? Weil er in eine Besprechung gerufen worden war, wie er sich erinnerte. Und danach war er mit anderem Kram beschäftigt gewesen. Er hatte dem Gespräch wohl sowieso keine Bedeutung beigemessen.

»Grabach ist also tot«, sagte er.

»Wirklich schade um ihn. Ein überaus fähiger Kollege.«

»Kollege?«, echote er.

»Ein Wiesbadener Staatsanwalt. Ein Mann mit einer großartigen Laufbahn, der noch viele weitere erfolgreiche Jahre vor sich gehabt hätte. Und dann das – ein Tod aus heiterem Himmel.«

16

Kräftige Finger, die ihre Oberarme umschlossen, an ihr rissen.

Instinktiv machte sie sich abwehrbereit, ballte ihre Fäuste. Sie wurde auf die Beine gewuchtet. Einen verwirrend langen Moment stand sie schwankend da. Sie blinzelte gegen die Sonne an, gegen die eigene Verwirrung, dann kehrte Klarheit zurück in ihre Gedanken, und die jähe Panik, die sie ergriffen hatte, begann sich aufzulösen.

Es waren uniformierte Polizisten, die ihr aufgeholfen hatten und um sie herumstanden. Von den Zivilisten, die aus den Hotels geflüchtet waren, gab es keine Spur mehr. Es herrschte Stille, nur der Wind gab ein leises Rauschen von sich. Das Durcheinander von eben schien wie eine Einbildung gewesen zu sein. Dunstige Schleier erreichten vom Meer das Festland und schwebten seltsam gespenstisch auf die Gebäude der Geisterstadt zu.

Einer der Beamten fragte Mara etwas auf Italienisch, aber sie achtete nicht darauf. Ihr Wangenknochen pochte schmerzhaft von dem Tritt, genau wie in Frankfurt nach dem Faustschlag, nur dass es diesmal der rechte war. Das leichte Zittern ihrer Hände entging ihr nicht, und sie zwang sich dazu, erst mal tief durchzuatmen.

Hinter ihr knirschten Schritte, und als sie sich umdrehte, blickte sie in Domenico Manzonis Gesicht. Zum ersten Mal, seit sie ihn kannte, sah sie ihn schwitzen. Glitzernde Perlen standen ihm auf der Stirn und stachen aus seinem verstrubbelten Haarschopf hervor. Seine Sonnenbrille hing zusammengeklappt am Rundausschnitt seines Shirts.

Die Beamten entfernten sich und ließen sie allein.

Ebenfalls zum ersten Mal fiel ihr auf, dass Manzonis Augen eine hellgraue Farbe hatten. Besorgnis lag in seinem Blick. »Wie geht es Ihnen, Kollegin? Alles in Ordnung?«

»Wie viele von den Leuten haben Sie und Ihre Jungs geschnappt?«, überging sie seine Frage. Den festen Ton in ihrer Stimme zu hören tat gut.

»Nicht viele«, kam es widerstrebend von ihm.

»Keinen einzigen.« Sie bückte sich und hob ihre Sonnenbrille auf, die ihr bei dem Tritt von der Nase gerutscht war. »Habe ich recht?«

Manzoni bleckte kurz die Zähne und verzichtete auf eine Antwort.

»Effektiv und effizient, was?«, meinte sie mit einem schiefen Grinsen. »Mein Kompliment.«

Seine finstere Miene zeigte, dass er keineswegs in der Stimmung für Scherze war. »Ich lasse Sie ins Krankenhaus bringen.«

»Nicht nötig.« Sie reinigte die Brillengläser.

»Das war keine Frage, es war ...«

»Ich hab einen Dickschädel«, unterbrach sie ihn rasch. »Und der hält einiges aus.«

»Aber ich will auf Nummer sicher gehen und ...«

»Ich nicht«, fiel sie ihm erneut ins Wort, eine Spur schärfer. »Es ist *mein* Kopf. Und ihm wäre gar nichts passiert, wenn da nicht so viele auf einmal auf mich losgestürmt wären.«

Verärgert verzog er das Gesicht, verzichtete aber auf weitere Widerworte. Manzonis Lässigkeit war auf der Strecke geblieben, dafür lag seine Wut wie etwas Greifbares in der Luft. Sie kannte das. Von sich selbst.

»Wie kam es zu der plötzlichen Flucht? Man wusste also doch von Ihrem Einsatz.« Sie setzte die Brille auf.

»Wir haben bis zum letzten Moment versucht, die Aktion geheim zu halten«, erwiderte er mit gepresster Stimme. »Eigentlich bis es losging. Ich verstehe das einfach nicht.«

»Also ist ein effektiver und effizienter Kollege von Ihnen wohl gerade noch rechtzeitig ein paar Informationen losgeworden.«

»Manchmal weiß man nicht, was schlimmer ist. Das Verbrechen oder die Korruption in seinem Windschatten.« Manzoni wechselte abrupt zu Flüchen in seiner Muttersprache. Dann fügte er auf Deutsch an: »Wissen Sie, ich kämpfe hier an mehreren Fronten. Es ist nicht leicht.«

»Erzählen Sie mir mehr davon – und nicht immer nur bruchstückhaft.«

Er nickte und stapfte los. »Nutzen wir die Rückfahrt dazu.«

Sie sah ihm nachdenklich hinterher, ehe sie ihm zu seinem Wagen folgte.

Diesmal ließen sie die Fenster geschlossen. Die Klimaanlage war auf volle Kraft eingestellt. Maras rechte Gesichtshälfte tat weh, aber sie versuchte, das auszublenden. Manzoni war weiterhin wütend und drückte das Gaspedal noch heftiger durch als sonst.

»Die Nigerianer sind alle Illegale«, begann er, ohne dass Mara noch einmal gefragt hätte. »Sie haben keine Papiere, keine Adressen. Mal verstecken sie sich da, mal dort. In der Geisterstadt sind oft viele von ihnen, dann wieder sind die drei alten Hotels wie leer gefegt.«

»Die Männer, die vorhin geflüchtet sind. Waren das alles Zuhälter?«

»Jeder von denen hat … Wie heißt das bei euch? Wenn man Schmutz, äh …«

»Dreck am Stecken?«

Ein kurzes grimmiges Grinsen umspielte seinen Mund. »*Grazie.* Dreck am Stecken, genau. Zuhälterei, Einbrüche, Drogen, Diebstahl.«

»Und die Frauen? Ausschließlich Huren?«

»Davon gehe ich aus. Sie stehen auf der untersten Stufe.

Schaffen an dem Straßenstrich an, den ich Ihnen gezeigt habe, und an ähnlichen Plätzen.« Er setzte zu einem waghalsigen Überholmanöver an und ließ zwei Autos auf einmal hinter sich. »Die jungen, hübschen Huren sind woanders. Erst in Bordellen in der Innenstadt. Dann in Rom oder Mailand. Und dann sonst wo in Europa.«

»Und ihre Zuhälter sind also die Mesdames, richtig?«

»Die Mesdames geben sich allerdings nicht mit dem Straßenstrich ab. Sie würden sich auch nie in der Geisterstadt sehen lassen. Sie behalten die besten Huren, und diejenigen, die nicht so viel Geld bringen, werden an die Helfer abgegeben.«

»Ich habe versucht, mich über die Mesdames schlauer zu machen«, erwiderte Mara und versuchte in Gedanken ihre gestrigen Rechercheergebnisse zu ordnen. »Menschenhandel und Zwangsprostitution ist ja üblicherweise Männersache. Nigeria stellt eine Ausnahme dar, und das irritiert zunächst mal, denn es bricht mit dem üblichen Gut-Böse-Schema. Frauen beuten Frauen aus. Eine eindeutige Erklärung, warum diese Vorgehensweise ausgerechnet in Nigeria ihren Ursprung hat, habe ich nicht gefunden.«

»Eine eindeutige Erklärung gibt es wohl auch nicht«, warf Manzoni ein.

»Experten meinen, es hängt damit zusammen, dass in Nigeria der Handel an sich schon seit Ewigkeiten in Frauenhand lag«, fuhr Mara fort. »Auch noch in den Siebzigerjahren, als das Land einen Wirtschaftsboom erlebte, vor allem durch Öl. Aber als in den Achtzigern der Ölpreis sank und die Währung in den Keller fiel, mussten die Händlerinnen eine neue Art von Ware finden. Das Land steckt noch heute in einer anscheinend endlosen Wirtschaftskrise. Es wird inzwischen von korrupten Eliten sowie europäischen und US-Unternehmen beherrscht. Und die Position der Frau hat sich sukzessive verschlechtert. Ein idealer Nährboden, um Mädchen für den Menschenhandel zu rekrutieren. Denn in erster Linie sind es die armen, kinderreichen Familien, die auf der Strecke bleiben. Gerade auf dem Land, wo Millionen Kinder nicht am Unterricht teilnehmen, insbesondere die Mädchen. Und an den Universitäten sieht es genauso aus.«

Endlich fuhr Manzoni nicht mehr ganz so halsbrecherisch, vielleicht verrauchte seine Wut allmählich. »Das alles deckt sich mit unseren Kenntnissen. So vage die auch sein mögen.«

Mara nickte. »Alles ist wie hinter Nebel verborgen.«

»Das gilt leider auch für die Mesdames«, ergänzte Manzoni. »Unsere Polizei hat in unzähligen Ermittlungen und Telefonüberwachungen versucht, das Netzwerk der nigerianischen Mesdames in Europa zu durchleuchten. Aber wir konnten kaum Anzeichen für das finden, was normalerweise unter Organisierter Kriminalität verstanden wird.«

»Sie meinen, es gibt anders als etwa bei eurer Cosa Nostra keine hierarchische Gliederung, keine klaren Befehlsstrukturen. Eben *keine* Organisation in dem Sinne. Richtig?«

Manzoni nickte düster vor sich hin. »Ja, es handelt sich eher um eine Art Cluster-Netzwerk, das mit sehr niedrigem Profil in ärmlichen Milieus arbeitet und sich nicht konstant, sondern nur in bestimmten Fällen mit anderen Kriminalitätsformen wie etwa Drogenhandel vermischt. Dadurch ist es extrem flexibel.«

»Und extrem schwer festzunageln«, setzte Mara hinzu. »Der Knotenpunkt sind die Mesdames, stimmt's?«

»Die meisten von ihnen sind selbst nach Europa gehandelt worden und wachsen nach und nach in die Rolle der Zuhälterin. Mesdames helfen sich gegenseitig. Oft tun sie sich zu einem Dutzend zusammen und zahlen in einen gemeinsamen Topf ein. Kommen zehntausend Euro zusammen, kann sich eine Madame ein neues Mädchen kaufen, mit den nächsten Zehntausend ist die zweite an der Reihe, und so weiter. Dieses System wird *Osusu* genannt. Die Mesdames tauschen häufig Mädchen untereinander aus oder verkaufen sie weiter. Sie sind eben Händlerinnen, und sie verstehen sich auf ihr verfluchtes Geschäft.«

»Und darauf, nicht auf dem Ermittlungsradar aufzutauchen.« Mara sah durch ihre immer noch staubigen Brillengläser in den Seitenspiegel. Palazzolo lag hinter ihnen. Die Gebäude schienen in dem von den Reifen aufgewirbelten Staub zu verschwinden wie eine Fata Morgana.

»Die Mesdames sind sehr clever und geschickt. Vor allem darin, ihre Ware unter Kontrolle zu halten. Wenn die Mädchen nach den falschen Versprechungen und einer abenteuerlichen Reise als Illegale hier eintreffen, wird ihnen klargemacht, dass sie ohne ihre Madame keine Chance in Europa haben. Man nimmt ihnen die Pässe ab und schärft ihnen ein, dass die Polizei sie ins Gefängnis wirft und verrotten lässt, sollte sie sie ohne Papiere antreffen. In den Mädchen wächst eine Furcht vor jeder Art von Behörde. Das ist der psychologische Weg, dann gibt es noch den Weg der Gewalt, um Widerstand und Willen zu brechen. Essensentzug, Schläge, Auspeitschungen, Gruppenvergewaltigung. Es gab Fälle, da wurden Opfer mit kochendem Wasser oder einem heißen Bügeleisen bearbeitet.« Manzoni bog auf eine noch schmalere Landstraße ab, die sie auf dem Hinweg nicht genommen hatten, wie Mara bemerkte.

»Vor allem schwebt über dem Ganzen wie schon erwähnt der Schwur, den die Mädchen geleistet haben«, sprach er weiter. »Und die Drohungen, dass sogar ihren Familien Gewalt angetan wird. Sie müssen ihre Schulden abarbeiten. Reisekosten. Die Unterkunft, die sie sich mit anderen Mädchen teilen. Nahrung. Strom. Schutz durch die Mesdames. Vierzig-, fünfzig-, sechzigtausend Euro. Diese Rechnung präsentiert man ihnen, und ihnen wird gar nicht bewusst, dass es bei den Abgaben, die sie zu leisten haben, Jahrzehnte dauern würde, alles zu begleichen.«

Mara musterte ihn von der Seite. »Ich hätte mal eine Frage.«

»Bitte.«

»Wohin fahren wir, zum Teufel?«

»Selbstverständlich zurück nach Catania. Nur auf einer anderen Route.«

»Wieso?«

»Weil mir etwas eingefallen ist. Man muss doch immer noch ein Ass im Ärmel haben, finden Sie nicht? Außerdem kann ich Ihnen etwas zeigen, das leider allzu gut zu unserem Thema passt.«

Nach einigen weiteren Minuten gelangten sie tatsächlich wieder an die Randbezirke von Catania. Die Stadt schluckte sie wie ein riesiges Monstrum.

»Vorhin haben Sie die männlichen Helfer der Mesdames angesprochen«, sagte Mara, die das neuerliche Misstrauen registrierte, das sich wie jedes Mal in ihr ausbreitete, wenn Manzoni sich in Andeutungen flüchtete.

»Die Helfer, richtig. Da gibt es die Schlepper, die Trolleys genannt werden. Sie organisieren die Reisen der Mädchen und begleiten sie auch die ganze Strecke über oder zum Teil. Und es gibt die Helfer, die sich bereits in Europa aufhalten. Sie erledigen die restliche Drecksarbeit. Mädchen gefügig machen, sie auf dem Strich kontrollieren, ihr Geld einkassieren.«

»Also Augustus Yekini.«

»Er hat das gemacht, korrekt. Bis er aufstieg und ihm der Absprung gelang.«

»Sie wollten mir etwas über seinen Bruder Solomon erzählen«, erinnerte Mara ihn.

»Solomon ist noch hier. Davon bin ich nach wie vor überzeugt. Er hat den Platz von Augustus eingenommen.«

»In Frankfurt habe ich aufgeschnappt, dass Augustus ihn nach Deutschland holen wollte.«

Manzoni winkte ab. »Solomon ist hier, ganz bestimmt. Und wenn wir ihn haben, können auch Sie ihn ausführlich befragen. Er kann Ihnen sicher hilfreiche Informationen liefern, was die Lage in Frankfurt betrifft.« Nachdenklicher fügte er hinzu: »Normalerweise müsste man Leute wie die Yekinis hassen. Aber wäre man an ihrer Stelle, in Nigeria, in Armut, ohne Schule, ohne Job, würde man am Ende vielleicht auch ihren Weg wählen. Das Verbrechen verspricht mehr Geld, Anerkennung und Erfolg als alles andere, was sich ihnen bietet.«

»Versuchen Sie sie gerade in Schutz zu nehmen?«

»Nein, ich will sie nur besser einschätzen können. Sie sind keine geborenen Monster – sie verwandeln sich nur allmählich in welche. Und daran haben auch ihre Lebensumstände Schuld. Ich will sie einfach nur beurteilen, das *Ver*urteilen sollen dann die Richter übernehmen.«

Am Straßenrand, zwischen mehreren uralten, schiefen Wohnblöcken, tauchte die Ruine eines kleineren Gebäudes auf, dem das Dach fehlte. Die Mauern waren schwarz von Ruß, eine Eingangstür und Fensterscheiben gab es nicht mehr. An der Seite des offensichtlich von einem Feuer zerstörten Baus parkte Manzoni, blieb aber sitzen.

Die von Abfall übersäte, sich windende Straße war wie ausgestorben, obwohl Mara das Gefühl hatte, dass sie aus allen Richtungen beobachtet würden.

»In diesem Loch haben vier nigerianische Huren gehaust.« Mit zynischem Klang fügte er an: »Nur ein paar Straßen weiter befindet sich ebenfalls ein jämmerlicher Strich für Freier, die nicht viel Geld besitzen.« Manzoni schob sich einen Zigarillo zwischen die Lippen und bot Mara auch einen an, aber sie lehnte ab. Er ließ das Fenster herunter. »Es heißt, die Huren hätten den Entschluss gefasst, ihrem Dasein zu entfliehen und sich trotz allem Misstrauen an die Polizei zu wenden. Selbst die üblichen Gewaltanwendungen haben sie angeblich nicht davon abgebracht. Sie stachelten einander auf, sprachen sich Mut zu.«

»Da hatte ihre Madame etwas dagegen, vermute ich.«

»Ihre Madame entschied, dass das Ärgernis mit den Mädchen zu groß wurde, und verzichtete lieber auf das Kapital, das sie für sie darstellten. Sie wollte ein Exempel statuieren.« Manzoni fuhr ganz sachlich fort: »Die Mädchen wurden an ihre Eisenbetten gekettet und geknebelt. Dann hat man Benzin ausgeleert und ein Streichholz entzündet. Vorher hat man der nächsten Feuerwehrstelle ein paar Scheinchen zukommen lassen, damit die Leute sich im Alarmfall Zeit ließen, sodass keine der Frauen eine Überlebenschance hatte.«

»Nach irgendwelchen Ermittlungen brauche ich wohl nicht zu fragen«, bemerkte Mara knapp.

»Brauchen Sie nicht, weil es keine gab.« Manzoni lenkte den Audi TT wieder auf die Straße, wo er rasch beschleunigte. »Immer wieder werden in dieser Gegend namenlose Tote am Straßenrand gefunden, ohne dass ermittelt wird. Viele Schwarze, vor allem Frauen. Deshalb meine Bemerkung vom Wilden Westen als Erholungsgebiet. Das hier ist die wahre Wildnis. So viele Leichen. Die Fischer sind es gewöhnt, in ihren Netzen Totenschädel und menschliche Knochen zu finden, sodass sie sich nicht mehr die Mühe machen, das zu melden.«

Sein Zigarillo war ausgegangen, doch er schien es nicht zu bemerken. »Fast schlimmer als die Existenz dieses modernen Sexsklavenhandels ist die Tatsache, dass er alles andere als ein Geheimnis ist in Italien. Jeder Polizist, jeder Staatsanwalt, jeder Sozialarbeiter, jede Nonne – einfach jeder, der irgendwie mit den Frauen aus Afrika in Berührung kommt, weiß genau, wie die Mühlräder des Systems arbeiten, das diese Frauen zerquetscht. Doch keiner hat die Mittel, die Werkzeuge oder nur den Willen, etwas dagegen zu tun. Es geht einfach weiter. Zudem ist Prostitution in Italien legal, eine seit Jahrhunderten vertraute Sache. Sexarbeiterinnen, auch aus exotischen Ländern, gehören zu dem Bild, mit dem wir aufwachsen.« Er seufzte. »Ich liebe mein Land, seine Menschen, seine Kultur, aber das ist etwas, was mich manchmal verrückt macht.«

Mara gab ihm Zeit, in seinem nun einsetzenden brütenden Schweigen zu verharren. Erst nach ein paar weiteren Kilometern durch armselige Vororte fragte sie: »Sie sprachen von einem Ass im Ärmel. Was haben Sie damit gemeint?«

»Vorhin hatten wir Pech, vielleicht haben wir nachher Glück.«

»Wenn Sie nicht zügig anfangen, etwas genauer zu werden, dann ...«

»Schon gut«, sagte er rasch. »Es geht um eine Nigerianerin. Eine ehemalige Prostituierte. Sie hat mithilfe jener Nonne, die Sie bei dem Exorzismusritual von Pfarrer di Salvo gesehen haben, den Sprung aus dem Milieu geschafft. Ihr Name ist Milly. Sie hält sich versteckt, erledigt hier und da kleine Aushilfsarbeiten. Jedes Mal, wenn ich versuche, sie zu finden, taucht sie ab. Sie will in Ruhe gelassen werden. Ich kann es ihr nicht verdenken.« Er räusperte sich. »Gestern habe ich einen Tipp bekommen, wo wir Milly finden. Könnte sein, dass sie Informationen für uns hat, denn sie hält den Kontakt zu einigen Huren, die sie von früher kennt.«

»Einen Tipp?«, wiederholte Mara skeptisch.

»Na klar. Ihr in Deutschland seid doch genauso darauf angewiesen, dass man euch mal einen Happen hinwirft. Und dann versucht ihr zuzubeißen. Polizisten haben manchmal etwas von Raubtieren, denken Sie das nicht auch?«

Mara gab keine Antwort.

Scheinbar endlos zog sich das trostlose Wohnviertel hin. Kaum Verkehr, nur gelegentlich kam ihnen ein rostiger Kleinwagen oder ein Obsttransporter entgegen. Kinder spielten am Straßenrand und starrten ihnen finster hinterher. Alte, zerfetzte Werbeplakate vergilbten, Hitze stand in den Straßen.

Manzoni bremste scharf und parkte unvermittelt.

»Hier?«, fragte Mara zweifelnd.

»Hier.«

Sie stiegen aus. Zwischen eng stehenden Wohnblöcken

ging es hindurch, über Abfall hinweg, in ein wahres Labyrinth aus Häusern. Kein Mensch außer ihnen war zu entdecken, und dennoch hatte Mara einmal mehr das dumpfe Gefühl, dass kein einziger ihrer Schritte unbemerkt blieb. Ihr wurde bewusst, dass die unsichtbaren Warnlämpchen in ihrem Kopf aufleuchteten – Signale, auf die sie sich oft schon hatte verlassen können. Unwillkürlich begann sie über Manzoni nachzugrübeln. War es tatsächlich so, dass sein immer wieder aufflammender Zorn auf die schlimmen Zustände echt war? Oder war er nur ein vortrefflicher Schauspieler, der in Wirklichkeit eigene Interessen verfolgte? Nach wie vor gab es an ihm etwas, das Mara zur Vorsicht bewog.

Als hätte er ihre Gedanken gespürt, drehte er sich im Laufen um. »Alles in Ordnung?«

»Es gefällt mir nicht, dass ich Ihnen immer hinterherlatschen muss.«

Er hielt inne und ließ sie passieren. »Dann gehen Sie vor. Einfach diesem Pfad zwischen den Häusern folgen.«

Widerwillig schritt sie weiter. Dass Manzoni sich nun in ihrem Rücken befand, passte ihr noch weniger.

Stille hüllte sie ein, die Gebäude standen so nah beieinander, dass sie sich ganz schmal machen mussten.

Ein Schauspieler?, fragte sie sich erneut, und ein klammes Unbehagen erfasste sie. Ihre schwarzen Chucks waren voller Staub, der Pferdeschwanz schlug im Rhythmus ihrer Schritte leicht auf ihren Rücken. Und die Warnlämpchen blinkten immer stärker, immer wilder.

Manzoni ging dicht hinter ihr. Sehr dicht.

Zu dicht für ihren Geschmack.

Abrupt wirbelte sie herum und blieb stehen, sodass er fast auf sie geprallt wäre. Sie legte alles, was sie hatte, in den Blick aus ihren dunklen Augen, und zog Manzoni die Sonnenbrille von der Nase.

»Spielen Sie mit gezinkten Karten?«

Es war keine wohldurchdachte Frage, aber manchmal brachte so ein kleines Überraschungsmoment etwas, und sei es nur eine unbewusste versteckte Reaktion.

Manchmal auch nicht.

Manzoni musterte sie, eine Spur überheblich, spöttisch, wie schon häufig. »Karten – wie bitte? Den Begriff kenne ich nicht. Was bedeutet er?«

»Und ob Sie ihn kennen. Sie sprechen fast besser Deutsch als ich.«

Er grinste und nahm ihr seine Brille wieder ab, um sie aufzusetzen.

»Wir sind auf derselben Seite. Was denken Sie denn, Kollegin?«

»Ich denke, dass ich Sie am Arsch kriege, wenn Sie falschspielen.«

»Jetzt weiß ich, warum Sie vor Kurzem am Telefon sagten, ich solle Sie nicht *Signorina* nennen. Und Sie hatten absolut recht.«

»Eine blöde Angewohnheit von mir.« Sie grinste ihn ebenfalls an. »Recht zu haben.«

»Dann können wir ja weitergehen«, erwiderte er verhaltener. »Oder haben Sie Angst? Ist das der wahre Grund für Ihre Fragen?«

Statt einer Antwort folgte sie weiter dem Trampelpfad.

Ein eigenartiger Weg, dachte sie, zusehends argwöhnischer.

»Ich bin auf Ihrer Seite, auf welcher sonst?«, hörte sie Manzoni noch einmal sagen. Wiederum ging er dicht hinter Mara. Ihre Warnlämpchen blinkten nach wie vor. Und plötzlich legte sich seine Hand auf ihre Schulter. Sie erstarrte, allerdings nur für den Bruchteil einer Sekunde. Erneut wirbelte sie herum, noch schneller als zuvor.

Diesmal jedoch holte sie instinktiv aus, um zuzuschlagen.

17

Was mochte es für ein Gefühl sein, wie ein Stein der Erde und dem Tod entgegenzustürzen? Was mochte einem Menschen in diesen letzten Zehntelsekunden durch den Kopf gehen? Kurz bevor er auf dem Asphalt aufschlug und sich in einen kümmerlichen Haufen aus Blut und Knochensplittern verwandelte.

Jan Rosen erschauerte, als er nach unten starrte. Der Wind fauchte und riss mit einer Gewalt an ihm, die ihn überraschte. Er stand auf dem Flachdach eines Bürokomplexes, sieben Stockwerke über den Straßen des Frankfurter Ostends. Die Böen peitschten Regentropfen in sein Gesicht. Von dem Abgrund trennte ihn nur eine Mauer, die ihm gerade mal bis zum Bauch reichte.

Was mochte dem vierundvierzigjährigen Staatsanwalt Udo Grabach durch den Kopf gegangen sein, als er über diese Mauer gestiegen und hinuntergesprungen war?

Erneut erschauerte Rosen. Die Kälte kam nicht nur von außen, sie saß auch tief in seinem Inneren.

Die Etagen unter ihm teilten sich Beraterfirmen, Online-Werbeagenturen und ein Tonstudio. Im Treppenhaus und in dem Aufzug, mit dem er nach oben gefahren war, hatte reges Treiben geherrscht. Auf dem Dach allerdings war er allein, scheinbar komplett losgelöst vom alltäglichen Leben. Bei Udo Grabachs Tod einige Monate zuvor hatte sich das Haus noch im Bau befunden. Es war ein Gebäudeskelett gewesen, als der Wiesbadener Staatsanwalt die Absperrungen überwunden hatte, durch eine leere Fensterhülle im Erdgeschoss eingedrungen und dann Stufe für Stufe seinem Tod ein kleines Stück näher gekommen war.

Ein neuerlicher Windstoß zerrte an Rosen, der es nicht mehr wagte, nach unten zu spähen, und den Blick bis zur wenige Hundert Meter Luftlinie entfernten Europäischen Zentralbank schweifen ließ, die als eigenwillig geformter Keil in den wolkenverhangenen Himmel ragte. In Gedanken ließ er das Gespräch Revue passieren, das er eine gute Stunde zuvor in Wiesbaden mit Adelheid Fink geführt hatte, Grabachs früherer Assistentin.

Ihre ruhig ausgesprochenen Sätze schienen Rosen auf diesem Dach förmlich zu umwehen. Nichts hatte demzufolge auf einen Selbstmord hingedeutet. Dr. Grabach hatte einzig und allein für seine Arbeit gelebt. Keine Ehefrau, keine Kinder, auch keine Freundin. Zum beruflichen Ausgleich Jogging und Fitnessstudio, ansonsten keine Hobbys. Ehrgeizig, erfolgreich, stets Herr der Lage. Und dann Selbstmord.

»Wurde auch über eine andere Todesursache spekuliert?«, hatte Rosen Adelheid Fink gefragt, eine Enddreißigerin mit rötlich schimmernden, schulterlangen Haaren und eleganter Kleidung.

»Wer hätte das tun sollen?«

»Die Polizei.«

»Wenn das der Fall war, so weiß ich nichts darüber.«

»Haben *Sie* vielleicht spekuliert? Gerade weil der Tod derart plötzlich kam. Und auf so überraschende Weise.«

»Überraschend war es, das kann man wohl sagen. Aber es gab keine Anzeichen dafür, dass Dr. Grabach nicht allein auf dem Dach des Hauses gewesen war, als es passierte.«

Was hatte die ehemalige Assistentin noch gesagt?

Rosen drehte sich um, damit er nicht mehr den bedrückenden Abgrund vor Augen hatte, sondern das großflächige Dach. Er zog seinen Notizblock hervor und überprüfte die Punkte, die er aufgeschrieben hatte. Half ihm etwas davon weiter? Ob Udo Grabach irgendwann die Bekanntschaft von Falko Steffen gemacht hatte, wusste

Adelheid Fink nicht. Auch sonst hatte sie nichts beisteuern können, was Rosen für die laufenden Ermittlungen nutzen konnte. Er war unsicher, ob er nicht bereits zu viel Zeit mit Grabach vergeudet hatte.

Aber auch bei der Aufzugfahrt nach unten dachte er noch an die Befragung. Voll des Lobes war die Frau für den zu Tode gekommenen Staatsanwalt gewesen, und Rosen hatte den Eindruck gewonnen, dass dies aus Überzeugung und nicht bloß aus Pflichtschuldigkeit erfolgte. Egal, wie eindeutig die Beweislast gewesen zu sein schien, Grabach habe sich nie davon blenden lassen, sondern alles wertfrei betrachtet und sich immer sein eigenes Urteil gebildet. *Wir dürfen uns nicht angewöhnen, die Dinge mit den Augen anderer zu betrachten,* das sei einer seiner bevorzugten Aussprüche gewesen. Und dementsprechend hätte er gehandelt. Rosen hatte Adelheid Finks Stimme noch im Ohr: »Wenn alle sagen, das Bild ist weiß, muss man es sich schwarz vorstellen. Wenn alle sagen, einer bestimmten Aussage darf man keine Beachtung schenken, muss man sie umso genauer überprüfen.«

Das hätte Billinsky gefallen, dachte Rosen. *Immer das Gegenteil.*

Er stieg in seinen Wagen, startete den Motor und folgte einer Parallelstraße der Hanauer Landstraße. Von Grabach wanderten seine Gedanken unwillkürlich zurück zu Falko Steffen. Dass er bei diesem Fall nicht weiterkam, bereitete ihm mittlerweile Magenschmerzen. Während Stanko und wohl auch von Lingert überzeugt waren, dass der Einbruch in Steffens Kanzlei mit den rätselhaften Bargeldabhebungen zusammenhing, zweifelte Rosen daran, ohne es begründen zu können.

Als er kurze Zeit später wieder am Schreibtisch saß, reihte er vor sich die Fotos auf, die von den Spezialisten in der Kanzlei gemacht worden waren. So oft hatte er sie schon betrachtet. *Was fehlte?*, fragte er sich jedes Mal.

Der nächste Regenschauer trommelte leise ans Fensterglas.

Adelheid Finks Stimme drang schon wieder in sein Bewusstsein. *Wenn alle sagen, das Bild ist weiß, muss man …*

Er stutzte.

Immer das Gegenteil.

War das die Lösung?

18

Mara Billinsky traf ihren Kollegen mit voller Kraft. Ihre Handkante erwischte ihn seitlich am Hals, ein paar Zentimeter unterhalb des Ohrs. Durch den Schwung ihrer blitzschnellen Drehung hatte sie noch mehr Wucht, und Domenico Manzoni wurde von den Beinen gerissen.

Der Italiener fand sich in einer Wolke aus Staub auf dem Boden wieder. Völlig überrumpelt starrte er Mara an, seine Sonnenbrille war ihm vom Gesicht gerutscht. Dann begann er sie mit italienischen Flüchen einzudecken. Als er wieder verstummte, sagte sie: »Ich mag es nicht, wenn man mich einfach antatscht.«

Er kam auf die Beine und setzte die Brille auf. »Ich wollte Sie nur darauf aufmerksam machen, dass wir gleich da sind. Ihr Misstrauen ist nicht angebracht, glauben Sie's mir.« Er klopfte sich den Staub aus dem Anzug.

»Das wird sich zeigen.«

Er fluchte. »Das hat noch keine Frau bei mir gewagt.«

»Dann wurde es Zeit.«

Bevor er etwas erwidern konnte, sagte sie knapp: »Und jetzt gehen doch wieder Sie voran.«

Er schnaufte gereizt auf, tat aber, was sie wollte.

Zum ersten Mal hatte seine lässige Überheblichkeit einen Kratzer bekommen, und das ließ Mara grinsen. Sie nahm sich vor, ihn weiterhin im Auge zu behalten.

Der Pfad mündete in einen kleinen Platz zwischen den trostlosen Häusern. Obwohl sie sich in einem Wohnort befanden, herrschte eine irritierende Ruhe. Nur die Wäschestücke auf den kurzen, vor vielen Fenstern angebrachten

Leinen ließen erkennen, dass hier tatsächlich gelebt wurde. Die in hellen Gelbtönen gehaltenen Gebäude warfen Schatten auf den Platz, in dessen Zentrum ein Mandelbaum stand, der wiederum einen uralt wirkenden Brunnen beschattete. Von einem Ast war ein Nylonseil zu einem der Häuser gespannt.

»Da wären wir«, sagte Manzoni, der immer noch sauer wirkte.

»Und hier sollen wir eine Frau treffen, die wichtige Informationen hat?« Mara klang mehr als skeptisch, als sie den Blick kreisen ließ.

»Sie kommt ganz bestimmt.« Er steckte sich einen Zigarillo an und hielt ihr die Schachtel hin. »Na ja, hoffentlich.«

Mit einem knappen Kopfschütteln lehnte sie ab. »Was *tut* sie hier?«

»Um ein paar Scheine zu verdienen, hilft Milly bei kinderreichen Familien aus, die keinen Euro übrig haben, sich aber über jede mit anpackende Hand freuen. Millys kleiner Lohn wird von den Nonnen bezahlt, die sich um viele Hilfsbedürftige kümmern.«

Mara setzte sich an den Rand des Brunnens, der mit einem dürftigen Wasserstrahl aus einem stählernen Hahn gespeist wurde. Vor einer Marienstatue lagen vertrocknete Blumen. Es war unverändert heiß. Als sie sicher war, dass sie gerade jede Menge Zeit vergeudeten, erklangen schlurfende Schritte. Gleich darauf tauchte eine Frau auf, Mitte zwanzig, dunkelhäutig, füllige Figur. Sie trug einen Wäschekorb aus Plastik, der von Kleidungsstücken überquoll.

»*Ciao*, Milly«, sagte Manzoni.

Als sie ihn bemerkte, war es, als würde ein Vorhang heruntergehen, ihr Gesicht wurde zu einer Maske. Sie schien versucht, einfach umzukehren. Manzoni begann in beruhigendem Tonfall auf Italienisch auf sie einzureden.

Milly setzte ihren Weg zögerlich fort, stellte den Korb auf

dem Brunnenrand ab und zog zwischen der Kleidung eine Flasche Flüssigwaschmittel hervor.

Mara stand auf und betrachtete die Frau, die mit Flip-Flops, Jeans und Trägershirt bekleidet war.

»Wäsche waschen am Brunnen«, sagte Manzoni auf Deutsch zu Mara. »Wissen Sie jetzt, was ich mit Mittelalter meinte? Und das in einer großen Stadt wie Catania.«

Während Milly mit stoischer Miene die Klamotten zu reinigen begann, streifte Maras Blick die nackten Arme der Frau. Bei einem davon war die Haut großflächig vernarbt und teilweise rosa verfärbt.

Manzoni bemerkte es. »Erinnern Sie sich an meine Bemerkung, dass eine der Mesdames eine Frau mit dem heißen Bügeleisen bestraft hat? Das war Milly.«

Maras Mund wurde zu einem schmalen Strich. Während ihrer kurzen Zeit in Sizilien hatte sie von so vielen ungesühnten Verbrechen gehört, dass sich diese ohnmächtige Wut in ihr ballte, die ihr so zusetzte.

Manzoni gab nicht auf und fügte gebetsmühlenartig ein Wort ans andere, bis die stoische junge Frau endlich anfing zu reagieren. Zunächst nur mit Blicken, dann mit ein paar unwillig hervorgepressten Silben.

Eine Pause entstand, als Milly die ersten sauberen Wäschestücke auf das Nylonseil hängte und ihnen den Rücken zudrehte.

»Worüber unterhalten Sie sich mit ihr?« Es nervte Mara mächtig, nicht die Zügel in der Hand zu halten und immer alles erfragen zu müssen.

»Milly gibt zum ersten Mal, seit ich sie kenne, Auskünfte über die Madame, die ihr das angetan hat. Bisher kannte ich nur den Namen, den sie in ihrem Business benutzt – Madame Lou. Jetzt auch ihren richtigen Namen, Louise Losakhare.«

»Wieso ausgerechnet heute, was denken Sie?«

»Aus einem simplen Grund. Milly hat keine Angst mehr vor Madame Lou.«

»Weil sie tot ist?«

Manzoni grinste freudlos. »Das ist eine von zwei Möglichkeiten, in diesem Fall die falsche. Milly erfuhr, dass Madame Lou sich abgesetzt hat. Sie ist nicht mehr in Catania. Möglich, dass sie Sizilien schon vor Wochen verlassen hat.«

»Und wo steckt die reizende Lady?«

»Anscheinend in Ihrer Heimat, Kollegin, wie so viele andere aus diesem widerlichen Geschäft, die Italien als Sprungbrett nutzen, um in reichere Länder zu gelangen. Deutschland ist Wunschziel *numero uno*.«

»Anscheinend?«, wiederholte Mara seinen vagen Tonfall.

»Es gibt hier immer ein Anscheinend, ein Möglicherweise, ein Vielleicht.«

Milly kam zurück zum Brunnen, um die restliche Kleidung zu waschen, und Manzoni redete wieder behutsam auf sie ein. Mara wurde hellhörig, als sie den Namen Yekini aufschnappte, und abermals ärgerte sie sich, immer die Übersetzung abwarten zu müssen.

Milly gab sich sofort merklich zugeknöpfter, hantierte mit der Wäsche und erwiderte Manzonis Blick nicht mehr. Der Italiener sprach weiter, seine Stimme jetzt mehr ein ratterndes Maschinengewehr, mit Geduld und Einfühlsamkeit war es vorbei.

Mehrfach schüttelte Milly den Kopf, und Manzoni stellte dennoch die immer gleiche Frage. Endlich erhielt er eine Antwort, kaum hörbar, denn das Wasser im Brunnen spritzte auf, so heftig rubbelte die Frau den Stoff einer geblümten Bluse sauber.

Mara verstand ein Wort: *Shop*. Auch ein zweiter englischer Begriff war öfter gefallen: *Joy*.

Milly wandte sich abrupt ab, um weitere Kleidungstücke aufzuhängen.

»Das war's.« Manzoni winkte ab. »Mehr kriegen wir nicht aus ihr heraus.«

»Es ging um Solomon Yekini, oder?«

»Er scheint in der Nähe zu sein. Und es ist möglich, dass wir nicht mehr viel Zeit haben, was ihn betrifft.«

»Will er sich also auch absetzen? Wie Augustus und diese Madame Lou?«

Manzoni nickte. »Er hängt wohl genauso in Madame Lous Netzwerk wie zuvor sein Bruder. Könnte sein, dass sie Solomon zu sich holen will.«

»Was hat es mit einem Shop auf sich?«

»Ein afrikanischer Laden, nicht weit von hier. Ich dachte, er habe dichtgemacht, aber Milly ist anderer Meinung. Mal sehen, ob ein paar verlockende Angebote für uns dabei sind.«

Als er loslief, sah Mara zu Milly, die über die Schulter zu ihr spähte, traurig, erleichtert, abweisend, resigniert, alles auf einmal.

Als sie im Auto saßen, sagte Manzoni: »Milly hat einiges erwähnt, das beunruhigend klingt. Es geht um die nigerianischen Gangster und um die Cosa Nostra.« Er fuhr los, den nächsten Zigarillo zwischen den Lippen.

»Bekämpfen sie sich?«

»Ich sage mal: noch nicht.« Er wechselte wieder zu seinem rasanten Fahrstil und kurvte durch enge Gassen. »Mit den nigerianischen Huren kamen die Mesdames und die Helfer der Mesdames. Aber das Geld, das auf dem Strich verdient wird, reicht nicht für alle. Die Nigerianer haben schon bald angefangen, mit Drogen zu dealen.«

»Und so kam es zu Schwierigkeiten mit den einheimischen Gangstern, nehme ich an.«

»In Kalabrien ging die dortige Camorra bei Revierkämpfen mit Waffengewalt gegen Verbrecher aus Afrika vor. Darum verhielten sich die Nigerianer hier in Sizilien anders. Sie baten die Bosse der Cosa Nostra ganz offen darum, Geschäfte machen zu dürfen.«

»Ein Gentlemen's Agreement der widerlichen Art?«, fragte Mara erstaunt.

»Genau, denn die Cosa Nostra war einverstanden. Zu gewissen Bedingungen. Die Nigerianer müssen einen Prozentsatz an die einheimischen Gangster abtreten, und es wurde ihnen verboten, Schusswaffen zu benutzen.« Sarkastisch fügte Manzoni hinzu: »Deshalb sind sie wahre Meister mit Messer und Machete geworden.«

»Sie sind gewissermaßen Subunternehmer der hiesigen Organisierten Kriminalität«, meinte Mara. »Hm, aber Sie haben doch behauptet, dass sich der afrikanische Frauenhandel nicht mit anderen Kriminalitätsformen vermischt?«

Manzoni nickte. »Was die Mesdames betrifft, ist das auch so. Aber ihre Helfer sehen das anders.«

»Womit wir wieder einmal bei den Yekinis wären.«

»Da Augustus tot ist, wäre es umso wichtiger, mit Solomon zu sprechen. Die Allianz zwischen der Cosa Nostra und den Verbrechern aus Nigeria ist fragil. Jedenfalls hatten die beiden laut Milly zuletzt heftige Meinungsverschiedenheiten. Und das ist nicht gut.«

Zwischen zwei Wohnblocks hatte ein Händler einen kleinen Stand aufgestellt. Manzoni parkte daneben. »Ich lade Sie ein«, rief er aus.

Sie nahmen ihren Imbiss unter einem gleich neben dem Stand aufgespannten Sonnenschirm ein.

»Wie schmeckt es Ihnen, Kollegin?«

»Bestens, danke.« Mara biss mit Wonne in das ziemlich große frittierte Reisbällchen, das mit Auberginenstücken und kräftigem Käse gefüllt war. Sie hatte erst beim Essensduft gemerkt, dass sie einen Bärenhunger hatte.

»Arancini«, sagte Manzoni begeistert kauend. »Das ist Italienisch für kleine Orangen. Einfach großartig.«

Mara säuberte ihre Fingerspitzen mit einer Papierserviette. »Joy«, sagte sie unvermittelt, und ihr entging nicht, dass Manzonis eben noch munter mahlende Kiefer langsamer wurden.

»Joy«, wiederholte Mara, als sein Schweigen anhielt. »Dieser Name fiel vorhin mehrmals. Es ist doch ein Name, oder?« Sie setzte die Brille ab und taxierte ihn. »Plötzlich so still?«

»Joy war eine der vielen Zwangsprostituierten aus Nigeria. Ich traf sie bei verschiedenen Gelegenheiten, auch mal bei einer Befragung.«

»Was ist so besonders an ihr?«

Trotz der Sonnenbrille war ihm anzumerken, dass er nachdenklich war. Oder zurückhaltend. Schwer zu sagen.

»Besonders? Nun ja, sie war besonders schön, besonders willensstark. Als sie merkte, dass sie auf den Strich gehen sollte, weigerte sie sich. Das tun sie alle, aber Joy war zäh. Nicht so leicht zu brechen.«

»Dennoch gelang es?«

Manzoni nickte. »Es gelingt immer. Auch Joy landete letzten Endes auf dem Strich. Doch sie ist so attraktiv, dass sie dort verschenkt war. Ihre Madame wusste, was für ein Goldnugget sie mit Joy in der Hand hatte.«

»Wer war ihre Madame? Diese Madame Lou?«

»Keine Ahnung. Jedenfalls arbeitete das Mädchen bald nicht mehr an der Straße, sondern in einer kleinen Wohnung in Catania, die allein für sie als Bordell hergerichtet wurde. Der *Star* unter den dunkelhäutigen Liebesmädchen.« Er verstummte und marschierte zu seinem Audi. »Lassen Sie uns weiterfahren.«

Im Auto musterte ihn Mara erneut von der Seite. »Da kommt doch noch was?«

»Wie meinen Sie das?« Er fuhr los, fädelte in den hier dichteren Verkehr ein.

»Joys Geschichte ist irgendwie unvollständig. Was wurde aus ihr?«

»Das weiß ich nicht. Sie verschwand, die Wohnung steht leer.« Er starrte unentwegt geradeaus.

»Sie haben Milly nach dieser Joy gefragt, nicht wahr?«

Manzoni schüttelte den Kopf. »Wir kamen zufällig auf sie zu sprechen. Milly weiß auch nicht, wo sie sich aufhält. Und wenn man über solche Frauen nichts weiß, dann sind sie nicht mehr am Leben.«

Inzwischen befanden sie sich wieder näher am Meer, nicht mehr in den trostlosen Außenbezirken. Doch einladender war es auch hier nicht. Abfall, Graffiti, baufällige Gebäude. Am Ende einer Straße parkte Manzoni. Sie stiegen aus. Ein leichter Wind wehte durch das Straßengewirr. Es war laut. Motorengedröhn, Musik aus aufgedrehten Radios, lebhaft diskutierende Passanten, das Surren der Vespas.

Nebeneinander folgten sie dem Bürgersteig, dann bogen sie um eine Ecke. Mara las das Schild über einem winzigen Geschäft: *Snake Fashion Shop*. Der Laden lag zwischen einer chinesischen Schnellreinigung und einer schäbigen *Trattoria*.

»Ein Klamottengeschäft?«, fragte Mara.

»Vor allem ist es ein kleines Stück Afrika. Dort kriegen Sie Mäuse, Erdmännchen, Giftschlangen. Ja, wunderschöne glitzernde Nattern. Lebendige Tiere, versteht sich.« Sein wildes Grinsen ließ die Nachdenklichkeit, die ihn zuvor erfasst hatte, verschwinden. »Aber der Mensch bleibt die giftigste Schlange, richtig?«

Sie überquerten die Straße, wobei sie bei all den Rasern darauf achten mussten, nicht ihr Leben zu verlieren, passierten die Reinigung und betraten den *Snake Fashion Shop.* Matte Dunkelheit empfing sie, und beide entledigten sich der Sonnenbrillen.

Bei ihrem Eintreten raschelte es in Schuhkartons, die auf einem Wandregal standen und in die Löcher geschnitten worden waren. Mara musste an die Bemerkung über die Nattern denken. Es roch nach Duftöl, und es gab noch weitere Regale:

Plastikfiguren, die Gottheiten darstellten, Zellophantütchen mit Gewürzen, bunter Billigschmuck, geschnitzte Holzmasken.

Das Zentrum des Ladens bildete ein Resopaltisch, auf dem sich Stoffe türmten. Weiter hinten standen Schaufensterpuppen ohne Kopf, gehüllt in farbenfrohe Gewänder. Ein Pappschild wies darauf hin, dass man in Euro und in Naira, der nigerianischen Währung, bezahlen durfte.

Erst jetzt entdeckte Mara in dem schummrigen Loch den Schreibtisch, an dem ein junger Mann mit Baseball-Cap saß. Hinter ihm waren Gitterkäfige aufeinandergetürmt, aus denen Mara blitzende Augen betrachteten, ohne dass sie aufgrund der Finsternis erkennen konnte, um welche Tiere es sich handelte.

Ein altertümliches Monstrum von Registrierkasse hatte den Mann fast gänzlich verdeckt. Jetzt erhob er sich, um auf Mara und Manzoni zuzukommen. Er war groß und dunkelhäutig.

»*Buongiorno*, Kenny«, sagte Manzoni.

Eine Unterhaltung auf Italienisch nahm ihren Anfang. Manzoni stellte Fragen, Kenny gab einsilbig Auskunft. Das Knistern in den Kartons und Käfigen bildete das Hintergrundgeräusch.

Manzoni sprach den Namen Solomon Yekini aus, und der Schwarze verfiel augenblicklich in Schweigen. Sein Gesicht wurde zu einer Maske aus Gleichgültigkeit.

Maras Kollege versuchte, ihn wieder zum Reden zu bringen, doch sie spürte, dass dabei nicht viel herauskommen würde. Kenny presste seine Lippen aufeinander, starrte demonstrativ an Manzoni vorbei und setzte sich auch noch Kopfhörer auf.

Frustriert marschierte der Commissario nach draußen.

»Ihrem strahlenden Blick entnehme ich, dass der Besuch ein Riesenerfolg war«, meinte Mara lässig, als sie ihn auf dem Bürgersteig einholte. »Der Laden wirkt recht harmlos und …«

»In dieser Stadt ist nichts harmlos«, unterbrach er sie mürrisch. »Kommen Sie, dort drüben gibt es einen guten Kaffee.«

Wiederum überquerten sie die Straße. In einer Bäckerei, die gegenüber dem Shop in einem Eckhaus lag, versorgten sie sich mit dem stärksten und besten Kaffee, den Mara je getrunken hatte. Von einem Stehtisch aus behielten sie durch ein Schaufenster den Laden im Blick.

»Ein Scheißberuf, was? Man erlebt zehn Rückschläge, bevor man einmal Erfolg hat. Ist es nicht so?«, sagte Manzoni.

»Sie sind nur schlecht drauf.«

Er zuckte mit den Achseln. »Übrigens: Domenico.« Er hielt ihr die Hand hin.

Mara schüttelte sie und sagte: »Übrigens: Billinsky.«

Er musste lachen. »Du bist in Ordnung, Kollegin Billinsky. Jedenfalls wenn du mich nicht gerade niederschlägst.«

Mara fiel etwas auf. Sie wies nach draußen. Drei dunkelhäutige Männer in Jeans und Hoodies näherten sich dem Laden. Sofort wurde Manzoni aufmerksam.

»Ist einer von denen Solomon Yekini?«, wollte sie wissen.

»Ich habe keine Ahnung, wie er aussieht. Es ist, als würde man Gespenster verfolgen.« Seine Augen verengten sich.

Mara bewegte sich auf den Ausgang zu.

»Wohin wollen Sie?«

»Mit den Kerlen reden.«

Manzoni schüttelte den Kopf. »Das wird so wenig bringen wie bei Kenny.«

Sie grinste. »Lassen Sie es mich mal versuchen.«

»Wie Sie meinen«, antwortete er, ohne seine Skepsis zu verbergen.

Die drei Männer kamen wieder aus dem Shop, zusammen mit Kenny. Sie stellten rechts und links des Eingangs billige

Kunststoffstühle auf, ließen sich darauf nieder und steckten sich Zigaretten an.

Mara und Manzoni kreuzten von Neuem die Straße, auf der im Moment wenig Verkehr herrschte. Auch die Bürgersteige hatten sich merklich geleert.

Sie und Manzoni schritten auf den Laden zu. Die Männer, die sich unterhielten, hatten sie nicht bemerkt. Es fehlten lediglich noch zwei oder drei Meter, als Mara eine schwarze Mercedes-Limousine auffiel, die die Straße entlangfuhr und plötzlich die Geschwindigkeit drosselte.

Sie wurde von einem jähen unangenehmen Gefühl erfasst.

Die Limousine hielt an, der Motor brummte leise. Die hintere Tür sprang auf, zwei hellhäutige Männer mit Sonnenbrillen schoben sich flink ins Freie. In den Händen hielten sie etwas, das Mara auf den ersten Blick erkannte: Kalaschnikows.

Im nächsten Moment war es vorbei mit der Ruhe.

19

Obwohl es nachmittags war, drang kaum Licht in das wuchtige Gebäude. Der Himmel war bleigrau getränkt. Eine der langen Deckenröhren war ausgefallen, was den langen Korridor noch dunkler erscheinen ließ. Das schlechte Wetter drückte zusätzlich auf Jan Rosens Stimmung.

Er hielt den Becher in der Hand, machte aber keine Anstalten, den Rückweg vom Getränkeautomaten zum Schreibtisch anzutreten. Er war froh, für einen Moment ganz allein zu sein, nicht die Stimmen der Kollegen und die übliche Bürogeräuschkulisse zu hören. Unwillkürlich musste er an die Situation auf dem Dach des Bürohauses denken. Auch dort war er allein gewesen, versteckt vor der Welt. Der Wind, die Kälte, das Erschauern und vor allem der Blick in die Tiefe, vor der er sich schließlich hatte zwanghaft abwenden müssen. Warum nur? Weil sie Furcht einflößend war? Oder weil sie vielmehr etwas Verlockendes auf ihn ausstrahlte?

Der Klang sich nähernder Schritte riss ihn aus den Gedanken. Er sah auf. Christian von Lingert kam auf ihn zu. Rosen hatte mehrfach erfolglos versucht, ihn telefonisch zu erreichen. Dann hatte der Staatsanwalt mit einer kurzen Nachricht angekündigt, er würde vorbeikommen, da er ohnehin einen Termin im Präsidium habe.

Rosen blickte kurz auf seine Armbanduhr. Es war ihm nicht bewusst geworden, wie lange er sich bereits in seinen Grübeleien verloren hatte.

»Ich wollte früher bei Ihnen vorbeischauen, bin aber aufgehalten worden.« Von Lingert klimperte mit Münzen und schob eine davon in den Automaten.

»Sie wissen ja, die Brühe schmeckt ziemlich schauderhaft«, sagte Rosen spröde.

Der Staatsanwalt schmunzelte, und Rosen fiel auf, wie selten man den Mann lächeln sah. Alles an ihm wirkte geschäftsmäßig und nüchtern, er funktionierte wie ein Uhrwerk. Man konnte sich bei ihm nicht vorstellen, dass er einfach mal ausspannte.

Kein Wunder, dass von Lingert und Billinsky sich nicht mögen, dachte Rosen. *Wie Feuer und Wasser, die beiden.*

»Als Ihr Platz unbesetzt war, ahnte ich, dass ich Sie hier finde«, sagte von Lingert nach einem ersten Schluck. »Was wollten Sie mir mitteilen?«

Rosen räusperte sich. Er hasste seine Unsicherheit. »Also, es ist ja immer noch ein Rätsel, was bei dem Einbruch in Falko Steffens Kanzlei gestohlen worden ist. Ich habe jedoch den Eindruck, das Gegenteil ist der Fall.«

Der Staatsanwalt legte die Stirn in Falten. »Das Gegenteil?«

Er bemühte sich um einen überzeugenden Tonfall: »Man hat den Einbruch genutzt, um etwas in die Kanzlei *hineinzubringen.*«

Von Lingert verengte die Augen. »Sie meinen die Waffe?«

»Selbstverständlich.«

»Ein erheblicher Aufwand, nur um die Waffe Steffen zuzuschanzen und ihn damit zum Tatverdächtigen zu machen.« Bevor Rosen etwas erwidern konnte, fügte von Lingert hinzu: »Und was ist mit Steffens Fingerabdrücken auf der Glock?«

»Der Mörder hat Steffen mit dem Messer oder der Machete umgebracht, ihm danach die Waffe in die Hand gedrückt, und vom Tatort aus ist er in die Kanzlei gefahren, um den Einbruch zu inszenieren und die Pistole in einem scheinbaren Versteck zu platzieren.« Rosen musterte sein Gegenüber, aber ob die Ausführungen eine Wirkung zeigten, hätte er nicht sagen können. »Übrigens, deswegen ließ sich in der

Kanzlei nicht das Klebeband finden, mit dem die Pistole an der Schrankwand befestigt wurde. Ich bin gestern noch mal hingefahren und habe es überprüft. Ich gehe davon aus, dass der Mörder das Band zur Sicherheit mitbrachte.«

»Warum hat er die Glock nicht gleich bei dem Toten gelassen? Das wäre einfacher gewesen.«

»Allerdings *zu* einfach. Weshalb hätte Steffen eine Mordwaffe zu einem Umtrunk mit Freunden mitnehmen sollen?«

Von Lingert nickte, wirkte dennoch nicht überzeugt. »Selbst wenn es stimmt und Steffen posthum für jemand anderen die Killerrolle übernehmen soll, muss es dennoch eine Verbindung zwischen ihm und den Nigerianern geben. Oder denken Sie, die Wahl auf ihn fiel eher zufällig? Dagegen sprechen die großen Summen an Geld, die er flüssiggemacht hat, ohne dass seine Frau davon wusste.«

»Ja, irgendetwas ist faul mit Steffen und dem Geld. Auch wenn sonst kein Schatten auf ihn fällt, das muss man sagen.«

»Gab es außerdem noch etwas, das Sie mir sagen wollten?«

Rosen warf seinen inzwischen geleerten Becher in den Mülleimer und berichtete ihm erstmals in allen Einzelheiten von dem anonymen Anruf.

Von Lingert machte ein skeptisches Gesicht. »An solchen Sachen ist meistens wenig dran.«

»Stanko sieht das ähnlich.«

»Wie auch immer ...« Der Staatsanwalt nippte am Kaffee. »Bis jetzt sind alles nur Spekulationen. Weder in dem einen noch in dem anderen Mordfall sind wir auch nur ansatzweise so weit, einen Verdächtigen präsentieren zu können.«

»Ich weiß.« Rosen starrte vor sich hin.

»Es ist mühsam, das ist mir klar. Aber das ist der Job.« Mit für seine Verhältnisse geradezu freundlichem, aufmunterndem Ausdruck bedachte von Lingert ihn. »Bleiben Sie dran.« Er ließ den Becher, obwohl noch halb voll, ebenfalls in den Eimer fallen.

»Das werde ich.«

Als Rosen kurz darauf am Schreibtisch saß, kreiste das Gespräch noch in seinem Kopf. Das Bürotelefon klingelte. Er warf einen Blick auf das Display. Eine Mobilfunknummer, die ihm fremd war. »Rosen«, meldete er sich, sofort aufmerksam.

»Sind Sie weitergekommen mit Udo Grabach?«, ertönte dieselbe Stimme wie beim letzten Mal, wiederum als würde sich der Anrufer ein Tuch vor den Mund halten.

»Wer sind Sie?«, entfuhr es Rosen.

»Ich rate Ihnen, sich eingehend mit Grabach zu beschäftigen.«

»Falls Sie tatsächlich helfen wollen, sollten Sie sich klarer ausdrücken.«

»Schon mal auf den Gedanken gekommen, dass Grabach nicht der Saubermann war, für den ihn alle halten?«

»Wovon sprechen Sie?«, versuchte Rosen eindringlicher zu klingen.

»Und nicht nur Grabach – auch Falko Steffen war kein Saubermann.«

Rosen zuckte zusammen. Es war das erste Mal, dass der Mann Steffens Name erwähnte. »Was meinen Sie damit?«

Stille.

»So nützt das nichts«, sagte Rosen. »Sie müssen schon …«

Doch der Anruf war beendet.

Er legte auf. Die Stimme hallte in seinem Kopf wider. Aus einem Impuls heraus rief er Billinsky an. Ihr Handy hatte Empfang, wie der Signalton zeigte, doch ihre Stimme ertönte einfach nicht. Er verspürte jähe Besorgnis. Steckte sie mal wieder mächtig in der Klemme? Es war nur ein Gefühl – aber ein verdammt starkes.

20

Fast surreal, wie dieses friedliche, geradezu einschläfernde Straßenbild durch die urplötzlich ausbrechende Gewalt zerfetzt wurde. Fast surreal, wie sich für Mara Billinsky alles rasend schnell und zugleich im Zeitlupentempo abspielte. Ihr Gehirn benötigte eine seltsam unwirkliche Zeitspanne, um sich auf die neuen Gegebenheiten einzustellen, so überfallartig passierte alles.

Schreckensrufe der wenigen Passanten.

Schmerzensschreie der Getroffenen.

Das unerbittliche Dröhnen der Kalaschnikows, aus deren Mündungen Feuerblitze zuckten.

Mehr aus einem wilden Instinkt heraus denn aus klarer Überlegung warf Mara sich auf den Bürgersteig. Unbewaffnet fühlte sie sich nackt, schutzlos, ausgeliefert.

Mit einem raschen Seitenblick sah sie die vier dunkelhäutigen Männer, die von Kugeln getroffen und herumgerissen wurden, als würden sie an unsichtbaren Schnüren hängen, die jemand willkürlich in verschiedene Richtungen zog. Blut spritzte, Baseball-Caps flogen, die Plastikstühle, auf denen die Männer eben noch gesessen hatten, wurden in Stücke geschossen.

Die Schützen mit den Maschinengewehren standen da und jagten Salve um Salve aus den Läufen. Kugeln zischten über Mara hinweg und trafen hart auf den Beton der Gebäude. Sie kroch nach vorn und fand hinter einer geparkten pinkfarbenen Vespa und einer Mülltonne Deckung.

Pulverdampf lag beißend in der Luft. Weitere Schreie, noch mehr Schüsse. Wieder die völlig surreale Empfindung, der Vorfall dauere nur Sekundenbruchteile und zugleich viele Minuten an.

Mara kauerte sich zusammen, machte sich ganz klein. Staub spritzte auf, ihre Augen tränten.

Die vielen Querschläger ließen Splitter von den Hauswänden spritzen und vom Boden aufwirbeln, als würde ein blitzartiger Sandsturm durch die eben noch ruhige Straße toben.

Maras Augen tränten immer stärker, alles war verschwommen, der Lärm nahm nicht ab. Sie blinzelte und spähte den Bürgersteig entlang. Endlich entdeckte sie Domenico Manzoni.

Der Italiener hatte ebenfalls hinter einer Mülltonne Schutz gesucht. Er hielt seine Waffe in der Hand. Aus der schlechten Deckung heraus versuchte er das Feuer zu erwidern.

Nur noch ein paar Sekunden länger, ein paar Maschinengewehrsalven mehr, und sie würden beide zerfetzt werden.

»In den Laden!«, schrie Mara in Manzonis Richtung, doch er hörte sie nicht.

»In den Laden!«

Jetzt drehte er ihr das Gesicht zu, und in dem Moment erwischte ihn ein Projektil. Eine Fontäne aus Blut spritzte auf. Ein seltsam verdutzter Ausdruck trat in seine Augen, dann lag er auf dem Rücken, die Arme von sich gestreckt.

Kein Schuss fiel mehr.

Mara sah, wie die beiden Schützen zurück in die Limousine glitten und die Tür zuschlugen. Der Wagen raste mit kreischenden Reifen los.

Sie atmete tief durch. Der Motorlärm verklang bereits, und die darauf einsetzende Stille erschien ihr ebenso unwirklich wie eben noch das Dröhnen der Waffen.

Sie kam auf die Beine, stand wacklig da, die Knie wie aus Pudding. Sie fühlte ihr Herz so stark gegen die Brust pochen wie wohl nie zuvor in ihrem Leben.

Ihr Blick suchte Manzoni.

Ein großer roter Fleck glänzte auf seinem pastellfarbenen Shirt. Der Anzug war mit Staub bedeckt. Aus dem schwarzen, mit Schweißperlen gesprenkelten Haar stach die graue Strähne hervor. Seine Augen waren geschlossen.

So lag er da.

Vollkommen reglos.

21

Jan Rosen fuhr immer weiter, ohne eigentliches Ziel, ohne Plan. Einerseits war er froh, dass er in den Feierabend flüchten konnte, andererseits bedrückte ihn wieder einmal die Aussicht auf seine Wohnung. Wenn er auf dem Sofa kauerte, mit Chet Bakers traurigem Trompetenspiel leise im Hintergrund, glaubte er manchmal Anyanas Summen zu hören, ihr Lachen, ihre Schritte.

Er ließ das Autofenster ein Stück herunter. Die Kälte tat gut, hielt ihn davon ab, weiter in sinnloses Grübeln abzudriften und nicht auf den Verkehr zu achten. Er befand sich irgendwo in der Frankfurter Peripherie. Die Bankentürme ragten im Rückspiegel auf, vor ihm erstreckte sich das Asphaltband, und er steuerte genau auf den langsam heraufziehenden Abend zu, der den Himmel mit matter Dunkelheit färbte.

Auch beim zweiten anonymen Anruf hatte es sich als unmöglich erwiesen, den Unbekannten zurückzuverfolgen. Wiederum war ein altmodisches Handy mit Prepaidkarte benutzt und wohl gleich darauf entsorgt worden. Der bei dem kurzen Gespräch gegebene Hinweis hatte ebenfalls zu keiner konkreten Spur geführt. Falls Falko Steffen und Udo Grabach wie von dem Anrufer behauptet keine Saubermänner gewesen waren, dann hatten sie ihre Geheimnisse offenbar mit ins Grab genommen.

Rosen nahm eine Ausfahrt, wendete und lenkte den Wagen zurück Richtung Frankfurt, bevor er noch bis ans Ende der Welt weiterfuhr. Der Moment, als er auf dem Hochhaus in den Abgrund geblickt hatte, begleitete ihn mindestens ebenso hartnäckig wie die Erinnerungen an Anyana. An die Mordfälle dachte er kaum, das Gefühl des Scheiterns nahm er dennoch ununterbrochen wahr. Er schloss das Fenster, wodurch der Fahrtwind verstummte und nur das monotone Brummen des Motors blieb. Wieder wurde ihm bewusst, dass Billinsky ihm fehlte. Ihre forsche Art, mit der sie die Dinge vorantrieb, ihre große Klappe.

Ihm fiel auf, dass er sich mittlerweile unweit der Gießerei befand, in der Augustus Yekini und John Okpube erschossen worden waren. Unweigerlich musste er an die Angst denken, die ihn dort, bei dem alten Haus, erfasst hatte.

Was hätte Billinsky jetzt getan? Rosen wusste es genau. Er bog ab und erreichte die Straße, die zur Gießerei führte. Dort angekommen, parkte er aus Aberglauben an einer anderen Stelle als zuletzt. Diesmal betrat er die Gießerei nicht, sondern ging daran vorbei auf das alte Haus zu.

Erst einige Schritte davor hielt er inne. Wiederum meinte er zu spüren, dass von dem Gemäuer etwas Seltsames ausging. Oder war er nur überarbeitet und mit den Nerven herunter?

Warum bist du zurückgekommen?, fragte er sich, ohne eine Antwort geben zu können. Langsam näherte er sich dem verwahrlosten Fachwerkbau, noch langsamer umrundete er ihn.

Hinter sich hörte er ein Rascheln, leise, aber trotzdem irgendwie auffällig. Zwischen Gestrüpp, Unkraut und allmählich wieder wachsendem Gras hielt er inne. Er drehte sich um und hielt den Atem an.

Jetzt war alles still. Ratlos starrte er die Wand aus Bäumen an. Noch dunkler war es geworden. Kälte hüllte ihn ein, auf der Stirn jedoch fühlte er Schweißperlen. *Was willst du hier?*, wunderte er sich von Neuem. Er wandte sich wieder dem Haus zu, das in dumpfer Stille vor ihm aufragte.

Abermals ertönte in seinem Rücken ein Laut. Rosen wollte herumwirbeln, doch ein wuchtiger Hieb in den Rücken beförderte ihn unversehens zu Boden. Verdattert roch er die Erde und das Unkraut, das den Winter überstanden hatte, und im nächsten Moment ließ sich jemand auf ihn fallen. Knie bohrten sich in seinen Rücken, Finger krampften sich in sein Haar, zerrten daran, dass es schmerzte, und dann war da der kalte Stahl, den er an der Kehle spürte.

Ein Messer!, schoss es ihm durch den Kopf. Und genau wie auf dem Hochhaus schien der Tod ganz nah zu sein, deutlich wahrnehmbar, als wäre er etwas, das man mit der Hand berühren konnte. Rosen schluckte. Er merkte, dass etwas Warmes an seinem Hals hinabfloss.

Blut. *Sein* Blut.

Für einen irritierenden Moment war ihm nicht klar, ob er eine riesige Angst vor dem Tod hatte – oder überhaupt keine.

22

Allmählich wurde es dunkel. Der Geräuschpegel im Gebäude ließ nach, doch irgendwo in Mara Billinskys Kopf dröhnte nach wie vor das Rattern der Kalaschnikows. Immerhin hatte sie sich gefasst, das Puddinggefühl in den Knien war verschwunden, ebenso das Zittern in den Händen.

Sie wühlte in der Brusttasche ihrer Jeansjacke nach ein paar Münzen und zog sich am Getränkeautomaten einen Kaffee. Der Gestank des Pulverdampfs klebte ihr weiterhin in der Nase, noch immer war sie vom Staub der Straße bedeckt. Sie nippte an dem Becher und starrte auf die doppelte Glastür am anderen Ende des langen Krankenhauskorridors, auf dem sie sich seit mehreren Stunden befand. Doch sooft sie auch auf Englisch auf eine vorbeieilende Krankenschwester oder einen Arzt einredete, es nützte nichts. Sie erhielt keine Auskunft, wie es um Domenico Manzoni stand.

Nach der jäh einsetzenden Schießerei und der anschließenden unwirklichen Stille hatte sich die Straße rasch mit Polizei- und Notarztwagen gefüllt. Der Tatort war abgesperrt worden, und es hatte Mara inmitten der wilden Ausbrüche auf Italienisch einiges an Mühe gekostet, sich als Polizistin und Kollegin Manzonis erkennen zu geben.

Während sie dann im Schatten einer schäbigen Hofeinfahrt neben dem afrikanischen Shop ihre Aussage machte, befragt von einem Commissario namens Cotugno, der nur schlecht Englisch sprach, konnte sie einen beklemmenden Blick auf Manzonis nach wie vor reglosen Körper werfen, der auf einer Bahre in einen Krankenwagen geschoben wurde. Mit den vier dunkelhäutigen Männern ließ man sich mehr Zeit – für sie kam jede Hilfe zu spät. Nie hatte Mara Körper gesehen, die derart von Projektilen zerfetzt worden waren.

Aber das hieß, dass es zumindest für Manzoni noch Hoffnung gab. Sonst hätte man ihn nicht in dieses Krankenhaus gebracht, zu dem Mara im Anschluss an ihre Aussage von Commissario Cotugno gefahren worden war.

Weitere Minuten verrannen. Die Tatenlosigkeit, zu der sie verdammt war, zerrte mindestens so an ihren Nerven wie die Ungewissheit, was mit Manzoni war. In düstere Gedanken versunken überprüfte sie ihr Handy. Rosen hatte Nachrichten geschickt und mehrfach angerufen, aber im Moment wollte sie nicht mit ihm reden. Sie hatte auch mehrere Telefonkonferenzen versäumt, an denen sie sich hätte beteiligen sollen.

Manzonis Gesicht mit diesem überheblichen Schmunzeln setzte sich vor ihrem geistigen Auge zusammen. Konnte es sein, dass er tot war?

In der Mitte des leeren Korridors befand sich ein Aufzug, dessen Türen sich nach einem leisen Klicken aufschoben. Zwei uniformierte Polizeibeamte und Commissario Cotugno stiegen aus der Kabine. Ein vierter Mann befand sich bei ihnen, ein älterer, großer und schlanker Herr mit grau meliertem Haar in einem leichten Sommermantel. Als sie Mara entdeckten, schritten sie auf sie zu, der ältere Mann voran. Er nickte ihr kurz zu. »Signora Billinsky?« In akzentstarkem, aber vortrefflichem Schulenglisch stellte er sich als Carmelo Bonaventura vor, Domenico Manzonis Vorgesetzter. Dann verlangte er, dass sie sich auswies, was sie sofort tat.

In einem Halbkreis standen die Männer vor Mara und starrten abschätzig auf sie herab.

»Man lässt mich nicht zu Manzoni«, beschwerte sie sich, ebenfalls auf Englisch. »Wie schwer hat es ihn erwischt? Wie geht es ihm? Oder ist er etwa tot? Sie wissen doch bestimmt mehr.«

Erneut glitt Bonaventuras Blick missbilligend an Maras Gestalt herab. »Ich kann Ihnen im Moment noch nichts sagen.«

»Können Sie nicht – oder wollen Sie nicht?«

Er machte eine abfällige Geste. »Manzoni hat sich bedeckt gehalten, was Sie betrifft. Er hat Sie mir nicht einmal persönlich vorgestellt.«

»Mir hat er erzählt, Sie seien nicht sonderlich interessiert an einem Treffen gewesen.«

»Das stimmt nicht. Aber es spielt keine Rolle mehr. Durch den Vorfall vorhin haben wir nun ohnehin noch mehr zu tun als bisher.« Mit verhaltenem Ton setzte er hinzu: »Ich muss Ihnen leider mitteilen, dass Ihr Erfahrungsaustausch beendet ist.«

»Doch wohl nicht ausgerechnet jetzt«, widersprach Mara entrüstet. »Manzoni und ich haben …«

»Verzeihen Sie, aber mir bleibt angesichts der jetzigen Gegebenheiten keine andere Wahl«, unterbrach Bonaventura sie bestimmt.

»Außerdem haben wir Informationen zu Solomon Yekini und …«

»Informationen zu Yekini habe ich auch«, stoppte er sie erneut. »Yekini trifft Vorkehrungen, Sizilien zu verlassen.«

»Wohin will er? Etwa nach Deutschland? Nach Frankfurt?«

»Das ist möglich. Wir müssen verhindern, dass ihm das gelingt.«

»Das macht es umso wichtiger, dass ich …«

»Nein!« Mit einem jähen Funkeln in den Augen starrte er Mara an. »Manzoni hatte seine Chance. Mehr als eine. Ich werde das ab jetzt selbst in die Hand nehmen. Und ich kann mich nicht auch noch um Sie kümmern, denn …«

»Um mich muss sich niemand kümmern«, schnitt sie diesmal ihm das Wort ab.

»Morgen fliegen Sie zurück nach Frankfurt. Es ist alles arrangiert. Das Flugticket erhalten Sie per E-Mail von meiner Assistentin. Eine gute Reise wünsche ich Ihnen. Diese Beamten bringen Sie in Ihr Hotel. Sofort.«

Damit drehte er sich um. Mit langen Schritten verschwand er, gefolgt von Commissario Cotugno, durch die Doppeltür, hinter der irgendwo Domenico Manzoni behandelt wurde.

Mara verzog wütend den Mund, als sie flankiert von den uniformierten Polizisten auf den Aufzug zuging. *Abserviert hat er dich*, sagte sie sich stumm.

Als sie später in ihrem Zimmer den Laptop aufklappte und einschaltete, hatte sie tatsächlich das Onlineticket bekommen. Der Flug würde am folgenden Vormittag um 10 Uhr 30 starten.

Frustriert trank sie das kleine Fläschchen Rotwein aus der Minibar. Sie nahm eine ausgiebige Dusche. Dann rief sie, auch wenn sie sich nichts davon versprach, im Krankenhaus an, um sich nach Manzoni zu erkundigen, erhielt allerdings keinerlei Auskünfte.

Nach einer schier endlosen Nacht ohne Schlaf, einer weiteren Dusche und einem schnell am Frühstücksbuffet eingenommenen Espresso trat Mara vor das Hotel. Sie ließ sich nicht gern herumkommandieren. Sie ließ sich auch nicht gern abservieren. Also hatte sie einen Entschluss gefasst. Sie eilte auf die wartenden Taxen zu, um sich von einem von ihnen zu einer Leihwagenfirma kutschieren zu lassen. Sie hatte vor, mit einem gemieteten Auto auf eigene Faust weiterzumachen.

Doch kaum hatte sie ein paar Meter im strahlenden Sonnenlicht zurückgelegt, hörte sie hinter sich schnelle Schritte. Sie hielt inne und drehte sich um.

Zwei Polizisten kamen entschlossen auf sie zu.

Es waren nicht dieselben wie am Vorabend.

Mara hob eine Augenbraue und musterte sie skeptisch.

»Wir bringen Sie zum Flughafen«, sagte einer von ihnen in gebrochenem Englisch. »Ein Taxi ist nicht nötig.«

Sie blickte von einem zum anderen. »Ich komme gut allein klar.«

»Wir haben den Befehl«, betonte der Polizist, »Sie zum Flughafen zu bringen.«

»Von Bonaventura, schätze ich.«

Er nickte.

»Wie geht es Manzoni? Lebt er überhaupt noch?«

»Darüber haben wir keine Informationen. Wir bringen Sie jetzt zum Flughafen. Holen Sie bitte Ihr Gepäck aus Ihrem Zimmer.«

Mara spürte, dass ihr keine Wahl blieb.

Kurz darauf saß sie auf der Rückbank eines Polizeiwagens und spähte missmutig aus dem Seitenfenster. Die Häuser der Stadt zischten aufgrund des hohen Fahrtempos förmlich an ihr vorüber. Die Männer gaben kein Wort von sich. Mara konnte nur hoffen, dass die beiden auch wirklich Beamte waren.

Mädchen, die auf Reisen gehen

Azuka war tot.

Nicht körperlich, sie konnte atmen, sich bewegen, und dennoch war sie tot, daran hatte sie keinen Zweifel.

Als in der sternenklaren Nacht von Marokko die Schüsse fielen, zerplatzte die Aussicht auf die baldige Bootsfahrt nach Europa. Der Begleiter von Azukas Gruppe wurde von Räubern überfallen. Man nahm ihm das gesamte Bargeld ab, auch die Scheine, die Azuka verdient hatte, indem sie sich von etlichen schweißtriefenden, dreckigen Männern hatte benutzen lassen.

Und jetzt? Es musste eine Lösung gefunden werden.

Zunächst einmal ging es zu Fuß weiter, drei Nächte lang. In Marokko durften sie sich tagsüber nicht zeigen – wer einen Afrikaner entdeckte und verriet, erhielt eine Geldprämie.

Melilla war eine spanische Stadt, lag aber auf marokkanischem Boden. Hier steckten sie fest. Zwischen der Stadt und Marokko verlief ein hoher Zaun, über den man klettern musste. Immer wieder versuchte Azukas Gruppe dorthin zu gelangen, aber Polizisten mit Hunden warteten auf sie. Scheinwerfer zerschnitten jäh das Dunkel der Nacht, und sie mussten sich wieder zurückziehen. Unterschlupf fanden sie in Hütten, die von weiteren Flüchtlingen überfüllt waren. Der Begleiter und seine Helfer besorgten Essen in nahen Dörfern, an Mülltonnen von Supermärkten, immer auf der Hut vor den Polizisten, die die Gassen durchkämmten.

Tage wurden zu Wochen. Sie bastelten Leitern, mit denen sie den Zaun zu überwinden versuchten, und wickelten sich Lumpen um die Arme, zum Schutz vor dem Stacheldraht.

Immer wieder schaffte es einer, auf die andere Seite zu kommen, schließlich gelang es auch Azuka.

Der Begleiter erklärte, er habe gehört, in Tanger gäbe es Boote, die man für die Überfahrt nach Europa nutzen konnte. Also nach Tanger. Zwanzig Tage lang, zu Fuß, quer durch das Land.

In der Stadt wurden sie in Lehmhütten untergebracht. Da ihnen das Geld gestohlen worden war, mussten Azuka und die übrigen Frauen neues verdienen. Monatelang blieb sie in Tanger. Hier erschien der Gedanke ans Weglaufen noch unsinniger. Außerdem spürte die Polizei Afrikaner auf, brachte sie in die Wüste zurück und setzte sie dort aus.

Die Erinnerungen an den Ozean aus Sand waren furchtbar, und so ließ Azuka sich lieber in Gedanken zurück in ihr Dorf treiben. Sie stellte sich ihren Vater vor, ihre Mutter, ihre Schwester. Was würden sie denken, könnten sie Azuka jetzt sehen? Wie sie leiden würden. Das war das einzig Tröstliche: dass niemand, den sie kannte, eine Ahnung hatte, was sie durchlebte.

Auch an die Frau, die nur Madame genannt wurde, dachte Azuka manchmal. Wusste sie immer noch, wo sich Azuka befand? Bestimmt nicht.

Als sie längst nicht mehr damit rechnete, hieß es plötzlich, es stünde ein Boot zur Verfügung. Eingepfercht in ein leer stehendes Haus in Strandnähe mussten sie die Nacht abwarten. Zum ersten Mal sah Azuka das Meer. Das laute, machtvolle Rauschen jagte ihr ebenso Angst ein wie die unermessliche Weite, die sie unwillkürlich an die Wüste erinnerte.

Wie groß war diese verdammte Welt? Wie viele Höllen existierten in ihr?

Als die Nacht am dunkelsten war, wurden sie aus dem Haus nach draußen getrieben. Sie rannten auf ein Boot zu, das in der Brandung schaukelte. Mehr als vierzig drängten sich schließlich zusammen, viel zu viele für das Schlauchboot mit einem Motor, der zu schwach wirkte, um sie alle über das endlose Wasser bringen zu können. Einige, die nicht schwimmen konnten, hatten sich aus leeren Plastikflaschen Rettungswesten gebastelt, doch die mussten sie zurücklassen – es war zu eng dafür. Auch Azuka konnte nicht schwimmen, aber sie gab sich Mühe, einfach nicht daran zu denken. Sie kauerte sich zusammen, roch das Salz dieser neuen Hölle, in der sie gelandet war. Der Motor des Bootes, das Zodiac genannt wurde, röchelte, die Furcht der Menschen schwebte über allem wie eine Wolke.

Azuka war völlig durchnässt und fror erbärmlich. Sie ließ ihren Geist fortfliegen. Doch das Wasser, das ihr ins Gesicht spritzte, holte sie immer wieder zurück ins Jetzt.

Manche mussten sich übergeben, viele urinierten einfach in ihre Kleidung, apathisch, hilflos. Der Motor fiel mehrfach aus, wurde aber jedes Mal wieder in Gang gebracht. Sie beteten, hatten Tränen in den Augen, zitterten vor Kälte und Schrecken und Ungewissheit. Die Wellen wurden höher, das Boot schlingerte bedenklich, die Menschen schrien auf.

Wieder sah Azuka ihre Schwester, ihre Mutter, ihren Vater vor sich. Sie standen auf dem Wasser, winkten ihr zu und lösten sich in Luft auf, während sie noch hörte, wie ihre Schwester sie rief: »Azuuuuka …«

Eigentlich hatten ihre Eltern sie Amarachi nennen wollen. Amara stand für die »Gnade Gottes«, und ihr wurde bewusst, wie unpassend der Name gewesen wäre, denn es gab keine Gnade für sie, von niemandem, auch nicht von Gott. Der Name, den sie tatsächlich erhielt, stammte aus der Sprache der Igbo und hieß so viel wie »Die Vergangenheit ist deine Stärke«. Auch das empfand Azuka als Hohn. Ihre Vergangenheit bestand aus nichts als verschwommenen Bildern, die eine bedeutungslose Familie in einem bedeutungslosen Dorf am Rande von Benin City zeigten. Nein, nichts verlieh ihr Stärke, rein gar nichts.

Den ganzen Abend und die ganze Nacht, bis die Morgendämmerung kam, und noch länger dauerte die Fahrt mit dem schlingernden Zodiac. Als die Sonne wie ein glühender Ball am Himmel stand, erreichten sie den Strand.

Europäischer Boden. Nach etlichen Monaten der Qualen.

Sie mussten durch den Sand rennen und gelangten in einen Pinienwald. Erst hier durften sie gehen. Auf einer Lichtung stand ein Lastwagen. Sie kletterten auf die Ladefläche und verbargen sich unter einer schmutzigen Kunststoffplane. Das Gefährt rumpelte los. Azuka hatte Hunger und Durst. Vor Müdigkeit fielen ihr ständig die Augen zu.

Wie würde die nächste Hölle aussehen?

23

Alles war wie immer: die bissige Kälte, der wolkenverhangene Himmel und die Nebelschwaden, die die Bankentürme wie traurige graue Schleier umschwebten. Frankfurt hatte Mara Billinsky wieder.

Die beiden italienischen Polizisten, denen sie während der ganzen Fahrt über misstraut hatte, hatten sie tatsächlich zum Flughafen gebracht. Dort hatten sie darauf geachtet, dass Mara eincheckte und sie bis in den Bereich hinter den Sicherheitskontrollen begleitet. Carmelo Bonaventura schien also wirklich daran gelegen zu sein, dass sie aus seinem Dunstkreis verschwand; man hatte sie beinahe schneller aus dem Land geschmissen als einen Betrunkenen aus der Kneipe.

Noch immer wusste Mara nicht, wie es um Domenico Manzoni stand. Oft hatte sie ihn angerufen, stets aber nur die Mailbox erreicht. Sie hatte auch versucht, mit Bonaventura zu telefonieren, doch sie war von einer Assistentin abgewimmelt worden.

Es war sehr früh, als Mara nach einer kurzen Nacht ihren Alfa parkte und sich ins Präsidium begab. Kaum jemand kam ihr auf den langen Korridoren entgegen, und das war ihr nur recht. Als sie an Klimmts Schreibtisch saß und auf das flimmernde Laptopbild starrte, füllten Erinnerungen an die letzten Tage ihren Kopf. Die brütende Hitze, die Exorzismuszeremonie, die Geisterstadt, die wie aus dem Nichts hereinbrechende Schießerei, hier kam ihr das alles bizarr und unwirklich vor, als hätte sie es nur geträumt.

Sie nippte an ihrem Kaffee und begann, einen Bericht aufzusetzen, der die kurze Zeit in Sizilien zusammenfassen sollte.

Aber sie konnte sich nicht konzentrieren. Skeptisch überflog sie die Unmengen an Notizen, die sie angefertigt hatte, dann tippte sie wieder auf der Tastatur herum.

So schlichen die ersten Stunden vorbei. Mara verließ ihr Büro kein einziges Mal, nicht mal um Kaffeenachschub zu holen. Sie stellte einen Besprechungstermin im E-Mail-System ein, um die Kollegen über den Abstecher nach Sizilien zu informieren und ihrerseits auf den neuesten Stand gebracht zu werden, doch nach und nach sagten mehrere ab, teils mit fadenscheinigen Begründungen. Das war wohl als eindeutiges Zeichen zu werten: Die Stimmung war nicht gerade *pro Mara*. Also cancelte sie den Termin. Mit ihrem Bericht kam sie dennoch nicht voran. Die meiste Zeit brütete sie nur vor sich hin. Mit gerunzelter Stirn ging sie noch einmal alle Mitteilungen durch, die sie von Jan Rosen erhalten hatte.

Als es klopfte, hörte sie schon am dezenten Klang, wer es war.

»Ja?«

Rosen betrat den Raum. Um den Hals hatte er ein dunkles Tuch geschlungen, das sie nie zuvor an ihm bemerkt hatte. »Du bist zurück.«

»Gute Beobachtungsgabe.«

Er schloss die Tür. »Du hast das Meeting abgesagt …« Er ließ die Worte verklingen und kratzte sich beiläufig am Kopf. »Wann bist du eigentlich gelandet? Gestern?«

Sie nickte.

»Wie war's?« Er setzte sich.

»Turbulent.«

»Wie meistens bei dir.«

Er zeigte auf ihren Wangenkochen, der von dem Tritt noch leicht geschwollen war. »Letztes Mal war's die andere Seite.«

»Stimmt.« Sie forschte in seinem Gesicht. »Und bei dir so?«

»Durchwachsen«, erwiderte er ausweichend.

Er sah nicht gut aus. Bleich. Grüblerisch. Unausgeschlafen. Sie deutete auf sein Tuch. »Neuer Stil? Oder willst du einen Knutschfleck verstecken?«

»Schön wär's.« Mit spitzen Fingern zog er den Stoff ein Stück herunter, damit Mara den blutverkrusteten Schnitt sehen konnte.

»Misslungener Selbstmordversuch?« Sofort bereute sie den Spruch. So, wie er sie anschaute, war es nun wahrlich nicht der Moment für morbide Späße. *Wann würde er darüber hinwegkommen?*, fragte sie sich. Wie konnte er nur aus dem Tal herausfinden, das er seit Anyanas Tod durchschritt?

Mit belegter Stimme schilderte er die Situation bei dem Haus, den Angriff, dem er jäh ausgesetzt worden war. »Ich spürte etwas an meinem Hals und wusste sofort, dass es eine Messerklinge war. Ich dachte wirklich, das war's. Aber der Kerl hat einfach von mir abgelassen. Er ist weggerannt, und ich …«

»Und du?«

Er warf ihr einen hilflosen Blick zu. »Na ja, ich war einfach nur fertig.«

»Wie sah er aus?«

Er zuckte mit den Schultern. »Ich weiß nicht.«

»Aber als er flüchtete, hast du ihn doch sehen können und …« Mara vollendete den Satz nicht. Sie erkannte, dass es ihm nicht möglich gewesen war, Einzelheiten in seinem Kopf abzuspeichern, von einer Verfolgung ganz zu schweigen. Er war immer noch völlig durch den Wind, und das war schon vor dem Vorfall so gewesen.

Einige Sekunden verstrichen in unbehaglicher Stille.

Mara räusperte sich. »Und danach?«

»Wie *danach?*«

»Hast du irgendwelche Ermittlungen eingeleitet? Hast du …?« Wieder verstummte sie.

Er saß da und schüttelte nur den Kopf.

»Rosen, das war ein tätlicher Angriff auf dich.«

»Das ist mir schon klar«, gab er kaum hörbar zurück.

»Dieses Haus. Hast du es dir genauer angesehen? Bist du eingedrungen?«

Erneut schüttelte er den Kopf. »Es steht leer. Anscheinend schon seit Jahren.«

»Okay.« Sie widmete sich ihrem Laptop und überflog noch einmal die E-Mails, die er ihr geschickt hatte. »Sonst noch was Neues? Außer den Details, die ich schon kenne.«

»Eigentlich nicht.«

»Dieser anonyme Anrufer. Sehr seltsam, oder?«

»Absolut.« Er holte Luft, beschrieb ihr die beiden Telefonate und seine erfolglosen Versuche, etwas über mögliche Schatten im Leben von Falko Steffen und Udo Grabach in Erfahrung zu bringen.

»Beide waren Juristen«, sagte Mara nachdenklich. »Der eine Rechts-, der andere Staatsanwalt. Ansonsten schien sie nichts zu verbinden. Kannten sie sich?«

»Ich habe mir in den letzten Tagen die Finger wundtelefoniert. Nichts deutet darauf hin, dass sie sich je begegnet sind. Keine gemeinsamen Bekannten, keine Fälle, die sie zueinander geführt hätten.« Rosen richtete sein Tuch, als wäre ihm erst jetzt wieder eingefallen, dass er es trug. »Wenn ich nicht bald auf etwas Aussagekräftiges stoße, weiß ich nicht mehr weiter. Dann verläuft die gesamte Ermittlung im Sande.« Er blickte auf. »Willst du nicht mal von deinem Trip nach Sizilien berichten?«

Mara lehnte sich zurück. »Das war ziemlich *strange*. Einiges hatte ich dich ja schon per Mail wissen lassen. Jetzt kommt die ausführlichere Version.« Sie fasste die Ereignisse zusammen, und als sie von der Schießerei erzählte, bekam Rosen große Augen.

Erst das Klingeln des Telefons ließ Mara innehalten. Sie betrachtete das Display. »Shit! Der feine Herr hat mir gerade noch gefehlt.«

»Von Lingert?«

»Wer sonst?« Sie nahm den Anruf entgegen und wechselte ein paar Worte mit dem Staatsanwalt, ehe sie auch schon wieder auflegte.

»Das ging ja schnell«, lautete Rosens Kommentar.

»Er ist praktisch schon auf dem Weg hierher. Ich wollte erst mal einen Bericht für ihn fertigstellen, aber ...« Sie winkte ab, stand auf und nahm die Lederjacke von der Stuhllehne. »Lass uns verschwinden.«

»Aber ich dachte, von Lingert kommt, um dich zu sprechen?«, meinte er erstaunt.

»Eben deshalb.« Sie streifte die Jacke über den schwarzen Kapuzenhoodie, den sie am Morgen als zusätzlichen Schutz gegen die Kälte aus dem Kleiderschrank gezogen hatte.

»Und wohin willst du?«

»Na, zu dem Haus.«

Er erwiderte nichts, sah sie nur an.

»Komm schon, Rosen.« Nein, er gefiel ihr gar nicht. »Oder willst du lieber hierbleiben?«

Schicksalsergeben stand er auf, als hätte er böse Vorahnungen. Wortlos folgte er ihr aus dem Büro und holte seine Jacke. Während der Fahrt sagte er kein Wort. Auch sonst war er ja nicht gerade der gesprächigste Zeitgenosse, aber momentan ging eine Niedergeschlagenheit von ihm aus, die Mara zunehmend Sorgen bereitete.

Als sie sich kurz darauf dem Gebäude näherten, schritt Mara voran, während Rosen hinter ihr blieb. Ein Wind ließ Bäume und Sträucher rauschen, und die Luft biss in ihre Wangen, doch das mochte Mara. Sie war wieder in ihrem Revier, das tat gut.

Das Haus war ihr schon bei der ersten Tatortbegehung aufgefallen, doch da es ein Stück von der Gießerei entfernt war, hatte sie ihm nur geringe Beachtung geschenkt. Es strahlte etwas Unheimliches aus, erst recht an einem solchen

Tag, ohne einen einzigen Sonnenstrahl, getränkt von dickem Nebel.

Mara ließ sich von Rosen die Stelle zeigen, wo er angegriffen worden war. Keine Fußspuren im tiefen, von den letzten Regengüssen aufgeweichten Untergrund. Sie umrundeten das Gebäude einmal und blieben stehen.

»Wo?«, fragte Mara abrupt.

»Wo *was?*«, kam es von Rosen.

»Wo können wir uns am ehesten Zutritt verschaffen?«

»Wir haben keine Befugnis dazu, wir müssten erst mal klären, ob ...«

Mara hob die Hand, und er verfiel in ein unbehagliches Schweigen.

»Alle Fenster sind mit Brettern verbarrikadiert. Außer diesen hier.«

Sie zeigte auf die unterhalb der Erde liegenden rechteckigen Kellerfenster.

Rosen verzog das Gesicht. »Wenn ich gewusst hätte, dass ...«

»Du kennst mich doch inzwischen.« Sie grinste ihn an.

»Wir müssten eine Genehmigung ...«

Er sprach nicht weiter, als sie ihn einfach stehen ließ und zu einem der Fenster marschierte. Sie ging in die Knie, spähte ins Innere und stand wieder auf. »Nichts zu sehen«, murmelte sie. Dann drehte sie dem Haus den Rücken zu, blickte zu Rosen und zertrat mit der dicken Sohle ihres Doc-Martens-Stiefels die innen von Staub bedeckte Scheibe.

Das jähe Klirren ließ ihren Kollegen zusammenzucken. Missbilligend schüttelte er den Kopf. »Was sollten wir hier finden?«

»Das wissen wir erst, wenn wir drin sind.«

»Billinsky, das Fenster ist ziemlich schmal. Findest du nicht?«

»Gut, dass ich mir aus Essen nicht viel mache und ein elfengleiches, zierliches Wesen bin.« Wieder präsentierte sie ihr bestes Grinsen. »Findest du nicht?«

Sie kniete sich hin und entfernte vorsichtig die im Rahmen verbliebenen Scherben. Mühevoll zwängte sie sich durch die Öffnung. Gleich darauf befand sie sich im Inneren des dunklen, mit leeren Regalen und alten Stühlen vollgestellten Kellers.

»Da passe ich nie durch«, hörte sie Rosen rufen.

»Du hältst draußen die Stellung.«

Sie ging die steinerne Treppe nach oben. Die Tür zum Erdgeschoss ließ sich problemlos öffnen. Es dauerte nicht lange, bis sie alle ebenerdigen Räume überprüft hatte. Nichts, rein gar nichts. Alte, abblätternde Tapeten, Spinnweben, Staub. Keinerlei Mobiliar. Vor der Treppe lag eine halb verweste Maus, ein paar Schritte weiter eine zweite.

Die hölzernen Stufen, die nach oben führten, knarrten laut bei jedem Schritt. Im ersten Stock erwartete sie ein langer, breiter Gang, in dem noch ein ausgefranster Läufer mit verblichenen Farben lag. Mehrere Türen gingen von dem Gang ab. Das einzige Fenster, das am anderen Ende des Gangs lag, war ebenfalls von Brettern abgedunkelt, sodass kaum etwas zu erkennen war. Auch hier fand sich nichts in den Zimmern.

»Billinsky? Alles in Ordnung?«, drang erneut Rosens Stimme zu ihr, ganz gedämpft.

»Zwei Leichen.« Die Worte schallten durch das leere Haus, und rasch fügte sie ironisch an: »Allerdings nur tote Mäuse. Hoffentlich bleibt's dabei.«

Ein Knarzen ertönte irgendwo in dem alten Gemäuer.

Sind mir die Geister von Sizilien bis hierher gefolgt?, fragte sich Mara.

Sie öffnete die nächste Tür. Dahinter befand sich ein recht großer quadratischer Raum. Durch die Ritzen der Bretter vor den beiden Fenstern quoll milchiges, schwaches Licht. Holzfußboden, Sockelleisten, weiß gestrichene Wände. Ein

Doppelbett mit Eisenrahmen stand an die Wand geschoben. Einige feingliedrige Ketten lagen herum. Kabel, Stofffetzen, ein langes Nylonseil. Zusammengeknüllte rot befleckte Papiertaschentücher, ein ganzer Berg davon. Und ein großer schwarzer Dildo.

Mara hob eine Augenbraue.

Es waren nicht die Gegenstände, die ihr kalte Schauer über den Rücken laufen ließen.

Es war das, was sie an den Wänden erblickte, auf dem Boden, sogar an der Decke.

»Billinsky?«

Diesmal gab sie keine Antwort.

Wo war sie hier? In einer Todeskammer?

24

Warf man einen Blick durchs Fenster, schien es, als würde eine schwarze Masse die Stadt förmlich erdrücken. Keine Sterne, kein Mond. Die Dunkelheit wurde mit jeder Sekunde dichter, eindringlicher.

Für Maras Geschmack war der Tag viel zu zäh an ihr vorübergezogen, ihr konnte es einfach nie schnell genug gehen. Aber bis ein Spezialistenteam einsatzbereit war und letztlich loslegen konnte, verstrich immer verdammt viel Zeit. Somit war heute noch nicht einmal damit begonnen worden, das merkwürdige Zimmer in dem Haus gründlich zu untersuchen. Bis morgen würde Mara sich noch gedulden müssen. Den ganzen Nachmittag und den frühen Abend hatte sie dort draußen in der Kälte zugebracht, aber sie war auf nichts Bemerkenswertes mehr gestoßen.

Sie hatte sich gerade einen letzten Kaffee am Automaten geholt und durch den Korridor Rosen zugewunken, der sich in den Feierabend verabschiedete. Als sie das Büro betrat, hielt sie überrascht inne.

Auf einem der beiden Besucherstühle saß jemand.

»Kommissarin Billinsky. Schön, Sie doch noch anzutreffen.«

Sie warf Staatsanwalt von Lingert ihren berüchtigten Blick zu und gab keine Antwort. Ohne Hast schloss sie die Tür. Sie stellte den dampfenden Becher auf dem Schreibtisch ab und setzte sich.

Gereizt sagte er: »Eigentlich hatten wir beschlossen, schon vor einigen Stunden ein Gespräch zu führen.«

»*Sie* hatten das beschlossen, nicht wir.«

»Gut, dass ich mehrere Termine im Hause hatte. Ich dachte mir doch, dass ich Sie noch antreffe.«

Wieder entgegnete Mara nichts. Ihre große Klappe hatte einen gewissen Ruf, und manchmal überraschte sie andere gerade damit, dass sie sie hielt.

»Ungewohnt schweigsam.« Er schürzte die Lippen. »Liegt es daran, dass Ihr Sizilien-Aufenthalt so erfolgreich war?«

»Das war er tatsächlich«, entgegnete sie provozierend ruhig. »Er hat mir für vieles die Augen geöffnet.«

»Was Sie nicht sagen«, kam es sarkastisch von ihm. »Ich habe vorhin mit einem gewissen Carmelo Bonaventura telefoniert. Dem Gespräch nach zu schließen, hätten Sie sich den Trip sparen können, oder?«

Wieder hüllte sie sich in Schweigen.

»Hinweise? Spuren? Festnahmen? Informationen, die uns die hiesige Situation erleichtern, etwa die Sache in der Gießerei?« An seiner Schläfe pochte eine Ader. »Und was ist mit Solomon Yekini? War er nicht auch ein Grund für die Reise?«

»Zugegeben, ich weiß nicht, wo er sich im Moment aufhält. Es besteht die Möglichkeit, dass er sich absetzen will. Ich hatte sogar den Hinweis erhalten, dass Frankfurt sein Ziel ist.«

»Laut Bonaventura ist er Ihnen und diesem Kommissar Manzoni gleich mehrmals entwischt.«

»Vielleicht *einmal*.« Sie dachte an das Chaos in der Geisterstadt. »Aber so genau kann das niemand sagen.«

»Können Sie überhaupt etwas *genau* sagen? Sie haben mir erklärt, es sei von Wichtigkeit, dass Sie dort sind. *Vor Ort*. Ich hatte Sie gewarnt. Nur konkrete Ergebnisse zählen. Und nun stehen Sie mit leeren Händen da. Das kann man noch nicht mal als Unentschieden werten, das ist eine klare Niederlage.«

Maras Kinn ruckte hoch, sie maß ihn düster. »Das ist doch kein verdammtes Fußballspiel. Sie sollten die Frauen mal sehen, um die es eigentlich geht. Unter welchen Umständen sie jeden Tag ums Überleben kämpfen. Was sie alles durchmachen.«

»Ihr großes Herz in Ehren, aber …«

»Fuck!«, unterbrach sie ihn, das Wort surrte wie ein Peitschenhieb durch die Luft. Abrupt stand sie auf, um das Fenster zu kippen und Luft hereinzulassen. Dann setzte sie sich wieder hin.

»Es bleibt dabei«, sagte er beharrlich, aber verhaltener. »Sie stehen mit leeren Händen da. Deswegen haben Sie mich vorhin auch versetzt.«

»Ich habe Sie versetzt, weil ich einfach keinen Bock darauf hatte, Sie zu sehen.«

Die Flapsigkeit nahm ihm etwas den Wind aus den Segeln.

»Also noch mal von vorn«, fuhr Mara fort. »Der Aufenthalt in Sizilien hat mir die Augen geöffnet. Daran hatte auch Commissario Domenico Manzoni großen Anteil.«

»Bonaventura hat sich in Sachen Manzoni bedeckt gehalten. Aber es wurde trotzdem deutlich, was er von ihm hält – und das ist nicht viel!«, warf von Lingert ein.

»Offen gestanden, ich bin mir ja selbst noch nicht sicher, was Manzoni betrifft. Hat Bonaventura etwas über seinen Zustand gesagt?«

»Zustand?«, wiederholte der Staatsanwalt irritiert. »Wie meinen Sie das?«

»Auf Manzoni ist geschossen worden. Ich habe die Befürchtung, dass es aus ist mit ihm.«

»Bonaventura hat darüber kein Wort verloren, nur über das Chaos, das auf Manzonis Alleingänge zurückzuführen ist.«

»Jedenfalls hat Manzoni an mich einiges an Wissen weitergegeben, das für uns interessant sein könnte. Und es geht nicht nur um Sizilien oder Frankfurt. Frauenhandel ist das Verbrechen mit den höchsten Zuwachsraten. Das sagt nicht nur Manzoni, auch Europol. Frauenhandel ist die Keimzelle und der Startpunkt für kriminelle Karrieren wie die von Augustus und Solomon Yekini.« Mara blätterte in ihren Notizen und erläuterte ihm die Rolle der Mesdames. »Das heißt, es gibt keine so eindeutige Trennlinie zwischen Täterinnen und Opfern, wie wir es gewöhnt sind. Die meisten Täterinnen waren selbst einmal Opfer. Und solange die Mesdames ihre Stellung behaupten, gibt es Helfer wie die Yekinis, die sich irgendwann abnabeln und eigene Machtpositionen aufbauen, auch durch Drogenhandel. Ein weiteres Problem ist die Tatsache, dass die Opfer nicht so einfach *errettet* werden können. Sie sind in einem derart dichten Netz aus Abhängigkeiten und Zwängen verstrickt, dass sie stark mit ihren Peinigern verbunden sind. Auf gewisse Weise helfen sie selbst mit, ihren Status als Betroffene vor Behörden zu verbergen – und damit die Täter zu schützen.«

Mara führte weitere Punkte aus, die das Ausmaß der Kriminalität deutlich machten. »Ohne die Nachfrage skrupelloser Freier in Europa gäbe es keinen internationalen Frauenhandel, der in die Zwangsprostitution führt. Und solange die Wurzeln des Übels nicht bekämpft werden, wird es auch für uns hier auf dem Präsidium nicht einfacher. Wir werden immer einen Schritt zu spät sein, immer hinterherhecheln, immer die Auswirkungen bekämpfen, aber nie die Ursachen. Sie wollen lediglich, dass ein Mord oder ein Drogendeal aufgeklärt wird, aber die Probleme sitzen viel tiefer.«

Von Lingert starrte eine Weile vor sich hin, sein Mund ein schmaler Strich. »Das mag alles stimmen. Nichtsdestotrotz gehört es eben auch zu unseren Aufgaben, Aufklärungsarbeit zu leisten. Und da haben Sie – haben wir alle nichts erreicht.«

»Ich weiß«, sagte Mara dumpf.

»Hören Sie zu«, meinte er ein wenig verbindlicher, »letzten Endes sind wir auf Beweise, Anklagen, Verurteilungen angewiesen, das wissen Sie so gut wie ich. Also: Was ist mit diesem Solomon Yekini? Wenn er sich in der Stadt aufhält, will ich ihn haben. Und Sie …«

Hart schnitt sie ihm das Wort ab. »Können wir nicht wenigstens dieses blöde *Sie* sein lassen? Ehrlich, es ist doch Schwachsinn, wenn wir beide so tun, als wäre das damals nicht zwischen uns passiert.«

Sie sahen einander an, zum ersten Mal ohne diese schwelende Feindseligkeit.

»Ja, das ist es. Schwachsinn.« Von Lingert nickte. »Aber nichts ändert etwas daran, dass ...«

»... wir Ergebnisse brauchen.« Sie hob eine Braue. »Ich weiß.«

Sanfter sagte er: »Auf dich ist auch geschossen worden, nicht wahr? In Sizilien?«

»Ich hatte mehr Glück als Manzoni.«

»Ich hoffe, das bleibt so.«

Sie grinste. »Hm, ich war eigentlich noch nie ein Glückskind.«

»Was ist mit dem Haus?«, fragte er völlig übergangslos, wie sie selbst das gern machte.

»Das Haus? Bei der Gießerei? Du hast also schon davon gehört.«

Er machte eine knappe Geste. »Ich sagte doch, ich hatte heute hier Termine. Es hat sich im Präsidium herumgesprochen. Was war da los?«

»Das wüsste ich auch gern. Es geht nicht um das gesamte Gebäude, eigentlich nur um ein einziges Zimmer. Als ich es betrat ... echt, das war ein Scheißgefühl.« Sie verstummte kurz. »Der Boden, die Wände, die Decke. Alles gesprenkelt. Da brauchte ich keinen Test von Spezialisten, um zu wissen, dass das Blut war. Es war, als würde man eine Schlachterei betreten. Eine Milliarde Blutflecken, so kam es mir vor. Morgen früh werden ausgiebige Untersuchungen erfolgen.«

»Du hast ein Team, das du nach deinen Vorstellungen einsetzen kannst.«

Sollte sie ihm von der Besprechung berichten, vor der sich

die meisten gedrückt hatten – als klarer Affront gegen Maras Person?

Sie schwieg.

Er stand auf und griff nach seinem Aktenkoffer, der die ganze Zeit neben ihm auf dem Boden gestanden hatte. »Bitte halt mich auf dem Laufenden, Mara.«

Ohne ein weiteres Wort verließ er das Büro.

Sie starrte die Tür an, auf einmal ziemlich platt und müde. Sie musste sich zwingen, sich wieder die Notizen vorzunehmen und an dem Bericht weiterzuarbeiten. Domenico Manzonis Worte geisterten ihr durch den Kopf. *Deutschland ist Ziel numero uno.* Augustus Yekini war in Frankfurt gestorben, und Gerüchten zufolge wollte er Solomon hierherholen, der wiederum weiteren Gerüchten zufolge in Louise Losakhares Diensten stand.

Mara schrieb Rosen eine Nachricht mit der Bitte, sich im Reich der Datenbanken an die Fersen dieser mysteriösen Dame zu heften, denn Mara kam einfach nicht weiter. Sie hatte bereits internationale Kollegen kontaktiert, außerdem deutsche Zollermittler, hatte mühsame und zeitraubende Gespräche geführt, persönlich wie auch per E-Mail. Jeweils ohne Ergebnisse.

Automatisch musste sie an den Anfang denken, als sie fast noch nichts gewusst hatte über eine mögliche Bande aus Nigeria. Der Tag, an dem sie das Laufwunder verfolgt hatte und von ihm niedergeschlagen worden war. Auf diesen Mann war sie durch einen Tipp aus dem Bahnhofsviertel aufmerksam geworden. Dort erneut anzusetzen, war wie bei null anzufangen. Aber was blieb ihr sonst übrig? Ruckartig erhob sie sich von Klimmts Drehstuhl. Sie schlüpfte in ihre Jacke. Die Müdigkeit schien sich schon wieder verflüchtigt zu haben. Oder redete sie sich das bloß ein? Wie auch immer, sie würde jetzt nicht nach Hause fahren, sondern ein paar Fragen stellen.

25

Abgestandene Luft, miese Stimmung, dumpfes Schweigen. Auf Mara Billinskys diesmal sehr nachdrückliche Anweisung hatte sich tatsächlich das gesamte Team im Besprechungsraum eingefunden. Es war später Vormittag. Seit über einer Stunde befanden sie sich nun hier. Mara hatte mithilfe einer PowerPoint-Präsentation den bisherigen Ermittlungsstand abgehandelt. Mordfall Falko Steffen. Die Auseinandersetzung mit zwei getöteten Nigerianern, die im Verdacht standen, Teil eines neuen Zweigs der Frankfurter Bandenkriminalität zu sein. Mit beidem war sie recht schnell durch: kaum Spuren, keine Zeugenaussagen, keine Verdächtigen, keine Tatmotive.

Sie versuchte, mögliche neue Ermittlungswege aufzuzeigen, doch zumeist schlug ihr nur Stille entgegen. Schleyer und Patzke machten keinen Hehl aus ihrer Feindseligkeit, andere gaben sich neutral. Wenigstens Rosen und Stanko ergänzten hin und wieder Maras Worte um einige weiterführende Kommentare.

Mara machte einen Vorschlag zu einer neuen Teamaufteilung, erntete jedoch fast nur unwilliges Kopfschütteln. Sie merkte, wie es in ihr zu brodeln begann. Das hing auch mit dem Verlauf des gestrigen Tages zusammen. Der Zusammenstoß mit von Lingert war glimpflicher abgelaufen als erwartet, doch danach blieb ihr das Pech treu. Die halbe Nacht war im Bahnhofsviertel für nichts und wieder nichts draufgegangen. Sie hatte einige berüchtigte *Hot Spots* des Viertels abgeklappert, war dabei auf den einen oder anderen ihrer wenigen verlässlichen Informanten gestoßen, nirgendwo jedoch auf eine Spur. Zum Schluss, fast schon gegen Morgen, hatte sie sich mit Ramon getroffen, ihrer wichtigsten Informationsquelle, aber auch da: Fehlanzeige. Offenbar blieben die Nigerianer nach dem blutigen Zwischenfall in der Gießerei auf Tauchstation, und von Solomon Yekini hatte Ramon rein gar nichts gehört. Ruhe schien sich auszubreiten, eine trügerische Ruhe, wie Mara annahm.

Auch im Besprechungsraum herrschte drückendes Schweigen. Sie hatte es endlich nachholen wollen, die Kollegen über die Ereignisse in Sizilien in Kenntnis zu setzen, doch die schlechte Stimmung hielt sie davon ab. Und auf Untersuchungsergebnisse in dem rätselhaften Haus musste sie noch warten.

Kalt erwiderte sie die gehässigen Blicke, die sie von Schleyer erhielt, und teilte ihn dann in lässigem Tonfall dazu ein, Rosens Arbeit noch einmal zu erledigen: Falko Steffens Leben zu durchleuchten, seine Arbeit, sein Privatleben, seine Kollegen, seine Bekanntschaften, einfach alles.

Schleyers Gesicht lief dunkelrot an. »Das ist doch bereits erschöpfend gemacht worden«, knurrte er.

»Trotzdem«, entgegnete sie entwaffnend schlicht.

Er wollte gerade dazu ansetzen, ihr ordentlich die Meinung zu sagen, als von Maras Handy ein Signalton erklang. Sie nahm es vom Tisch und las die Nachricht, die ihr Ramon geschickt hatte. Ein Ruck ging durch sie.

»Ich muss los!«, rief sie in die Runde schweigender Männer, die sie ungläubig anglotzten, während Schleyer seinen Mund aufmachte und gleich wieder schloss.

Im Davoneilen bedeutete sie Rosen, er solle ihr folgen, was er sofort tat, wenn auch mit pikiertem Gesichtsausdruck.

Erst als er neben ihr im Alfa saß, fragte er: »Was ist los?«

»Wiesel«, erwiderte sie und gab Gas.

»Wiesel«, wiederholte er verständnislos. »Ja und?«

»Er ist der einzige Ansatzpunkt, den wir bislang in Frankfurt haben, was die nigerianische Achse betrifft. Seit ich zurück bin, versuche ich ihn aufzutreiben. Jetzt ist er gesehen worden.«

»Und deswegen dein Enthusiasmus?« Skeptisch musterte er sie von der Seite. »Ich glaube nicht, dass du dir von dem kleinen Widerling allzu viel versprechen solltest.«

»Das glaube ich leider auch«, gab sie zurück. »Aber ich musste einfach da raus. Weg von diesen Idioten. Ich hätte jede Nachricht zum Anlass genommen, den Abflug zu machen. Ich weiß, normalerweise bin ich nicht diejenige, die wegrennt – aber mal ehrlich, das sind doch Arschlöcher.«

»Schleyer wird dich endgültig hassen. Dem dienstältesten Beamten eine dröge, routinemäßige Nachforschung aufzuhalsen, das war schon ein starkes Stück. Als hättest du ihm aufgetragen, meinen Schreibtisch aufzuräumen.«

»Er wird's überleben. Außerdem kann er mich mal.« Mara versuchte zu beschleunigen, aber die Straßen waren voll.

Sie parkte am Rande des Bahnhofsviertels. Ramon, ihr Spitzel, erwartete sie an der Ecke Weser- und Münchener Straße. Trotz der unfreundlichen Witterung herrschte ziemlicher Trubel. Ein buntes Menschengemisch bevölkerte die Straßen mit den Bars, Laufhäusern, Kiosken und Schnellreinigungen. Ramon, ein kleiner, drahtiger Kerl mit gewitzt blitzenden Augen und langem Pferdeschwanz deutete unauffällig auf ein Gasthaus, als er Mara und Rosen entdeckte. Rosen wartete, während Mara ein paar Worte mit Ramon wechselte, dann überquerten sie und Rosen die Straße.

»Shit, wir haben Wiesel nur um ein paar Minuten verpasst«, murmelte Mara genervt. »Lass uns trotzdem mal in das afrikanische Restaurant schauen. Dort ist er für eine schnelle Tasse Kaffee eingekehrt und gleich wieder verschwunden.«

Sie betraten das schummrige Lokal, in dem sich kein einziger Gast befand. Hinter dem Tresen stand ein dunkelhäutiger Mann. Sie zeigten ihm ihre Ausweise und stellten ihm Fragen, doch viel mehr als ein Schulterzucken hatte er nicht anzubieten. Wiesel hatte er angeblich nie gesehen, obwohl der Mann Minuten zuvor hier gewesen war. Auf einer Tafel standen mit Kreide die Gerichte: Impala, Yams und Kochbananen, Reis und Huhn. Außerdem wurde Guinness aus Nigeria angepriesen.

»Wir verplempern Zeit. Wieder mal.« Mara fluchte leise. »Wir hätten besser gleich versucht, die Verfolgung aufzunehmen.«

Die Tür ging auf, ein Mann kam herein. Er sah Mara im selben Moment wie sie ihn. Eine Sekunde vollkommener Stille. Dann wirbelte er geschmeidig herum und rannte los, zurück auf die Straße.

»Hinterher!«, rief Mara und hatte sich schon in Bewegung gesetzt.

Es war der Schwarze, der ihr einen Faustschlag versetzt hatte. Das Laufwunder, wie sie ihn nannte. Sie sah ihn zwischen Passanten davoneilen und versuchte dranzubleiben.

Der Flüchtende trug wieder bunte Sportklamotten. Sein Vorsprung wurde größer. *Diesmal nicht!*, pochte es in Maras Kopf. Diesmal durfte er ihr nicht entwischen. Es wurde Zeit, dass sie mal Glück hatten, dass der Zufall mal ihnen in die Hände spielte. Nein, dieser Mann durfte nicht entkommen!

Er bog ab, rannte nun die Niddastraße hinab. Hier gab es nicht mehr so viele Leute, der Asphalt und die Bürgersteige erstreckten sich leer vor ihnen. Der Asphalt schimmerte feucht, die kalte Luft stach in Maras Lungen.

Der Mann warf den Kopf zurück, erfasste sie mit kühlem Blick und setzte seinen Weg fort, vorbei an ein paar Junkies, die in einem Hauseingang klebten, um sich Drogen einzuwerfen.

Shit!, dachte Mara. *Ich krieg ihn wieder nicht.* Im Unterbewusstsein nahm sie die Stille wahr, die in der schmutzigen Straße herrschte, der Geruch von Urin. Weitere Gestalten, die in Schlafsäcke gewickelt in einer Hofeinfahrt lagen. Sie sprang über Müll und Einwegspritzen hinweg.

An der nächsten Kreuzung wollte der Fremde erneut abbiegen, doch er glitt auf dem glitschigen Untergrund aus, flog quer durch die Luft und krachte gegen ein geparktes Auto.

»Yes!«, entfuhr es Mara erleichtert. Da war es, das verdammte Glück, das sie so nötig hatte. *»Stopp!«*, brüllte sie und war fast bei ihm.

Flink kam er auf die Beine, er drehte sich zu ihr herum. Sie versuchte im Sprint die Waffe aus dem Holster zu ziehen, aber da hechtete der Mann schon auf sie zu und riss sie um. Gleichzeitig stemmten sich beide wieder auf die Beine, ein kurzer Blickwechsel, erneut griff Mara zur Pistole, doch der Kerl hatte bereits ein Messer in der Hand.

Sie sah die makellos sauber funkelnde Klinge auf sich zukommen, ein fast surrealer Augenblick, ehe hinter ihr ein gewaltiger Knall erfolgte. Dann herrschte Stille.

26

Da saß er. Still und geduldig. Völlig bewegungslos. Nur seine Augen zuckten in den Höhlen.

Durch die verspiegelte Wand betrachtete Mara Billinsky den Mann, der clever genug gewesen war, das Messer sofort fallen zu lassen, als Rosen aufgetaucht war, in die Luft geschossen und die Waffe dann auf ihn gerichtet hatte. Bei der bis zu dieser ersten Pause über drei Stunden dauernden Befragung hatte er in gebrochenem Deutsch angegeben, bereits zum zweiten Mal grundlos von Mara Billinsky bedrängt und verfolgt worden zu sein. Da habe er die Nerven verloren und zum Messer gegriffen, es aber nicht eingesetzt.

Mara kaute auf der Unterlippe. Sie und Rosen wussten nur zu gut, dass es schwer werden würde, ihm etwas nachzuweisen. Sie brauchten also einen gewichtigeren Ansatzpunkt. Das Messer wurde gerade von den Spezialisten untersucht. Falko Steffen war erstochen worden – Mara konnte nur hoffen, dass es mit dieser Waffe geschehen war.

Der Ausweis des Mannes schien echt zu sein. Ebenso die Aufenthaltsgenehmigung, wie auch immer er an sie herangekommen sein mochte. Sein Name lautete Henry Okpube. Er hatte sofort zugegeben, der Bruder des getöteten John Okpube zu sein. Allerdings auch behauptet, keine Ahnung zu haben, warum John hatte sterben müssen und wer für die Tat infrage kommen konnte. Immerhin hatte er keinen Anwalt verlangt, was die Sache noch komplizierter hätte werden lassen.

»An dem werden wir uns die Zähne ausbeißen«, murmelte Rosen, der neben Mara stand.

»Ich hasse das. Wir wissen, dass er etwas weiß. Er weiß, dass wir es wissen. Und trotzdem stehen die Chancen gut, dass er in Kürze hier wieder lässig als freier Mann herausmarschiert.« Sie schüttelte genervt den Kopf. »Ich werde noch mal allein zu ihm gehen und ihn löchern. Vielleicht macht er einen Fehler, weil er müde wird. Irgendeine unbedachte Äußerung, irgendein Name, der ihm rausrutscht.«

»Du hast auch schon optimistischer geklungen«, meinte Rosen.

Ich weiß, dachte Mara. Schließlich saß sie wieder im Verhörraum dem schweigsamen Mann gegenüber, um ihn förmlich mit Fragen zu beschießen. Falko Steffen. Augustus Yekini. Die Gießerei. »Wann haben Sie Ihren Bruder zuletzt lebend gesehen? Wann haben Sie Augustus Yekini kennengelernt?« So ging es weiter und weiter. Egal, welches Stichwort sie ins Spiel brachte, es blieb bei dem Schweigen. Solomon Yekini, Louise Losakhare, versuchte Mara es weiter, während ihr klar war, dass die Zeit ihr davonlief.

Irgendwann klopfte es an der Tür. Rosen betrat den Raum, ging auf Mara zu und beugte sich zu ihr hinab, um ihr zuzuflüstern: »Es steht fest, dass sein Messer nicht die Waffe ist, mit der Steffen erstochen wurde. Die Klinge ist ein Stück kürzer und schmaler.«

Mara nickte nur und verfolgte, wie Rosen das Verhörzimmer verließ. *Mist*, dachte sie, *also doch kein Glück*. Ihr Schweigen, ihr zorniger Blick, die Sekunden, die zäh heruntertickten, nach einer Weile zeigte all das doch noch Wirkung bei Okpube, der leicht auf seinem Stuhl herumzurutschen begann.

»Ich möchte wissen« sagte er schließlich, »was eigentlich gegen mich vorliegt.«

»Ihr Deutsch wird immer besser«, bemerkte Mara mit spöttischem Grinsen, ohne ihn aus den Augen zu lassen.

»Was wird mir vorgeworfen?«

»Sie werden befragt.«

»Als Verdächtiger?«

Ihre Augen verengten sich. Sie schob sich mit ihrem Stuhl näher an den Tisch und damit an ihn heran. Beiläufig deutete sie auf die Spiegelwand. »Dahinter ist niemand mehr.« Sie machte eine Pause und sprach leise weiter: »Mal unter uns, Okpube. Ich werde Sie *nicht* gehen lassen. Und wenn ich Ihnen irgendwas anhängen muss: Sie werden in jedem Fall hierbleiben, von mir aus bis Sie graue Haare haben. Das ist mir scheißegal. Ich habe niemanden. Nur Sie. Also sind Sie es, der reden wird.«

Sie lehnte sich wieder zurück und legte lässig ein Bein übers andere. Erneut vergingen die Sekunden, wurden zu Minuten, die Minuten zu einer Viertelstunde.

Okpube schnaufte. Immer wieder fuhr er sich mit der Zungenspitze über die trockenen Lippen. »Ich will was zu trinken. Cola. Kaffee. Irgendwas.«

»Ich will *nicht* irgendwas. Ich will Antworten, Aussagen, Hinweise. Etwas, das mir weiterhilft. Solomon Yekini. Ist er in Frankfurt? Louise Losakhare. Ist sie in Frankfurt?« Maras Blick nagelte ihn förmlich fest. »Es ist so, oder? Sie sind beide hier, geben Sie es zu, Sie wissen es doch, verdammte Scheiße.«

Er starrte auf seine bunten Sneaker, spielte nervös mit den Fingern. Leiser als zuvor meinte er: »Wenn Sie mich rauslassen, helfe ich Ihnen.«

»Was Sie nicht sagen.«

»Ich bin kein Verdächtiger, ich werde nur befragt. Das haben Sie selbst zugegeben. Also gehen wir nach draußen, Sie und ich. Sie kriegen Ihre Informationen, und ich verschwinde.«

Mara erhob sich. »Okay, einverstanden.«

Verdutzt sah er sie an, dann beeilte er sich, ebenfalls aufzustehen.

Sie ließ ihn vorangehen und brachte ihn bis vor den Eingang des Präsidiums. Draußen peitschte ihnen eine kalte Böe entgegen. Schwacher Nieselregen setzte ein. Erneut ließ Mara ihn keine Sekunde aus den Augen. Sie wusste, auf welch dünnem Eis sie sich bewegte.

Am Rand der Straße, über die der Verkehr dröhnte, durch eine Litfaßsäule geschützt vom Wind, wies sie ihn an, stehen zu bleiben.

»Solomon Yekini ist in Frankfurt, richtig?«

»Ich hab ihn bisher nie getroffen, aber es heißt, er sei da. Er hat natürlich erfahren, wie Augustus gestorben ist, und er will wissen, wer der Mörder ist.«

»Wie sieht er aus? Beschreiben Sie ihn.«

»Ehrlich, ich hab ihn nie getroffen. Ich weiß nicht, wo er untergekommen ist.« Der Regen wurde stärker.

»Das genügt mir nicht.«

»Ich sage Ihnen eine Adresse. Dort finden Sie nicht Solomon, aber jemanden, der mehr über ihn weiß. Der mehr über *alles* weiß.«

»Wer soll das sein?«

Okpube sah sie an, dann richtete er seinen Blick auf das Präsidium.

»Louise Losakhare?«, fragte sie.

Er nickte.

»Die Adresse. Los!«

Er nannte eine Straße und Hausnummer in Sachsenhausen. »Und jetzt verschwinde ich.«

Das Prasseln wurde lauter.

»Nein«, erwiderte Mara gelassen. »Erst wenn ich mich überzeugt habe, was die Information wert ist.«

Empörung zeigte sich in seinem Gesicht. »Ich lasse mich nicht verarschen.«

Mara grinste.

Er rannte los, völlig ansatzlos.

Doch sie war darauf vorbereitet – blitzschnell packte sie

ihn, stellte ihm ein Bein, warf ihn zu Boden und kniete sich auf ihn. Sie drehte ihm den Arm auf den Rücken, sodass er vor Schmerzen aufschrie, zog ihre Pistole und drückte ihm die Mündung an den Kopf.

»Ich lasse mich nicht verarschen«, wiederholte er, vor Wut keuchend.

»Doch, du lässt dich verarschen«, antwortete Mara. »Und zwar von mir.«

Mädchen, die auf Reisen gehen

Die nächste Hölle hieß Catania. Azukas Ankunft dort lag auch schon wieder so lange zurück. Es hatte eine ganze Weile gedauert, bis sie begriffen hatte, dass sie tatsächlich in Europa angekommen war, daran erinnerte sie sich noch genau. Auch an die Fahrt im Lastwagen, die Erschöpfung, an die übliche Ungewissheit darüber, was folgen mochte.

Irgendwann stoppte der Lkw. Sie sprang vom matten Halbdunkel unter der Kunststoffplane ins grelle Tageslicht. Schützend hielt sie sich noch die Hand vor die Augen, da rumpelte der Laster bereits davon.

Nur sie, ein weiteres Mädchen und der letzte in der langen Reihe ihrer Begleiter standen da, irgendwo in einem Außenbezirk der offenbar großen Stadt, die sich in Ocker und Gelb vor ihnen ausbreitete. Stumm harrten sie neben einer Haltestelle aus, an der kein einziger Bus stoppte. Niemand ließ sich blicken, eine seltsame Stille schwebte zwischen den Gebäuden und über den Dächern, Moskitos surrten in der Luft.

Das war Europa, sagte sich Azuka ratlos und machte sich insgeheim gefasst auf die Schrecken, die kommen würden, wie jedes Mal, nachdem sie eine Etappe hinter sich gebracht hatte.

Die Stille wurde durch den knatternden Motor eines sich nähernden Autos beendet. Es hielt an, sie stiegen ein. Dann wurden sie an eine andere Stelle inmitten dieser fremden Stadt gefahren, die immer lauter wurde, je weiter sie kamen. Die Furcht krabbelte an Azukas Körper hinauf wie tausend Ameisen.

Wie grauenhaft würde es diesmal werden?

Das andere Mädchen und sie wurden in eine Wohnung gebracht und von einer Nigerianerin in einem schillernd orange-

farbenen Kleid empfangen. Tatsächlich, das war sie, die Madame. Zuletzt hatte Azuka dann doch gezweifelt, dass diese Frau überhaupt existierte.

In der Wohnung hielten sich noch weitere Mädchen auf. Azuka konnte duschen, auch mehrmals am Tag, sie durfte essen, sie konnte sich auf einem weichen Sessel in der Ecke verkriechen und sich ausruhen. Sie dachte an ihre Eltern, an ihre Schwester, und in ihr brannte der Wunsch, die Familie irgendwie zu benachrichtigen, dass sie noch lebte. Das allerdings war unmöglich, in der Wohnung gab es kein Telefon, mit dem sie irgendjemanden im Dorf hätte anrufen können, um den Eltern eine Mitteilung zukommen zu lassen.

Fließend Wasser, Klo mit Spülung, Matratzen, elektrisches Licht und ein richtiges Dach über dem Kopf waren Dinge, die Azuka vorkamen wie purer Luxus. Im größten Raum der Wohnung war an der Decke ein eiserner Haken angebracht, dessen Zweck ihr unklar blieb, doch sie grübelte nicht darüber nach. Sie atmete tief durch, zum ersten Mal seit Langem, und versuchte, neue Kraft zu schöpfen.

Die Madame war nur gelegentlich anwesend, ihr Blick sprang forschend von einem Mädchen zum anderen, aber am häufigsten zu Azuka.

Im Nachhinein konnte Azuka es nicht fassen, wie naiv sie selbst zu diesem Zeitpunkt noch gewesen war. Dass irgendwo in ihr nach wie vor ein Fünkchen Hoffnung flackerte. Auf einen Job, auf einen halbwegs normalen Alltag – darauf, dass die Schrecken aufhörten, wie ja auch die Reise ein Ende gefunden hatte.

Dabei war weder das eine noch das andere vorbei.

Als sie wieder zu Kräften gekommen war, wagte sie es, die Madame nach einem Job zu fragen. Die Frau betrachtete sie lange, ein Schmunzeln auf den Lippen, ohne eine Antwort zu geben.

Mit leiser, unsicherer Stimme wiederholte sie ihre Worte.

Die Frau lachte tief und rau. »Du bist doch viel zu hübsch für einen Haarsalon, findest du nicht? Zu hübsch, um Cappuccino zu servieren.«

»Aber …« Azuka verstummte.

Die Frau lachte erneut auf. »Du bist ein Juwel, Kleines. Wir brauchen nur noch einen neuen Namen für dich.«

Azuka schwieg.

»Einen einfachen, netten Namen, den die Leute dieser Stadt sich leicht merken können.«

Azuka überlief ein eisiger Schauer. Sie wusste sofort, dass mit Leuten Männer gemeint waren. Und sie fasste den Entschluss, dass sie nie wieder tun würde, was sie während der Reise hatte tun müssen. Langsam drehte sie sich um und ging zu dem Sessel in der Ecke. Sie sank in die Polster und spürte den Blick der Frau auf sich, noch mehrere Sekunden lang.

Wenige Tage später gab ihr einer der Helfer der Madame ein Bündel Kleidung, das sie anziehen sollte. Minirock, High Heels, ein Top, das über dem Bauchnabel endete.

Sie weigerte sich.

Schminkutensilien wurden verteilt, damit die Mädchen Lippen, Wangen und Lider färben konnten.

Sie weigerte sich.

Die übrigen Mädchen verschwanden über Nacht und kehrten am Morgen zurück, die Augen wie die von Toten.

Sie weigerte sich, das Haus zu verlassen.

Die Frau trat vor sie, als sie wieder auf dem Sessel kauerte, und zählte ihr in aller Ruhe die Summen auf, die sie ihr schuldete. Wegen der Reise, auch für Kost und Logis in Catania.

Azuka sah an ihr vorbei, hörte ihr nicht zu.

Die Frau verschwand, zwei Helfer betraten den Raum. Sie packten Azuka, rissen ihr die Kleidung vom Leib, legten ihr Handschellen an und hängten sie an Ketten an dem eisernen Deckenhaken auf, sodass ihre Füße nicht mehr den Boden berührten.

27

Nachdem Mara Billinsky den immer noch vor Wut kochenden Henry Okpube vorerst bei zwei uniformierten Beamten für spätere Befragungen abgeliefert hatte, holte sie den verdutzten Rosen ab. Er sollte sie nach Sachsenhausen begleiten.

»Du musst dir vorher unbedingt das hier ansehen.« Er wedelte mit Blättern. »Ich wollte es dir gerade übergeben.«

Sie hielt inne. »Was gibt's denn?«

»Du hast recht gehabt.« Rosen nickte heftig. »Blut. Das Zimmer in dem Haus. Das waren alles Blutspuren.«

Sie überflog die Ausdrucke, die er ihr hingehalten hatte.

»Die Spuren sind einige Wochen alt. Die Analyse ergab außerdem, dass das Blut von mehreren Personen stammt, ausschließlich von Frauen. Eher jüngeren Frauen. Und jetzt kommt es.« Er machte eine Pause, um bedeutungsvoll anzufügen: »Man konnte verifizieren, dass keine der Frauen aus Europa stammt, sondern alle aus ...«

»Afrika«, fiel Mara ihm ins Wort.

»Richtig. Aber was wirklich in diesem Raum passiert ist, weiß der Teufel.«

Mara faltete die Papiere zusammen, schob sie sich in die Innentasche und klärte ihn darüber auf, was sie in Sachsenhausen vorhatte. Nebeneinander eilten sie den Flur hinab.

»Wir wissen nicht einmal, ob die Dame zu Hause ist«, meinte Rosen skeptisch, während er sich im Laufen Jacke und Mütze überstreifte.

»Ich muss einfach dorthin«, erwiderte Mara, den Blick stur geradeaus gerichtet. »Wenn wir nicht bald einen Schritt vorankommen, ersticke ich, ich schwör's dir.«

Die Aufzugtür, auf die sie sich zubewegten, ging auf, ein Mann kam heraus. Als er sie erblickte, stoppte er abrupt. Hinter ihm schob sich die Tür wieder zu.

Auch Mara und Rosen blieben stehen.

»Lass uns in dein Büro gehen«, forderte Christian von Lingert.

»Keine Zeit, wir müssen nach Sachsenhausen.«

»Sofort!«, zischte er, sichtlich bemüht, seine Stimme unter Kontrolle zu halten. »Das kannst du nicht bringen.«

»Was? Nach Sachsenhausen fahren?«

»Du weißt sehr gut, was ich meine.« Die Ader pochte schon wieder an seiner Schläfe. »Nämlich vor versammelter Mannschaft aus einem Meeting herausstürmen, das du selbst einberufen hast. Kollegen brüskieren. Den erfahrensten Beamten mit nicht angemessenen Aufgaben betrauen. Soll ich weiter aufzählen?«

»Brüskieren? Nicht angemessene Aufgaben?« Maras Augenbraue zuckte. »Mir kommen gleich die Tränen. Bevor sie sich bei dir beschweren, sollten gewisse Kollegen lieber Zeit und Energie nutzen, um ihre *Arbeit* zu erledigen, anstatt sich unsichtbar zu machen. Es gibt wahrlich genug zu tun – aber bis auf Rosen und Stanko scheint das keinen zu interessieren.«

Der Flur hatte sich gefüllt, zahlreiche Blicke waren neugierig auf sie gerichtet. Was auch von Lingert nicht entging. »Hier ist nicht der richtige Ort, um das zu besprechen«, meinte er gepresst.

»Ich melde mich, wenn wir zurück sind.«

Sie maßen sich mit Blicken. Mit einem zornigen Schnauben ließ der Staatsanwalt sie schließlich stehen.

Sekunden verstrichen in knisternder Stille, der Flur leerte sich, zurück blieben Mara und Rosen. Sie musterten einander. Rosen deutete ein seltenes ironisches Schmunzeln an. »Interessant.«

»Was genau?«

»Dass ausgerechnet ihr beiden euch duzt. Seit wann denn schon?«

Mara grinste schief. »Wie sagte er gerade? Das ist nicht der richtige Ort, um das zu besprechen.«

Sie drückte die Taste, um den Aufzug wieder auf ihr Stockwerk zu holen. Nach einer schweigsamen Fahrt nach unten gingen sie im Erdgeschoss auf den Ausgang zu, als sich ihnen ein uniformierter Beamter näherte. In seinem Schlepptau ein Mann, den Mara allzu gut kannte.

Der Beamte wies auf seinen Begleiter. »Der Herr hier möchte …«

»Schon okay«, unterbrach Mara ihn. »Wir hatten bereits das Vergnügen. Danke!«

Nachdem der Polizist sich entfernt hatte, standen sie zu dritt da. Der Neuankömmling setzte für Mara sein lässigstes Grinsen auf.

»Fuck«, sagte sie leise.

»Das ist ja kein netter Empfang, Billinsky.« Er lachte. *»Buongiorno.«*

Mara nickte Rosen kurz zu. »Darf ich vorstellen? Kommissar Rosen. Commissario Manzoni.«

»Ach?«, entfuhr es Rosen erstaunt.

»Wie geht es dir, Domenico? Ich habe fünfhundertmal versucht, dich zu erreichen.«

»Ich war nicht mehr im Büro, seit ich aus dem Krankenhaus entlassen wurde. Und ich habe ein neues Diensthandy. Das alte hat bei unserem letzten Treffen etwas abbekommen.« Er zwinkerte.

»Tot scheinst du jedenfalls nicht zu sein.« Mara bedachte ihn mit einem abschätzigen Blick. »Aber bei dir sollte man mit Urteilen nicht allzu voreilig sein. Wie schwer hat's dich erwischt?«

Er trug einen eleganten gefütterten Mantel. Bleicher war

er, das Gesicht schmaler. »Ach, nur die Schulter. Es geht mir schon wieder ganz gut.« Er winkte ab.

»Ich würde gern mehr über diese Schießerei erfahren. Immerhin war ich mittendrin.«

»Du hast die Cosa Nostra persönlich kennengelernt. Die Nigerianer werden zu dreist, also wollten ihnen die Sizilianer eine Lektion erteilen. Und wir haben da drüben einen waschechten Bandenkrieg.«

»Ich dachte mir schon so was. Wie auch immer, Rosen und ich sind auf dem Sprung. Wir müssen eine bestimmte Information überprüfen.«

Erneut grinste er. »Auch für mich interessant?«

»Gutes Stichwort. Was willst du hier, wenn bei dir schon so viel los ist?« Mara taxierte ihn eingehend.

»Bonaventura meint, ich müsse mich auskurieren.«

»Bestimmt nicht hier. Bist du mal wieder auf einem Alleingang unter–«

»Billinsky«, fiel er ihr ins Wort, »du weißt ja, ich will immer nur dasselbe: die Bande, die für viele Verbrechen in Catania verantwortlich ist.«

»Das beantwortet nicht meine Frage.«

»Es gibt Hinweise, die Solomon Yekini betreffen. Er ist mir durch die Lappen gegangen.« Manzonis Blick wurde ernst. »Er soll sich hier aufhalten, hier in Frankfurt. Wir gehen endgültig davon aus, dass er Augustus' Chefsessel eingenommen hat.«

»Und deshalb bist auch du da. Wie aus dem Nichts. Sehr seltsam.«

»Seltsam?« Er fuhr mit der Hand durch die Luft. »Nein, folgerichtig. Sagt man das nicht so auf Deutsch?«

»Ich meine, dass mir *alles* komisch vorkommt. Dein Chef. Mein erzwungener Abgang aus Sizilien. Dein Verhalten im Allgemeinen.«

Er machte eine Unschuldsmiene. »Das verstehe ich nicht,

ich habe dich doch zu uns nach Sizilien eingeladen und deinen Kenntnisstand erweitert.«

Mara nickte, aber eher nachdenklich als zustimmend. »Wir können das gern erörtern. Nur leider nicht jetzt.«

»Kann ich euch nicht begleiten?«

»Nein.«

»Kollegin, das ist unfair«, protestierte er. »Ich habe dich doch auch überallhin mitgenommen.«

Sie lief los, gefolgt von Rosen. »Ruf mich später an.«

Als sie draußen ankamen, meinte Rosen: »Das war er also, der sizilianische Kollege. Nicht leicht zu durchschauen, dieser Typ, stimmt's? Kommt mir jedenfalls so vor.«

Sie erwiderte seinen Blick. »Nicht nur dir. Erst recht nachdem er nun hier urplötzlich aus dem Boden wächst. Eigenartig.«

Während der Fahrt, die sie über den Main zur anderen Seite der Stadt führte, bemerkte Mara nachdenklich: »Die ganze Zeit muss ich über ihn nachgrübeln.«

»Über Manzoni?«

»Mehr noch über den anonymen Anrufer, der sich bei dir gemeldet hat. Findest du es nicht sonderbar, dass er überhaupt nicht mehr angerufen hat?« Sie folgten einer Straße, die parallel zum Fluss verlief. An einer roten Ampel musste Mara halten.

»Sicher«, meinte Rosen. »Auch dass er nicht über die Zentrale angerufen hat, sondern direkt meine Nummer.«

»Ach?« Sie wandte sich ihm verdutzt zu. »Das hast du gar nicht erwähnt.«

»Ich denke, doch.«

»Ich bin *sicher*, dass du es nicht gesagt hast.« Die Ampel sprang auf Grün, Mara fuhr weiter. »Was die Sache jedenfalls noch sonderbarer macht. Sehr viele Leute gibt es nicht, die unsere Büronummern haben. So anonym ist der anonyme Informant für uns womöglich gar nicht.«

»Möglicherweise jemand, der sich in der Welt der Juristen bewegt.«

»Und der meint, er hätte uns genügend weitergeholfen – sonst würde er sich ja wieder melden. Zumal seine Angaben ja doch recht vage sind. Wirklich seltsam …« Sie zeigte nach vorn auf eine Reihe gleichgebauter, moderner Wohnblöcke, die die Straße säumten und von denen man einen großartigen Blick auf den Main und die Skyline hatte. »Wir sind gleich da.«

Sie fand eine Parklücke und bugsierte den Alfa hinein.

»Auf den ersten Blick keine imposanten Wohnungen«, meinte Rosen. »Aber hier zu leben, muss man sich leisten können. Allein die Aussicht treibt den Preis hoch. Alles Neubauten, hochmodern, exklusiv.«

Sie näherten sich einem der Gebäude.

»Louise Losakhare scheint über das nötige Kleingeld zu verfügen.«

»Wenn Henry Okpube dir keinen Bären aufgebunden hat.«

Mara nickte düster. *»Wenn.«*

Sie klingelten und ahnten, dass eine Kamera ihr Bild in die Wohnung übertrug. Nichts passierte. Mara klingelte immer weiter, bis sich schließlich eine tiefe weibliche Stimme mit starkem Akzent über die Sprechanlage an sie richtete: »Was wollen Sie?«

»Kriminalpolizei. Wir müssen mit Ihnen sprechen. Wenn Sie sich weigern, bringen wir Sie aufs Präsidium. Sie haben keine Wahl. Öffnen Sie die Tür! Sofort!«

Rosen machte eine skeptische Miene angesichts Maras offensiver Worte, doch nach einem Zögern erklang der Summton. »Das hätte ich nicht gedacht«, gab er zu.

»Ich eigentlich auch nicht.«

Gleich darauf standen sie im Erdgeschoss vor der Wohnungstür einer dunkelhäutigen Frau in Maras Größe. Füllige

Figur, stechende dunkle Augen, hautenges Kleid in einem seidig leuchtenden Rot. Goldschmuck verzierte das in etliche Zöpfe geteilte Haar.

»Ich hoffe, Sie waren nicht gerade auf dem Weg in die Oper«, meinte Mara mit wohldosiertem Spott.

Sie bekam keine Antwort. Die Frau hatte das Kinn selbstbewusst vorgereckt und taxierte die beiden Besucher aufmerksam.

»Louise Losakhare, nehme ich an?« Mara erwiderte eindringlich den Blick.

Die Frau nickte ohne ein Wort.

»Sie können sich sicherlich ausweisen, oder?«

Wieder das Nicken. Ansonsten keine Regung.

»Dann tun Sie das bitte.«

Sie drehte sich um, lehnte die Tür an und entfernte sich.

Mara stieß die Tür ein Stück weit auf, sodass sie in einen großen, in makellosem Weiß gehaltenen Eingangsbereich spähen konnten. Auch die Bodendielen waren weiß getüncht. An den Wänden hingen geschnitzte afrikanische Holzmasken und goldgerahmte Gemälde von Leoparden, Giraffen und einer Savannenlandschaft. Alles schlicht, aber elegant, wie das Kleid der Bewohnerin. Ein eigenwilliger, sehr angenehmer Duft wehte ins Treppenhaus.

Die Frau tauchte wieder auf und hielt ihnen einen nigerianischen Pass hin.

»Gut, dass wir Sie antreffen«, meinte Mara. »Einer Ihrer Freunde hat uns auf Sie gebracht. Ein Landsmann von Ihnen.«

Kein Muskel regte sich in ihrem Gesicht.

»Sie sprechen doch Deutsch, oder?«

Abermals keine Antwort.

Mara wiederholte ihre Worte, diesmal auf Englisch.

»Ich habe nicht viele Freunde in Frankfurt, kenne hier kaum jemanden«, antwortete Louise Losakhare, ebenfalls auf

Englisch, der Sprache, in der die Befragung dann fortgesetzt wurde.

»Aber die Yekinis kennen Sie ganz gut, nicht wahr?« Mara grinste sie frech an. »Wir wissen Bescheid, das Leugnen können Sie sich sparen. Es geht uns darum, dass …«

»Was liegt gegen mich vor?«, unterbrach sie Louise Losakhare leise, aber bestimmt, weiterhin mit konzentriertem Blick.

»Es gibt einige Verdachtsmomente, doch mit Ihrer Kooperation ist das bestimmt schnell ausgeräumt. Wir können alles drinnen besprechen, das wäre sicher angenehmer.«

»Nein.«

»Okay, dann eben hier. Seit wann befinden Sie sich in Frankfurt?«

»Warum fragen Sie das?«

»Weil ich es wissen will«, erwiderte Mara mit jäher Härte. »Also, seit wann?«

Die Frau schien unbeeindruckt zu bleiben. »Wenn nichts gegen mich vorliegt, muss ich nicht mit Ihnen reden.«

»Doch. Müssen Sie.«

»Sie sagten, ich kann auch zu Ihnen kommen? Gut. Ich komme. Mit meinem Anwalt. Nennen Sie mir einen Termin.«

»Morgen früh, acht Uhr.«

»Einverstanden.«

Die Tür wurde blitzschnell zugeschlagen.

Nur einen Moment später ging das Licht im Treppenhaus aus. Mara schaltete es wieder an.

»Hm, das ist ziemlich in die Hose gegangen«, murmelte sie auf dem Rückweg zum Auto.

Es war kühl, ein neuerlicher Regenschauer lag in der Luft.

»Das ist niemand, der sich überrumpeln lässt«, erwiderte Rosen.

Mara entriegelte den Alfa, und sie stiegen ein. »Wir haben uns auch nicht gerade sehr geschickt angestellt«, sagte sie.

»Wir hätten vorher …«

»Ich weiß, Rosen.« Sie startete den Motor. »Manchmal mache ich mir durch meine Ungeduld selber alles kaputt.«

»Ich versuche, digital mehr über die Dame zu erfahren.«

»Ich unterhalte mich noch mal mit unserem neuen Freund Henry.« Sie fuhr los. »Bei ihm wäre Ungeduld eher angebracht. Wer weiß, wie lange wir ihn noch festhalten können. Wir kommen einfach nicht an diese Leute heran, was?« Sie musste an Domenico Manzoni denken. Ein unangenehmes Gefühl sagte ihr, dass sein überraschendes Eintreffen ihre Sorgen nur noch vergrößern würde.

28

Domenico Manzoni hatte sich immer auf seine Nase verlassen. Oft genug hatte sie ihn an den richtigen Ort geführt. Sein Riecher, sein Instinkt, wie man es nennen mochte, er vertraute stärker darauf als auf Regeln oder Paragrafen.

Und in dem Moment, als Billinsky und ihr Kollege ihn im Präsidium hatten stehen lassen, war sein Instinkt plötzlich hellwach geworden.

Aus einem verrückten Impuls heraus war er ihnen hinterhergegangen, vorsichtig, nicht übereilt. Draußen war er dann rasch zu seinem Leihwagen gelaufen und hatte die Verfolgung aufgenommen.

Ja, Manzoni glaubte an den berühmten Riecher. Nur wenige besaßen ihn, er gehörte dazu, davon war er überzeugt.

Im dichten Verkehr inmitten der City gelang es ihm mit dem gemieteten Golf recht gut, an dem schwarzen Alfa dranzubleiben, in den Billinsky und ihr Begleiter gestiegen waren. Nur einmal hätte er sie beinahe verloren, entdeckte sie aber rechtzeitig wieder, als Billinsky an einer Ampel warten musste.

Sie hatten eine ziemliche Strecke zurückgelegt, als der Alfa geparkt wurde. Manzoni bremste vorsichtig ab und passierte die Stelle, nachdem die beiden Deutschen ausgestiegen waren, dann stellte er den Golf ab.

Aus sicherer Entfernung beobachtete er, welches der Häuser Billinskys Ziel war. Es war ganz schön kühl, am Himmel türmten sich graue Wolken, genauso hatte er sich das Wetter hier vorgestellt. Direkt hinter ihm zog der Main als schmutzig braunes, träges Band dahin und verströmte einen intensiven Geruch. Manzoni schlug den Kragen des extra für das frostige Deutschland gekauften Mantels hoch. Als er schon sicher war, dass sein Instinkt ihn in die Irre geführt hatte, kehrten Billinsky und ihr Kollege schließlich vom Haus zurück zum Alfa. Ihren missmutigen Mienen nach zu urteilen, hatte der Abstecher nicht viel gebracht.

Eigentlich hatte Manzoni vage vorgehabt, Billinsky abseits des Präsidiums erneut anzusprechen, in der Hoffnung auf eine gelassenere Unterhaltung, doch jetzt erregte etwas seine Aufmerksamkeit: Im Erdgeschoss des Gebäudes, das die deutschen Kollegen gerade aufgesucht hatten, war die Silhouette einer Person am Fenster zu sehen.

Er grinste. Auf seinen Riecher war also doch noch Verlass. Jedenfalls ab und zu.

Nach wie vor aus der Entfernung verfolgte er, wie der Alfa davonfuhr. Kein Problem, er würde eben zu einem späteren Zeitpunkt mit Billinsky reden. Vielleicht war es gar nicht nötig herauszufinden, was sie seit ihrer Rückkehr nach Deutschland erfahren hatte. Er setzte sich in Bewegung. Ein Windstoß wehte ihm ein paar verlorene Regentropfen ins Gesicht. Er mochte die Hitze Siziliens, dieses Gefühl, wenn die Erde sich aufheizte, wenn die Luft wie Plüsch war und sich warm um ihn schmiegte. Wie konnte man nur sein Leben in Kälte verbringen? Selbst Mailand war ihm oft zu kühl gewesen, er war für Sizilien geboren worden, dort gehörte er hin.

Ein älterer Herr kam ihm entgegen. Offenbar wohnte er in einem der Nachbargebäude, ein Hund an der Leine begleitete ihn. Ansonsten war niemand zu sehen. Manzoni ging auf das Haus zu, in dessen Fenster er die Gestalt erblickt hatte.

Eine gewisse Anspannung stellte sich ein, und das war gut. Er durfte keinen Fehler machen, musste auf alles gefasst sein. Ein weiterer Windzug zerrte an seinen Mantelschößen. Weiterhin war kein Mensch zu entdecken. Im nächsten Moment fiel der dunkle Schatten des Hauses auf Domenico Manzoni und schien ihn fast unsichtbar zu machen.

Mädchen, die auf Reisen gehen

Als Azuka eine Weile nackt und hilflos an dem Haken in der Decke gehangen hatte, kam die Madame zurück. »Normalerweise fangen wir etwas harmloser an. Bei dir allerdings sparen wir uns das. Weißt du, ich kenne solche wie dich.« Sie lachte. »Immer mal wieder ist eine wie du dabei. Wenn auch kaum jemals eine, die so hübsch ist.«

Einer der Männer knebelte Azuka nun mit einem Streifen Klebeband, dann trat er direkt vor sie, während der andere hinter ihr Aufstellung nahm, so nah, dass sie seinen Körper spüren konnte.

Azuka hörte das Geräusch, das sie zu hassen gelernt hatte: wenn Reißverschlüsse aufgezogen wurden.

Sie starrte in die Augen des Mannes vor ihr. Er packte ihre Beine hart unter den Oberschenkeln, hob sie an und spreizte sie.

Es war genau wie am Anfang der Reise. Wieder spürte Azuka, wie etwas in ihr zerbrach.

Die Madame stand da und verfolgte stoisch das Schauspiel, das sich über einen langen Zeitraum hinwegzog und bei dem die Männer mehrmals die Plätze tauschten.

Als die beiden von Azuka abließen, baumelte sie an dem Haken wie ein totes Stück Fleisch. Die Handschellen hatten die Haut an ihren Gelenken zerfetzt, und das Blut lief an ihr herunter, warm und klebrig, wie damals in der Heimat, beim Ritual des Priesters.

Die Frau trat vor sie und riss ihr den Klebestreifen weg. »Ab jetzt wirst du ein braves Mädchen sein. Sonst erfahren deine Eltern, wie du dich aufführst. Sie werden dein Verhal-

ten zu spüren bekommen, auch deine Schwester. Es sind schon Menschen für weitaus weniger gestorben, das kannst du mir glauben. Mein Arm reicht sehr weit. Bis in unsere Heimat. Du hast einen Schwur geleistet, vergiss das nicht. Einen Schwur, der für immer gilt. Halte dich daran. Deine Familie wird es dir danken.«

Sie ließ die Sätze wirken, ehe sie fortfuhr: »Heute Abend wirst du die Kleidung tragen, die dir gegeben wurde. Und du wirst mit den anderen Mädchen mitgehen.«

Azuka schaukelte ganz leicht in der abgestandenen Luft, vollkommen wehrlos. Sie hob mühsam die Lider. Sie konnte ihren eigenen Schweiß riechen, ihr Blut.

Die Frau nickte ihr zu. »Mir ist auch ein guter Name für dich eingefallen. Willst du ihn wissen?«

Azuka starrte sie an. Kein Ton kam über ihre rissigen, trockenen Lippen.

Die Frau nannte den Namen, doch sie hörte gar nicht hin, sie keuchte nur, ein rasselnder Ton, der tief aus ihrer Kehle drang. Alles tat ihr weh, sie bestand nur noch aus Feuer, dessen Flammen überall an ihr, in ihr fraßen. Ihre Arme fühlten sich an, als würden sie jeden Moment reißen.

»Ach, Kleine, sie werden dich lieben. Das weiß ich ganz genau.«

Die Madame sollte recht behalten.

Wochen kamen und gingen. Nach und nach verstand sich Azuka besser darauf, ihren Geist fliegen zu lassen und ihr Herz und ihren Körper wie auf Knopfdruck auszuschalten. In Catania musste sie nur ein paar Nächte lang an der staubigen Straße stehen. Der Andrang war groß, die Erwartungen der Madame wurden übertroffen. Schon bald arbeitete Azuka allein in einer winzigen Wohnung, in der Kunden sie besuchen konnten. Der Andrang blieb groß, wuchs sogar noch an.

Azuka wusste, wie es den anderen Mädchen erging. Jenen armen Geschöpfen, die den Straßenstrich bevölkerten.

Sie wusste, was die weiterhin aus der Heimat eintreffenden Neuankömmlinge erwartete und mit welchen Mitteln deren Wille gebrochen wurde. Wenn es um Schmerzen ging, schien die Fantasie der Madame grenzenlos zu sein.

Azuka schwieg und ließ ihren Geist fliegen.

Ein ganzes Jahr war sie nun schon hier. Manche ihrer Kunden waren so versessen auf sie, dass sie mit dem Gedanken spielten, sie freizukaufen, zu heiraten, mit ihr auszuwandern. Sie lachte darüber, weil ihr klar war, dass das nicht ging. Die Madame wollte bezahlt werden. Nur bei einem Mann geriet Azuka ins Grübeln. Auch er war verrückt nach ihr, auch er wollte sie für sich, sie da rausholen, wie er immer sagte. Ja, das war eine verlockende Vorstellung.

Azukas Seele gehörte jedoch der Madame. Diese Frau konnte in sie hineinschauen, und bald traf sie eine Entscheidung. Azukas Reise würde weitergehen. Die Madame wollte ja selbst die Stadt verlassen, nun würde Azuka eben vorausgehen. Diesmal allerdings nicht auf derart beschwerliche Weise wie auf dem langen Weg hierher. Eine Autofahrt brachte sie in den Norden Siziliens, es folgte die Fähre, dann wurde die Fahrt bis nach Rom fortgesetzt. Dort bestieg sie ein Flugzeug nach Frankfurt, mit neuen Papieren, die sehr hochwertig und damit teuer waren, wie man sie wissen ließ – das hieß abarbeiten, natürlich. Das Flugzeug jagte ihr Angst ein. Obwohl ihr Leben nichts wert war, fürchtete sie doch, es zu verlieren, und so betete sie die ganze Zeit.

Ihr Begleiter auf der Reise hieß Augustus. Sie kannte ihn bereits – er war einer der beiden Männer, die sie vergewaltigt hatten, als sie wie ein Schwein zum Schlachten am Haken gehangen hatte. Ihn fürchteten die Mädchen fast so sehr wie die Madame. Einer von ihnen hatte er mit einer Machete und einem Steakmesser die Haut abgezogen, andere mit Elektrokabeln gepeitscht. Er würde sich auch an ihrem Zielort um Azuka kümmern, *wie er es nannte.*

Kurz nach ihrer Landung stellte sie fest, dass sich an einer Sache nichts änderte: Jede neue Hölle barg neue Qualen. Sie hörte, was mit Nigerianerinnen geschehen war, die vor ihr hierhergekommen waren. In verschiedenen abgelegenen Häusern irgendwo am Stadtrand.

Nein, sie durfte nicht weglaufen. Nicht wegen der schlimmen Dinge, die Augustus und die Madame ihr antun würden. Sondern wegen ihrer Eltern, wegen ihrer Schwester. Ihnen *durfte nichts Schlimmes passieren, schon gar nicht, wenn Azuka die Schuld daran tragen sollte.*

Sie wusste, was vor sich ging. Sie hörte von deutschen Männern, die böse Sachen machten. Sie hörte von einem Josch, der offenbar wichtig war und die entscheidenden Verbindungen herstellte. Der Name blieb bei ihr hängen und machte ihr Angst. Sie wusste, was sie erwartete, wenn man auch sie in eines der einsamen Häuser bringen würde. Und eines Tages stand genau das bevor. Sie spürte es, war sich ganz sicher, denn sie verstand inzwischen, bestimmte Zeichen, Gesten und Kommentare zu deuten. Vielleicht ahnte die Madame nicht einmal, dass es auch Azuka treffen sollte, vielleicht ging das allein auf das Konto von Augustus' Bande.

Was sollte Azuka machen?

Ihr eigenes Leben zählte nicht mehr für sie, ihre Seele nicht. Nur ihre Familie hatte noch eine Bedeutung für sie. Und dennoch konnte sie nicht anders. Azuka tat das, was sie nicht mehr versucht hatte, seit sie hinter dem Ziegenstall zum ersten Mal vergewaltigt worden war. Damit stieß sie ihre Eltern und ihre Schwester in den Abgrund, ins Verderben, sie war sich dessen so unendlich sicher, weil das die Regel war, das Gesetz des Bösen, dem sie den Schwur geleistet hatte und dem sie ausgeliefert war.

Trotzdem – Azuka konnte nicht anders.

Sie flüchtete. Irrte Tag für Tag durch die kalte Stadt, die ihr noch fremder war als Catania. Und endgültig fühlte sie sich wie eine Tote. Das Einzige, was noch in ihr lebte, war ein Verlangen, das neu für sie war. Zumindest manchmal glomm es in ihr, dieser Wunsch, die Gewalt, die sie erfahren hatte, zurückgeben zu können. Aber das durfte man nicht. Dann wäre sie genau wie die Bestien, und das wollte sie nicht. Oder doch? Manchmal träumte sie davon. Schlimme Träume voller Blut.

Sie irrte weiter im Nichts umher. Mit niemandem hatte sie Kontakt, nur mit der einen oder anderen ihrer Leidensgenossinnen, die sie hin und wieder aufsuchte. Sie erfuhr, dass die Madame sich nicht änderte, sogar noch härter, erbarmungsloser wurde, und sie erinnerte sich an die tolle Wohnung, die die Madame bezogen hatte, während sie selbst kein Dach mehr über dem Kopf hatte.

Die Reise, die vor langer Zeit begonnen hatte, war vorbei, dieses stampfende Frankfurt ihre Endstation. Es war alles vorbei, ihre kleine Seele endgültig zersplittert. Sie war nicht mehr Azuka. Sie war die Frau, zu der man sie gemacht hatte, das Wesen mit dem fremden Namen, den ihr die Madame gegeben hatte und den sie hasste. Als sie einmal an einem Schaufenster vorbeikam und sich darin spiegelte, erschrak sie heftig. Sie hatte sich tatsächlich verwandelt. Ihre Kleidung, ihr Haar, ihr geschminktes Gesicht, ihre Augen. Sie war eine andere. Ja, die Reise war vorbei. Endstation. Azuka gab es einfach nicht mehr.

29

Das Gespräch mit Louise Losakhare lag erst ein paar Minuten zurück, und es hatte sie keinen Zentimeter weitergebracht. Mara fuhr zu schnell, zu unkontrolliert, und sie merkte es vor allem daran, dass Jan Rosen sich jedes Mal unbehaglich in den Beifahrersitz drückte, wenn sie zu wild um eine Kurve jagte.

Dabei hatten sie es ausnahmsweise nicht eilig. Aber es tat gut, aufs Pedal zu drücken. Nichts war für Mara so zermürbend wie dieses Gefühl, immer wieder gegen eine Wand zu prallen. Die grellen Lichter Frankfurts wischten an ihr vorbei, und in ihrem Kopf drehte sich alles in einer ähnlich wilden Geschwindigkeit.

Es war eben nie so, dass man einen Fall auf den Tisch bekam und daran arbeiten, ihn auseinandernehmen und Stück für Stück wie ein Puzzle wieder zusammenfügen konnte, bis sich ein klares Bild ergab. Vielmehr war es so, dass man an mehreren Puzzles gleichzeitig arbeitete, die zusammengehörten oder eben nicht, die nie fertiggestellt wurden – oder eben doch fertiggestellt wurden, aber dann wieder auseinanderfielen, wenn Täter vor Gericht freigesprochen wurden, aufgrund von Formfehlern oder sonstigen schwer durchschaubaren Auswegen aus dem Paragrafendschungel. Ja, Mara hasste es. Jedenfalls oft genug.

Während sie nun etwas gemäßigter fuhr, versuchte sie das Wollknäuel zu entwirren, aus dem ihre Gedanken bestanden. Sie dachte an Rosens mühsame Versuche, mit dem Fall Falko Steffen und dem auf seltsame Weise ins Spiel gekommenen Udo Grabach voranzukommen. Zwei Männer, die nichts verband außer dem beruflichen Umfeld. Ihr fiel ein anderer

Mann ein, ebenfalls Jurist. Oder wie sie ihn früher immer genannt hatte: *Scheißrechtsverdreher*. Sie musste schief grinsen. War das eine Möglichkeit? Hätte sie früher an ihn denken sollen?

Als sie fast schon das Präsidium erreicht hatten, tätigte sie einen kurzen Anruf, dann hielt sie vor dem sechsgeschossigen Bau, der gerade bei trübem Wetter etwas Düsteres und Bedrohliches ausstrahlte, ließ jedoch den Motor laufen.

»Was ist?«, fragte Rosen, der bei Maras kurzem Gespräch nicht zugehört hatte, wie sein irritierter Ausdruck zeigte.

»Hab noch was vor«, erklärte sie mit dieser knappen Art, die ihr eigen war, erst recht wenn sie unzufrieden mit sich war.

Nach einem Achselzucken stieg Rosen aus. »Bis später!«, rief er, doch sie gab schon wieder Gas, noch ehe er die Tür ganz zugestoßen hatte.

Kurze Zeit später hatte sie ihr Ziel erreicht, eine in die Jahre gekommene Villa im Westend, das Haus, in dem sie aufgewachsen war. Sie ging auf die Eingangstür zu und klingelte, wie immer mit einer unterschwelligen Befangenheit, ausgelöst durch die schlechten Erinnerungen, die sie mit diesem Ort verband. Nach dem Tod ihrer Mutter war sie von ihrem Vater großgezogen worden. Allerdings hatte er sich dieser Aufgabe nie sonderlich gewidmet, sodass ein Graben aus tiefer Abneigung zwischen ihnen entstanden war, den sie beide erst vor Kurzem zuzuschütten begonnen hatten.

Sie klingelte erneut, und endlich öffnete Edgar Billinsky. Er musterte sie mit diesem prüfenden Ausdruck, den nur er hinbekam.

»Gut, dass ich vorher angerufen hab«, sagte sie. »Sonst wäre ich jetzt wohl noch in deine Kanzlei gefahren, um zu sehen, ob du dort bist.«

»Ich habe zu Hause gearbeitet«, erklärte er. »Nachher steht noch ein Termin an, ich habe gerade noch eine schnelle Dusche genommen und mich ausgehfertig gemacht.« Er trug elegante Schuhe von Santoni, eine dunkle Anzughose, ein strahlend weißes Hemd mit elfenbeinfarbenen Manschettenknöpfen und eine perfekt gebundene, mit winzigen schwarzen Pferden gemusterte hellrote Seidenkrawatte.

»Ausgehfertig?«, wiederholte sie mit einem Grinsen. »Einen *solchen* Termin also. Ich dachte, du wolltest kürzertreten.«

»Das tue ich, keine Bange. Sehr viele Spaziergänge, ich jogge sogar. Außerdem weniger Arbeit, es muss nicht mehr jeder Fall sein.«

»Weniger Alkohol auch?«

»Zu deiner Beruhigung: ja.« Edgar grinste ebenfalls. »Immer noch ein neues Gefühl, dass du dir Sorgen um meinen Gesundheitszustand machst. Aber ein gutes Gefühl, ich geb's zu.« Dezent deutete er auf ihr Gesicht. Die Schwellung ihres Wangenknochens war zurückgegangen, aber noch erkennbar. »Um dich muss ich mir wohl auch Sorgen machen.«

»Nicht der Rede wert.«

Er trat zur Seite, um sie hereinzulassen.

Die Chance, etwas zu erfahren, das ihr weiterhalf, betrachtete Mara als gering. *Doch was soll's?*, sagte sie sich, dann eben noch etwas nutzlos verschwendete Zeit, darauf kam es nicht mehr an.

Sie saßen sich im Wohnzimmer gegenüber, auf teuren Lederpolstern, die unbenutzt wirkten wie der Rest des Mobiliars. Falls ihr Vater tatsächlich einen häuslicheren Lebensstil pflegte, hinterließ der keine Spuren. Halt, das stimmte nicht, wie sie erkannte. Denn er sah in der Tat besser, gesünder aus als zuletzt. Keine blutunterlaufenen Augen, nicht mehr ganz so aufgedunsene, porige Gesichtshaut. Sport und Freizeit statt Rum und Stress, das war nötig geworden bei Edgar, er wusste es selbst. Vor allem wenn er weiterhin in der Damenwelt die gewohnten Erfolge vorweisen wollte.

Bevor sie eine Frage stellen konnte, erkundigte er sich nach ihrem Sizilientrip. Sie umriss den Aufenthalt, ohne auf

Details einzugehen – dazu war sie wie immer zu ungeduldig. Nahezu übergangslos brachte sie das Gespräch auf Steffen und Grabach, verbunden mit der Frage, ob Edgar die Männer gekannt hatte.

»Möchtest du eigentlich was trinken?«, kam es von ihm. »Einen Roten?«

»Ich möchte lieber eine Antwort.«

Er lächelte schmal. »Also, die beiden Namen habe ich tatsächlich schon mal gehört. Mehr aber nicht.«

»Nie getroffen, die Herren?«

»Nein, Mara.«

In knappen Sätzen schilderte sie die beiden verstorbenen Männer, ohne etwas vom Hintergrund der Fälle preiszugeben. »Was kannst du über sie sagen?«

»Was sollte ich? Nichts.«

»Inzuchtwelt«, betonte sie. »Deine Beschreibung der Frankfurter Juristenszene. Soll ich noch mehr Zitate anbringen? Jeder Anwalt hat jeden anderen Anwalt schon mindestens einmal ausgetrickst. Treffen sich öfter auf dem Golfplatz als vor Gericht.«

»Schon gut, Mara, das dürfte reichen.«

»Also? Nichts mitgekriegt über die beiden? Eigenartige Hobbys? Schlechte Angewohnheiten? Dunkle Seiten?«

Er lehnte sich zurück. Dass er sich so schweigsam gab, kannte sie nicht von ihm. Wirkte er bedrückt? Wo war der alte Zyniker in ihm geblieben?

»Dir fällt rein gar nichts ein? Du weißt doch sonst immer ...« Sie sah ein, dass es nichts brachte, und verstummte. »Ist ja auch egal.«

»Deswegen bist du extra hergefahren? Das hätten wir auch bei einem kurzen Anruf abhaken können.«

Missmutig nickte Mara. »Hm, ich hatte wohl kein großes Verlangen, wieder an meinem Schreibtisch zu sitzen und mir das Hirn auszuwringen, warum ich nicht weiterkomme.«

Edgar betrachtete sie. »Du meinst Klimmts Schreibtisch.« Er stand auf und schenkte zwei kleine Gläser mit *Wild Turkey* voll. »Für einen schnellen Drink bleibt noch Zeit. Du siehst aus, als könntest du einen vertragen.«

»Das mit Klimmt weißt du also auch schon.«

Er reichte ihr ein Glas, nahm wieder Platz, und sie prosteten sich kurz zu.

»Klar weiß ich das, Mara. Stichwort Inzuchtwelt.« Leise lachte er. »Wieso hast du es nicht mal erwähnt – wenn du schon hier bist?«

Sie hob beiläufig die Schultern. »Weil es eine längere Geschichte ist. Und weil du ja zu deinem Rendezvous musst.«

»Ich würde dir trotzdem zuhören.«

Sie seufzte. »Ich muss mich wohl erst daran gewöhnen, dass ich einen Zuhörer hab – und dass das ausgerechnet du bist.«

»Erzähl doch mal, wie ist es für dich zurzeit in deiner Abteilung?«

»Nicht unbedingt vergnügungssteuerpflichtig.«

»Das glaube ich gern. Geht's auch etwas detaillierter?«

Sie trank ihr Glas auf einen Zug aus und stand auf. »Ja. Geht es. Aber nicht jetzt. Ich muss erst den Kopf halbwegs freikriegen.«

»Ich bin jederzeit für dich da.« Er grinste selbstironisch. »Tja, hätte nie gedacht, dass ich das mal zu dir sagen würde. Aber sogar ein altes Kamel wie ich ist lernfähig.«

»Viel Vergnügen bei deinem Date.«

Als er sie zum Ausgang begleitete, fragte Mara: »Und du hast wirklich keinen Tipp für mich, was Steffen und Grabach angeht?«

»Was denn für einen Tipp, Mara? Irgendeinen Hinweis, dass die beiden doch keine Saubermänner waren? Wie stellst du dir das vor?«

»Einen Namen vielleicht. Einen alten Kollegen, eine frühere Assistentin, keine Ahnung.«

Sie wechselten einen Blick, und es lag etwas in seinem Mienenspiel, das ihr ungewohnt vorkam. Sie winkte ihm lässig zu und entfernte sich vom Haus.

Später brütete sie an ihrem Schreibtisch, die Augen ins Nichts gerichtet. Es wurde dunkel, schwacher Regen setzte ein und trommelte leise an die Fensterscheibe.

Manzoni fiel ihr wieder ein; sie hatte gar nicht mehr an ihn gedacht. Verwundert stellte sie fest, dass er weder angerufen noch ihr eine Nachricht gesendet hatte. Was mochte er gerade treiben? Oder war es besser, sie wusste es nicht?

Rosen klopfte an, kam herein, und dann saßen sie sich gegenüber, um über mögliche nächste Schritte zu beratschlagen. Unversehens hallte das Gespräch mit Edgar in Maras Kopf nach. Ihr Kinn ruckte jäh hoch, sie starrte die leere Wand an.

»Was ist los?«, wollte Rosen wissen, doch sie achtete nicht auf ihn.

Die Worte ihres Vaters. Sie spulte sie aus dem Gedächtnis noch einmal ab. Besonders ein Ausdruck, den er verwendet hatte, gab ihr zu denken.

Rasch griff sie nach dem Handy, um sich bei Edgar zu melden. Allerdings nahm er den Anruf nicht entgegen – womöglich war ihm das Date so wichtig, dass er sein Telefon auf »stumm« geschaltet hatte. Also hinterließ sie auf der Mailbox die Bitte, er möge sie zurückrufen.

»Was ist los?«, fragte Rosen erneut, nur um abermals keine Antwort zu erhalten.

Mara dachte nach. Vielleicht war es besser, ihren Vater nicht am Telefon darauf anzusprechen, sondern ihm bei der Unterhaltung in die Augen sehen zu können. Zumal sie wiederum an den merkwürdigen Ausdruck in seinem Gesicht denken musste. Als hätte er sich nicht wohlgefühlt in seiner Haut. Jedenfalls nahm sie sich fest vor, ihn gleich am nächsten Morgen ein weiteres Mal aufzusuchen.

30

Louise Losakhare schloss die Augen, atmete tief ein und genoss den einzigartigen Duft. Dalzielii-Weihrauch aus Nigeria, ihrer Heimat. Die ganze Wohnung war erfüllt davon. Louise hatte den Weihrauch grob gemörsert, jetzt wurden die Stücke auf mehreren geschickt verteilten Stövchen geräuchert.

Sie öffnete die Augen wieder und schaute sich um. Was sie roch und was sie sah, das gefiel ihr nicht nur, es verlieh ihr auch Stolz. Von ganz unten war sie gekommen, jetzt war sie ziemlich weit oben. In einem reichen Land, einer boomenden Metropole, einem eleganten Heim. Sie hätte sich sogar eine noch teurere Bleibe in einer noch teureren Gegend leisten können, aber sie hatte gelernt, dass man es mit dem Protzen nicht zu sehr übertreiben sollte.

Nicht nur das hatte sie gelernt, vieles mehr hatte sie sich zu eigen gemacht. Etwa, dass es nichts gab, was sie noch aus der Ruhe bringen konnte. Nichts, was ihr Angst machte, sie in Bedrängnis brachte. Sie hatte so schlimme Dinge erlebt, dass sie kaum noch etwas zu schockieren vermochte. Wer so tief gestartet war wie sie, hatte seine Nerven im Griff.

Zumal sie ihre jetzige Situation bestens vorbereitet hatte. Ihre Papiere waren in Ordnung, ihr Name konnte mit keinen Verbrechen in Verbindung gebracht werden; es war ihr gelungen, ein unbeschriebenes Blatt zu bleiben. Und weiterhin würde das Geld fließen. Mädchen und Frauen, die Louise Losakhare unter keinen Umständen jemals verraten würden, schafften es für sie heran. Sie ärgerte sich auch nicht mehr darüber, dass sie diejenige, die besonders viel Bares einbrachte, vor einiger Zeit verloren hatte.

Nichts gab es, wovon sie sich noch die Laune verderben ließ. Kein Gesetz der Welt, in keinem Land der Welt, konnte ihr gefährlich werden. Und sie würde dafür sorgen, dass sich daran nichts änderte. Egal, wie viele Polizisten mit welchen Fragen auch immer aus dem Nichts auftauchen mochten, egal, was man ihr vorzuwerfen gedachte, Louise Losakhare würde keiner mehr ins Gesicht spucken. Sie hatte es geschafft, sie war weg von den düsteren Bezirken des Lebens. Inzwischen hatte sie genug Geld auf die Seite gelegt, nun würde sie ein nach außen hin gesetzestreues Dasein führen. Ohne Sorgen. Ohne Druck. Ohne Armut.

Louise wedelte sich den Duft zu und lächelte. Sie hatte eine brandneue Soundbar installieren lassen und drehte die Musik laut auf: Keziah Jones, ein in Lagos geborener Sänger und Gitarrist, dessen eigenwilliger Funk etwas Wildes, unaufhaltsam nach vorn Treibendes hatte. Das passte zu Louise, zu ihrem Leben, auch sie hatte sich nicht aufhalten lassen. Dazu hatte sie über Leichen gehen müssen. Aber das war eindeutig besser, als selbst als Leiche zu enden, ein kleines totes Nichts am Straßenrand wie so viele ihrer Landsfrauen.

Ja, sie hatte es geschafft, und es gab nichts, was sie noch von ihrem für andere unsichtbaren Thron stoßen konnte. Auch kein Solomon Yekini, der nun ebenfalls hier war, um sich ein Stück vom Kuchen zu sichern. Sollte er doch. *Ihre* Kuchenstücke waren jedenfalls groß genug. Und erst recht ließ sie sich nicht durch ein paar Bullen stören. Wie viele von ihnen hatte sie schon bestochen, es war lächerlich.

Mittlerweile war es dunkel geworden, Wolkenmassen versperrten den Blick auf die Sterne. Die Dunkelheit war überall auf der Welt dieselbe, auch die Sonne, nur dass sie hier weitaus seltener schien als in Nigeria oder Sizilien. Aber für Louise herrschte von nun an ohnehin Tag und Nacht Sonnenschein. Es war ein so gutes Gefühl, angekommen zu sein.

Noch ein bisschen lauter die Musik, Louise wiegte sich

im Takt, die Augen erneut geschlossen, umschmeichelt vom Geruch des Dalzielii-Weihrauchs. Ein leises, fast von der Musik verschlucktes Geräusch ließ sie kurz aufblicken. Nur halb nahm sie den Schatten wahr, der sich ihr seitlich näherte, und als sie plötzlich in ein Augenpaar starrte, war es zu spät. Ein Hieb, ein Schmerz, alles verschwamm, dann herrschte eine tiefe Finsternis.

Als sie irgendwann wieder die Lider hob, tat ihr Kopf weh. Sie fror. Schwer blinzelte sie gegen die Ohnmacht an, die sich nur langsam auflöste. Sie sah die weiße Zimmerdecke, ihre afrikanischen Holzmasken, die an den Wänden hingen, sie roch den einzigartigen Duft, sie hörte die Musik.

Die Kälte kam von unten. Erst jetzt wurde Louise bewusst, dass sie rücklings auf dem Boden lag. Und sie fror, weil sie nackt war. Ihre Arme und Beine waren ausgestreckt, etwas Kühles umschloss die Gelenke: Streifen, die aus ihren Kleidern herausgerissen worden waren.

Abrupt begann sie zu zappeln, doch sie konnte sich kaum rühren. Sie wollte etwas sagen, und erst jetzt merkte sie, dass man sie geknebelt hatte. Sie keuchte gegen den fest gebundenen Leinenstoff an.

Die Kälte fraß sich durch ihre Schulterblätter, Hinterbacken, Waden, und sie dachte, das sei schlimm, bis sie auf einmal ein glühend heißer Schmerz durchzuckte. Hilflos schielte sie an sich herunter. Es tat höllisch weh. Sie sah die Flamme, die ihre linke Brustwarze versengte. Der Schrei entlud sich tief in ihr, blieb ihr aber in der Kehle stecken.

Entsetzt starrte sie auf die Hand, die das Feuerzeug hielt und die Flamme nun erlöschen ließ. Louises Blick schnellte den Arm entlang und noch höher, bis er auf das Gesicht über ihr fiel. Ein Augenpaar betrachtete sie mit eisiger Verachtung.

Sie stöhnte auf. Nicht nur der Schmerz, auch etwas anderes kroch ihr bis ins Mark. Eine Angst, die sie lange nicht mehr, vielleicht noch nie verspürt hatte.

In dem Gesicht zeichnete sich ein Grinsen ab, so kalt wie die Augen, die sie nach wie vor taxierten.

Louise begann zu zittern. Gleich noch heftiger, als sie die Gegenstände entdeckte, die neben ihr auf dem Fußboden aufgereiht worden waren. Da war ihr Bügeleisen. Der Anblick löste Erinnerungen aus. Erinnerungen an Schmerzen, die sie anderen zugefügt hatte, und die Furcht wallte noch stärker in ihr auf. Neben dem Bügeleisen lag ihr elektrischer Lockenstab, den sie eigentlich gar nicht brauchte – warum hatte sie ihn gekauft? Und daneben wiederum ihr Steakmesser und ihr Kartoffelschäler. Beides hatte sie sich zugelegt, als sie sich zu einem Kochkurs angemeldet hatte, zu dem sie dann doch nicht gegangen war. Sie wollte die schönen, entspannten Seiten des Daseins kennenlernen, und nun hatte man sie in der Hölle festgebunden.

Das Feuerzeug flammte erneut auf und versengte ihre andere Brustwarze. Der Schmerz verbiss sich in Louise. Der Geruch ihres eigenen Fleisches vermischte sich mit dem wunderbaren Weihrauchduft. Schweiß strömte aus ihren Poren, sie badete förmlich darin, von der Kälte des Bodens war nichts mehr zu spüren.

Das Feuerzeug wurde ihr zwischen die Beine gehalten, und der Schmerz war noch schlimmer als zuvor, aber so gnädig, dass er sie in eine weitere Ohnmacht schickte. Wenn auch nicht für lange, vielleicht nur für Momente, wie ihr schien. Eine Art Summen weckte sie, während im Hintergrund noch immer die Musik lief.

Irritiert blinzelte sie. Ihre Muskeln krampften, sie schwitzte unverändert stark.

Das Summen kam von dem Lockenstab im schicken metallischen Design. Die Hand hielt ihn ganz fest und brachte auch ihn ganz nahe an die Stelle zwischen ihren Oberschenkeln.

Eine Stimme ertönte: »Schön, dich wiederzusehen, Louise. Du freust dich doch auch, oder?«

Im nächsten Augenblick existierte nichts mehr um sie herum, nichts bis auf den Schmerz. Unvorstellbar, abgrundtief, allumfassend. Er zerriss sie, verbrannte sie, zerstörte sie. Und als er ein wenig nachließ, hoffte sie nur noch, tot zu sein.

Doch das war sie nicht.

Die kalten Augen suchten ihren Blick. »Eine großartige Nacht liegt vor uns. Da bin ich ganz sicher, Louise.«

Nein, sie war nicht tot.

Noch nicht.

31

Wie am Vortag war Mara in ziemlichem Tempo durch die halbe Stadt gekurvt. Sie stieg gerade aus dem Alfa, da entdeckte sie auch schon den groß gewachsenen, immer noch attraktiven Mann, bei dem sie sich manchmal selbst daran erinnern musste, dass es sich um ihren Vater handelte. Ein ungewöhnlicheres Papa-Tochter-Gespann war gewiss selten zu finden.

Edgar Billinsky schloss die Tür hinter sich ab, drehte sich um und wurde sofort auf sie aufmerksam. Er hielt inne und wartete vor dem Gebäude, bis Mara bei ihm war.

Sie grinste ihn an. »Früher hast du nach deinen Dates deutlich mitgenommener ausgesehen. Bist du etwa wirklich ruhiger geworden?«

»Und du hast früher um diese Zeit noch im Bett gelegen. Was verschafft mir also die Ehre?« Er schmunzelte. »Und warum hast du nicht vorher angerufen? Hättest mich fast verpasst.«

»Das Risiko wollte ich eingehen.«

Sie standen sich gegenüber, direkt vor der Villa, in der sie früher ihre Schlachten ausgetragen hatten.

»Leider ist es genau wie gestern Abend, Mara. Ich habe nicht viel Zeit. Ein Termin. Diesmal beruflicher Natur, wie du dir vorstellen kannst.«

»Am Gericht? In der Kanzlei? Ich kann dich fahren. Und später nimmst du dir ein Taxi.«

Er runzelte die Stirn. »Danke für das Angebot. Aber falls es um dasselbe Thema geht … ich konnte dir gestern nicht helfen, wie sollte ich heute dazu in der Lage sein?«

Kein Tropfen fiel, aber die Luft war feucht, als würde es jeden Moment zu schütten anfangen. Der Frühling kam noch immer nicht durch, Frankfurt lag wie unter einer riesigen Glocke aus Kälte.

Mara musterte ihn intensiv. »Ich erwähnte doch den anonymen Anrufer, der uns bei den Ermittlungen im Fall Steffen auf Grabach brachte.«

»Ja, den Herrn hast du kurz gestreift, um es so auszudrücken.«

»Was ich mich frage, ist Folgendes: Warum hat sich der Unbekannte nicht mehr gemeldet?«

Edgar rollte mit den Augen. »Woher soll ausgerechnet ich das wissen, Mara? Kannst du mir das verraten?«

»Warum rief er nicht wieder an?«, fragte sie beharrlich weiter.

»Womöglich macht er Urlaub. Oder er ist im Job eingespannt.« Er warf einen Blick auf seine golden funkelnde Armbanduhr. »Oder was auch immer.«

»Vielleicht hat er ein schlechtes Gewissen gehabt.«

Ihr Vater zog die Stirn in Falten. »Wie gesagt, mein Termin …«

»Ein schlechtes Gewissen«, unterbrach sie ihn, »weil er mit etwas herausgerückt war, das ein unvorteilhaftes Licht auf Männer mit angeblich weißer Weste warf. Deswegen blieb er auch so vage, stimmt's? Weil er eigentlich nicht in die Rolle eines Verräters von schmutzigen Geheimnissen schlüpfen wollte. Aus diesem Grund blieb er bei Andeutungen. Er überlässt es lieber uns, was wir daraus machen.«

Er räusperte sich. »Mara, falls dein eigenartiger Monolog länger dauern sollte …«

»Hast du nicht jetzt schon öfter bekundet, du wolltest unsere verlorenen Jahre aufholen?« Sie wusste, wann sie ihr freches Grinsen anbringen konnte. »Und dass du ab jetzt immer Zeit für mich haben würdest?«

Abermals rollte er mit den Augen. Er machte kehrt, um die Eingangstür aufzuschließen.

Immer noch grinsend folgte sie ihm.

»Mara, hast du nicht eine Zeit lang Kickboxen gemacht? Du solltest wieder damit anfangen. Du brauchst etwas, bei dem du richtig Dampf ablassen kannst.«

»Da muss ich dir sogar recht geben. Und ich werde auch wieder trainieren, momentan bin ich allerdings ziemlich beschäftigt.«

Wie am Vorabend gingen sie ins Wohnzimmer, nahmen jedoch nicht Platz. Edgar knöpfte seinen Mantel auf, zog ihn allerdings nicht aus, während Mara ebenfalls ihre Lederjacke anbehielt. Schweigend ließ sie einige Sekunden vorüberziehen, dann sagte sie schlicht: »Du bist es gewesen.«

»Was soll ich gewesen sein? Der anonyme Anrufer? Du bist verrückt.« Sein plötzliches Auflachen hallte in dem ansonsten stillen Gebäude wider. »Das ist lächerlich. Vollkommen absurd.«

»Wenn jemand die juristische Inzuchtwelt Frankfurts kennt, dann du. Wenn jemand weiß, an welchen Fällen welche Beamten arbeiten, dann du.« Sie maß ihn noch eindringlicher als zuvor. »Du hast Rosen angerufen. Auf seinem Büroapparat. Du warst wahrscheinlich froh, dass ich nicht in der Stadt war, denn ich hätte dich trotz verstellter Stimme erkannt – nicht jedoch Rosen, der dir bisher nur ein paarmal über den Weg gelaufen ist.«

»Absurd«, wiederholte er.

»Aber mein Kopf ist zurzeit so voll, dass ich trotzdem nicht auf dich gekommen wäre«, fuhr Mara fort. »Gestern hast du allerdings einen bestimmten Begriff verwendet, und der ist bei mir hängen geblieben. Ich muss mir noch mal Rosens Bericht über den Anrufer ansehen, doch auch so bin ich mir sicher, dass da ebenfalls dieser Begriff gefallen ist. Ein altmodischer Ausdruck, den man kaum noch benutzt.«

Edgar lachte erneut. »Ich bin also nicht nur ein anonymer Anrufer, sondern auch altmodisch. Vielen Dank, Mara!«

»Saubermann.«

»Bitte?«

»Das ist der Begriff.« Sie nickte überzeugt. »Ich meine sogar, du hast ihn früher schon gebraucht.«

»Und selbst wenn – das Copyright habe ich sicherlich nicht darauf.«

Sie trat einen Schritt näher an ihn heran. »Früher hast du mir immer angesehen, wenn ich log. Und heute sehe ich es dir an.«

Er senkte den Blick. Jetzt zog er doch den Mantel aus, um ihn achtlos über die Lehne eines Sessels zu drapieren, auf den er sich mit einem Seufzer setzte.

Mara nahm ihm gegenüber Platz, genau wie am Vorabend. »Liege ich richtig mit dem schlechten Gewissen?«, fragte sie.

Er sah nach wie vor nach unten auf den teuren Parkettboden, Eiche, *Smoked,* den er so mochte und den Mara noch aus ihren wilden Jahren kannte. Leise sagte er: »Wahrscheinlich liegst du damit richtig, ja.«

»Kannst du mir das erklären?«

»Ich kann es zumindest versuchen …«

»Dann mal los.«

»Ich wollte nicht schweigen – aber ich wollte auch niemanden fälschlicherweise beschuldigen. Das ist keine angenehme Situation.« Er fuhr mit der Hand durch die Luft. »Ich weiß nicht wirklich etwas, ich kann definitiv nichts beweisen. Und im Normalfall hätte ich meine Klappe gehalten, aber ich bekam natürlich mit, dass ihr an der Steffen-Sache dran seid – und zwar nicht gerade mit großem Erfolg.«

»Was weißt du *nicht?* Was kannst du *nicht* beweisen?« Mara schlüpfte aus der Jacke und ließ sie einfach zwischen ihrem Rücken und der Sessellehne.

»Es gibt Gerüchte«, kam es verhalten von ihm.

»Über?«

»Wirklich, Mara. Ich fühle mich nicht wohl dabei. Wie gesagt, ich habe weder etwas gesehen, noch bin ich …«

»Aber *gehört*«, fuhr sie mit jäher Schärfe dazwischen. »Immerhin so viel gehört, dass du sogar Namen aufgeschnappt hast. Nämlich von Steffen und Grabach.«

Er nickte.

»Und wenn zwei Namen gefallen sind, sind womöglich noch weitere gefallen«, fuhr Mara im Stakkato fort, fast wie bei einem Verhör.

Er entgegnete nichts, sondern presste die Lippen hart zusammen.

»Okay, dann frage ich: In welchem Zusammenhang wurden die Namen genannt? Und bevor du antwortest, will ich dir eines sagen. Die Dinge, die du bisher rund um aktuelle Fälle von mir erfahren hast, stellen keine Geheimnisse dar. Jetzt allerdings kommt etwas Vertrauliches, das noch nicht bis zur Presse durchgedrungen ist: Wir haben ein Haus entdeckt. Eines der Zimmer darin war gewissermaßen blutgetränkt. Vielleicht hast du bisher den Eindruck gehabt, es gehe hier nicht um …«

Diesmal unterbrach er sie: »Ich habe mir nicht die Mühe gemacht, mir überhaupt einen Eindruck zu verschaffen, das kannst du mir glauben.«

»Das erwähnte Haus spielt eine Rolle bei den Ermittlungen. Also noch mal: In welchem Zusammenhang hast du …«

Erneut fiel er ihr ins Wort: »Partys.« Leise hing das Wort in der Luft.

»Partys?«

»Sexpartys.«

Maras Augenbraue zuckte. »Mit so etwas habe ich irgendwie gerechnet, aber das ist doch nicht alles, oder? Sexpartys. Das ist ja in deinen Kreisen so alltäglich wie eine Runde Golf.«

»Dein Sarkasmus ist unnötig. Und widerlich dazu.«

»Widerlich? Ich hoffe, wir müssen nicht zurückkommen auf dieses Stichwort.« Sie beugte sich vor. »Kannst du mir mehr sagen?«

»Wie ich so gehört habe, ging es um überaus wilde Partys. Mit Huren.«

»Mit Edelprostituierten, wie es in euren feinen Kreisen üblich ist, oder?«

»Diesen Ton kannst du dir sparen.«

»Wie lautet die Antwort?«

»Soviel ich weiß, handelte es sich nicht um die teuren Damen des horizontalen Gewerbes.«

»Also preisgünstige Ware«, sagte Mara wieder mit dem bissigen Sarkasmus, für den sie berüchtigt war. »Warum?«

»Egal, wie oft du auch fragst, ich habe *nie* etwas Konkretes gehört.«

»Zurück zum vorigen Punkt: Welche Namen hast du aufgeschnappt? Außer Steffen und Grabach?«

Er erwiderte den bohrenden Blick seiner Tochter, dann sah er erneut nach unten. »Mara, da kann man nicht einfach drauflosplaudern. Es geht um Familien, es geht um Reputationen. Karrieren können zerstört werden wegen …«

Als er verstummte, hakte sie hart ein: »Wegen?«

Er schnaufte. »Wegen Dingen, die es letztlich gar nicht wert sind, dass irgendetwas kaputtgemacht wird.«

»Ach?« Wieder zog sie eine Braue in die Höhe. »Nicht wert? Für wen nicht wert?«

»Aber so ist es doch. Nur eine einzige Äußerung, nur ein einziger Name, und wer weiß, was losgetreten werden könnte.«

»Wir vergessen das ach so rücksichtsvolle Gerede über Familien und Karrieren, und ich deute deine Worte mal auf meine Weise. Steffen und Grabach waren dir relativ egal, du kanntest sie kaum. Aber andere Namen, die du gerüchteweise gehört hast, sind dir nicht egal. Deshalb die für dich untypische Nummer mit den anonymen Anrufen. Du wusstest etwas, wolltest mir und meinem Team einen Schubs in die richtige Richtung geben, dabei jedoch niemanden in die Bredouille bringen, den du schätzt und von dem wir keine Ahnung haben.«

»Das ist Unsinn.«

»Wenn das Unsinn ist, dann zurück zu den Partys.«

»Mara!«, entfuhr es ihm empört. »Ich komme mir vor wie ein Verdächtiger, den du in die Mangel nimmst. Und mein Termin geht mir auch flöten.«

»Was ist mit diesen Scheißpartys?«, fragte sie ungerührt.

Edgar schnaufte erneut, bevor er verhalten antwortete: »Sie wurden anscheinend *Black Partys* genannt. Ein Wortspiel, verstehst du? Wie *Black Panther Party*, die politische Bewegung der Afro...«

»Danke für die Erklärung, ich hätt's auch so kapiert. Und ich finde es wahnsinnig lustig.« Sie schüttelte missbilligend den Kopf. »Da ist es wieder, das Stichwort widerlich. Ihr Männer seid widerlich. Je länger ich im Job bin, desto abgebrühter sollte ich sein, aber so ist es nicht. Worauf ich bei Ermittlungen schon alles gestoßen bin, Himmel, Arsch ... Eigentlich ein Wunder, dass ich nicht lesbisch geworden bin bei all den feinen Herren, von denen ich so höre. Und jetzt lass uns bitte endlich die Scheuklappen weglegen und Tacheles reden. Das blutgetränkte Zimmer habe ich ja erwähnt. Und nun füge ich hinzu – auch wenn ich das nicht darf –, dass das dort sichergestellte Blut von schwarzen Frauen stammt.« Mara holte tief Luft, entrüstet und voller Ungeduld. »Also, hör auf herumzudrucksen. Bei den *Black Partys* ging es um Gewalt, richtig? Gewalt gegen Frauen, die wohl keine Wahl hatten, Nein zu sagen. Und ich wiederhole: blutgetränkt. Wir sprechen keineswegs von ein paar roten Tröpfchen nach einem etwas zu festen Hieb mit der Reitgerte.«

»*Das* habe ich zwar nicht gehört, aber irgendwie habe ich es mir zusammengereimt«, murmelte er.

»Was ist mit dir? Hast du dir auch mal was Schwarzes gegönnt?«, wollte sie mit plötzlicher Beiläufigkeit wissen.

»Mara!« Er schlug empört auf die gläserne Platte des kleinen Wohnzimmertisches, sodass es laut schallte.

»Na los, nur raus damit«, erwiderte sie unbeeindruckt. »Ist doch nichts dabei, oder?« Das Glühen in ihren Augen stand im krassen Gegensatz zu der Ruhe, mit der sie sprach.

Gepresst erwiderte er: »Nein, ich habe mir nie ›was Schwarzes gegönnt‹, wie du es nennst. Aber manche Dinge sprechen sich herum. Nur vage, aber Männer …«

»Frauen sollen schwatzhaft sein, dabei reden Männer mindestens ebenso gern, oder?«

»Ja. Männer reden.«

»Wenn der Rum fließt und so weiter …«

»Ja. Wenn der Rum fließt und so weiter.«

»Mein Gefühl sagt mir, dass es hier um wirklich üble Sachen geht. Und das ist der Grund, warum man sich dafür die dunkelhäutigen Huren holte. Es hat nichts mit der sexuellen Präferenz zu tun, sondern man zielte einfach auf die Gruppierung ab, die über den geringsten Schutz verfügt, bei der am wenigsten mit Widerstand und polizeilicher Verfolgung mutmaßlicher Täter zu rechnen ist.« Wieder schüttelte Mara den Kopf. »Mir wird übel, wenn ich daran denke. Und auch daran, wie ich das je beweisen soll. Also, dass das nichts mit einvernehmlichen Sadomaso-Praktiken zu tun hatte, sondern Personen gegen ihren Willen misshandelt wurden. Wenn du wüsstest, wie schwer es ist, von den armen Frauen auch nur eine Aussage …« Sie verfiel in Schweigen.

»Mara, war's das jetzt? Du weißt ja, mein Termin«, bemerkte er.

Sie ging gar nicht darauf ein: »Und du hast es also gewusst! Wirklich großartig.«

»Hab ich nicht!« Nun blitzten auch seine Augen zornig. »Ich wusste *nichts* von dem Haus, ich wusste *nichts* von Blut. Ich hörte Gerüchte, das ist alles.«

»Dann wieder zurück zu den Namen.«

»Herrgott, ich komme mir vor wie über einem Feuer geröstet«, keuchte Edgar. »Wenn du schon bei Unschuldigen so bist, will ich gar nicht wissen, wie du mit Schuldigen umspringst.«

»Noch einmal: Steffen und Grabach waren dir relativ egal. Wer ist dir *nicht* egal? Wer war noch dabei? Wie viele weitere gab es überhaupt?«

»Keine Ahnung. Ich weiß nicht, wie viele Typen … ich …«

»Ja?«, drängte Mara mit schneidender Stimme.

»Ich weiß jedenfalls nur von dreien.«

»Wer ist der dritte Dreckskerl?«

So leise, wie er wohl nie zuvor gesprochen hatte, erwiderte Edgar: »Das kann ich dir nicht sagen.«

»Und ob du das kannst!«

»Nein, ich kenne den Herrn schon seit etlichen Jahren. Er ist einer der wenigen, die ich als Freund bezeichnen würde.«

»Herrn? Freund?« Mara verdrehte ihre Augen. »Ehrenmänner unter sich, was? Mir kommt gleich das große Kotzen. Ich will seinen Namen.«

Ruckartig stand ihr Vater auf. »Ich muss zu meinem Termin.« Er zog sich rasch den Mantel wieder an. »Bin jetzt wirklich äußerst spät dran.«

»Das kann nicht dein Ernst sein.«

Er wies zur Zimmertür, durch die man in den Flur gelangte. »Bitte, Mara.«

Betont langsam stand sie auf. »Weißt du noch? Vor Kurzem waren wir ein Team. Zum ersten Mal. Du hast einiges auf dich genommen, nur um mir zu helfen. Und jetzt willst du mir nicht mal einen verdammten Namen nennen?«

»Ich muss los, Mara.«

Sie stampfte an ihm vorbei, ohne ihn eines weiteren Blickes zu würdigen. Als sie die Haustür aufstieß und nach draußen ging, schlug ihr eine Kälte entgegen, die sie kaum wahrnahm. Sie entriegelte den Alfa und ließ sich auf den Fahrersitz fallen. Sie hatte das Gefühl, ihr würde schwarz vor Augen, so wütend war sie. Sie startete den Motor und fuhr los.

Als sie an der ersten Kreuzung, die sie erreichte, an einer Ampel stoppen musste, klingelte das Handy. Sie zog es aus der Jackentasche und betrachtete das Display.

»Ja«, sagte sie so knapp wie möglich.

»Mara?«

»Wer sonst?«

»Okay.« Die Stimme ihres Vaters drang leise zu ihr, gepresst, genau wie gerade eben bei ihrem Gespräch. »Ich nenne dir den dritten Mann, von dem ich im Zusammenhang mit den *Black Partys* gehört habe.«

Sie hielt den Atem an. Die Ampel sprang auf Grün, aber Mara setzte die Fahrt nicht fort. Hinter ihr hupte jemand, doch sie achtete nicht im Geringsten darauf.

Edgar Billinsky sprach den Namen aus und legte auf.

Das Hupkonzert wurde lauter, erst jetzt fuhr Mara weiter.

Der Name hallte in ihrem Kopf wider.

Shit, sagte sie sich in Gedanken, *das hat mir gerade noch gefehlt!*

32

Domenico Manzoni blickte in den Seitenspiegel, gleich darauf in den Rückspiegel. Er warf den Kopf herum, um über die Schulter nach hinten spähen zu können. Doch alles, was er wahrnahm, war dieses regentriefende, von Nebelfetzen durchwirkte Grau, das alle Konturen verschwimmen und die hinter ihm fahrenden Autos mit den Gebäuden der Stadt verschmelzen ließ, als wäre das alles nur ein bedrückender Traum.

Wie konnte man leben ohne die Sonne?, fragte er sich. Ohne das heitere Geschnatter der Marktleute, ohne das Raunen des Sommerwinds?

Doch ihm war nur allzu klar, dass seine Heimat auch andere Klänge bereithielt, etwa das Dröhnen der Maschinenpistolen. Die Schussverletzung in seiner Schulter schmerzte wieder, nachdem er davon praktisch gar nichts mehr gespürt hatte, und diese Verschlechterung schob er ebenfalls auf das Wetter, die Kälte, den fast unsichtbaren Nieselregen.

Ein beiläufiger Tastendruck, und das Radio des Leihwagens suchte einen neuen Sender. Ein verrückter Zufall ließ Italo-Pop aus den Achtzigern ertönen, ein Moment der Vertrautheit, dabei hatte Manzoni diese Synthie-Klänge und Retorten-Computerbeats immer verachtet. Er mochte die noch angestaubteren Interpreten von ganz früher, aus den Sechzigern, etwa seinen Namensvetter Domenico Modugno. Lieder, die kaum noch liefen, die für immer verloren schienen – so, wie auch Manzoni etwas verloren hatte. Sein Herz. Ausgerechnet er, der Macho, das Großmaul. Eigentlich hätte er über sich selbst lachen müssen, wenn diese verfluchte Geschichte nicht von so viel Brutalität und Verzweiflung geprägt gewesen wäre.

Erneut blickte er argwöhnisch in beide Rückspiegel. Nur um abermals in das trostlose Aschgrau Frankfurts sehen zu müssen. Nichts Auffälliges, rein gar nichts.

War er *selbst* zu auffällig gewesen? Hatte er jemanden auf seine Spur gelockt? Schon als er sich am Hauptbahnhof ein Schließfach gemietet hatte, hatte ihn das Gefühl beschlichen. Doch das beunruhigte ihn nicht einmal sonderlich. Kam man nicht weiter, konnte es womöglich helfen, den Lockvogel zu spielen. Er hatte keine Angst, es gab nichts, um das er sich noch gesorgt hätte.

Er fuhr kreuz und quer durch das Labyrinth aus Beton und Stahl. Manchmal befolgte er die Anweisungen der Navi-Stimme, manchmal auch nicht. Nach dem Besuch bei Louise hatte er aufs Neue den Straßenstrich abgeklappert, mehrmals inzwischen. Wieder die Augen offen gehalten, wieder die Frauen befragt, die mittlerweile rasch verdufteten, wenn sein Golf auftauchte.

So würde er jedenfalls nicht weiterkommen.

Anfangs hatte er auf seinen Riecher vertraut und geglaubt, er würde schon irgendwie auf die entscheidende Spur stoßen. Der Straßenstrich hatte dieses Gefühl ausgelöst, der Anblick der dunkelhäutigen Mädchen und Frauen, die ihm auf gewisse Weise so vertraut waren wie italienische Popsongs im Radio. Es schien nur eine Frage der Zeit gewesen zu sein, aber jetzt … Zweifel nagten an ihm.

Abermals spähte er in den Rückspiegel.

Ja. Es war durchaus möglich, dass man auf ihn aufmerksam geworden war.

Manzoni parkte spontan am Straßenrand und aß in einem Stehimbiss ein großes Pizzadreieck, das für seinen italienischen Gaumen die reinste Beleidigung darstellte. Er dachte an Mailand, an Sizilien, an die Zeit, die er dort verbracht hatte.

Gute Jahre, oder etwa nicht? Jahre der Alleingänge. Jahre, in denen er gelernt hatte, sich durchzusetzen.

Er wischte sich das Pizzafett vom Mund und damit auch die Erinnerungen fort. Denke lieber an heute, sagte er sich, als er einige Minuten später seinen breiten Oberkörper wieder hinters Lenkrad wuchtete. Die Frage war, wohin er nun sollte. In das jämmerliche Hotelzimmer, um dem dumpfen Brodeln der Stadt zu lauschen? Der Gedanke gefiel ihm gar nicht.

Er überprüfte die vielen eingegangenen Anrufe auf seinem stumm geschalteten Handy, darunter einige von Billinsky, steckte es wieder weg und startete den Motor. Nein, nicht ins Hotel, doch noch einmal zum Straßenstrich, auch wenn sich die Gewissheit, dass das sinnlos war, immer mehr verdichtete.

Diesmal hielt er sich exakt an die Navi-Anweisungen, obwohl er den Eindruck hatte, sich hier schon recht gut auszukennen. Beim Fahren kaute er auf dem Rest eines längst ausgegangenen Zigarillos herum.

Es regnete nicht mehr, aber der Wind peitschte zwischen den Gebäuden an der Theodor-Heuss-Allee und rüttelte an seinem Auto. In der Nähe ragte der Messeturm mit seiner auffälligen Pyramidenspitze auf, umkränzt von traurigen Dunstschleiern.

Manzonis Augen verengten sich, als er langsam an den Frauen vorbeifuhr. Wie entwürdigend das Leben doch sein konnte, was für trostlose Plätze die Welt bisweilen bereithielt. Klapphocker am Fahrbahnrand, aus einer Blechtonne züngelten Flammen. Erst die weißhäutigen Prostituierten, denen man die Drogensucht ansah, am Ende des Straßenstrichs dann die dunkelhäutigen, die *schwarzen Glühwürmchen*, wie sie in Catania hießen.

Wie bei seinen letzten Besuchen wandten sie ihm den Rücken zu, es hatte sich herumgesprochen, dass er kein Kunde war, sondern Fragen stellte – und das war kein Ort für Fragen.

Manzoni wendete, fuhr zurück, und auf einmal entdeckte er ein etwa siebzehnjähriges Mädchen, das zuletzt nicht hier gewesen war. Er beschleunigte leicht, bremste vor ihr scharf ab, und ehe sie auf die warnenden Handzeichen einer anderen Hure reagieren konnte, rief er: »Los, steig ein!« Lässig wedelte er mit ein paar Geldscheinen.

Das Mädchen ließ sich auf dem Beifahrersitz nieder und betrachtete ihn mit diesen runden, ausdruckslosen Augen, die er bei so vielen von ihnen gesehen hatte. Er fuhr ein Stück und parkte am Straßenrand. Behutsam begann er das Gespräch, was erschwert wurde, da die junge Frau kaum Deutsch konnte. »Du bist aus Nigeria, was?«

Sie nickte.

Manzoni wechselte zu Italienisch über, was ihr leichterfiel. Er fragte, ob sie in Sizilien gewesen war, und erneut nickte sie. Immer wenn sie unruhig auf dem Sitz hin- und herzurutschen begann, gab er ihr einen weiteren Schein.

Ihre Antworten kamen in zögernden, einsilbig genuschelten Brocken. Er hielt das gesamte Geldbündel in die Höhe, auch wenn er sich nicht viel davon versprach, dann beschrieb er die Person, die er suchte.

Ein Zucken in den Augen der Prostituierten verriet, dass sie wusste, wen er meinte. Und plötzlich war er wie elektrisiert. Sofort folgten seine Fragen, er beugte sich zu ihr hinüber, fixierte sie mit seinem Blick.

In ihrem halb verschluckten Italienisch erwähnte sie etwas von einer Wohnung, und er wurde noch hellhöriger.

»Was für eine Wohnung?«

Keine Antwort.

»Wem gehört die Wohnung.«

»Einem Mann.«

»Was ist das für ein Mann? Ein Zuhälter?«

Unbehagliches Achselzucken, gesenkte Lider.

»Ein Freund?«

Wieder das Achselzucken.

»Ein Schwarzer? Ein Weißer?«

»Ein Weißer.«

»Noch mal: Ist er ein Zuhälter?«

Ein Kopfschütteln.

»Also vielleicht ein Freund?«

Manzoni meinte fast, alles vor sich sehen zu können. Noch einer, der sich verknallt hatte. Der nicht genug bekam.

Hatte ihn sein Riecher doch auf die richtige Spur geführt? Und er hatte beinahe schon die Hoffnung aufgeben wollen …

»Wie sieht der Mann aus, wie heißt er?«, zischte er, und er spürte das Adrenalin, das durch seinen Körper rauschte. »Und wo finde ich diese Wohnung?«

33

Billinsky und Rosen verließen das Haus, und im ersten Moment war keiner fähig, auch nur einen Ton zu äußern.

Solche Einzelheiten musste das Gehirn erst mal verarbeiten. Egal, wie abgehärtet man sein mochte, auf so etwas konnte sich kein Mensch vorbereiten, dafür gab es kein mentales Training. Selbst ein hohes Maß an Erfahrung bot letztlich keinen Schutzschild vor den Eindrücken, die dann unwillkürlich auf einen einstürmten.

Nebeneinander gingen sie noch ein Stück weiter, bis sie den Bürgersteig erreichten. Vor ihnen verströmte der Main seinen intensiven Geruch.

Es hatte sie beide völlig unvorbereitet getroffen. Mara war gerade im Büro angekommen, offenbar kurz nach Rosen, als sie die Nachricht erreichte. Sofort waren sie mit Maras Alfa losgefahren, Mara hatte noch den Geschmack des Morgenkaffees auf der Zunge und war in Gedanken nach wie vor bei der Information, die das Telefonat mit ihrem Vater gebracht hatte.

Tja, und dann das.

Der Wind trieb Feuchtigkeit in ihre Gesichter, Rosens Wangen blieben trotzdem kalkweiß, wie Mara mit einem Seitenblick wahrnahm. Er schluckte so laut, dass sie es hörte. Trotz der Kälte standen auf seiner Stirn Schweißperlen.

»Gut, dass ich heute nichts gefrühstückt habe«, brachte er leise über die Lippen.

Unwillkürlich musste Mara daran denken, wie er sich beim Anblick von Mordleichen früher übergeben hatte. Heute hatte sich ihnen ein besonders abscheuliches Bild geboten, dennoch schien er sich in der Gewalt zu haben. Ein Zeichen dafür, dass er abgebrühter geworden war? Wohl kaum. Rosen blieb Rosen, auf seine ganz eigene verschlossene Art.

»Puuh«, meinte er und ging ein Stück weiter, um ihr zu zeigen, dass er für ein paar Augenblicke lieber allein sein wollte.

Sie zog den Reißverschluss der Lederjacke hoch, unter der sie erneut einen dicken Hoodie trug, und betrachtete ihren Kollegen, während sich von Neuem die Bilder aus dem Haus in ihre Gedanken schlichen. Ja, in den letzten turbulenten Dienstjahren hatte sie schon so manche grausigen Tatortdetails verdauen müssen, aber das ... Vergewaltigt mit einem eingeschalteten elektrischen Lockenstab, Hautfetzen abgezogen mit einem Kartoffelschäler, schwerste Verbrennungen, unter anderem mit einem Bügeleisen.

Es gab Sadismusauswüchse, die alle Vorstellungen sprengen konnten. Und es gab Hass. Was von beidem lag hier vor? Gerade die Folterungen mit dem Bügeleisen ließen Mara an Sizilien denken. Sicher, Zufälle waren immer möglich, aber trotzdem ...

Welch enormer Gewalt sich das Opfer ausgesetzt gesehen hatte, welche Qualen Louise Losakhare erlebt haben mochte, ehe man sie mit einem Schnitt durch die Kehle, ausgeführt mit einem ihrer eigenen Steakmesser, erlöst hatte ... Unvorstellbar. Und die Obduktion, die alles haarklein ans Tageslicht fördern würde, stand ja noch aus. Da half es, den Fokus erst einmal auf die rein sachlichen Fakten zu legen. Mara dachte an das Badezimmerfenster und ging nun doch auf Rosen zu, der noch immer mit leerem Blick auf den Fluss starrte.

»Sie hat den Täter vielleicht freiwillig hereingelassen«, sagte Mara.

Er benötigte einen langen Moment, um sich zu sammeln, dann nickte er. »Ja. Keine Spuren von gewaltsamem oder erzwungenem Eindringen. Aber mir ist im Bad aufgefallen, dass das Fenster offen stand. Das Badetuch, das über der Duschwand hing, war noch ganz leicht feucht.«

»Es trocknete nicht«, ergänzte Mara, »weil die ganze Nacht das Fenster offen geblieben ist und kalte Luft hereinströmen konnte.«

»Für mich sieht es so aus: Sie hat gestern Abend geduscht, danach das Fenster aufgemacht, um zu lüften, und …« Er beendete den Satz nicht, sondern taxierte sie nur vielsagend. Beiläufig nestelte er an seinem Tuch, das er wieder trug, um den Schnitt am Hals zu verbergen.

»Sie hat es einen Tick zu lange offen stehen lassen«, stimmte Mara zu. »Oder hat das Fenster einfach vergessen. Kann schon mal vorkommen, ist gerade in einer Erdgeschosswohnung allerdings nicht zu empfehlen. Der Täter hat also seine Chance genutzt und ist durchs Fenster eingedrungen.«

»Offene Fenster waren schon häufig Einladungen für Einbrecher. Aber für sadistische Mörder?«

»Genau. Das würde eher bedeuten, der Täter hat sie schon länger im Visier gehabt, das Haus beobachtet und auf eine günstige Gelegenheit gewartet, um ihr all die Grausamkeiten anzutun und sie anschließend umzubringen.«

Wieder nickte Rosen. »Er müsste außerdem sicher gewesen sein, dass sie allein gelebt hat und Besuch nicht zu erwarten war.«

Nach einem längeren Schweigen meinte Mara: »Shit, ich muss zugeben, dieser verdammte Lockenstab wird mich noch eine Weile verfolgen …«

Sein Blick verlor sich wieder irgendwo in der Ferne. »Unfassbar«, murmelte er leise.

»Unfassbar sind jede Menge Einzelheiten, die ich im Laufe der letzten Tage und Wochen erfahren habe. Da bräuchte man eine Elefantenhaut, um das alles an sich abprallen zu lassen, was?« Sie musterte ihn. »Rosen, hast du etwas auf dem Herzen? Möchtest du irgendwas loswerden?«

Erstaunt sah er sie an. »Loswerden? Nein.«

»Sicher?«

»Mmh«, meinte er und blickte wieder zum Fluss. Ein Frachtschiff zog an ihnen vorüber, eine Windböe fauchte. »Ach, übrigens, eine Sache von heute Morgen habe ich vergessen. Ich erfuhr es, kurz bevor du im Büro warst, und wollte es dir sagen, aber wir mussten ja plötzlich los ... Es geht um Henry Okpube. Wir durften ihn nicht länger festhalten und mussten ihn laufen lassen.«

»Ausgerechnet jetzt, wo wir jeden Hinweis, jeden Zeugen bitter nötig haben. Aber das ist wohl keine Überraschung.« Mara seufzte. »Es scheint sich mal wieder alles gegen uns verschworen zu haben, aber auch wirklich *alles*. Genau in dem Moment, in dem wir Louise Losakhare aufspüren, wird sie abgeschlachtet.« Ein Gedanke durchzuckte sie.

Rosen setzte hinzu: »Und zufällig taucht zur selben Zeit Kollege Manzoni in Frankfurt auf.«

»Das ging mir auch gerade durch den Kopf.« Mara zog ihr Handy hervor und überprüfte es. »Ich habe ihn öfter angerufen, aber nie erreicht. Und meine Aufforderung, er solle zurückrufen, hat er ignoriert.« Ein unbehagliches Gefühl erfasste sie. »Wir haben einfach nichts in der Hand. Nichts, an dem wir uns aus diesem Sumpf ziehen könnten. Wir kommen nicht über Ansätze hinaus. Die Morde, das Haus bei der Gießerei, jede Menge Blut, doch wir ...« Genervt brach sie ab. Mit Unbehagen dachte sie nicht nur an Manzoni, sondern wieder an die Information, die sie von ihrem Vater bekommen hatte – und damit auch an Christian von Lingert. Diese Information würde der nächste Ansatzpunkt sein ...

Zwei weitere Wagen mit Spezialisten der Spurensicherung waren inzwischen eingetroffen. Nur noch eine Frage der Zeit, bis die ersten Journalisten aufkreuzten.

Erneut warf Mara einen raschen Blick aufs Handy, dann meinte sie: »Genug gejammert.«

Sie begaben sich zurück in das Gebäude, in dem Louise Losakhare umgebracht worden war, und begannen damit, die Mieter der übrigen Wohnungen zu befragen. Anschließend machten sie sich auf, die Bewohner der umliegenden Häuser aufzusuchen.

Bei den Leuten stießen sie auf die in solchen Fällen übliche Neugier. Man wollte wissen, was denn geschehen sei, aber Hinweise sprangen bei keinem Gespräch heraus. Louise Losakhare war den meisten zwar schon begegnet, aber anscheinend hatte niemand je mit ihr auch nur ein Wort gewechselt. Schulterzucken, ratlose Gesichter, niemandem war eine fremde Person aufgefallen, die Argwohn hervorgerufen hätte, keiner hatte etwas Ungewöhnliches gehört.

Frustriert fragte Mara sich, wie oft sie schon derartige Befragungen hinter sich gebracht und damit viel Zeit verloren hatten. In den seltensten Fällen erhielt man einen heißen Tipp. Was sie immer noch als irgendwie seltsam empfand. Da lebte man dicht an dicht, jeder Millimeter Wohnraum wurde ausgenutzt, und doch schien niemand den anderen wirklich wahrzunehmen. Gewiss, das Opfer war geknebelt worden, der Täter hatte aller Wahrscheinlichkeit nach bei Dunkelheit zugeschlagen, aber dennoch kam es verblüffend oft vor, dass Vergehen unentdeckt blieben.

Maras Gedanken schweiften ab, und das mochte sie nicht. Zugleich wuchs ihr Verdruss, weil es viele Fragen, aber offenbar keine Antworten gab. Die Stille im Treppenhaus, die nächste Wohnungstür, das nächste Klingelgeräusch, wieder das Warten, bis jemand öffnete. Oder eben auch nicht. Wie hier. »Keiner zu Hause«, murmelte Rosen.

In diesem Moment trat jemand aus dem Aufzug, ein älterer Herr mit Winterjacke, Hut und einem Hund an der Leine. Er deutete zur Tür. »Ich wohne hier, kann ich Ihnen helfen?«

Sie wiesen sich aus, stellten ihre Fragen.

Der Mann legte den Kopf schräg und dachte nach. »Mir

ist tatsächlich jemand aufgefallen. Ein Mann. In Ihrem Alter, vielleicht älter.«

Auffordernd blickte Mara ihn an.

Der Herr fuhr fort: »Ich bin mit meinem Hund oft draußen und kenne die meisten Leute in der Nachbarschaft. Aber diesen Mann habe ich nie zuvor gesehen. Hm, und er ging genau auf das Haus zu, das Sie eben erwähnt haben.«

»Beschreiben Sie ihn«, verlangte Mara.

»Selbstverständlich.« Er begann die Merkmale, die ihm in Erinnerung geblieben waren, aufzuzählen, und sofort wechselte Mara einen Blick mit Rosen. Wiederum dachten sie beide dasselbe.

Rosen bedankte sich bei dem Zeugen und nahm die Personalien auf. Währenddessen versuchte Mara, Domenico Manzoni zu erreichen, abermals ohne Erfolg.

Als sie gleich darauf ins Freie traten, bemerkte Rosen: »Unser italienischer Kollege. Das kann nur er gewesen sein. Vor allem wegen der grauen Haarsträhne.«

»Wenn wir dem Hundefreund wenigstens ein Foto von Manzoni hätten zeigen können«, sagte Mara. »Aber im Netz gibt es keines, ich habe noch vor meinem Flug nach Sizilien unseren Kollegen durch die Suchmaschine gejagt.«

Rosen erwiderte mit dem für ihn typischen tadelnden Augenaufschlag: »Wir dürften einem potenziellen Zeugen ohnehin nicht einfach ein Foto hinhalten. Ich sage nur sequenzielle Wahllichtbildvorlage. Außerdem …«

Mara hob abwehrend die Hand. »Schon gut, Rosen. Vergiss es.« Sie nickte düster vor sich hin. »Jedenfalls müssen wir unbedingt ein ernstes Wörtchen mit Manzoni wechseln. Und zwar schnellstens.«

34

Unzählige leere Flaschen, die bei den überfüllten Altglascontainern standen. Vom Wind aufgewirbelter Abfall. Graffiti, Scherben, Einwegspritzen. Am Rand der Bürgersteige schimmerte das Schmutzwasser der Pfützen.

Die hässliche schmale Wohngasse voller identisch aussehender Blöcke lag am Rand des Bahnhofsviertels, von dessen zentraleren Straßen die allgegenwärtige Geräuschkulisse aus Motoren, Stimmen und Musik bis hierher drang.

Domenico Manzoni saß in seinem geparkten Auto und behielt unentwegt das Haus am Ende der Straße im Blick. So lange hatte er gewartet, so lange ergebnislos gesucht, in Sizilien und dann auch hier, da durfte er nun um Himmels willen nichts überstürzen. *Geduld*, schärfte er sich ein. *Abwarten, nicht kurz vor dem möglichen Ziel alles vermasseln.*

Seit der fetttriefenden Pizza hatte er nichts mehr gegessen, aber Hunger verspürte er nicht. Gegen einen guten italienischen Kaffee hätte er allerdings nichts einzuwenden gehabt.

Nur ein einziges Mal hatte er sich dem Haus genähert, doch der Blick auf die Klingelschilder hatte nichts gebracht. Die Namen sagten ihm nichts, und er hatte es auch nicht erwartet. Die Beschreibung des Mannes, mehr hatte er nicht.

Die Minuten krochen, Nieselregen setzte ein, hörte wieder auf. Grau der Asphalt, grau der Himmel, der schwer über dem Viertel lag, als würde er es gleich unter sich begraben. Die Leblosigkeit, die der Straßenzug ausstrahlte, erinnerte Manzoni an manche Ecken Catanias. Ein paar ausgemergelte Gestalten, offensichtlich Junkies, schoben sich im Zeitlupentempo an seinem Auto vorbei, dann war die Straße wieder leer. Dennoch beschlich Manzoni aufs Neue das Gefühl, als wäre nicht nur er ein Beobachter. Lagen auch auf ihm Blicke? Er war lange genug Bulle, um sich auf die eigenen Instinkte verlassen zu können.

Immer wieder sah er sich aus dem Auto heraus um, die Scheibe halb unten, um den Qualm seiner Zigarillos ins Freie pusten zu können. Niemand erregte seine Aufmerksamkeit. Bildete er sich nur etwas ein, das es gar nicht gab?

Gewohnheitsmäßig überprüfte er die quadratische Schachtel – nur noch ein Zigarillo übrig. Er würde sich neue kaufen müssen, aber hier konnte und wollte er erst einmal nicht fort. Schlechtes Timing.

Plötzlich war er ganz angespannt.

War das Timing doch nicht so übel?

Im Rückspiegel sah er den ramponierten Ford, den die junge Hure am Straßenstrich bei der Beschreibung des Mannes erwähnt hatte. Langsam näherte sich das Fahrzeug, offenkundig hielt der Fahrer Ausschau nach einer Parkmöglichkeit.

Manzoni legte die Schachtel beiseite, machte sich kleiner.

Der gelbe Ford passierte ihn. Gleich darauf wurde der Wagen in einer engen Lücke abgestellt.

Manzoni machte sich noch kleiner, sodass er von außen kaum wahrzunehmen war. Dafür konnte er den Kerl sehen, der dem Ford entstieg. Die Beschreibung traf zu. Dazu passte auch, dass der Mann genau auf das betreffende Haus zuschlenderte.

Ja, Manzoni war wieder zufrieden mit seinem Riecher, er hatte ein gutes Gefühl. Nur seine Pistole hätte er gern noch gehabt, aber die hatte in der Heimat bleiben müssen – wie Mara hätte er nie eine Dienstwaffe ohne besondere Genehmigung im Flugzeug über die Grenze bringen können. Es musste also auch so gelingen.

Behutsam öffnete er die Fahrertür und glitt vorsichtig

ins Freie. Er atmete einmal durch, um die Konzentration zu schärfen, dann setzte er sich in Bewegung. Die Sohlen seiner Sneaker verursachten keinen Laut, er wurde schneller, sprang über eine der vielen Pfützen hinweg.

Der Mann bemerkte ihn nicht und hatte das Haus fast erreicht.

Manzoni beschleunigte noch einmal.

So lange hatte er gewartet, so lange hatte er gesucht.

Teil 3

Stumme Schwalben

35

Dienstbesprechung, las Mara Billinsky mit säuerlicher Miene im Betreff ihrer E-Mail-Liste. Das fehlte ihr noch, die Zeit rann ihnen auch so schon durch die Finger.

Rosen würde nicht dabei sein. Er hatte das Präsidium ein paar Minuten zuvor verlassen, um zu dem Haus zurückzufahren, in dem Louise Losakhare ermordet worden war, und etwas Wichtiges zu erledigen. Auch wenn es Mara einiges an Überredungskunst gekostet hatte, ihn dazu zu bringen.

Staatsanwalt von Lingert hatte den Termin einberufen, und Mara schwante nichts Gutes. Wie auf glühenden Kohlen wartete sie auf die ersten Tatortergebnisse von den Spezialisten der Spurensicherung. Wieder hatte sie das zermürbende Gefühl, nirgendwo auch nur einen Schritt voranzukommen.

Und Manzoni blieb unerreichbar.

Sie hatte sich gerade einen Kaffee geholt und eilte den Korridor entlang, den Becher in der Hand. Ganz in Gedanken bog sie um die Ecke und prallte mit voller Wucht auf jemanden, dessen Hemd sie mit der heißen Flüssigkeit bespritzte, ebenso wie ihren Hoodie.

»Scheiße!«, brüllte Schleyer.

Sie musterte die vielen braunen Spritzer auf seinem hellen Hemd, das sich über dem dick gewordenen Bauch spannte. »Sorry«, murmelte sie gezwungenermaßen.

»Sorry?«, wiederholte er mit gereizter Stimme. Er war zwei Köpfe größer als sie und anscheinend doppelt so breit. Wütend glotzte er auf sie herunter. »Wofür? Für den Kaffee? Oder dafür, dass ausgerechnet ich Rosens Kram noch mal machen soll wie ein Azubi? Wenn du denkst, dass ich da mitspiele, dann …«

»Wir kämpfen an mehreren Fronten«, unterbrach sie ihn. »Und wir müssen alles noch mal umkrempeln. Was bleibt uns anderes übrig, wenn wir feststecken? Dabei wechseln Zuständigkeiten und Aufgaben. Nicht ungewöhnlich. Das gab es schon tausendmal.«

»Da scheiß ich drauf.«

»Und ich scheiß auf Eitelkeiten.« Sie musterte ihn mit einer Kälte, die auch in ihrer Stimme lag. »Ich wiederhole, es ist ein ganz normaler Vorgang.«

»Bei dir ist gar nix normal, du hast einen Knall.«

Maras Augenbraue zuckte. »Jetzt kannst du endlich mal alles rauslassen, was?«

»Das ist längst nicht alles. Wenn ich wollte, wie ich könnte, wärst du ganz schön zerfleddert, Krähe.« Er schnaufte. »Und mein Boss wirst du auf keinen Fall sein.«

»Das hab ich auch nie angestrebt.«

»Chill lieber mal, Krähe.«

Mara grinste abfällig. »Hör lieber du endlich auf zu chillen.« Sie rauschte an Schleyer vorbei und nahm wieder Kurs aufs Büro. Kaum hatte sie den Raum betreten, klingelte ihr Handy. Sie stellte den Becher ab und nahm den Anruf entgegen. Es war Rosen.

»Billinsky«, begann er, »ich habe gerade mit Stanko telefoniert. Da gibt es nachher eine Besprechung.«

»Weiß ich schon.« Sie schob ihr Hinterteil auf den Schreibtisch.

»Stanko hat angedeutet, dass dieser Termin nur deshalb zustande kommt, weil sich Schleyer und Patzke über dich beschwert haben.«

»Hm, das ist wohl der Anlass, auf den von Lingert gewartet hat, um mich zu ersetzen«, entgegnete Mara betont ruhig.

»Ich wollte dich nur warnen.«

»Danke, Rosen! Schon was Neues bei dir?«

»Stehe noch vor dem Haus, werde gleich klingeln.«

»Bis später!«

Dieser Vollidiot Schleyer, dachte Mara, obwohl sie sich eigentlich nicht über den Mann ärgern wollte – das wäre zu viel der Ehre für ihn gewesen. Nur noch wenige Minuten bis zum Meeting. Und nach wie vor keine Nachricht mit möglichen Untersuchungsresultaten in Louise Losakhares Wohnung am Ufer des Mains. Langsam wurde es zur Gewohnheit, mit leeren Händen dazustehen.

Als sie kurz darauf als Letzte im Besprechungsraum eintraf, empfangen vom stechenden Blick des Staatsanwalts, war ihre Laune noch ein Stück tiefer in den Keller gerutscht.

»Es geht um Internes«, begann von Lingert.

Mara konnte spüren, was gleich kommen würde. Fraglich schien lediglich, mit welchem Schärfegrad er seine Worte würzen würde, um sie von ihrer Interimsposition abzusetzen.

»Mehrere Beschwerden wurden mir zugetragen«, fuhr er fort, »außerdem habe ich Gerüchte aufgeschnappt. Wir können das nun im Einzelnen durchgehen, aber angesichts des Mangels an Ergebnissen in nahezu allen aktuellen Fällen erscheint mir etwas anderes sinnvoller. Nämlich, an das gesamte Team zu appellieren.« Er holte Luft und maß alle funkelnd. »Und zwar auch wirklich ein Team zu sein. Jeder muss anpacken. Jeder steht in der Pflicht abzuliefern. Erst recht in einer Phase wie der jetzigen.«

Mara starrte düster vor sich hin und wartete immer noch auf die entscheidenden Bemerkungen, die für sie bestimmt sein würden.

»Dazu gehört auch«, sprach von Lingert weiter, »dass keiner wertvolle Energie darauf verschwenden sollte, sich Gedanken über Teameinteilungen, Führungsansprüche und Ähnliches zu machen. Die Konstellation ist, wie sie ist. Daran wird sich erst mal nichts ändern. Und die Ergebnisse sind auch, wie sie sind. Lassen Sie uns *daran* etwas ändern.«

Er ließ seine Worte wirken und achtete offenbar geflissentlich darauf, Mara nicht anzublicken.

Selten fühlte sie sich sprachlos – diesmal durchaus. Mit allem hätte sie gerechnet, damit sicher nicht.

»Das war's auch schon«, fügte von Lingert an. »Ich hätte Ihnen das per E-Mail mitteilen können, aber es war mir wichtig, das auf persönlichere Art zu erledigen. Danke für Ihr Kommen!«

Einer nach dem anderen schlichen die Beamten aus dem Raum, nur Mara blieb zurück. Sie ließ den Staatsanwalt nicht aus den Augen, der sich seinen Mantel überwarf und seinen Aktenkoffer ergriff.

»Ich gebe zu«, sagte Mara, »ich bin überrascht.«

Er betrachtete sie. »Es widert mich weitaus mehr an, wenn jemand nicht arbeitet, als wenn jemand Fehler macht. Ich weiß, dass du dranbleibst. Unter allen Umständen. Das kann man leider nicht von jedem in der Abteilung behaupten. Vielleicht wird sich das ja nun bessern.«

Sie verzichtete auf einen Kommentar.

Seine tief liegenden Augen richteten sich auf sie. »Bleib weiter dran. Mit dem neuesten Mord ist die Lage noch prekärer geworden. Wenn Details der Tat nach außen dringen, werden die Schlagzeilen vor Blut triefen. Ich vertraue auf dich.« In einem eher seltenen Anflug von Humor setzte er hinzu: »Was bleibt mir schon übrig? Ich will keineswegs, dass die Abteilung mit sich selbst kämpft, sondern mit dem Gegner. Deshalb halte ich dir, soweit mir das möglich ist, den Rücken frei.«

Er nickte ihr zu und verschwand aus dem Besprechungszimmer.

Wiederum dachte sie an das Gespräch mit ihrem Vater – und sie fragte sich, wie lange das galt, was von Lingert ihr eben zugesagt hatte.

Als sie gleich darauf in das Büro zurückkehrte, tauchte Rosen auf. Im Wollstoff seiner Mütze glitzerten Regentropfen. Er zog sie aus, ebenso die Jacke, und hielt beides in den Händen.

»Und?«, fragte Mara.

Er verzog den Mund. »Du weißt, das war mir nicht recht. Man darf nicht einfach einem Zeugen ein Foto unter die Nase halten und fragen, ob …«

»Ja, Rosen, schon klar. Man muss eine sequenzielle Wahllichtbildvorlage durchführen, indem man dem Zeugen nacheinander mehrere Aufnahmen verschiedener Personen … bla, bla, bla. Die Dienstvorschrift kenne ich. Aber manchmal muss man eben Gas geben. Sag mir also lieber, was rausgekommen ist.«

Er nickte bestätigend. »Der Zeuge ist sich ziemlich sicher.« Er war zu dem älteren Herrn mit dem Hund gefahren, um ihm ein Foto Domenico Manzonis zu zeigen. »Manzoni ist der Mann gewesen, der am Abend, als Louise Losakhare umgebracht wurde, auf das Haus zuging.«

Maras Blick verdunkelte sich, als sie sich in Klimmts Drehstuhl fallen ließ. »Jeder Kollege muss Manzonis Beschreibung erhalten. Jeder soll die Augen nach ihm offen halten.«

»Ich kümmere mich darum. Und ich sorge dafür, dass alle Hotels überprüft werden. Irgendwo muss er ja abgestiegen sein.« Er musterte sie forschend. »Was ist mit von Lingert?«

Sie grinste schief. »Du hast angenommen, du müsstest jetzt gleich mit anpacken, wenn ich das heilige Büro räumen muss. Stimmt's?«

»Ehrlich gesagt, ja.«

»Hm, das ist aufgeschoben.« Sie machte eine vage Geste. »Er hält zu mir.«

»Echt?«

»Sagt er.«

»Das war ihm wahrscheinlich lieber als das Chaos, das entstehen würde, wenn für die Interimschefin ein Interimschef gesucht werden müsste.«

»Gut möglich«, meinte Rosen trocken.

Maras Bürotelefon klingelte. Sie blickte zum Display, nahm den Anruf sofort entgegen und sprach nicht länger als zwei Minuten. Als sie auflegte, erklärte sie: »Das war die Spurensicherung. Fingerabdrücke von mehreren Personen wurden in Losakhares Wohnung festgestellt. Vor allem die von Louise Losakhare selbst, von ihrer Putzfrau und auch von Augustus Yekini. Übrigens, ich habe die Daten des Hausbesitzers überprüft. Losakhare ist demnach kurz vor Yekinis Tod eingezogen, es würde also zeitlich passen, dass er die Wohnung noch gekannt hatte.«

»Gibt es Hinweise auf den Mörder?« Rosen setzte sich auf einen der beiden Besucherstühle, Jacke und Mütze im Schoß.

»Leider auffallend wenige Fingerabdrücke auf den Tatwaffen, auch nicht auf dem Rahmen des Fensters, durch das der Täter eingedrungen ist.«

»Demnach hat er Handschuhe getragen.«

»Davon ist wohl auszugehen.« Mara nickte. »Ist dem Zeugen mit dem Hund irgendetwas zu diesem Punkt aufgefallen?«

Rosen kräuselte kurz die Stirn. »Der Mann sagte aus, dass Domenico Manzoni bei der kurzen Begegnung mit ihm die Hände in den Manteltaschen stecken hatte.«

»Da Louise Losakhare alias Madame Lou tot ist und die Mitglieder der nigerianischen Bande weiterhin erfolgreich abtauchen, bleibt uns nur eines übrig: Wir müssen uns den afrikanischen Prostituierten zuwenden.«

»Was die geringste Aussicht auf Erfolg verspricht«, meinte er leise.

»Viel Aufwand, viel Mühe, viel Zeit, viele Befragungen – nur wohl kaum verwertbare Antworten. Aber ich werde alles in Bewegung setzen, damit da etwas passiert.« Mara legte die Füße auf die Schreibtischplatte. »Manzoni wäre bestimmt eine Abkürzung. Er weiß mehr, als er sagt. Spielt sein eigenes

Spiel, schon von Anfang an. Bloß was für eins? Ich werde von Lingert darauf anspitzen, noch mal mit diesem Bonaventura zu sprechen. Er soll ihm sagen, dass wir Manzoni ins Visier nehmen müssen. Vielleicht erweist sich Manzonis Boss beim Staatsanwalt als gesprächiger, mit mir redet der Kerl ja nicht. Hm, das mache ich am besten gleich.« Sie schnappte sich ihr Handy.

»Okay, wenn du mich brauchst – ich bin an meinem Platz.« Rosen wollte aufstehen, doch ein Handzeichen von Mara stoppte ihn.

»Nein, du bleibst hier.«

»Wieso?«

Bevor sie ihm antworten konnte, hatte der Staatsanwalt bereits den Anruf entgegengenommen. Sie erzählte von Lingert von dem Zeugen, der Manzoni gesehen hatte. Nach dem Gespräch nickte sie Rosen zu. »Von Lingert wird sich mit Bonaventura in Verbindung setzen.«

»Gut.« Rosen stand nun doch auf. »Und jetzt?«

»Jetzt müssen wir los.«

»Wohin?«

»Das erkläre ich dir während der Fahrt.«

Er musterte sie eingehend. »Was hast du vor?«

Rasch federte sie vom Stuhl hoch, um in die Jacke zu schlüpfen. »Habe ich was vor?«

»Ich kenne dich.«

»Auf geht's, Rosen.« Sie grinste, doch nicht so selbstsicher wie sonst. »Ich denke, jetzt reite ich mich mal wieder so richtig in die Scheiße.«

36

Gerade noch geschafft.

Im letzten Sekundenbruchteil.

Seine Fingerspitzen waren im Türspalt, bevor die Eingangstür ins Schloss fallen konnte.

Domenico Manzoni hielt inne, lauschte ins Innere des Gebäudes. Keine Aufzuggeräusche, dafür auf den Stufen gemächliche Schritte, die bald verklangen.

Also erster Stock, vermutete er.

Ein Schlüssel ratterte im Schloss, eine Tür wurde geöffnet und gleich wieder zugeknallt.

Ja, erster Stock.

Er ließ sich schlucken von Halbdunkel, dumpfer Stille und Mief. Langsam ging er Stufe für Stufe nach oben, bis er die nächste Etage erreichte. Zwei Mietparteien. Keine Namen an den Klingeln. Aus der linken Wohnung drang Grabesstille, aus der rechten ebenfalls.

Manzoni wartete ab. Aus einem der oberen Stockwerke hörte er leise Rockmusik, aber hier herrschte Stille.

Nicht ganz. Eine Klospülung rauschte. Rechte Wohnung. Er trat an die Tür, seitlich, sodass man ihn durch den Spion nicht erblicken konnte. Vergiss das mit der Geduld, sagte sich Manzoni aus einem jähen Impuls heraus.

Er läutete.

Das Surren zerriss einen Moment lang die Ruhe.

Nach einer gefühlten Ewigkeit erklang eine männliche Stimme: »Ja?«

Manzoni faselte in wildem Deutsch-Italienisch etwas von einer bestellten Pizza daher.

»Ich hab keine Pizza bestellt, schwirr ab«, kam es von innen.

Er klopfte.

»Verpiss dich, Mann!«, rief die Stimme.

Er klopfte erneut, diesmal lauter. »Es ist wichtig!«, hörte Manzoni sich rufen. »Sehr wichtig. Machen Sie doch kurz auf und …«

»Verpiss dich, Scheißitaker!«, keifte der Mann.

Manzoni hämmerte mit der Faust gegen die Tür, und plötzlich sprang sie auf.

Ein kleiner Kerl erschien und starrte ihn fuchsteufelswild an. »Hast du einen Vollknall, du …« Der Mann verstummte abrupt, als …

… Manzoni ihm blitzschnell einen Faustschlag versetzte, der ihn zurück in die Wohnung warf. Ebenso flink war Manzoni drinnen. Er stieß die Tür hinter sich zu. Der Mann kam auf die Beine. Sofort erhielt er den zweiten Schlag. Manzoni hörte das trockene Knacken, als das Nasenbein brach. Blut spritzte auf seinen neuen Mantel. Noch ein Schlag, noch einer, dann ein Tritt, der Kerl jaulte auf, sank in die Knie und kippte zur Seite.

Manzoni riss die nächste Zimmertür auf und sah in ein winziges verschmutztes Bad. Noch eine Tür – das Schlafzimmer. Es blieb die letzte Tür, die nur angelehnt war. Er stieß sie ganz auf. Während der Mann hinter ihm auf dem Boden schmerzvoll stöhnte, betrat Manzoni den Raum. Sofort blieb er wie angewurzelt stehen.

Zwei dunkle Augen betrachteten ihn.

Augen, die er kannte.

Mit einem Ausdruck, der ihm ebenfalls sehr vertraut war.

37

Sie hatten um die Ecke geparkt, sich in der Nähe einen Coffee-to-go geholt und hielten sich nun im Schutz einer Hofeinfahrt auf, den Blick auf das imposante Gerichtsgebäude gerichtet.

»Und du bist sicher, dass er gleich auftauchen wird?«

»Ich habe vor dem Meeting mit von Lingert und einigen anderen telefoniert. Nach meinen Informationen müsste der werte Herr in wenigen Minuten erscheinen, um eine Verabredung in einem nahen Café wahrzunehmen. Es war nicht ganz einfach, aber ich habe seine Assistentin richtig zugetextet. Am Ende hat sie gar nicht mehr mitbekommen, dass sie mir seinen heutigen Terminplan ziemlich im Detail mitgeteilt hat.«

»Und du hältst es für eine gute Idee, ihn zu überrumpeln?«, fragte Rosen skeptisch.

»Das gute alte Überrumpeln hat mir schon oft geholfen.« Sie wusste, dass sie nicht sonderlich überzeugt klang.

Auf der Fahrt hierher hatte sie endlich Gelegenheit gefunden, Rosen über die mühsamen Gespräche mit ihrem Vater zu informieren, der sich als dessen anonymer Telefoninformant entpuppt hatte. Über die Hinweise auf Sexpartys, über den dritten Mann, der Falko Steffens und Udo Graubachs gewaltverliebten Kreis vervollständigte und dem sie jetzt auf den Zahn fühlen wollte. Falls überhaupt alle Details der Wahrheit entsprachen. Weiterhin befand sie sich auf dünnem Eis, und das wusste Mara.

Es regnete nicht mehr. Die Kälte hatte nachgelassen, der Himmel wirkte seltsam gebleicht wie ein gigantisches gelbliches Laken, das über die Stadt gespannt worden war.

»Mir ist nicht wohl bei der Sache«, meinte Rosen auf seine typische Art.

»Mir auch nicht«, antwortete sie unverblümt und schmunzelte ihn an.

»Es wäre ratsam, vorsichtiger vorzugehen.«

»Mehr als die Hinweise meines alten Herrn haben wir nicht. Wir können nun ums Feuer rumschleichen – oder einfach mal die Finger reinstrecken.«

»Wir werden sie uns verbrennen«, beeilte er sich zu erwidern.

»Es wäre nicht das erste Mal.« Mara straffte sich und wies mit der freien Hand zum Gerichtsgebäude. »Das ist er. Ich habe mir Fotos im Netz angeschaut.«

Er seufzte.

»Dann mal los, Rosen.« Gefolgt von ihrem Kollegen, setzte sie sich in Bewegung. An einem Mülleimer wurden sie ihre Kaffeebecher los.

Der Mann war Ende fünfzig, mittelgroß und schlank, das stahlgraue Haar hatte er in einer lässig-eleganten Welle seitlich gescheitelt. Bekleidet war er mit Mantel, Anzug und Lederhandschuhen, unter dem Arm trug er eine lederne Aktenmappe.

»Staatsanwalt Karel Diebler«, sagte Mara leise. »Nicht nur ein guter Freund meines Vaters, sondern auch einer der wenigen Freunde im Leben unseres hochverehrten Staatsanwalts Christian von Lingert. Mehr als das. Sein Ratgeber und Förderer. Jemand, der über einen ausgezeichneten Ruf verfügt.«

Rosen flüsterte: »Und du bist wirklich sicher, dass er der dritte Mann …«

»Sicher? Nicht im Geringsten.«

Sie hatten den Mann erreicht, und Mara sagte mit fester Stimme: »Herr Diebler?«

Er hielt inne und drehte sich um. »Ja?«

Mara stellte sich und Rosen vor, sie zeigten ihre Dienstausweise.

Der Mann nickte ihnen zu. »Wie kann ich Ihnen behilflich sein?« Er hatte ein rundes, freundliches Gesicht. Mara hatte sich über ihn informiert, was gar nicht so leicht gewesen war. Geschieden, keine Kinder. In seinem Job galt er keineswegs als so unnachgiebig wie von Lingert, sondern eher als umsichtiger, ruhig agierender Mann, der bekannt dafür war, seine Anklagen minutiös und derart perfekt aufzubauen, dass eine Verurteilung in beeindruckender Häufigkeit die Folge war.

»Es geht um eine bestimmte Ermittlung«, begann Mara, für sie ungewohnt zögerlich.

»Moment, wie ist Ihr Name? Billinsky?«

Sie nickte.

»Ach, Sie müssen Edgars Tochter sein, die Kommissarin. Ich habe von Ihnen gehört.«

»Das kann ich mir vorstellen«, meinte sie vielsagend.

Er schmunzelte. »Edgar hat sich nie negativ über Sie geäußert.«

»Weil er sich *nie* über mich äußert.«

»Das ist nicht wahr. Er hat sogar erwähnt, dass Sie beide jetzt sehr gut miteinander klarkämen.« Er bekräftigte die Worte mit einem kurzen Heben seiner Hand.

»Wie gesagt, es geht um eine Ermittlung«, nahm Mara den Faden wieder auf.

Immer noch freundlich lächelnd, bemerkte Staatsanwalt Diebler: »Ich helfe gern, jetzt allerdings bin ich auf dem Weg zu einem Termin.«

»Es dauert nicht lange.«

Er hielt ihr seine Visitenkarte hin. »Melden Sie sich kurz vorher bei mir, dann nehme ich mir Zeit und stehe Ihnen selbstverständlich zur Verfügung.«

Sie ergriff die Karte und sah zu, wie er sich nach einem kurzen Gruß entfernte.

»Was war denn das?«, fragte Rosen verdattert. »So lammfromm kenne ich dich gar nicht, normalerweise beißt du dich richtig fest. Wir sind extra hergefahren, um mit ihm …«

»Stimmt schon, Rosen. Aber plötzlich …« Sie schaute ihn ratlos an. »Ich weiß auch nicht, auf einmal hatte ich das Gefühl, ich würde es gehörig vermasseln. Ich hab schon so oft die Dinge an die Wand gefahren, weil ich kopflos vorangestürmt bin. Diesmal darf das nicht passieren. Wir sind weit davon entfernt, etwas gegen ihn in der Hand zu haben. Keine Zeugen, keine Fotos, keine Spuren, die auf etwas Gesetzwidriges hindeuten würden. Wir haben weiterhin nur zwei tote Juristen und die vagen Hinweise meines Vaters.«

»Also doch nicht überrumpeln.«

Sie zuckte mit den Schultern. »Jedenfalls jetzt noch nicht. Wir bleiben an Diebler dran. Ich muss mir nur überlegen …«

Ein Summton unterbrach sie.

Rosen zog sein Handy aus der Tasche. Während er dem Anrufer zuhörte, veränderte sich sein Blick. »Das Präsidium«, sagte er dann rasch zu Mara. »Ein Hinweis auf Manzoni. Es könnte sein, dass wir ihn haben.«

Sofort rannten sie los, zurück zum Auto. Rosen rief ihr im Laufen einen Straßennamen zu. Mara schnellte auf den Fahrersitz und ließ den Motor aufheulen. Rosens Tür war noch offen, als sie mit kreischenden Reifen davonjagte.

38

Noch immer stand Domenico Manzoni da wie angewurzelt.

Verdammt viel hatte er für diesen Moment auf sich genommen, verdammt lange darauf gewartet, und nun kam es ihm verwirrend unwirklich vor.

Sie saß in einem alten Sessel, dessen Polsterbezug zerschlissen war, sodass das Innenfutter herausquoll. Sie hatte ihre langen Beine angezogen, die Arme um die Knie geschwungen. Und in ihrem Ausdruck zeigte sich nicht das kleinste Anzeichen von Überraschung.

Wie konnte man nur so cool bleiben? So abgebrüht sein?

Links von ihr, auf dem Laminatboden, stapelten sich flache weiße Kartons mit Pizzaresten. Staubmäuse ballten sich zusammen, die Raufasertapete blätterte ab, überall lagen leere Zigarettenschachteln herum. Ein kleines altmodisches Fernsehgerät war auf einem leeren Bierkasten platziert.

Weiterhin fiel kein Wort, weiterhin ruhte dieser emotionslose Blick auf ihm. Was ihr passiert war, hatte sie dazu gebracht, ihre Gefühle hinter einer Maske zu verbergen, einem Schutzschild, wie die geschnitzten Holzfratzen, von denen es in ihrer Heimat so viele gab. Aber selbst in diesem Augenblick …

Er merkte, dass er schwitzte. Nicht nur wegen des warmen Mantels oder aufgrund des Kampfes mit dem widerlichen Kerl, es lag vor allem an dieser absurden Situation.

»Was willst du hier?«, fragte sie auf Italienisch, und die simplen Worte machten alles nur noch surrealer. Als wäre das ein kurzer freundschaftlicher Besuch.

Verdammt, diese raue, unverkennbare Stimme. Er hatte ihren Klang vermisst.

Eingehend betrachtete er sie. »Bist du nicht verblüfft, mich zu sehen?« Auch er sprach die Worte auf Italienisch aus.

Sie gab keine Antwort.

Die Stille gewann schon wieder die Oberhand, schwer und kalt, als würde eine unsichtbare Wolke durchs Zimmer ziehen. Da erklang hinter Manzoni ein leises Rascheln.

Er drehte sich um und konnte dem Schlag mit dem zusammengeklappten Regenschirm gerade noch ausweichen und den Schirm zu fassen bekommen. Er riss ihn dem Mann aus den Händen, warf das alberne Ding beiseite und starrte in die blutverschmierte Grimasse seines Gegenübers, dessen ungewaschenen Körper er ebenso intensiv roch wie die Schnapsfahne. Der Typ keuchte. In seinen Augen schimmerte Furcht. Manzoni versetzte ihm einen Faustschlag, wieder auf die Nase, die bereits gebrochen war. Blut spritzte, der Kerl kreischte und fiel um. Auf dem Boden krümmte er sich zusammen, und Manzoni trat ihm in die Rippen, einmal, zweimal, dreimal. Es tat gut, Dampf abzulassen. Erneut ertönte ein trockener Laut, als ein Knochen brach, gefolgt vom nächsten schmerzerfüllten Aufheulen.

Manzoni sah ihn kurz prüfend an und wandte sich wieder der Frau zu. »Was hat das Schwein dir angetan?«

Sie lachte auf, ein heiserer, bitterer Laut. »Er hat mir geholfen. Wirklich, in meinem Leben gab es etliche Schweine, die mir wesentlich mehr angetan haben.«

Er holte Luft. »Wir gehen.«

»Du bist verrückt.«

»Das mag sein.«

»Lass mich in Ruhe, Manzoni!«

Er schwenkte seinen Arm, um mit der Bewegung die gesamte Wohnung einzubeziehen. »Du ziehst es tatsächlich vor, *hier* zu bleiben?«

Der Mann am Boden wimmerte leise, und Manzoni brachte ihn mit einem weiteren Tritt zum Schweigen.

»Verschwinde, Manzoni!«, sagte sie.

»Wir gehen!«

Sie rührte sich nicht, sah ihn nur an, ihr Gesicht diese unergründliche Maske.

»Los, steh auf!«, forderte er sie auf. »Verdammt noch mal, steh auf, Joy!«

39

Rosen wurde förmlich in den Beifahrersitz gepresst. Ohne auch nur eine Sekunde loszulassen, klammerte er sich an den Haltegriff über dem Fenster. Auch unter normalen Umständen versetzte ihn Maras Fahrweise hin und wieder in Schrecken – diesmal ganz besonders. Noch einmal nannte er die Straße, dann auch den Namen des Hotels, in dem ein Mann, auf den Manzonis Beschreibung passte, angeblich ein Zimmer gemietet hatte. Eine an der Rezeption beschäftigte Aushilfe hatte offenbar aufgrund des Aufrufs, den Rosen bei den Hotels der Stadt gestartet hatte, in der Zentrale angerufen, um den Gast italienischer Herkunft zu melden.

»Hoffentlich ist es auch Manzoni«, rief Mara, während sie mit halsbrecherischer Geschwindigkeit eine Kurve nahm. »Ich will ihm endlich ein paar Fragen stellen.«

Rosens Antwort war ein angespanntes Nicken.

»Zum Zeitpunkt des Anrufs befand Manzoni sich nicht im Hotelzimmer, das habe ich doch richtig verstanden?«

»Das hast du«, erwiderte er gepresst.

»Die Adresse und das Hotel klingen ja nicht gerade nach italienischem Schick. Warum hat er eine billige Absteige im Bahnhofsviertel gewählt?«

»Sparsamkeit vielleicht?«, kam es leise vom Beifahrersitz.

»Wenn ich an seine Anzüge denke – nein.« Mara bog erneut ab. Sie befanden sich bereits auf der Kaiserstraße, jetzt waren sie gleich da. »Wahrscheinlich will er einfach nur in unserem Revier wildern und aus rein praktischen Gründen mitten im Viertel sein. Warum er aber nicht offen zu uns ist, das verstehe ich nicht. Was treibt diesen Kerl an?«

Regen hatte eingesetzt. Mara spürte die Nässe auf der Fahrbahn, die Scheibenwischer wirbelten über das Glas.

Sie stellte das Auto im Halteverbot ab, direkt gegenüber dem Hotel, das schon von außen schäbig und muffig wirkte. Hastig stiegen sie aus, mit langen Schritten überquerten sie die Straße. Ein Golf näherte sich und hielt an. Als Mara instinktiv zu dem Wagen schaute, traf sich ihr Blick mit dem des Fahrers.

Sie stoppte abrupt. »Manzoni!«

Der Italiener sah überrascht auf, fuhr weiter und beschleunigte bereits rasant.

»Zurück!«

Billinsky und Rosen hetzten wieder zum Alfa und nahmen die Verfolgung auf. Am Ende der Straße hatten sie ihn fast erreicht, er bog auf die Kaiserstraße ab, und sie blieben dran. Aus den Pfützen spritzten Fontänen auf, der Regen wurde stärker.

»Wer ist der Beifahrer?«, rief Mara, die nur die Silhouette eines Kopfes ausmachen konnte.

»Keine Ahnung«, rief Rosen, der sich wieder krampfhaft am Haltegriff festhielt.

Manzoni bog erneut ab, die Straßen waren voller Menschen, die durch den Regen hasteten, Fahrradfahrer, Lieferanten, Autos, doch er verringerte kein bisschen das Tempo, im Gegenteil, er fuhr immer waghalsiger. Passanten warfen sich in den Rinnstein, retteten sich hinter geparkte Wagen.

Mara holte noch einmal auf, da ertönte Rosens Stimme als gellender Schrei: *»Billinsky!«*

Ein Mann tauchte hinter einem abgestellten Kleinlaster auf, torkelnd, ein betrunkenes Grinsen im Gesicht, anscheinend ohne etwas um sich herum wahrzunehmen.

Mara riss das Lenkrad herum. Das Heck ihres Alfas brach aus, das Auto rutschte über die nasse Fahrbahn, als bestünde sie aus blankem Eis, dann erklang ein gewaltiges Krachen.

40

Karel Diebler ertappte sich dabei, dass er mehrmals an Edgar Billinskys Tochter und ihren schweigsamen Kollegen denken musste. Aber irritiert hatte ihn das aus seiner Sicht etwas merkwürdige Gespräch dennoch nicht sonderlich.

Er hatte seinen Termin hinter sich gebracht und war in seine Abteilung zurückgekehrt. Kaum hatte er das Büro betreten, erklang ein leiser Klingelton.

Obwohl er allein war, achtete er darauf, seine Überraschung nicht zu zeigen. Diebler war ein Mann, der sich stets in der Gewalt hatte, er war jederzeit beherrscht, jederzeit gelassen.

Er holte das Mobiltelefon aus dem kleinen, verborgenen Fach des Schreibtisches. Lange war es auf »stumm« geschaltet gewesen, erst vor Kurzem hatte er den Ton wieder aktiviert. Als hätte er geahnt, dass sie sich melden würden.

Das Klingeln hielt an. Diebler beäugte das Display, bis das Geräusch erstarb.

Sie würden sich wieder melden.

Aber die Nummer dieses Handys war die einzige Verbindung zu ihm. Er hatte es eben geschickt angestellt. Andere waren nicht so umsichtig gewesen.

Er betrachtete das Mobiltelefon, wog es in der Hand.

So viele Menschen hatte er im Laufe seines Berufslebens getroffen. Es gab kein Schwarz und Weiß, es gab lediglich Graustufen, sehr viele davon, in allen denkbaren Schattierungen.

Er holte die SIM-Karte aus dem Handy und durchbohrte sie mit einem Brieföffner, der die Form eines Schwertes hatte.

Dann zerlegte er das Handy in sämtliche Einzelteile. Jedes davon würde er verschwinden lassen, penibel und mit Bedacht, wie er alles tat.

Er war weiterhin die Ruhe selbst.

41

»Was jetzt? Fahren wir in diesem Auto bis ans Ende der Welt, oder wie hast du dir das vorgestellt?« Joy fragte das in einem fast anklagenden Ton. »Was willst du hier in dieser Stadt, in diesem Land? Wärst du so nett, mir das zu verraten?«

Angesichts der Kälte, die von ihr ausging, hielt Domenico Manzoni es für besser, erst einmal zu schweigen und sich aufs Fahren zu konzentrieren.

Sie sahen beide nach vorn. Ringsum herrschte dichter Verkehr, doch jetzt konnte er wieder ein gemäßigtes Tempo vorlegen. Er hatte im Rückspiegel mit angesehen, was Billinsky passiert war, und konnte nur hoffen, dass sie und ihr Kollege es gut überstehen würden. Er würde es sich nie verzeihen, wenn …

»Was wäre, wenn es uns erwischt hätte und nicht die Polizisten?« Joys Worte unterbrachen seinen Gedankenfluss. Auch sie hatte natürlich mitbekommen, was ihren Verfolgern zugestoßen war. »Es waren doch Polizisten, oder?«

Er nickte nur.

»Ja, was, wenn es uns erwischt hätte?«, sprach sie weiter. »Es wäre doch beinahe schon wieder lustig gewesen, oder? Zum Kaputtlachen. Ich aus Nigeria, du aus Italien. Und hier sterben wir, an diesem kalten Ort, in diesem Auto.«

»Stimmt, das Schicksal hat tatsächlich einen besonders eigenwilligen Humor, jedenfalls manchmal.«

»Also – wohin fahren wir?«

Sie unterhielten sich auf Italienisch, und egal, wie verzwickt seine Situation auch sein mochte, Manzoni wurde bewusst, dass er es auskostete, nach so langer Zeit Joys Stimme zu hören. Diese besondere Art, mit der sie redete, ihr Akzent, mit dem sie manche harten italienischen Begriffe weicher klingen ließ, einige weiche dafür härter. Nicht nur seine Muttersprache, deren Klang er liebte, auch sein Leben hatte sie auf den Kopf gestellt, wohl leider ohne dass ihr das jemals so richtig klar geworden war.

»Wohin?«, wiederholte sie fordernd.

»Nun ja, in mein Hotel können wir nicht, wie ich es eigentlich vorhatte. Im Moment ist es besser, wenn ich nicht mit meinen deutschen Kollegen zusammentreffe.«

»Dass du das nicht willst, war kaum zu übersehen«, warf sie mit dieser Ironie ein, die er an ihr mochte. Billinsky war auch so, das war ihm gleich aufgefallen.

»Ich muss eben ein wenig umdisponieren.«

»Warum bist du eigentlich abgehauen? Ist es endlich herausgekommen, dass du nicht nur ein Bulle, sondern in Wirklichkeit ein kleiner Schweinehund bist?«

Er warf ihr einen raschen Blick zu. »Ein Wunder, dass du noch am Leben bist angesichts deiner frechen Klappe.«

»Genau das ist es«, erwiderte sie ernst. »Ein Wunder. Aber es hat nichts mit meiner Klappe zu tun. Sie ist nur *Show*. Ich weiß, wann ich sie zu halten habe. Und ich weiß auch, dass niemand ein Held ist. Jedenfalls habe ich nie einen getroffen. Nur das Gegenteil davon, und zwar sehr oft.«

Manzoni wollte nichts erwidern, doch die Worte rutschten ihm einfach über die Lippen: »Ich wäre gern dein Held gewesen.«

Er erwartete eine vernichtende Antwort, Joy gab allerdings keinen Ton von sich, blickte nur weiter geradeaus, wie er aus dem Augenwinkel wahrnahm.

»Aber zurück zu deiner Frage«, sagte er dann. »Inzwischen könnten meine deutschen Kollegen tatsächlich wissen, dass ich – wie du es nennst – ein kleiner Schweinehund bin. Vielleicht haben sie sich schon kurz nach meinem Erscheinen hier mit Bonaventura ausgetauscht.«

»Bonaventura ist dir auf die Schliche gekommen, nicht wahr?«

Manzoni musste an einer roten Ampel halten. Es nieselte. Die Stadt um sie herum wirkte auf einmal feindselig, bedrohlich.

»Seit der Schießerei vor dem *Snake Shop* ist Bonaventura endgültig misstrauisch geworden. Er ist der Ansicht, dass es schon ein verdammt merkwürdiger Zufall war, dass die Sizilianer den Nigerianern ausgerechnet in dem Moment eine Abreibung verpasst haben, als ich dort aufgetaucht bin.«

»Hat die Cosa Nostra also wirklich auf eine Gelegenheit gewartet, dich abzuservieren?«

»Wahrscheinlich.« Er fuhr wieder an, ganz langsam, verloren in einer langen Schlange kriechender Fahrzeuge.

»So geht es allen, die sich mit dem Bösen einlassen. Am Ende bezahlt man mit Blut.« Zum ersten Mal, seit sie ins Auto gestiegen waren, betrachtete Joy ihn sorgfältig. »Und Bonaventura? Er hatte dich doch vorher schon im Visier, oder?«

»Ja, auch vorher schon. Aber erst nach der Schießerei hat er das große Geschütz aufgefahren. Ich bin suspendiert. Es wird ein Verfahren gegen mich eingeleitet.« Er fluchte und fügte hinzu: »Ausgerechnet gegen mich. So viele haben falschgespielt, Bonaventura weiß das, und trotzdem … Ach, was soll's?«

Wieder musterte sie ihn von der Seite, er spürte es mehr, als dass er es sah.

»Du verachtest die Verbrecher, Manzoni, und doch hast du mit ihnen paktiert.«

Er nickte zögernd. »Wie hast du eben gesagt? Es gibt keine Helden. Und damit hast du recht, so ist es nun mal. Verstehst du, ich war müde, ich war fertig. Ich habe immer versucht, die bösen Jungs zu kriegen, aber zu oft sind sie davongekommen. Irgendein korrupter Bulle, ein korrupter Staatsanwalt oder ein kleiner korrupter Gefängniswärter hat dafür gesorgt, dass sie abhauen konnten. Und ich … ich stand immer allein da.

Ich habe gegen sie gekämpft. Gegen die Cosa Nostra. Dann auch noch gegen die Nordafrikaner, zuletzt gegen die Nigerianer. Verbrecher gab es immer, einheimische, ausländische, sie werden mehr und mehr, aber ich war immer allein.«

»Du hast so oft auf deine korrupten Kollegen geschimpft, und doch bist du nicht besser«, sagte Joy mit harter Stimme.

»Ja, ich habe mich bezahlen lassen. Aber nicht nur mit Geld. Auch mit Informationen, die ich genutzt habe, um andere Kriminelle zu kriegen.«

»Das ist jämmerlich. Du versuchst, dich herauszuwinden und alles schönzureden.« Sie winkte entschieden ab. »Und überhaupt: Wo ist die Grenze? Entweder du bist ehrlich, oder du bist unehrlich. Wenn du ein einziges Mal die Hand aufgehalten hast, ist es vorbei, dann haben sie dich.« Sie stutzte. »Oder hatte es einen Grund, dass du scharf aufs Geld warst?«

Manzoni schwieg.

»Hatte es etwa mit mir zu tun?«

Er gab keinen Ton von sich, musste sich aber wieder einmal eingestehen, wie clever sie doch war.

»Nun antworte schon.«

»Nein, es hatte *nicht* mit dir zu tun, Joy. Und jetzt vergiss es einfach, okay?«

Inzwischen hatten sie eine fast komplette Runde um die Innenstadt gedreht. Manzoni entdeckte am Straßenrand eine Parklücke und fuhr kurz entschlossen hinein. Er schaltete den Motor aus, die Scheibenwischer erstarrten. Die jäh einsetzende Stille hatte etwas Entwaffnendes.

»Warum halten wir hier?«, fragte Joy.

Der Regen wurde stärker. Winzige Tropfen übersäten die Windschutzscheibe und verschmolzen die grell flackernden Lichtpunkte der Stadt zu einem wirren Muster.

Manzoni zog sein Handy hervor und tippte eine rasche Nachricht für Billinsky ein, in der Hoffnung, sie würde sie halbwegs bei Gesundheit erreichen.

»Warum halten wir hier?«, fragte sie erneut.

»Weil ich erst mal einen klaren Schädel bekommen muss.«

Mehr als eine Minute verstrich in völligem Schweigen.

»In Catania haben sie dich offenbar ganz schön am Arsch gehabt, was?«, sagte sie unvermittelt. »Ich verstehe, dass du das Weite gesucht hast. Aber ausgerechnet hierher bist du gekommen?« Sie betonte nun die Silben sehr klar. Und wiederholte: »Ausgerechnet hierher?«

Er gab wiederum keine Antwort.

»Das ist doch dumm, Manzoni.«

»Das mag sein.«

Zum ersten Mal wechselten sie einen langen Blick.

»Wir müssen eine Lösung für dich finden«, sagte er.

Wild schüttelte sie ihren Kopf. »Erstens: nicht *wir*. Und zweitens: Für mich gibt es keine Lösung. Ich bin schon tot.«

»Ich habe dich gesucht, Joy.« Er starrte das Lenkrad an, legte die Hände darauf, als würde der Wagen noch fahren. »An jeder lausigen Ecke in Catania, bei jeder verdammten Befragung habe ich deinen Namen erwähnt. Dann hörte ich, dass Augustus Yekini und kurz darauf auch Madame Lou aus Catania verschwunden sind. Und über Solomon gab es ähnliche Gerüchte. Mir dämmerte, dass sie dich mitgenommen haben mussten. Ich hatte Kontakt zu der Frankfurter Ermittlerin, die uns vorhin verfolgt hat. Von ihr erfuhr ich, dass Augustus in Frankfurt erschossen worden ist. Zuerst habe ich nach wie vor in Catania nach dir gesucht, dickköpfig, wie ich nun mal bin. Ich hatte immer noch die Hoffnung, du wärst geblieben. Aber das war natürlich Unsinn. Also wurde Frankfurt mein Ziel.«

Sie legte ihre Hand auf seinen Unterarm – wie lange hatte er sich nach einer Berührung von ihr gesehnt? »Manzoni, ich frage dich noch einmal: Was willst du hier? Was soll sich hier ändern?«

»Und ich sage dir noch einmal, wir müssen eine Lösung für dich finden. Wir müssen uns darüber unterhalten.«

Sie nahm die Hand weg und lachte auf, heiser und rau. Dieses unverkennbare Lachen gab es nur einmal auf der Welt. »Manzoni, niemand will sich *nur* mit mir unterhalten. Auch du nicht.«

Er schnaufte. »Nein, auch ich nicht.«

Der Regen trommelte rhythmisch aufs Autodach.

»In Sizilien hätte ich dich retten können«, sagte er ebenso leise wie beharrlich.

Wieder winkte sie ab. »Du steckst doch bis zum Hals im sizilianischen Verbrechenssumpf. Du hast dich nicht einmal selbst retten können.«

»Damals vielleicht schon. Ich hätte mich versetzen lassen können, etwa zurück nach Mailand. Und du wärst mitgekommen.«

»Das ist doch lächerlich. Wir hatten nie eine Chance, sie hätten mich nie gehen lassen, schon gar nicht mit einem Bullen.«

»Ich hätte dich da rausholen können.«

»Und ich hätte nicht gedacht, dass ausgerechnet du ein solcher Träumer bist.«

Er nickte steif, wie um sich selbst zu überzeugen. »Ich hätte dich retten können.«

»Niemand kann mich retten.« Bitter lachte sie auf. »Sag mir lieber, was dein Auftritt bei dem kleinen Widerling sollte. Warum hast du ihn zusammengeschlagen und mich nach draußen geschleift?«

»Weil er genau das ist: ein Widerling. Ich konnte nicht zulassen, dass du bei ihm bleibst, in diesem Rattenloch. Ich war ja froh, dass ich dich überhaupt gefunden hatte.«

»Und *ich* war froh, dass er mich aufgenommen hat. Ich wusste doch gar nicht, wohin ich sollte.«

»Er ist ein Scheißkerl, das sieht man ihm auf hundert Kilometer Entfernung an.« Manzoni richtete seinen Blick auf sie, und er fühlte, dass etwas Flehendes darin lag. »Ich bin nicht hierhergekommen, um dich bei einem wie ihm zu lassen.«

»Bei ihm war es immerhin besser, als weiter durch dieses eisige Land zu irren. Ich wäre fast erfroren.« Leiser fügte sie hinzu: »Ich habe oft von Flucht geträumt. Aber als ich dann abgehauen bin, war es zu spät. Wäre ich doch niemals von zu Hause weggegangen.«

Er versuchte, in ihrem Gesicht zu lesen. »Du hast so unglaublich ruhig gewirkt, als ich hereinkam. Vorhin, in dieser Wohnung. Warst du wirklich kein bisschen überrascht, mich zu sehen?«

Sie grinste, ein schwaches Zucken des Mundwinkels. »Natürlich war ich überrascht.«

»Ich habe einen Plan.«

Spöttisch taxierte sie ihn. »Tatsächlich, ein hoffnungsloser Träumer.«

»Ich habe Freunde in Deutschland. Wir fahren zu ihnen, ich habe uns angekündigt. Mit ihrer Hilfe gelangen wir ins Ausland. Sie besitzen eine Ferienwohnung in der Schweiz, in einem winzigen Nest in Graubünden. Kein Mensch wird uns dort finden.«

Sie schüttelte den Kopf, immer noch mit einem spöttischen Grinsen. »Und dann?«

»Ich verstehe dich nicht, Joy.«

»Wie könntest du auch? Oder sonst jemand? Wo ich bin, da kommt man nicht mehr raus. Niemals wieder.«

»Aber du bist doch jetzt selbst geflüchtet. Oder etwa nicht? Sag mir, warum, wenn es doch kein Zurück gibt. Sag es mir!«

»Weil ich hier in Frankfurt von Dingen erfahren habe, die noch bösartiger ...« Ihre Stimme wurde ganz leise, versiegte völlig.

»Was ist los?«

»Ach, es spielt doch keine Rolle. *Nichts* spielt eine Rolle.«

Sie schüttelte traurig den Kopf. »Vielleicht hast du ja recht. In Sizilien hatten wir eine Chance. Aber schon als ich nur mit dem Gedanken spielte, mich abzusetzen und bei dir unterzukommen, spürten sie es. Vor allem Madame Lou. Sie hat in meinen Kopf reingeschaut, in meine Seele – oder in das, was davon übrig ist. Mir war klar, dass sie mich mitnehmen würden, mit nach Deutschland. Und dann ging es ganz schnell. Tja, Chance verpasst.«

»Wir dürfen nicht aufgeben. Du siehst ja, was ich auf mich genommen habe.« Er suchte ihren Blick.

Zum ersten Mal schimmerte Zärtlichkeit in ihren unergründlichen Augen auf. Oder bildete er sich das nur ein, weil er es unbedingt *wollte?*

»Ich gebe zu, das hätte ich nicht erwartet«, sagte Joy. »Anfangs dachte ich … egal. Jetzt bist du hier.«

»Wenn du nur einen Wunsch hättest, was wäre das?«

»Das ist einfach. Nur einmal meine Familie wiedersehen.« Sie schaute ins Nichts. »Ich war so froh, aus Nigeria wegzukommen. Und nun würde ich mein Augenlicht dafür geben, noch einmal dort sein zu können. In unserem Dorf. Bei meiner Schwester, meinen Eltern. Das ist es, was ich mir wünsche. Meine Großmutter war schon eine sehr alte Frau, als ich ging. Wer weiß, ob sie noch lebt.«

Stille breitete sich wieder zwischen ihnen aus, nur der Regen und die vorbeirauschenden Fahrzeuge waren zu hören.

Manzoni startete den Motor.

»Wohin?«, fragte Joy fast lautlos.

»Wir hauen ab. Du und ich. Wie ich es geplant habe.«

»Das ist Quatsch, Manzoni.«

Er fädelte sich wieder in den Verkehr ein.

»Ich dachte, du willst nicht mehr ins Hotel zurück.«

Er zog einen kleinen Schlüssel aus seiner Innentasche. »Wir müssen zum Hauptbahnhof. Dort habe ich ein Schließfach mit Dingen, die ich vorbereitet habe. Ersatzkleidung.

Gefälschte Papiere für mich. Eben für genau einen solchen Fall.«

»Gefälschte Papiere? Von deinen hilfsbereiten Freunden von der Cosa Nostra?«

Er ließ den Schlüssel verschwinden und zwinkerte ihr lässig zu – ein Versuch, endlich wieder der zu sein, der er doch eigentlich war.

»Du bist noch verrückter, als ich befürchtet habe, Manzoni. Ein Fall für die Irrenanstalt.«

Die Fahrt ging los, sie unterhielten sich weiter. Vor allem Joy war es, die sprach, während Manzoni zuhörte. Erst als sie sich seitlich des Hauptbahnhofs befanden, parkte er den Wagen am Straßenrand.

»Ich warte im Auto«, sagte Joy.

»Nein«, widersprach er entschieden. »Ab jetzt bleibst du bei mir. Jede Minute, jede Sekunde.«

Sie fügte sich und stieg gleich nach ihm aus. Nebeneinander näherten sie sich dem Seiteneingang des Bahnhofs, an dem viel weniger los war als am Hauptportal. Für Manzoni fühlte es sich fremd und zugleich erhebend an, ihr so nahe zu sein. Erstmals seit Langem kam irgendwo in ihm wieder eine Spur Optimismus auf, endlich hatte er den Eindruck, es doch noch schaffen zu können.

Sie legten an Tempo zu. Es war kalt, neblig, und es regnete noch immer.

Manzoni dachte voll Unbehagen daran zurück, wie er diesen Weg schon einmal gegangen war, um das Schließfach zu mieten. Begleitet von dem Eindruck, beobachtet zu werden. Hoffentlich hatte er sich getäuscht. Doch wenn die Nigerianer tatsächlich auf seiner Spur waren, wenn sie auch sein Hotel im Auge behielten, dann ... Er sah sich unauffällig um und wischte den Gedanken verärgert beiseite. *Was ist los mit dir?*, fragte er sich. *Bist du ein elender Feigling geworden? Wo ist deine Zuversicht? Vergiss die Nigerianer! Sie würden es schaf-*

fen, na klar, er und Joy. Die Tasche holen, nichts wie weg aus Frankfurt. Zu Atem kommen, ausruhen.

Welche Anstrengungen würde Bonaventura wirklich auf sich nehmen, um Manzoni nachstellen zu lassen? Er hatte wahrlich auch so genügend zu tun; es gab anderes auf der Prioritätenliste als einen weiteren in Ungnade gefallenen Bullen.

Zuversicht!, sagte Manzoni sich erneut. *Bleib dran! Du hast Joy gefunden, du wirst den Rest hinkriegen!*

Fast hatten sie den Seiteneingang erreicht, nur noch ein paar Meter. Er tastete mit der Hand bereits in der Innentasche, um wieder den Schlüssel zu zücken, als Joys Stimme erklang: *»Manzoni!«*

Er sah auf.

Sie waren zu viert.

Und kamen genau auf sie zu.

»Scheiße!«, flüsterte Manzoni. Gewohnheitsmäßig griff er zu der Stelle, wo normalerweise sein Schulterholster war – doch da war nichts. Seine Waffe hatte er in Catania abgeben müssen.

Er holte Luft. Dann zischte er Joy zu: »Jetzt! Lauf!«

Sie rannten beide los.

Im selben Sekundenbruchteil ertönten Schüsse.

42

Einheiten mit mehreren Kleinbussen rückten zum Straßenstrich vor. Viele Prostituierte wurden in Gewahrsam genommen, vor allem solche, die aus afrikanischen Ländern stammten. Staatsanwalt Christian von Lingert unterstützte die Aktion und hatte dafür einige bürokratische Türen geöffnet.

Das Präsidium quoll geradezu über. In den Gängen saßen unter Aufsicht uniformierter Beamter überall die Frauen. Eine nach der anderen wurden sie zu Befragungen geführt, die sie mit argwöhnisch-ängstlichem oder trotzigem Blick über sich ergehen ließen.

Vielleicht lag es am kurzerhand vom Staatsanwalt einberufenen Meeting, dass sich keiner in der Abteilung zu drücken versuchte, auch nicht Schleyer und Patzke, die mit sturen Mienen das mühsame Frage-Antwort-Spiel durchzogen. Sie erkundigten sich nach den Namen der Frauen, nach ihren Zuhältern, Wohnadressen, Papieren, und zumeist schlug ihnen nichts anderes entgegen als dumpfes Schweigen.

Nicht einmal Jan Rosen, wie gewohnt der einfühlsamste und nachsichtigste bei den zähen Befragungen, konnte den Frauen brauchbare Informationen entlocken.

Mara Billinsky fiel es schwer, die Geduld zu bewahren, wie immer. Zusätzlich kamen noch die Schmerzen in der linken Schulter hinzu, die wohl geprellt sein musste. Erst vor einigen Wochen hatte ihr Alfa ordentlich was abbekommen, und jetzt schon wieder. Sie war mit der Fahrerseite gegen einen Altglascontainer geprallt. Der hintere Kotflügel war ziemlich verbeult, aber der Wagen hatte sich noch als fahrtüchtig erwiesen. Rosen war zum Glück gar nichts zugestoßen. Es hätte wesentlich schlimmer ausgehen können. Doch daran dachte Mara nicht – nur daran, dass Domenico Manzoni ihr entwischt war.

Die ersten Ergebnisse der Untersuchung seines Hotelzimmers konnten Mara nicht gerade aufheitern. Ersatzklamotten, Toilettenartikel, sonst nichts. Kein Laptop, keine Waffe, keine Spuren, die über seine Beweggründe Auskunft gaben oder darauf hindeuteten, dass er ein Mörder war. Aber dank Haarbürste und ähnlichen Gegenständen hatten sie zumindest die DNA des Italieners sichergestellt. Jetzt musste überprüft werden, ob man in Louise Losakhares Wohnung auf seine Spuren stieß.

Ihr fiel die Nachricht ein, die er ihr geschickt hatte. Sie zog das Handy hervor und klickte sie an, um sie ein weiteres Mal zu lesen:

Ciao, Kollegin, es tut mir leid, dass ich auf all deine Anrufe nicht reagieren konnte, aber ich bin sehr beschäftigt. Tut mir auch leid, dass ich vorhin nicht auf dich warten konnte – ich hoffe, dir ist nichts zugestoßen. Ich mag es, wie du deinen kleinen Italiener fährst. Take care! Domenico

Dieser verfluchte, restlos durchgeknallte Italiener!

Sie schüttelte den Kopf und wählte seine Nummer an. Doch wie gehabt ertönte nur die Computerstimme der Mailbox. Er hatte sein Handy wohl sofort nach Versenden der Nachricht wieder ausgeschaltet.

Die Befragungen der Frauen dauerten an. Mara erledigte nebenher einige Telefonate. Immer wieder spukte ihr Karel Diebler durch den Kopf. Unangekündigt tauchte Christian von Lingert auf und bat sie um ein kurzes Gespräch unter vier Augen.

Im Büro nahmen sie einander gegenüber Platz.

»Bist du schwer verletzt worden?«, fragte er mit ernster Miene.

»Nicht der Rede wert.«

»Schmerzhaft?«

»Nur wenn ich lache. Aber zurzeit habe ich ja kaum Grund dazu.« Sie winkte ab. »Was kann ich für dich tun?«

»Ich bin hier wegen Manzoni. Es ist mir gelungen, noch mal seinen Chef zu erreichen. Und nun war Bonaventura auskunftsfreudiger.«

Mara schmunzelte. »Es kommt wohl einfach darauf an, wer ihn um Auskünfte bittet.«

»Was er mir erzählt hat, bringt allerdings kein Licht ins Dunkel. Im Gegenteil, es wirft eher neue Fragen auf. Manzonis Kollegen wussten gar nicht, dass er nach Deutschland gereist ist. Und nicht nur das. Manzoni ist vom Dienst suspendiert. Gegen ihn wird ein Korruptionsverfahren eingeleitet.«

Mara sah verblüfft auf. »Was? Das glaube ich nicht. Er war stinksauer auf all die Kollegen, die die Hand aufhalten und ...«

»Bonaventura, ganz der stolze Italiener, war es sehr unangenehm, sich auf diese Weise über seinen Untergebenen äußern zu müssen. Manzoni hat sich offenbar mehrmals auf höchst undurchsichtige Weise mit der Cosa Nostra eingelassen. Er hat Geld von ihnen genommen, aber trotzdem gegen sie ermittelt. Die Schießerei in Catania – ihr Ziel waren nicht etwa nur die Nigerianer, sondern vor allem Manzoni. Er sollte aus dem Weg geräumt werden, man traut ihm nicht mehr.«

Nachdenklich legte Mara den Kopf schräg. »Trotzdem kam er mir wie ein *echter Bulle* vor, um es mal so auszudrücken. Er hegt einen tiefen Hass gegen die Ausbeutung der Frauen, gegen die Rücksichtslosigkeit, mit der Kriminelle vorgehen – und auch gegen Korruption. Anfangs dachte ich, vielleicht ist er ein talentierter Schauspieler, aber ich bin immer mehr zu der Überzeugung gekommen, dass er auf der richtigen Seite steht.«

»Der Mord an Louise Losakhare«, sagte von Lingert stichwortartig.

»Keine Verdächtigen. Aber Manzoni ist unmittelbar vor dem Verbrechen in Tatortnähe gesehen worden. Jetzt warte ich noch auf mögliche DNA-Nachweise.«

»Also ist *er* ein Verdächtiger«, unterbrach sie der Staatsanwalt. »Wir haben nicht viel, aber das ist zumindest ein Ansatz. Manzoni hat ja gegen Louise Losakhare ermittelt, das hast du mir doch erzählt.«

Sie nickte zustimmend, erwiderte aber nichts.

»Und die Befragungen der Prostituierten?«

Mara schüttelte nur den Kopf, und von Lingert seufzte.

Sie überprüfte mit dem Handy die Uhrzeit. »Ich muss los, ich hab noch einen Termin.«

»Um was geht es?«

»Eine andere Befragung.«

Er musterte sie mit seinen tief liegenden Augen, als ahnte er etwas. »Ist das ein Geheimnis?«

»Noch.« Ausdruckslos erwiderte sie seinen Blick.

Schließlich erhob er sich. »Hm. Mich beschleicht kein gutes Gefühl, wenn du so einsilbig bist.« Mit einem Kopfnicken verabschiedete er sich.

Mara wartete noch einen Moment, dann brach auch sie auf. Sie winkte Rosen zu sich, der sie begleiten sollte, während der Rest der Truppe die zermürbenden Verhöre fortsetzen musste. Bestimmten Kollegen würde das kaum schmecken, aber daran verschwendete Mara keinen Gedanken.

Rosen schlüpfte eilig in die Jacke und marschierte ihr hinterher. »Was steht an?«, wollte er wissen. Er trug sein Tuch nicht mehr; von dem Schnitt war nur noch ein rosa Striemen zu sehen.

Erst als sie auf den Aufzug warteten, gab Mara eine Antwort: »Wir beide haben eine Verabredung mit einem gewissen Herrn.«

»Ach, haben wir?«

»Er war nett, genau wie bei unserer kurzen Begegnung, und sehr entgegenkommend – er erwartet uns in seinem Büro.«

»Verstehe.« Rosen nickte. »Wie willst du das Gespräch diesmal führen? Was hast du dir überlegt?«

»Ehrlich gesagt, noch nichts, was mir gefällt.«

Die Aufzugtür schob sich auf, sie betraten die Kabine.

Rosen taxierte sie von der Seite. »Hm, das klingt ja ziemlich …«

»Vage.« Sie grinste säuerlich. »Aber du weißt ja, ich habe einfach keine Geduld. Eine vortreffliche Taktiererin wird wohl nicht mehr aus mir werden.«

»Ich würde jedenfalls nicht auf einen heiklen Bluff setzen. Wie du das ja sonst ganz gern tust …« Die Falten auf seiner Stirn verrieten, dass er nicht gerade von Optimismus erfüllt war.

Nach einer knapp halbstündigen Fahrt durch die wie immer verstopften Straßen der Stadt wurden sie von einer höflichen Assistentin in ein Büro geführt, wo Staatsanwalt Karel Diebler sie mit freundlichem Gesicht und Handschlag begrüßte.

Der mächtige Schreibtisch aus dunklem Kirschbaumholz, ebenfalls dunkle Regale, die von Fachliteratur geradezu überquollen, klassische Malerei an den wenigen freien Stellen der Wände: Alles wirkte so, wie man es vom Refugium eines Staatsanwalts erwartete.

Vor der großen Fensterfront, die einen imposanten Blick auf die Frankfurter Skyline eröffnete, gab es eine kleine Sitzgruppe aus demselben Holz wie die restliche Einrichtung. Hier nahmen sie zu dritt Platz, nachdem sowohl Mara als auch Rosen eine Tasse Kaffee dankend abgelehnt hatten.

Diebler richtete seinen Seitenscheitel und betrachtete die Gäste mit offenem, aufgeschlossenem Ausdruck.

»Nochmals Entschuldigung für unseren kleinen Überfall zuletzt«, begann Mara bedachtsamer als üblich. »Heute können wir uns mit konkreteren Punkten an Sie wenden.«

»Sehr gern.«

»Es geht um die Ermittlung in einem bestimmten Fall, auf den ich gleich zu sprechen komme. Jedenfalls fielen uns im Nachhinein Zeugenaussagen auf, die Sie mit einer bestimmten Örtlichkeit in Zusammenhang bringen.«

Im Gesicht des Staatsanwalts veränderte sich nichts. »Einer Örtlichkeit?«, wiederholte er in interessiertem Tonfall.

»Ja, eine Bar.« Mara zog einen Notizblock hervor und tat so, als würde sie Notizen überprüfen.

»Ich fürchte, ich muss Sie enttäuschen, in Bars bin ich äußerst selten anzutreffen.« Diebler lachte leise auf. »Eigentlich gar nie.«

»Eine Bar im Westend. Ein neuer Geheimtipp, wie man so hört.«

Mara spürte förmlich Rosens Verwunderung, als er sie mit einem Seitenblick streifte. Diebler gehörte nicht zu Steffens Juristenclique, und es verwunderte ihn sicher, warum sie die Bar erwähnte. Sie wusste selbst noch nicht, ob der Weg, den sie gerade einschlug, nicht in die Irre führen würde.

»In der Nähe dieser Bar kam es zu einem Tötungsdelikt«, sprach sie weiter.

»Aha«, meinte der Staatsanwalt neutral.

»Ein Rechtsanwalt verstarb.« Aus dem Augenwinkel nahm sie wahr, wie Rosen nervös auf seinem Stuhl herumrutschte.

»Diese Bar, die übrigens *Calypso* heißt und …« Sie wollte fortfahren, doch zum ersten Mal unterbrach Diebler sie: »Wie gesagt, ich war nie dort. Mein letzter Barbesuch liegt gefühlt Jahrzehnte zurück. Sie können dazu gern alle meine Bekannten befragen, sie werden es bestätigen.« Er lehnte sich zurück, noch immer entspannt lächelnd. »Ganz offen, so richtig konkret sind Sie auch heute nicht. Wobei genau soll ich Ihnen helfen?«

»Hm.« Mara blätterte in ihrem Block. »Das muss ein Fehler sein. Mehrere Aussagen bringen Sie mit der Bar in Verbindung.«

Sein Lächeln erhielt einen genervten Zug, aber höchstens für eine Sekunde. »Seien Sie ganz beruhigt, Kommissarin Billinsky, das kann nur ein Missverständnis sein.«

Rosen fühlte sich immer unwohler in seiner Haut, sie merkte es deutlich. Weiterhin vorgeblich in die Notizen vertieft, sagte sie: »Nun ja, die Aussagen stammen von mehreren Juristen, sehr vertrauenswürdigen Personen.« Sie ratterte Kollegen aus seinem Bekanntenkreis, den sie recherchiert hatte, herunter und ließ die Namen Steffen und Grabach einfließen.

Rosen wurde noch unruhiger.

»Eine Verwechslung scheint mir ausgeschlossen«, fügte Mara an. »Sie kennen die Herren, die Herren kennen Sie, und außerdem ...«

»Was ist der Hintergrund dieser – falls ich das sagen darf – etwas wirren Fragen? Tatsächlich ein Tötungsdelikt, über das Sie aufgrund laufender Ermittlungen nichts verraten dürfen? Sehen Sie, wenn Sie mich als Zeugen benötigen, wäre es hilfreich, Sie würden präziser werden.«

Maras Rascheln mit den Seiten des Blocks wurde noch lauter. »Außerdem geht es noch um ein Geschäftsessen. Dieselben Herren erwähnten wiederum Ihren Namen. Es hieß, Sie seien dabei gewesen.«

»Bei einem Essen?« Diebler rollte nun doch abfällig mit den Augen. Beiläufig spähte er auf seine Armbanduhr. »Kann es sein, dass Sie noch nicht viele Befragungen durchgeführt haben?« Er taxierte Rosen, als erwartete er, dass der das Heft in die Hand nehmen würde.

»Hm, entschuldigen Sie«, murmelte Mara, »womöglich bringe ich da tatsächlich nur etwas durcheinander.«

»Womöglich«, wiederholte Diebler, ohne die Ironie zu verbergen.

»Sie waren also mit den genannten Herren nicht bei diesem Essen?«

Der Staatsanwalt sog die Luft ein. »Nicht, dass ich wüsste. Diese Leute habe ich schon seit Längerem nicht getroffen, in Bars gehe ich nicht, und ich habe das Gefühl, das Thema Geschäftsessen gibt auch nicht viel her. Oder ist da etwas vorgefallen, das von Bedeutung wäre?«

»Eigentlich nicht. Es ging mir eher um …« Sie winkte ab. »Wohl nicht so wichtig.«

Mit einer bedauernden Geste erhob er sich. »Der nächste Termin steht an, bitte verzeihen Sie meine Direktheit.«

Auch Mara und Rosen standen auf.

»Grüßen Sie Ihren Vater«, meinte der Staatsanwalt zu Mara. »Es tut mir wirklich leid, dass ich keine Hilfe sein kann. Bei was auch immer …« Er ging zur Tür und öffnete sie.

»Tja, das wird sich noch zeigen.« Mara spürte selbst, dass ihr Blick plötzlich bohrender wurde.

»Wie meinen Sie das?« Diebler lächelte abermals, ein netter älterer Herr, der sich mit dem Nachwuchs in Nachsicht übte, so sah er gerade aus.

»Nun ja, wenn bei manchen Verstorbenen der Ruf im Nachhinein zu leiden droht, ist es oft so, dass niemand sie gekannt haben will.«

Der Staatsanwalt betrachtete sie gönnerhaft. »Ich verstehe kein Wort, aber Hauptsache, Sie behalten den Überblick.«

Mara fixierte ihn mit ihren dunklen Augen. »Sie haben nicht geleugnet, die beiden Herren zu kennen. Sie waren also mit ihnen bekannt, wohl eher sogar befreundet.«

»Himmel, welche beiden Herren?«

»Udo Grabach, Ihr ehemaliger Kollege aus Wiesbaden. Und der Frankfurter Rechtsanwalt Falko Steffen.«

Es war, als würde Dieblers Gesicht jäh mit einer feinen

Eisschicht überzogen. Seine Augen verengten sich. »Ich verfüge über einen großen Bekanntenkreis.«

»Mir kommt es nur auf diese zwei Bekannten an.«

Diebler umklammerte mit der Hand die Türklinke, während Rosen Mara inzwischen völlig ungläubig anstarrte und laut schlucken musste.

»Hören Sie, Kommissarin Billinsky«, sagte der Staatsanwalt, »falls das hier ein billiger Taschenspielertrick sein soll, lassen Sie mich Sie dahingehend belehren, dass man damit niemals durchkommt. Man schaufelt sich nur ein ermittlungstechnisches Grab. Sie sollten weitaus vorsichtiger sein. So manche Laufbahn wurde durch geringeren Blödsinn nachhaltig beschädigt.«

Mara zog ein Foto aus der Jackeninnentasche. »Kennen Sie dieses Gebäude? Es ist ein altes Wohnhaus, unweit einer früheren Gießerei.«

Er sah nur kurz darauf, dann nahm er wieder Mara ins Visier. »Sie sollten gehen, bevor Sie noch mehr Dummheiten von sich geben.«

»Waren Sie jemals da?«

»Sie finden ja allein hinaus«, erwiderte er.

Er schob sich aus dem Zimmer, um mit steifen Schritten in einem anderen Raum zu verschwinden.

»Scheiße, Billinsky«, flüsterte Rosen aufgebracht. »Das kannst du nicht bringen! Das darf man nicht tun! Der Mann hat recht – ermittlungstechnisch ist das eine Katastrophe. Dir ist doch klar, dass …«

»Scheiß drauf, Rosen, ich will endlich weiterkommen.«

»Und wenn die Informationen deines Vaters gar nicht stimmen? Hat er nicht selbst von *Gerüchten* gesprochen?«

»Ich will endlich weiterkommen«, wiederholte sie.

43

Eigentlich hatte sie gedacht, sie könne nie wieder in Panik geraten, doch genau das war geschehen: nackte Panik!

Manzoni hatte ihr zugezischt loszulaufen, und sie hatte gehorcht. Joy hätte ins Bahnhofsgebäude rennen und sich dort unter die Menschenmenge mischen sollen. Aber stattdessen war sie völlig kopflos an dem großen Bau vorbeigestürmt, um sich auf dessen abgelegene Rückseite zu retten und dort ein Versteck zu finden.

Ein Entschluss innerhalb eines Wimpernschlags.

Leider der falsche.

Die Schritte hinter ihr waren wie Schläge auf ihre geschundene Seele. Sie war so schnell gerannt wie nie zuvor in ihrem kümmerlichen Leben, aber sie wusste, dass es möglicherweise Henry Okpube war, der sich an ihre Fersen geheftet hatte. Dieser verfluchte Kerl.

Dennoch versuchte sie alles aus sich herauszuholen.

Sie hatte gerade das Gebäude passiert. Es erklangen keine Schüsse mehr, ein Schimmer von Hoffnung keimte in ihr auf, sie könnte es schaffen, da erwischte er sie mit einem Hechtsprung und riss sie von den Beinen. Sie bildeten beide ein Knäuel auf dem nassen, kalten Asphalt. Flink und geschmeidig wie immer kam er auf die Beine. Er zerrte sie hoch und versetzte ihr einen Schlag, der sie zurück auf den Boden beförderte.

Breitbeinig baute er sich vor ihr auf, um gelassen auf sie herabzusehen, kein bisschen außer Atem, die Hände in die Hüften gestützt.

Hilflos blickte Joy zu ihm auf.

Was war mit Manzoni?, fragte sie sich.

44

Nachdem sie Karel Dieblers Räumlichkeiten verlassen hatten, gaben sich beide ziemlich schweigsam. Rosen verschwand in seinem Großraumbüro, Mara ließ sich an Klimmts Schreibtisch nieder. Sie erledigte Anrufe, schickte E-Mails ab, dachte nach. Etwa über ihre altbekannte Neigung, sich nicht zügeln zu können.

Erst nach einer ganzen Weile schob sie sich aus dem Büro, in dem es immer noch nach Klimmts gerauchten Zigaretten roch. Sie zog zwei Kaffee am Automaten und machte sich auf den Weg zu Rosen. Er bemerkte ihr Erscheinen gar nicht, so vertieft war er, auf dem Boden kniend, in eine große Sammlung an DIN-A4-Ausdrucken, die Landkarten von Frankfurt und Umgebung zeigten. Auf dem Bildschirm seines Computers war 3-D-Kartenmaterial aus dem Netz zu sehen.

Mara stellte einen Kaffee auf dem Schreibtisch ab. Ihr Blick streifte ihren verwaisten Platz. Vermisste sie es, hier zu sein? Als Teil des Teams, obwohl sie ja genau das nie so richtig gewesen war – Teil des Teams? Oder konnte sie sich etwa vorstellen, Klimmts Platz länger zu besetzen? Was war ihr Ziel? Besaß sie überhaupt eines? Bereits in Sizilien hatte sie sich diese Fragen gestellt. Und die Antworten? Tja, die hatte sie immer noch nicht.

»Was machst du da eigentlich?«, fragte sie Rosen, um die Grübeleien zu verdrängen.

Rosen hatte sie nicht bemerkt, als sie eingetreten war, und zuckte bei ihren Worten kurz zusammen. Er entdeckte den Becher, stand mit einem dankbaren Blick auf und trank einen

Schluck. »Was ich mache? Ich hoffe auf eine Stecknadel im Heuhaufen – oder sogar mehrere.«

»Kriegst du auch eine Antwort hin, mit der man was anfangen kann?«

Er stellte den Becher ab. »Ich wollte schon die ganze Zeit damit loslegen. Aber Stanko meinte, wir hätten genug zu tun, das wäre völlige Zeitverschwendung ... Und er hat ja recht.«

»Fuck, *was genau* ist Zeitverschwendung?« Manchmal brachte es Mara an den Rand der Verzweiflung, wenn Rosen so umständlich antwortete.

»Ich habe mich virtuell auf die Suche begeben«, murmelte er, mit den Gedanken wohl wieder bei den Landkarten. »Frankfurt-City, auch die Randbezirke, das Umland. Weißt du, bisher ist noch keiner auf die Idee gekommen, aber was ist, wenn es noch mehr solcher Gebäude gibt?«

»Wie das Haus bei der Gießerei?«

»Klar.«

»Du meinst, wenn jemand ein solch blutiges Hobby hat, wäre es komisch, wenn er nur *einen* Hobbyraum hätte?«

»Ich versuche, Objekte zu finden, die ein ähnliches Profil aufweisen wie das alte Haus mit dem Blutzimmer. Leer stehend, relativ einfach zugänglich, abgelegen, aber auch nicht zu weit entfernt vom alltäglichen Leben.«

Mara stutzte. »Gar kein blöder Gedanke.«

»Ach was, Stanko hat recht: Zeitverschwendung.« Er hob Ausdrucke vom Boden auf und überprüfte sie. Mara sah, dass einige davon mit roten Kreuzen versehen waren. »Bleib trotzdem dran.« Sie nippte an ihrem Kaffee und betrachtete ihn, während er sich nachdenklich das Kinn massierte. Nach wie vor wirkte er müde, ausgelaugt, psychisch wie physisch. So lange schon hatte sie mit ihm sprechen wollen, bei einem Glas Rotwein, wie sie es früher öfter gemacht hatten, in letzter Zeit jedoch ... Alles ging drunter und drüber, sie kamen kaum dazu, Atem zu holen.

»Was wolltest du eigentlich hier?«, unterbrach Rosen ihre Gedanken. »Nur den Kaffee bringen, oder kann ich dir helfen?«

Sie grinste schief. »Manchmal ist es gar nicht so schlecht, wenn man Chefin ist. Da ist nämlich eine Sache reingekommen, die sonst mit Sicherheit an mir vorbeigegangen wäre. Eine Anzeige, Körperverletzung der ruppigeren Kategorie. Ein gewisser Ralf Zirn ist in seiner Wohnung von einem Eindringling zusammengeschlagen worden. Jetzt liegt er in der Uniklinik.«

»Raub?«, fragte Rosen so knapp wie sonst sie.

»Nein, hat nur die Fresse poliert bekommen. Jedenfalls, soweit mir bislang bekannt ist.«

Rosen sah sie skeptisch an. »Und wieso sollten wir uns ausgerechnet um eine solche Sache kümmern angesichts der Dinge, die wir auf dem Tisch haben?«

»Das war auch mein Gedanke. Bis mir die Beschreibung des Schlägers aufgefallen ist.« Sie nannte einige Details. »Und außerdem«, schloss sie, »hat der Unbekannte wohl eine auffallende Strähne in seiner schwarzen Haarpracht. Eine graue.«

»Hoppla!«, kam es von Rosen.

»Die Strähne ist fast wie ein Fingerabdruck. Manzoni hätte mal über eine Tönung nachdenken sollen.« Mara ließ den Becher in den Mülleimer fallen. »Zeitlich passt es auch. Das Ganze passierte, kurz bevor es zu unserer Verfolgungsjagd mit Manzoni kam. Jedenfalls hat dieser Zirn wohl richtig was abbekommen. Gebrochene Rippen, gebrochenes Nasenbein, Prellungen.«

»Der Name sagt mir nichts. Und dir?«

»Nie gehört. Wir werden mit dem Herrn mal ein paar Worte wechseln.«

Sie setzte sich in Bewegung und ließ Rosen kaum noch Zeit, einigermaßen Ordnung in seinen Papierdschungel zu bringen.

45

Christian von Lingert war müde. Mehrere Besprechungen lagen hinter ihm, darunter ein Pressetermin, den er als besonders unangenehm empfunden hatte. Kein Wunder, wenn man auf derart zahlreiche Fragen keine einzige überzeugende Antwort zu geben vermochte.

Eben hatte er den Computer herunterfahren lassen, und im dunklen Bildschirm wurden seine Gesichtszüge sichtbar. Selbst in diesem schemenhaften Spiegelbild zeigte sich, wie abgekämpft er war. Er trank sehr selten Alkohol, achtete auf seine Ernährung, hielt sich fit. Er war schlank, hatte keinerlei Bauchansatz, und vor allem war er zäh. Zurzeit jedoch setzte ihm das alles zu, er merkte es. Viele Fälle, keine Erfolge, jede Menge Spannungen. Wie lange hatte er keinen Urlaub mehr genommen, nur für ein paar Tage?

Andererseits war er überzeugt, dass man eine Stellung wie diejenige, die er innehatte, nur mit außergewöhnlicher Hingabe und gewaltigem Einsatz erfolgreich ausfüllen konnte. Hundert Prozent genügten nicht, es musste mehr sein. So vieles im Leben hatte er der Arbeit untergeordnet, immer schon, und das nur allzu bereitwillig. Wie hätte er sonst in relativ jungen Jahren derart weit kommen können? Er war anerkannt, seine Reputation großartig. Und so sollte es bleiben. Dazu waren allerdings Resultate nötig …

Das Telefon klingelte. Er kannte die Nummer, die auf dem Display aufleuchtete. Sie gehörte einem einflussreichen Journalisten. Von Lingert drückte sich nie vor etwas, im Gegenteil, in seiner Position sah er es als Pflicht an, sich allen Dingen zu stellen – aber für heute war es genug. Er wartete ab, bis das Klingeln endlich erstarb und atmete durch.

An diesem Abend würde er sich etwas Ruhe gönnen. Klassische Musik, mal wieder ein bisschen lesen, abtauchen in einen der großen russischen Romane des neunzehnten Jahrhunderts, an denen er die Sprache und das Monumentale der Geschichten so genoss. Wer aus seinem beruflichen Umfeld würde es für möglich halten, dass er einen solchen Zeitvertreib schätzte? Er musste traurig lächeln. Über sich, über das Leben im Allgemeinen.

Ein erneutes Klingelgeräusch ließ seine Miene gleich wieder ernst werden. Diesmal kam der Ton von seinem Smartphone. Er betrachtete den angezeigten Namen und war überrascht. Diesem Anrufer hätte er nie das Gespräch verweigert, es handelte sich um einen seiner wenigen Freunde. Ja, um mehr als einen Freund. Ohne ihn hätte von Lingert sich beruflich wohl nicht derart schnell so vorteilhaft entwickeln können, er hatte sich viel von ihm abgeschaut und immer ein offenes Ohr für dessen Ratschläge gehabt. Lange hatten sie sich nicht mehr getroffen oder auch nur telefonisch Kontakt gehabt.

»Hallo, hier ist Christian, schön, dass du dich meldest«, sagte von Lingert erfreut.

»Ich hoffe, ich störe dich nicht«, erklang die vertraute Stimme.

Diese gelassene Art, die Karel Diebler in nahezu jeder Situation beibehielt, hatte von Lingert immer besonders beeindruckt. Manchmal wäre er froh gewesen, unter Druck ähnlich beherrscht zu sein wie sein älterer Kollege, dem es stets gelang, seinem Wesen treu zu bleiben, und der dennoch nachdrücklich genug war, Anklagen durchzusetzen, Prozesse zu gewinnen oder bedrängende Journalisten auf Abstand zu halten. In der Tat, ein Mann, von dem man lernen konnte.

»Wie könntest du stören, Karel?«, sagte von Lingert in den Hörer.

»Ich dachte, wir sollten uns endlich mal wieder auf einen guten Wein und ein leckeres Essen treffen.«

»Unbedingt«, stimmte er zu.

»Ach, übrigens …«

»Ja? Kann ich irgendetwas für dich tun?«

»Wahrscheinlich nicht.« Diebler machte eine Pause. »Trotzdem habe ich das Bedürfnis, dir etwas zu erzählen, das mir irgendwie sonderbar vorkommt.«

»Worum geht es?«

»Um *wen* geht es, müsste es heißen.« Diebler lachte leise, nach wie vor völlig entspannt. »Ich hatte Besuch von zwei Ermittlern, die dir unterstellt sind.«

»Du?«, erwiderte er verblüfft. »In welchem Zusammenhang?«

»Gute Frage.« Diebler lachte erneut. »Der Zusammenhang blieb leider ziemlich nebulös.«

»Ich verstehe nicht ganz«, gestand von Lingert.

»So ging es mir auch. Und eigentlich wollte ich es ja gar nicht erwähnen. Aber andererseits könnte es für dich unter Umständen ganz hilfreich sein, wenn du im Bilde bist und eventuell ein paar Leuten genauer auf die Finger schaust.«

»Welchen Leuten?«, fragte er. An den ruhigen Abend dachte er schon gar nicht mehr.

»Bei den beiden Beamten handelt es sich um …« Diebler zögerte kurz. »Nun ja, es kam mir eher so vor, als wäre nur eine Person die treibende Kraft. Und zwar die Tochter eines meiner ältesten Bekannten. Ich würde sogar sagen, eines Freundes, und du weißt, ich gehe sparsam mit diesem Begriff um.«

»Umso mehr freut es mich, dass ich mich zu deinen Freunden zählen darf.«

»Mich freut das noch mehr«, sagte Diebler mit echter Warmherzigkeit. »Also, Christian, ich spreche natürlich von Edgar Billinsky. Das heißt, von seiner Tochter. Diese Kommissarin mit dem eigenwilligen Kleidungsstil. Sie ist dir ja bestens bekannt, nicht wahr?«

»Ja, sie ist mir bestens bekannt«, wiederholte von Lingert mit rauer Stimme. Ein ziemlich unbehagliches Gefühl beschlich ihn.

46

Billinsky und Rosen folgten dem langen Flur bis zum letzten Patientenzimmer. Nach einem forschen Klopfen öffnete Mara die Tür und spähte ins Innere. Nur eines der drei Betten war belegt – von einem Mann, der bei ihrem Anblick sofort erschrocken zusammenzuckte.

»Sieh mal einer an«, sagte sie betont. »Wen haben wir denn da?«

Sie ging hinein, gefolgt von Rosen, der die Tür hinter ihnen schloss.

Der Mann richtete sich im Bett auf, anscheinend auf allerlei Unliebsames gefasst. Seine Nase war bandagiert, sein Jochbein war geschwollen und violett angelaufen. In seinen Augen flackerte es wild – offenkundig war ihm die letzte Begegnung mit Mara lebhaft in Erinnerung geblieben.

»Darf ich vorstellen?«, sagte sie hart. »Das ist mein Partner Rosen. Und diesen Gentleman nennt man Wiesel. Schau ihn dir an, Rosen, ist das nicht ein passender Name?«

»Ach?« Ihr Kollege betrachtete ihn, überrascht und aufmerksam. Während er sich ans Fenster stellte, hockte sich Mara auf den Bettrand, ein freches Grinsen im Gesicht, und Ralf Zirn zuckte schon wieder zusammen.

»Sparen wir uns das Geplänkel«, meinte sie. »Warum ist der Mann bei dir eingedrungen?«

»Keine Ahnung.« Zirn schnaufte und musterte sie argwöhnisch aus seinen kleinen Augen. »Er hat geklingelt, ich habe aufgemacht … und dann ging es auch schon los.«

»Hast du ihn je zuvor gesehen?«

»Nein, nie.«

»Und er hatte diese auffällige graue Haarsträhne?«

Zirn nickte eifrig.

»Jetzt hast du also Anzeige erstattet, stimmt's?«

»Na klar! Ich konnte mich kaum bewegen, hab meinen Nachbarn rausgeklingelt. Und er hat gemeint, ich müsste was tun. Allein schon, damit ich Schmerzensgeld kriege.«

»Da hat er recht, dein Nachbar.« Mara fügte hinzu: »Der Mann, der dich zusammengeschlagen hat, ist meinem Kollegen und mir bekannt. Die Chance auf Schmerzensgeld besteht also tatsächlich.«

»Echt?« Zirn wirkte für einen Moment beruhigt. »Na, das will ich auch hoffen.«

»Wir sahen ihn erst kürzlich.« Sie fixierte Zirn mit ihrem Blick. »Er befand sich in seinem Auto. Und da war noch jemand bei ihm, auf dem Beifahrersitz.«

»Äh. Na und?«

»Wer war das?«

»Woher soll ich das wissen?«

Mara betrachtete ihn noch bohrender. »Mein Gefühl sagt mir, dass du genau weißt, wer das war.«

Er schüttelte heftig den Kopf. »Nein, echt nicht, keine Ahnung.«

»Soll ich deinen Nachbarn befragen, wen er in letzter Zeit bei dir gesehen hat? Und gleich mal alle anderen Leute, die in dem Haus wohnen?«

Zirn musterte sie wieder mit diesem Flackern in den Augen. Er hatte wirklich etwas von einem Tier. Und er widerte sie an. Nicht nur er an sich, sondern allein schon die Tatsache, dass sie so oft auf Hinweise und Tipps solcher Typen angewiesen war.

Sie beugte sich vor. Ihr Gesicht war ganz nah an seinem, sie roch seinen Schweiß, und er widerte sie noch mehr an. »Hör zu, Wiesel, mach jetzt lieber deine Klappe auf.«

»Ich habe niemandem was getan«, verteidigte er sich lahm. »*Ich* bin doch das Opfer.«

»Kurz nachdem der Schläger bei dir zu Hause war, befand er sich in Gesellschaft einer bestimmten Person. Also, wer hat sich in deiner Wohnung aufgehalten?« Sie rückte ihm noch dichter auf die Pelle. »Jetzt red gefälligst!«

Zirn senkte den Blick. »Eine Frau.« Er zog lautstark die Nase hoch. »Ein armes Ding. Ich habe ihr geholfen. Sie hat mir leidgetan.«

»Darauf wette ich, dass du ein großes Herz hast.« Mara ließ ihn nicht aus den Augen. »Wer ist sie?«

»Ihren Namen kenne ich nicht.« Ein knappes Achselzucken. »Sie hat nur so eine Art …«

»Einen Spitznamen?«

»Ja, genau.«

»Wiesel, nun mach schon«, zischte Mara. »Wie lautet der Spitzname?«

»Joy.«

Das kurze Wort stand eine Sekunde in der Luft wie etwas Greifbares. Es kam Mara vor, als wäre es ein Jahrhundert her, seit sie diesen Namen zum ersten Mal aufgeschnappt hatte, damals noch ohne großes Interesse, irgendwo in einem staubigen, von Hitze durchfluteten Randbezirk Catanias.

Sie sah von Zirn zu Rosen, der noch immer vor dem Fenster stand und ihren Blick erwiderte.

»Sagt dir das etwas, Billinsky?«, wollte er wissen.

Sie nickte nachdenklich. »Es sagt mir vor allem, dass ich Manzoni falsch eingeschätzt habe. Zuerst hielt ich ihn für einen Zyniker.«

»Aber?«

»Es ist schlimmer«, entgegnete sie voller Ironie. Sie wandte sich wieder Ralf Zirn zu.

»Wie bist du an Joy geraten? Wo hast du sie aufgelesen?«

»Ach, irgendwo im Bahnhofsviertel«, antwortete er ausweichend.

»Kanntest du sie schon länger?«

»Hm, weiß nicht, gut möglich.«

»Sie ist eine Schwarze, nicht wahr? Unser kleines Wiesel steht ja auf dunkelhäutige Frauen.«

»Ich hatte sie schon vorher ein- oder zweimal gesehen. Wir liefen uns zufällig über den Weg, sie wusste nicht, wohin.«

»Mir kommen gleich die Tränen angesichts deiner hilfsbereiten Ader. Kanntest du sie vom Straßenstrich?«

»Nein, die ist viel zu schade für …« Er verstummte.

»Also aus einem Bordell, richtig? Na los, aus welchem Puff?«

»Wieso muss ich das alles eigentlich beantworten? Wie gesagt, ich habe niemandem etwas getan und …«

»Weil ich sonst dafür sorgen werde, dass man dir noch ein paar weitere Knochen richten muss.«

»Billinsky!«, kam es warnend von Rosen.

»Hey, Rosen, bin ich nicht deine Vorgesetzte? Also, zumindest interimsweise? Dann lass Wiesel und mich doch mal kurz allein. Ich hasse es nämlich, wenn man ihm jede Silbe aus der Nase ziehen muss. Wenn er nicht kooperiert, obwohl es keinen Grund dafür gibt – außer dem einen, uns das Leben aus Prinzip schwer zu machen.«

»Billinsky!«

»Los, Rosen, mach dich mal auf die Suche nach einem Kaffeeautomaten.«

Widerstrebend verließ Rosen das Zimmer, was Zirn überhaupt nicht gefiel, wie man an seinem nervösen Gesicht ablesen konnte.

»Wiesel, wieso druckst du so herum? Wollte sie gar nicht mit zu dir? Hast du sie zwingen müssen?« Wieder war da ein unheilvolles Zischen in Maras Stimme. »Hast du deine Kippen auf ihr ausgedrückt? Du weißt doch noch, was ich dir vor einiger Zeit gesagt habe, was das betrifft?«

Er schüttelte wild den Kopf. »Ich hab ihr nichts angetan. Sie *wollte* mit zu mir. Ehrlich!«

»Wenn einer wie du *ehrlich* sagt, kommt mir immer das Kotzen. Aber drauf geschissen. Erstens: welches Bordell? Zweitens: eine Personenbeschreibung von ihr. Drittens: sofort!«

Es dauerte nur drei Minuten, bis auch Mara den Raum verließ und auf dem Flur wieder zu Rosen stieß.

Unruhig trat er von einem Fuß auf den anderen. »An diese Seite von dir werde ich mich nie gewöhnen«, meinte er vorwurfsvoll.

»Na klar wirst du das.« Mara zwinkerte ihm zu. »Wir müssen Joy finden.« Sie lief los, eilig wie immer, und er folgte ihr, auch wie immer.

»Sie hat bis vor Kurzem in einem Bordell angeschafft, das als ganz normale Wohnung getarnt war, also nicht im üblichen Viertel. Wer als Zuhälter fungiert – Yekinis Bande oder bis zu ihrem Tod Louise Losakhare oder beide –, ist noch nicht klar. Jedenfalls habe ich die Adresse. Ich werde gleich mal eine Einheit darauf ansetzen.«

Ihre Schritte hallten durch den Flur, in dem sich außer ihnen gerade niemand aufhielt.

»Wenn Joy mit Manzoni unterwegs ist ...«, begann Rosen.

»... ist sie nicht mehr in dem Bordell, das ist mir auch klar. Laut Wiesel ist sie von dort abgehauen, um sich mehr schlecht als recht allein durchzuschlagen.«

»Welche Informationen könnten wir von Joy erfahren?«, fragte Rosen skeptisch. »Was meinst du?«

»Keine Ahnung, aber ich bin sehr gespannt auf diese Lady.«

47

Etwa drei Stunden nach der Befragung von Ralf Zirn in der Uniklinik drehte Mara Billinsky den Schlüssel im Schloss, dass es laut im Treppenhaus rasselte.

Es tat gut, endlich die Wohnungstür hinter sich zumachen zu können.

Die Stille, das Alleinsein.

Das war wirklich nicht schlecht.

Erst recht nach einem weiteren dieser schier endlosen Tage. Sie knipste das Licht an und schlüpfte aus der Jacke. Ihre Schulter schmerzte von dem Unfall, ihr Kopf vom Nachdenken.

Obwohl sie sich leer fühlte, rasten die Gedanken dennoch unentwegt weiter. Ein Einsatzkommando hatte das als einfache Wohnung getarnte Bordell gestürmt und zwei Huren in Gewahrsam genommen, jedoch keinen der Zuhälter. Die anschließenden Befragungen der Frauen hatten Mara zwar die Bestätigung gebracht, dass eine gewisse Joy zu der Gruppe gehört hatte, viel mehr allerdings nicht. Denn genau wie von Ralf Zirn ausgesagt, war Joy anscheinend vor einiger Zeit getürmt und seither nicht mehr gesehen worden.

Was Manzoni betraf, so hatte sich ergeben, dass keinerlei DNA-Rückstände von ihm in Louise Losakhares Wohnung sichergestellt werden konnten. Zuletzt hatte Mara den Italiener immer stärker auf dem Zettel gehabt. War er also doch nicht der Mörder? Nur wegen fehlender Spuren war sie noch nicht bereit, diese Möglichkeit auszuschließen.

Es blieb dabei: Egal, welche Anstrengungen sie unternahmen, ihnen gelang einfach kein Durchbruch. Mara kam das alles gerade wie Steineklopfen in einem riesigen Bergwerk vor. Der verdammte Berg wurde nicht kleiner, sondern eher größer. Und Karel Diebler? Sie hatte dafür gesorgt, dass Kollegen ein Auge auf ihn hatten. Da nichts gegen ihn vorlag, konnte ihr das allerdings Ärger einbringen, das war ihr klar.

Sie schenkte sich ein Glas Rotwein ein, einen kraftvollen, fruchtigen *Feudo Arancio*, und setzte sich auf den Boden, wie sie es häufig tat, auf den schwarzen Teppich mit den vielen weißen Totenköpfen. Sie drückte den Rücken bequem an das kleine Zweiersofa, eines der wenigen Möbelstücke, die sich in ihrem Wohnzimmer befanden.

Durchatmen, die Beine ausstrecken. Sie stellte Musik an, deutlich leiser als sonst. PJ Harveys düstere Stimme erfüllte den Raum: *I'm tired and bleeding for you …* Mara schloss die Augen. So fühlte auch sie sich. Nicht nur müde, sondern als würde sie tatsächlich bluten, als würde ihr die Energie wie eine Flüssigkeit aus den Poren strömen. Allerdings gab es niemanden in ihrem Leben, dem dieses *You* hätte gelten können. Die Einsamkeit war ein vertrauter Begleiter, aber manchmal war es nicht so leicht, ihn mit stoischem Gleichmut zu ertragen.

Sie ließ ihren Gaumen mit dem Wein spielen. Oft schon hatte sie ein Erfolgserlebnis nötig gehabt, aber wohl selten so sehr wie in diesen mühevollen Tagen. Vor dem Fenster ballte sich Dunkelheit, kein Stern war zu entdecken. Die Scheibe war noch gemustert von den Tropfen des letzten Schauers.

Unwillkürlich dachte Mara an Rosen, der nach den Befragungen noch im Präsidium hatte bleiben wollen. *Wieso nur?* Setzte er die zähe Suche nach weiteren möglichen Bluthäusern fort? Normalerweise war sie es, die nie aufgab, die nicht loslassen konnte. Was trieb ihn gerade jetzt an? Oder war es eher so, dass ihn der Geist seiner geliebten Anyana nach draußen scheuchte?

Der arme Rosen.

Sollte sie ihn anrufen und fragen, ob er ihr Gesellschaft leisten möge? Das hatte sie nie zuvor getan. Ihm würde ein starker Roter mindestens so guttun wie ihr.

Sie hatte schon ihr Smartphone in der Hand, um sich bei ihm zu melden, als urplötzlich die Türklingel ertönte. Das jähe Surren ließ sie zusammenfahren. *Jetzt?*, wunderte sie sich. Wer? Aus welchem Grund?

Jemand war also hier oben im zweiten Stock, nicht im Erdgeschoss am Eingang zum Haus. Es war ein Altbau, die Tür schloss oft nicht richtig.

Sofort war Maras Anspannung zurück. Sie erhob sich, versuchte, sich zu sammeln. Langsam verließ sie das Zimmer, knipste das Licht im Flur aus. Sie griff nach ihrer Pistole. Ganz dicht an der Wand bewegte sie sich auf die Eingangstür zu.

Erneut ein Klingeln.

Seitlich der Tür stand sie da, lauschte angestrengt in die Stille. Vorsichtig bog sie ihren Oberkörper zum Spion, um hindurchspähen zu können. Und zuckte überrascht zurück.

Er?

48

Mara öffnete die Wohnungstür und blickte in die tief liegenden Augen Christian von Lingerts.

»Entschuldige die Störung«, sagte er, aber es klang eher wie ein Vorwurf. Als hätte *sie* ihn gestört.

Sie erwiderte nichts, musterte ihn nur und verbarg die Dienstwaffe hinter ihrem Rücken. Irgendetwas kam ihr verändert an ihm vor, aber sie wusste nicht, was das sein könnte.

»Du musst mich nicht empfangen«, murmelte er. »Kein Problem, wenn du keine Zeit hast.«

»Empfangen klingt ein bisschen schwülstig für meine Behausung, aber reinkommen kannst du auf jeden Fall.« Sie machte eine knappe einladende Geste. »Scheint mir, als hättest du etwas auf dem Herzen.«

Mit finsterer Miene ging er an ihr vorbei.

»Du kennst ja den Weg«, meinte sie und konnte sich einen ironischen Unterton nicht verkneifen. »Auch wenn es eine Weile her ist.«

Anscheinend mied er ganz bewusst das Wohnzimmer, in Maras kleiner Wohnung noch der halbwegs gemütlichste Raum. Er steuerte die kleine Küche an, wo er den Mantel abstreifte, untypisch nachlässig faltete und über die Stuhllehne hing. Mit einem Seufzer nahm er Platz.

Erst als Mara sich ihm gegenüber hinsetzte, kam sie darauf, was anders an von Lingert war. Sie konnte es sogar *riechen*. »Es muss ja schlimm sein«, sagte sie lässig.

»Was?«

»Na ja, wenn du zur Flasche greifst, kann es nur schlecht um dich stehen. Ich kenne dich jetzt eine Zeit lang, aber du hast noch nie eine Fahne gehabt, nicht mal die Andeutung davon.«

»Tatsächlich, ich habe einen Schluck gebraucht.« Er fuhr sich über sein glatt nach hinten gekämmtes Haar.

»Wie wäre es mit noch einem?« Sie stand wieder auf und füllte zwei Gläser mit dem sizilianischen Rotwein.

Einige Minuten saßen sie nur da und tranken, ohne dass ein Wort fiel. Aus dem Nachbarzimmer war noch PJ Harveys Stimme zu hören: *Dear Darkness, I've been your friend for many years* … Erneut erkannte sich Mara in der Songzeile wieder, was sie unmerklich schmunzeln ließ, ehe sie ihren Überraschungsgast mit einem Blick bedachte. Er sah wirklich fertig aus, und es war gewiss mehr als *ein* Schluck gewesen, den er sich einverleibt hatte.

»Hat Domenico Manzoni die Frau umgebracht? Diese Louise Losakhare.« Die Frage kam völlig unvermittelt von ihm, wie Mara es selbst auch gern machte. »Was denkst du, Mara?«

»Keine DNA-Spuren von ihm in der Wohnung. Ich habe es vorhin erfahren. Aber das muss ja noch nichts heißen, wenn er Handschuhe getragen und sich vorsichtig verhalten hat.« Sie nippte an ihrem Glas. »Trotzdem bin ich mir noch nicht sicher. Hm, ich gebe es ungern zu, aber ich kann ihn einfach nicht einschätzen. Immer noch nicht. Aber ich habe einen …«

Verdacht, hatte sie sagen wollen, sich dann aber doch gestoppt. Das war nicht der Moment, um von Lingert noch ziemlich vage Gedankengänge aufzutischen. Irgendetwas war im Busch, er wollte etwas loswerden, und eine Ahnung sagte ihr, dass es gleich so weit sein würde.

»Ich habe einen Anruf erhalten«, bemerkte er übergangslos.

Mara nickte nur. Tatsächlich, es war so weit.

»Einen Anruf, den ich so schwer einschätzen kann wie du den Sizilianer.«

»Er ist Norditaliener, aber egal.«

»Einen Anruf, der mir Kummer macht. Um es dezent auszudrücken.«

Nun war Mara klar, woher der Wind wehte. Karel Diebler hatte sich also nicht viel Zeit gelassen. War das ein gutes oder schlechtes Zeichen?

»Wer hat sich denn bei dir gemeldet? Und was hat er oder sie gesagt?«

»Gar nicht einmal viel. Aber manchmal sind es ein paar Andeutungen und Auslassungen, die einen mehr in Unruhe versetzen können als ganz konkrete Beschuldigungen.«

»Warum nennst du ihn nicht beim Namen? Fürchtest du, dass dich dann der Blitz trifft?«

Von Lingert straffte den Oberkörper und gab sich Mühe, sich zu konzentrieren. »Nein, das fürchte ich nicht.« Er wirkte schon nicht mehr so angetrunken. »Aber was ich fürchte, bist du.«

»Große Ehre.«

»Nein, überhaupt nicht. Und nun hör mir zu.« Mit härterer Stimme fuhr er fort: »Spar dir jede Mühe mit Diebler. Was immer du in deinem Dickschädel gegen ihn ausgebrütet hast – das Beste ist, du vergisst es sofort wieder. Das ist doch kein Verbrecher, Mara. Das ist kein Mann, der Straftaten begeht. Er würde nie etwas Ungesetzliches tun, nicht mal bei Rot über eine Fußgängerampel gehen. Was sollte das also? Was war das für ein eigenartiger Auftritt in seinem Büro?«

»Ich wollte mal auf den Busch klopfen.«

»Das ist der absolut falsche Busch.« Von Lingert nahm sein Glas, stellte es aber wieder ab, ohne zu trinken. »Er hat mir erzählt, du hast ihm ein Foto von einem alten Haus unter die Nase gehalten und unentwegt wirres Zeug gefaselt.«

Sie erwiderte nichts.

»Mara, was war das für ein Haus? Das Gebäude bei der Gießerei? Warum?«

Weiterhin schwieg sie und spielte ganz ruhig mit ihrem Weinglas.

»Das war immer schon dein Fehler. Wenn du nichts in der Hand hast, schaltest du den Kopf aus und rennst mit Karacho gegen jede Wand, die sich dir bietet.«

»Danke für die Analyse«, bemerkte sie sarkastisch.

»Noch mal: Aus welchem Grund hast du ihm das Foto gezeigt?«

Sie erläuterte die Hinweise, die sie von ihrem Vater hatte.

Von Lingert starrte sie völlig ungläubig an. »Das ist alles?«

»Ich muss jedem verfluchten kleinen Fingerzeig nachgehen.«

»Aber das ist absurd. Karel Diebler steht über …«

»Über dem Gesetz?«

»Quatsch!« Er winkte ab. »Aber dass er in irgendwelche blutigen Spielchen mit Prostituierten verwickelt sein soll, das ist einfach … Mir fehlen die Worte.«

»Du nennst es blutige Spielchen, für mich sind es Verbrechen. Da macht doch niemand freiwillig mit, dazu muss man gezwungen werden.«

»Verbrechen? Da ist nichts, aber auch *gar nichts* nachgewiesen. Nicht einmal ansatzweise.«

»Ich arbeite daran, so einiges nachzuweisen.«

Er fuhr sich erneut übers Haar. Maras Worte hatten ihn wohl endgültig nüchtern gemacht. »Na gut«, murmelte er leise. »Einfach mal angenommen, Karel hätte wirklich etwas getan, für das man ihn belangen könnte. Glaub mir, an ihm würdest du dir die Zähne ausbeißen. Ein Mann wie er würde alle Spuren vernichten. Er würde einfach nichts zurücklassen, was ihn auch nur in die Nähe …«

»Und das von dir!«, unterbrach sie ihn mit Härte in der Stimme.

»Wie meinst du das?«

»Du bist doch die Rechtschaffenheit in Person. Du bist

doch überzeugt, dass die Rechtsprechung sämtliche Grundlagen geschaffen hat, um jeden Verbrecher kriegen zu können. *Law and Order*, das ist doch deine Welt. Das ist das, woran du glaubst. Und jetzt sagst du, dass jemand wie …«

»Selbstverständlich glaube ich daran«, fiel er ihr ins Wort. »Aber deswegen weiß ich trotzdem, dass die Welt nicht immer funktioniert, wie das Gesetz es vorsieht.«

Ihre Augenbraue zuckte in die Höhe. »Heute überraschst du mich tatsächlich. Erst das Feuerwasser, jetzt das.«

»Mir ist durchaus klar, dass du mich für stur und bürokratisch hältst.«

»Nicht nur ich.« Mara grinste.

»Das mag ja stimmen, ist aber nicht die ganze Wahrheit. Leute wie Karel und ich, wir üben das Strafmonopol des Staats aus, wie es mal ein Kollege formuliert hat, doch wir sind alle nur Menschen – und wir haben es mit Menschen zu tun. Das würde ich nie vergessen. Und Karel erst recht nicht.«

»Du schweifst ab, übrigens auch überraschend bei dir. Denn eigentlich wolltest du mir gerade sagen, wie es jemand in Dieblers Position anstellen würde, sich einer möglichen strafrechtlichen Verfolgung zu entziehen.«

»Unsinn!«, rief er verärgert.

»Es ist exakt das, was du sagen wolltest. Man würde ihn nie kriegen, er wüsste, wie er davonkommt.«

»Nein.« Von Lingert schüttelte den Kopf. »Ich wollte erläutern, dass er …«

»Ja?«

»Wie auch immer, er ist über jeden Zweifel erhaben.«

»Das wird sich noch zeigen«, meinte Mara hartnäckig.

Der Staatsanwalt streifte seine Anzugjacke ab, legte sie gleichermaßen achtlos auf den Mantel und lockerte den Krawattenknoten. »Hör zu, Mara. Ich hab das nicht sagen wollen. Das mit deinem größten Fehler.«

»Was wolltest du denn sagen?«

Sie goss Wein nach und trank einen Schluck.

»Keine Ahnung, es sollte jedenfalls nicht gönnerhaft klingen. Es ist nur so, dass ...« Er verstummte.

»Was?« Sie musterte ihn.

»Früher hätte ich solche vagen Anschuldigungen von dir mit einem Schulterzucken abgetan, jetzt allerdings ... Ich kenne dich inzwischen.«

»Das kann man wohl sagen«, warf sie spöttisch ein.

»Ich weiß, dass du dranbleibst, wenn du erst mal Blut geleckt hast. Das macht dich zu einer guten Polizistin.«

»Hört, hört«, kommentierte sie noch spöttischer.

»Ehrlich, das ist deine stärkste Eigenschaft. Ich habe nie einen Kriminalermittler getroffen, männlich oder weiblich, der derart verbissen an einer Fährte klebt wie du. Egal, welche Rückschläge kommen, egal, wie unwahrscheinlich ein Erfolg ist – du machst weiter. Und ich weiß genau, dass du mit dieser Dickköpfigkeit schon Fälle geknackt hast, die bei anderen im Sande verlaufen wären.«

Sie grinste. »Das heißt, ich mache dir tatsächlich Angst.«

Er lachte auf. »Manchmal schon!«

Plötzlich wieder vollkommen ernst sagte sie: »Zum Beispiel jetzt. Und du hast Angst um deinen unfassbar ehrenwerten Freund Karel Diebler.«

Von Lingert seufzte. »Vergiss ihn! Vergiss Diebler! Glaub mir, ich kenne ihn.«

»Dieser Satz hat mich nie beeindruckt. Wer kennt schon wirklich einen anderen? Je weißer die Weste eines Menschen scheint, desto misstrauischer werde ich, ich kann nicht anders.« Nach einem kurzen Grübeln fuhr sie fort: »Die Bemerkungen meines Vaters lassen mir keine Ruhe. Er bekommt sehr viel mit. Er hat ein Gespür dafür, wann etwas mehr als nur Gerede ist. Und er hat verdammt stark mit sich gerungen, ehe er den Namen Diebler fallen ließ.«

Warnend hob von Lingert die Hand. »Ich sage dir eines:

Wenn du weitermachst, begibst du dich auf reichlich dünnes Eis.«

»Das ist nichts Neues für mich.«

»Ich will dich nicht verlieren, wirklich, die Abteilung kann deinen Eigensinn ganz gut brauchen. Jedenfalls ab und zu.«

»*Nicht verlieren* hört sich etwas melodramatisch an, findest du nicht?« Jetzt betonte sie ihre Worte wieder spöttisch.

Er lächelte schmal. Eine Stille entstand, nur PJ Harveys Stimme erklang.

»Hast du keine fröhlichere Musik?«, fragte er.

»Was glaubst du? Habe ich?«

»Nein.« Er lachte erneut.

»Sonst noch was zu meckern?«

»Nun ja, der Wein ist gut, aber hättest du nicht was Stärkeres?«

Sie betrachtete ihn. »Den Ausspruch kenn ich sonst von meinem Vater.«

»Und was trinkt ihr dann?«

»Wild Turkey.«

»Himmel, das ist nun echt nicht *my cup of tea.*« Er rollte mit den Augen. »Doch was soll's, heute ist so ein Tag ... Also los, her damit.«

Mara stand auf und füllte zwei andere Gläser mit dem goldbraun schimmernden Bourbon. Sie prosteten sich zu, tranken, und von Lingert musste husten. »Großer Gott«, keuchte er, »das schmeckt wie eine Handvoll rostige Nägel.«

»Treffende Beschreibung. Aber ... heute ist so ein Tag«, wiederholte sie ironisch.

»Was muss, das muss.« Er nippte gleich noch einmal, jetzt ohne zu husten.

Das Gespräch kam von Neuem in Gang, doch sie umschifften das Thema Karel Diebler. Meistens war es von Lingert, der sprach. PJ Harvey sang, die Minuten zogen vorbei.

Der Staatsanwalt wurde noch redseliger, zugleich grüblerischer, weicher, regelrecht melancholisch, jedenfalls hatte Mara ihn nie so erlebt. Es zeigte, wie sehr auch er oft damit zu kämpfen hatte, die Rolle, die er übernommen hatte, konsequent durchzuziehen. Sie hörte mit gewissem Staunen zu, wie er von Gewissensbissen sprach, die ihn begleiteten, wenn er bei Verhandlungen die Gegenseite mit gewissen Finten zu besiegen versuchte, von der Mühsal der Strafverfolgung im Allgemeinen, und sie entdeckte eine Gemeinsamkeit, die ihr bislang nicht bewusst gewesen war. Dass es sie beide wütend machte, wenn sie sich ohnmächtig fühlten, weil das Gesetz Schlupflöcher bereithielt, durch die Menschen entkamen, die eindeutig kriminelle Taten begangen hatten.

»Ich hätte nicht gedacht, dass du dich über dieselben Dinge ärgerst wie ich«, gab Mara zu.

»*Ärgern* reicht bei Weitem nicht, um in vielen Fällen meine Gefühle zu beschreiben.«

»Hm, ich hatte eher den Eindruck, du hättest das Gesetz eigenhändig in Steintafeln gemeißelt.« Sie lächelte ihn an.

»Nicht nur du. Ich weiß, wie ich auf die Leute wirke.« Leise fügte er an: »Vielleicht haben wir beide doch mehr gemeinsam, denkst du nicht?«

Mara stand auf und stellte sich ans Fenster, das auf den Hinterhof hinausging. Der Nebel hatte sich etwas gelichtet, mittlerweile waren einzelne Sterne zu erkennen, es hatte nicht mehr geregnet.

Sie hörte, wie auch er sich erhob. Dicht stand er auf einmal hinter ihr.

»Ich habe oft daran denken müssen«, kam es leise von ihm. »Du weißt schon, die Nacht, in der wir …« Seine Stimme verklang.

Mara schwieg.

Er legte seine Hand auf ihre Schulter und drehte sie zu sich herum.

Sie ließ es zu.

Aus glasigen Augen sah er sie an. »Was Diebler anbelangt ...«

»Ja?«

»Tu, was du tun musst.«

»Das mache ich immer.«

»Aber ich kann dir nicht versprechen ...« Erneut verstummte er.

»Du brauchst mir gar nichts zu versprechen.«

Er senkte den Blick. »Wirklich, oft muss ich daran denken. Öfter, als du es für möglich halten würdest.«

Erneut erwiderte sie nichts.

Von Lingert sah wieder auf. Sein Gesicht kam auf sie zu, immer näher.

Mara zuckte mit der Augenbraue, wie nur sie das konnte. Das genügte. Abrupt hielt er inne. Und ging gleich auf Abstand.

»Das wäre wahrscheinlich nicht die allerbeste Idee«, murmelte er sichtlich verlegen.

»Kein Einspruch, Herr Staatsanwalt.«

»Ich rufe mir wohl besser ein Taxi.«

In diesem Moment klingelte Maras Handy. Es lag noch im Wohnzimmer auf dem kleinen Sofa. Sie ging nach drüben. Der Anrufer war Rosen. Seine Büronummer war eingeblendet.

»Bist du immer noch nicht zu Hause? Das gibt's ...«, begann sie, doch er stoppte sie sofort: »Hast du schon geschlafen? Los, du musst kommen.«

»Wohin? Zu dir ins Präsidium?«

»Nein, wir treffen uns dort.«

»Wo *dort?*«

»Eine Schießerei, Billinsky«, sagte er angespannt. »Wir müssen uns beeilen.«

49

Die leeren Straßen strahlten etwas Fremdes, Unwirkliches aus. Der Motor dröhnte dumpf. Mara versuchte, sich zu konzentrieren, doch Rotwein und Bourbon zeigten Wirkung. Es war nicht so einfach, den Kopf wieder klar zu bekommen, während die Lichter der City links und rechts an ihr vorbeiwischten. Auch die Schulter tat wieder weh, das würde wohl noch eine Weile so bleiben.

Als sie den Tatort erreichte, war Rosen gerade angekommen. Sie sah ihn hastig aus seinem Auto springen und stellte den Alfa direkt daneben ab. Zwei Einsatzwagen befanden sich bereits vor Ort, ebenso ein Notfallfahrzeug. Die Blaulichter schleuderten grelle Streifen in die ansonsten farblose Umgebung.

Die Stelle, an der es zu der Schießerei gekommen war, eine trostlose Ecke des Bahnhofsviertels, wurde abgesperrt. Beamten eilten umher, ein paar verlorene Geschöpfe der Nacht hatten sich eingefunden und gafften. Es war kaum noch neblig, aber kalt. Rosens Atem bildete faserige Wölkchen, als er ihr zurief: »Ich wollte gerade nach Hause gehen, da kam der Anruf.«

»Wie könnte man die Nacht besser verbringen?«, meinte sie dumpf und schob sich ein Mentholbonbon zwischen die Lippen.

Er musterte sie. »Bist du betrunken?«

»Was dagegen?« Sie betrachtete die Szenerie. Ein Verletzter wurde auf die Bahre gehoben und in den Notarztwagen verfrachtet. Sie erstarrte. Doch nur für einen Moment, dann rannte sie los.

»Billinsky!«, hörte sie Rosens verwunderte Stimme hinter sich, aber sie achtete nicht darauf, nur auf den Verletzten, den sie sofort erkannt hatte. Mit einem langen Sprung brachte sie sich ins Innere des Rettungsfahrzeugs. Dem verdatterten Notarzt hielt sie den Ausweis hin.

»Das geht nicht«, protestierte er, »wir müssen sofort losfahren, Sie können nicht …«

»Doch, ich kann«, unterbrach sie ihn und hockte sich schon auf die kleine, an der Fahrzeugwand angebrachte Sitzfläche. »Ich muss mit diesem Mann reden.«

Der Notarzt wollte erneut widersprechen, aber ihre funkelnden Augen brachten ihn zum Schweigen. Er gab dem Fahrer ein Zeichen, und das Fahrzeug rollte an.

Der Mann auf der Bahre betrachtete Mara. Mit zittriger Hand nahm er sich das Atemgerät vom Gesicht. Der Notarzt erklärte entschieden, dass das keine gute Idee sei.

»Mein Atem, mein Leben«, widersprach Domenico Manzoni heiser. Sein Blick wanderte von dem Mediziner zurück zu Mara. Er brachte ein ironisches Grinsen zustande, wie schon so oft, obwohl sein Teint erschreckend bleich war. Auf seiner Stirn glänzte Schweiß, die Lippen schimmerten bläulich. Der Mantel stand offen, sein Shirt war mit Blut getränkt.

Die Sirene heulte, der Motor brummte. Der Arzt zeigte mit verärgerter Miene, dass er nicht im Geringsten einverstanden war, aber Mara wie auch der Italiener ignorierten ihn.

»Kein romantischer Ort für ein Wiedersehen, Kollegin«, sagte Manzoni mit rauer, leiser Stimme. »Ich hab nicht gerade eine Glückssträhne.«

»Wer war das?« Mara war wieder vollkommen nüchtern, das dumpfe Wattegefühl des Alkohols restlos verflogen.

»Es ging so schnell. Schritte, Schüsse, ich lag da, in eurem kalten deutschen Regen.« Sein Mund verzerrte sich zu einem Grinsen. »Ach ja, ausnahmsweise hat es gar nicht geregnet ... Scheiße, weißt du was? Mir ist kalt. Das ist ein kaltes Land.«

»War es Yekinis Bande? Wollten sie Rache für Louise Losakhare nehmen? Führst du einen Privatkrieg gegen sie?«

Verwirrt sah er sie an. »Das verstehe ich nicht. Wovon sprichst du? Was ist mit Madame Lou?«

»Du warst bei ihr, nicht wahr?«

»Bei Madame Lou?«

»Du bist einem Zeugen aufgefallen.«

Er stöhnte. »Klar war ich dort. Aber was ist denn nun mit ihr?«

»Sie ist tot«, entgegnete Mara schlicht.

Seine Augen weiteten sich, dann wurden sie ganz klein, schienen nach innen zu blicken. »Das wusste ich nicht.«

»Bügeleisen. Sagt dir das was?« Mara taxierte ihn. »Steakmesser. Kartoffelschäler. Lockenstab.« In dieser Umgebung klang das Aufzählen der Begriffe besonders bizarr.

»Was redest du da?« Manzoni schnaufte.

»Von Louise. Sie ist sehr, sehr langsam gestorben. Kurz nachdem du hier die Bühne betreten hast, Signor Commissario. Du fahndest nach afrikanischstämmigen Menschenhändlern. Du warst bereits in Sizilien auf der Spur von Losakhare. Was willst du noch hören?«

»Aber weshalb sollte ich sie umbringen? Und auch noch so qualvoll?«

»Vielleicht um Informationen aus ihr herauszupressen«, erwiderte Mara. »Darüber, wo jemand ganz Bestimmtes zu finden ist.«

Er grinste unergründlich, die Augen fielen ihm kurz zu, dann sah er wieder Mara wie aus weiter Ferne an.

»Es war ein Zufall, nichts weiter. Ich bin dir und deinem Kollegen hinterhergefahren. Und so stieß ich auf Madame Lou. Du kannst dir gar nicht vorstellen, wie überrascht ich war.« Er keuchte. »Ich klingelte immer wieder. Sie hat mir nicht aufgemacht. Ich beschloss, sie in den nächsten Tagen im Auge zu behalten. Wenn sie einmal die Wohnung verließ, wollte ich sie ansprechen.«

»Wie lange warst du bei dem Haus?«

»Höchstens eine Viertelstunde. Ich bin herumgefahren. Und dann erhielt ich andere Informationen, wegen denen Madame Lou nicht mehr so wichtig für mich war. Jahrelang hat sie in Sizilien gelebt. Wenn ich sie da nicht umgebracht habe, wieso hätte ich es jetzt hier tun sollen?«

»Als wir uns vor deinem Hotel gesehen haben und du abgehauen bist – wer war bei dir im Auto?«

Wieder grinste er. »Eine Hure. Ich war einsam.«

Mara betrachtete ihn. Er tat ihr leid, und zugleich wurmte es sie, dass er selbst jetzt noch ein Rätsel aus allem machen musste. »Du hattest also endlich diejenige gefunden, die du die ganze Zeit schon gesucht hast.«

Er schluckte und hustete heftig. »Ich bin ein Macho, Billinsky. Dachte ich zumindest. Männer, die bis über beide Ohren verliebt sind, habe ich immer ausgelacht und für Narren gehalten. Nie hätte ich geglaubt, dass ich selbst mal zu diesem Club gehören würde.«

»Es geht um Joy«, sagte Mara.

Der Wagen bremste. Die Sirene verstummte, und die hinteren Türen sprangen auf.

Manzoni senkte die Lider. »Mir ging es immer um sie. Jedenfalls zum größten Teil. Stell dir vor, allein wegen ihr bin ich sogar korrupt geworden. Ich wollte genug Geld zusammenraffen, um sie da rauszuholen. Eine gute Basis für uns beide, das war mein Ziel, deshalb wurde ich schwach, und dann war sie weg, und jetzt stecke ich bis zum Hals in Schwierigkeiten. Ja, ein Narr war ich, der größte Narr von allen.«

»Was ist mit Joy? Wo steckt sie jetzt?«

Der Notarzt drängte sich vor Mara. »Lassen Sie den Mann jetzt endlich in Ruhe!«, rief er. »Er hat eine Schussverletzung und wird operiert werden müssen. Was denken Sie sich eigentlich?«

»Ich denke, dass ich ihn vorher noch weiter befragen muss.«

»Auf keinen Fall.«

Manzonis Bahre wurde aus dem Wagen gezogen, damit er in die Klinik gebracht werden konnte. Mehrere Leute kümmerten sich um ihn.

Mara sprang ins Freie.

Und jetzt?, fragte sie sich.

Kälte umfing sie, ein jäher Windzug riss an ihr, neuerliche Nebelfetzen, noch ganz dünn und fein, hatten sich gebildet. *Shit!*, dachte sie niedergeschlagen. *Was für eine verdammte Nacht.* Sie erinnerte sich an jenen Moment, als sie Manzoni zum ersten Mal begegnet war, in der Hitze von Catania, an einem menschenleeren, von Abfall übersäten Strand.

Eine wahre Ewigkeit wartete sie in einem Korridor der Uniklinik. Sie telefonierte zweimal mit Rosen, der noch am Tatort war und ihr versicherte, dass sie im Krankenhaus bleiben könne, er und der Rest des Teams hätten alles im Griff. Sie wollte unbedingt bei Manzoni sein, sobald die Möglichkeit bestand, ihm weitere Fragen zu stellen.

Knapp drei Stunden und etliche Becher Automatenkaffee später war es so weit. Sie weigerte sich derart dickköpfig, sich abwimmeln zu lassen, dass sie endlich Erfolg hatte.

Als sie sich neben sein Bett stellte, grinste der Italiener. Er war so blass wie die Bettwäsche. Kabel und Schläuche verbanden ihn mit Apparaturen, Monitore zeigten an, wie es um das Leben bestellt war, das seinen Körper durchströmte.

»Dich werde ich wohl nie los, Billinsky«, nuschelte er heiser.

»Sieht so aus.«

»Wie kann man nur so hartnäckig sein …«

»Wie geht es dir?«

»Prachtvoll.« Er stieß die Luft aus. »Und ich weiß, wie es dir geht: Das Warten macht dich fertig, die Misserfolge nagen an dir, du bist stinksauer auf die ganze Welt. Ich weiß das, weil ich mich oft genug genauso gefühlt habe.« Er sah sie an. »Also, Billinsky, stell deine Fragen, ich halte es schon aus. Wo waren wir stehen geblieben?«

»Bei Joy«, kam es prompt von Mara.

»Natürlich. Bei Joy.« Ein trauriger Zug schlich sich in sein abgekämpftes Gesicht. »Vor Kurzem ist sie abgehauen. Weg von Yekinis Bande. Hat es nicht mehr ausgehalten – und sie hat davor schon verdammt viel ausgehalten, glaub's mir. Aber irgendetwas hat ihr noch mehr Angst gemacht als alles zuvor.«

»Was ist das?«, warf Mara ein.

»Ich weiß es nicht. Jedenfalls war Joy ziemlich am Ende. Deshalb hat sie sich von diesem kleinen Schwein auflesen lassen.«

»Wo finde ich Joy?«

»Diese Kerle haben sie. Augustus Yekinis alte Bande, in der jetzt vermutlich Solomon das Sagen hat. Augustus hat wohl in die eigene Tasche gearbeitet, entweder gar nicht mehr oder nur teilweise für Madame Lou. Die Bande will sich in Frankfurt etablieren, wie du es ja bereits angenommen hast.« Düster starrte Manzoni vor sich hin. »Und Joy ist zu wertvoll für sie, um sie einfach gehen zu lassen. Sie weiß zu viel, sie schafft zu viel Geld heran, darauf verzichten sie nicht.«

»Domenico, ich frag zum letzten Mal: Wo finde ich Joy? Wo versteckt sich die Bande? Ihr habt doch bestimmt darüber geredet. Ich muss unbedingt mit Joy sprechen.«

Er sah mit fiebrigen Augen auf, schon wieder standen ihm dicke Schweißperlen auf der Stirn. »Sie hatte Angst.« Er schnaufte. »Angst vor einem Turm.«

»Bist du sicher? Turm?«

»*Torre. Tower.* Ja, verflucht: Turm. Keine Ahnung, was

sie eigentlich meinte. Sie war dabei, mehr zu erzählen, als wir den Hauptbahnhof erreichten, um eine Tasche aus einem Schließfach zu holen. Ich wollte mit ihr aus Frankfurt abhauen und mir anhören, was sie noch alles zu berichten hat. Aber dann …« Er verfiel in Schweigen, den Blick ins Nichts gerichtet.

»Ich lasse dich jetzt in Ruhe, Domenico.«

»Du musst diesen Turm finden, Billinsky«, erwiderte er leise. Wieder fielen ihm die Augen zu. »Und Joy. Sie hat so viel mitgemacht, sie weiß nicht, wie es ist, wenn ihr jemand etwas Gutes tun will. Das kennt sie gar nicht, etwas Gutes.«

»Warum hast du nicht offen gesagt, dass du sie suchst? Ich hätte …«

»Es hätte nichts genützt. Ich habe keinen Auftrag, keine Befugnisse, ich hätte meine Heimat gar nicht verlassen dürfen. Davon hättest du sowieso erfahren. Und selbst wenn wir das außen vor lassen – ich kenne die Wege, die bei der Polizei zurückgelegt werden müssen, bis jemand in Aktion tritt. Hättest *du* Joy gesucht? Wirklich? Mit welcher Begründung? Eine von etlichen namenlosen Prostituierten aus Nigeria? Ach komm, wie viele Beamte hätten sich darum gekümmert?«

»Jetzt scheint es allerdings so zu sein, dass sie ziemlich wichtige Aussagen machen kann.«

»Sie wird überhaupt nichts sagen.«

»Wie auch immer, du hättest mich einweihen müssen.«

»Ich weiß, Billinsky. Aber sieh mal, mein Leben lang habe ich allein gekämpft, und ich werde mich nicht mehr ändern. Eigentlich bin ich nur bei dir aufgetaucht, um dich ein wenig auszuhorchen. Doch dazu kam es gar nicht.« Er stöhnte leise. »Jetzt musst du Joy finden. Und wenn du sie hast, sei nicht zu hart mit ihr. Verurteile sie nicht.« Mit flackernden Augen starrte er sie an. »Versprichst du mir das?«

Mara nickte.

»Du versprichst es mir, ja?«

»Natürlich.«

Manzonis Kopf sank zur Seite, er schlief ein, ganz plötzlich, sein Atem ging flach und stoßweise.

Plötzlich stand ein Arzt neben Mara und starrte sie voller Entrüstung an. »Was tun Sie hier, um Himmels willen?«

»Das ist mit dem Personal abgesprochen«, meinte sie lahm.

»Nein, da muss es sich um ein Missverständnis handeln. Dieser Mann ist schwer verletzt, er hat viel Blut verloren. Er braucht Ruhe!«

»Schon gut«, erwiderte sie leise und verließ gemeinsam mit dem Arzt den Raum. Auf dem Flur sagte sie: »Er kommt doch durch, oder?«

Der Arzt, ein etwa fünfzigjähriger Herr mit grauem Haar und Goldrandbrille, war nicht mehr ganz so aufgebracht. Zögernd hob er die Schultern und ließ sie sacken. »Er verfügt über eine gute Konstitution, das stimmt mich einigermaßen zuversichtlich. Aber eine Prognose will ich trotzdem nicht wagen. Es war schon schwer genug, seinen Zustand zu stabilisieren. Immerhin geht es um einen Steckschuss in der Brust. Wir werden abwarten müssen.«

»Danke!«

Als er sich entfernt hatte, starrte Mara den leeren Korridor hinab. Manzoni war ein zäher Hund, und sie dachte daran, dass sie ihn schon einmal voreilig abgeschrieben hatte. Seine Worte schwirrten ihr unablässig im Kopf herum. *Jetzt musst du Joy finden.* Mara seufzte. In diesem Augenblick hätte sie gegen einen *Wild Turkey* nichts einzuwenden gehabt. *Du musst diesen Turm finden.* Auch das hatte Manzoni gesagt. Was hatte es damit auf sich? Ihr kam ein Gedanke.

Sie sah zu einer Uhr an der Wand.

Ab nach Hause?

Nein, natürlich nicht.

Immer weiter, sagte sie sich, immer weiter.

50

Rosen schlängelte sich durch den dichten morgendlichen Verkehr. Er schaltete die quäkende Stimme einer Radiomoderatorin aus und genoss den Moment, als die Stille einsetzte.

Die Nacht war kalt und klar gewesen, jetzt wogten schon wieder Schleier aus Nebel durch die Straßenschluchten. Der Sommer wirkte unendlich fern, Lösungen schienen noch unerreichbarer. Rosen spürte die Last auf den Schultern wie bereits seit Wochen. Während Billinskys Abwesenheit war seine Rolle bei den Ermittlungen größer gewesen. Das hatte ihm zusätzlichen Druck beschert. Seit ihrer Rückkehr hatte er kein einziges Gespräch mehr mit von Lingert geführt. Zurück in der zweiten Reihe also. Das war ihm ja auch ganz recht.

Er dachte daran, wie Billinsky immer konsequent, geradezu rücksichtslos weitermarschierte, ganz egal, wie viele Rückschläge es geben mochte. Eine Zeit lang hatte er versucht, sich ihre Entschlossenheit anzueignen, doch dann war die Geschichte mit Anyana passiert. Ihr Tod hatte ihn aus der Bahn geworfen. Er spürte, dass ihm alles entglitt, und da war sie wieder, die alte Angst, die er von früher kannte. Kalte Handflächen, Schweiß auf der Stirn, wenn ein Einsatz bevorstand, ein nervöser Magen, Schlafstörungen.

Ja, er hatte wahrlich nichts dagegen, wieder in der zweiten Reihe zu stehen. Und dennoch … irgendetwas schwelte in ihm. Gewiss nicht der Wunsch, in der Hierarchie nach oben zu klettern, voranzukommen. Etwas ganz anderes.

Während der Fahrt durch den Nebel musste er unwillkürlich wieder an den Augenblick denken, als er auf dem Hochhausdach verharrt hatte. An die verstörende Verlockung, die von der Tiefe unter ihm ausgegangen war. Das war es, was ihm zusetzte, die Anziehungskraft, die der Abgrund ausgelöst hatte. Stand es wirklich so schlimm um ihn? Er fühlte sich, als wäre er damals vom Dach gesprungen, nur dass der Fall einfach nicht aufhörte, er sauste dem Aufprall entgegen, ohne dass es so weit kam.

Was denkst du da eigentlich gerade?, fragte er sich selbst, seltsam erschrocken, und machte rasch das Radio wieder an. Ein Popsong erklang, und er war dankbar für das heitere, anspruchslose Gedudel. Es half, die Gedanken zu vertreiben.

Als er kurz darauf im Präsidium den langen Korridor entlangging, versuchte er sich auf die vor ihm liegenden Aufgaben zu fokussieren, aber in seinem Kopf war alles leer und taub. Im Großraumbüro grüßte er beiläufig Stanko und Patzke, die ebenfalls gerade ankamen, und schob sich hinter die Trennwand in sein kleines, stilles Reich.

Nur dass diesmal jemand da war.

Überrascht starrte Rosen sie an, wie sie da auf dem Boden hockte, genau wie er vor Kurzem, in einem Wust aus Ausdrucken.

»Billinsky! Was machst du denn hier?«

Sie blickte kaum auf. »Nachdenken.«

»Wie wäre es mit einem Kaffee?«

»Ich hatte schon zu viel davon.« Sie zeigte auf das Kartenmaterial, das um sie herumlag. »Keine Sorge, ich habe nicht in deinen Sachen gestöbert. Na ja, es war alles auf dem Schreibtisch, nicht weggeschlossen, oder so.«

»Schon gut.«

»Deine Idee mit möglichen weiteren Bluthäusern fand ich nicht uninteressant. Und jetzt gibt es auch einen neuen, wenn auch ziemlich schwammigen Hinweis.«

»Welchen?« Er zog Jacke und Wollmütze aus.

»Kennst du Türme in Frankfurt?«

»Du meinst die Bankentürme, die Wolkenkratzer?«

»Ehrlich gesagt, weiß ich noch nicht, was ich meine. Es kam von Manzoni. Eigentlich von Joy.«

Er setzte sich und sah sie an.

Mara erhob sich und schob ihr Hinterteil auf seinen Schreibtisch. Knapp erläuterte sie ihr Gespräch mit Domenico Manzoni, vor allem dessen Ausführungen über Joy.

»Wie geht es ihm jetzt?«

Sie verzog den Mund. »Schwer zu sagen. Jedenfalls werde ich angerufen, wenn sich sein Zustand verschlechtern sollte.«

Noch immer musterte Rosen sie genau. »Sag mal, du warst nicht zu Hause, oder?«

»Ich bin von der Uniklinik direkt hierhergefahren.«

»Du musst todmüde sein.«

Sie grinste schief. »Mir geht es besser, als ich aussehe.« Nach einem flüchtigen Gähnen setzte sie sich auf ihren alten Platz. »Lass uns mal besprechen, wie wir weitermachen. Punkt für Punkt.«

»Hoffentlich haben wir auch ein paar Punkte«, meinte er skeptisch.

»Also, die Beschattung von Diebler läuft. Aber dabei kam noch rein gar nichts heraus.«

Rosen stutzte. »Was? Davon wusste ich gar nichts. Wie hast du das durchgesetzt? Praktisch ohne Indizien und ...« Er verstummte, als sie erneut ein schiefes Grinsen aufsetzte.

»Nun ja, eine Beschattung in dem Sinne ist es nicht. Eher eine Art inoffizielles Augen-offen-Halten.«

»Billinsky!«, entfuhr es ihm warnend. »Du gehst ein gefährliches ...«

»Entspann dich, Rosen«, unterbrach sie ihn. »Es handelt sich lediglich um die Bitte an ein paar Kollegen von der Streife, genauer hinzusehen, was unseren Freund Diebler betrifft.« Sie zwinkerte ihm zu. »Nächster Punkt, von dem du übrigens auch nichts weißt: Ich habe noch einmal die Spurensicherung losgeschickt. Die Jungs sollen sich unser sogenanntes Blutzimmer erneut vornehmen. Natürlich das gesamte Haus. Und zwar jeden Millimeter, von oben bis unten. Umfassender und gründlicher als zuletzt.«

»Wann hast du das veranlasst?«

»Kürzlich erst. Ich habe ziemlich Druck gemacht. Sehr zum Ärger der lieben Kollegen, die alles andere als begeistert waren. Aber du weißt ja, was ich zu so was sage.«

»Ja, das weiß ich: Scheiß drauf.«

Sie musste lachen. »Stimmt genau. Ich dachte, ich nütze einfach mal aus, dass ich Chefin sein darf. Wird ja nicht lange anhalten, der Zustand. Und stell dir vor«, ihre müden Augen blitzten auf, »sie fanden tatsächlich Spuren, die man beim ersten Mal übersehen hatte.«

Er setzte sich aufrechter hin. »Tatsächlich?«

»Fasern, Hautpartikel. Mal sehen, ob es für die Laborratten reicht, daraus ein DNA-Profil zu gewinnen. Ach ja. Und jetzt sind doch Fingerabdrücke gefunden worden, wohl aus dem Erdgeschoss, nicht aus dem Zimmer mit den Unmengen an Blut. Allerdings so schwach erhalten, dass unklar war, ob sie verwertbar sein werden. Wie auch immer, jedenfalls gebe ich die Hoffnung nicht auf.«

»Hut ab, dass du drangeblieben bist.« Rosen sah seine Gedanken von der Autofahrt ins Präsidium bestätigt – Billinsky war jemand, der einfach nicht lockerließ.

Sie nickte. »Man muss die Kollegen eben manchmal zu ihrem Glück zwingen. Klimmt würde mir recht geben.«

»Am Ende hast du mehr mit ihm gemeinsam, als du glaubst.«

»Shit, sag *ihm* das nicht – sonst kriegt er einen Herzanfall.«

Sie mussten beide lachen, ein zuletzt ganz schön seltener Moment. Das hielt auch nicht lange vor, denn das Anrufsignal von Maras Handy ertönte.

Rosen verfolgte, wie sie das Display betrachtete und sofort wieder ernst wurde. »Hallo?«, sagte sie. »Ja. Hier ist Billinsky.«

Einem Fremden wäre womöglich nichts aufgefallen, doch Rosen kannte sie lange genug, auch wenn sie in gewisser Weise immer ein Rätsel für ihn bleiben würde. Er sah, wie ihr Gesicht förmlich vereiste. Als würde jeder winzige Muskelstrang unter der Haut gefrieren.

»Ja«, kam es völlig tonlos von ihr und gleich noch einmal: »Ja.« Sie schloss kurz die Augen, starrte dann vor sich hin. »Okay. Danke!«

Das Gespräch war bereits wieder vorbei.

»Was ist los?«, fragte er.

»Scheiße«, murmelte sie, ungewohnt leise. »Damit habe ich überhaupt nicht gerechnet.« Sie erhob sich abrupt und setzte sich in Bewegung.

»Wohin willst du, Billinsky?«

»Sorry! Muss mal kurz allein sein.«

Rosen blickte ihr hinterher. Ja, er kannte Billinsky, und deshalb wusste er plötzlich, was sie derart getroffen hatte.

51

Mädchen, die auf Reisen gehen. So wurden sie genannt in Joys Heimat, leise und beiläufig, damit nur ja keiner das Thema vertiefen konnte. Sie erinnerte sich gut an diese Phrase. Früher, als sie noch Azuka geheißen hatte, zu Hause, in einem anderen Leben, hätte sie nie für möglich gehalten, was der Ausspruch wirklich bedeutete. Dass Reisen für Qualen stand. Dass auf eine Hölle immer noch eine Hölle folgte. Wie viele davon hatte sie schon gesehen? Wie viele mochten noch folgen?

Ein neuer Morgen, nass und kühl, ein neuer Tag ohne Hoffnung.

Vier Männer befanden sich in ihrer Begleitung. Landsmänner. In Nigeria geboren und aufgewachsen. Doch wie weit hatten sich auch diese vier Menschen von ihrem alten Leben entfernt? Von ihrem früheren Ich?

Wäre Joy als Junge geboren worden, wäre sie heute einer von ihnen?

Einer steuerte den Wagen, zwei saßen links und rechts von ihr auf der Rückbank, und ein vierter hatte sich bequem in den Beifahrersitz gelümmelt, als würden sie einen kleinen entspannten Ausflug unternehmen. Das war *er*. Solomon Yekini, der neue Boss, der Bruder des alten Bosses. Ja, ganz gelassen saß er da, ein Bein übers andere gelegt.

Dabei waren gestern noch Schüsse gefallen. Dabei hatten diese Kerle gestern Abend, nur ein paar Stunden zuvor, noch versucht, jemanden zu töten. In ihren Gesichtern deutete nichts darauf hin, wie gefährlich sie waren. So etwas brachte sie schon lange nicht mehr aus dem Gleichgewicht, ganz und gar nicht. Joy stellte sich die vier als kleine Kinder vor, irgendwo in den Straßen von Benin City, Abuja oder Lagos, lustige Jungs mit breitem Lachen, zu jedem Unfug bereit, in jeder Hinsicht unschuldig.

Wie gemein mussten die Götter, an die Joy nicht glaubte, sein, um aus Kindern solche Erwachsene zu machen, Männer, die einfach gekonnt und routiniert ihre Pistolen abfeuerten.

Vor Joys geistigem Auge spulte sich schon wieder die Szene ab. Wie Manzoni getroffen wurde. Wie er zusammenbrach. Die vier Nigerianer wussten nur, dass es sich bei ihm um einen italienischen Bullen handelte. Hintergründe interessierten sie nicht. Er war ihnen aufgefallen, erst in Sizilien, dann hier. Sie hatten ihn im Auge behalten, und er hatte sie direkt zu Joy geführt, die sie zurückwollten, denn mit ihr ließ sich viel Geld verdienen. Manzoni stand ihnen also im Weg, er musste weggeräumt werden.

Deshalb war Joy zurück in der Hölle, die bald von einer neuen Hölle abgelöst werden würde.

Abermals sah sie ihn zusammenbrechen. Manzoni.

Retten.

Das hatte er gewollt. Joy retten. In Sizilien hatte sie die Chance gesehen, mit ihm zu gehen, dem Grauen zu entfliehen. Sie hätte diese Gelegenheit nutzen sollen. Vielleicht hatte sie nur einen Tick zu lange gezögert, eingeschüchtert, *gebrochen*, wie sie war.

Ja, nur einen Tick.

Wahrscheinlich wäre sie heute besser dran. Ganz *sicher* wäre sie heute besser dran.

Wie er da auf der Straße gelegen hatte, der verrückte, verliebte Italiener. Im Gegensatz zu vielen anderen Männern, die ihr etwas versprochen hatten, hatte er es offenkundig ernst mit ihr gemeint. Viel ernster, als sie es je für möglich gehalten hätte. Das war ihr erst hier so richtig klar geworden. Zu spät.

Er hatte sich nicht mehr gerührt. Bestimmt hatte er das

nicht überlebt. Oder flickte man ihn zusammen, in einem jener angeblich so fabelhaften Krankenhäuser, die es in diesem Lande gab? Und selbst wenn, würde er Joy nicht mehr helfen können. Yekini und die anderen würden dafür sorgen, dass er nicht mehr an sie herankäme.

Die vier Männer unterhielten sich. Einer war erkältet und hustete ständig. Im Auto roch es nach den herben Duftwässern, die sie zu großzügig aufgetragen hatten, nach dem Kaffee, den sie in Pappbechern schlürften. Es kam Joy seltsam fremd vor, die Sprache ihrer Heimat zu hören.

Solomon machte Witze, und die anderen lachten pflichtschuldig, er war immerhin der Chef. Dann wurden sie ernster. Obwohl Joy gelernt hatte, wann es besser war, *nicht* zuzuhören, nahm sie die Wortfetzen durchaus auf. Es ging um die Schießerei, die Augustus und John nicht überlebt hatten. Offenbar hatten Solomon und die anderen keinen blassen Schimmer, wer dafür verantwortlich war.

Sie fuhren durch eine Gegend der Stadt, die Joy nicht kannte. Ihr fiel ein merkwürdiger Traum ein, der sie zwei Nächte zuvor überfallen hatte. Sie war auf dem Hof ihrer Großmutter gewesen. Die alte Frau sang leise, die Hühner pickten. Vor Joys Füßen tippelten zwei Schwalben, die plötzlich mit ihr sprachen. Sie verstand sie nicht und fragte, was sie ihr sagen wollten, da verstummten die Schwalben auch schon. Ihre Schnäbel öffneten sich, aber sie brachten keinen Ton mehr hervor. Als sie davonfliegen wollten, erkannte Joy, dass ihre Schwingen gebrochen waren. Dann sah sie, dass die Vögel bluteten. Sie bückte sich erschrocken zu ihnen, nahm einen von ihnen in die Hände, doch das Tier starb einfach, innerhalb von Sekunden, und Joy war zitternd und voller Furcht erwacht.

Die Männer im Auto setzten ihre Unterhaltung fort. Ein Name, der Joy vertraut war, fiel besonders häufig: Josch. Anscheinend hatte Solomon diesen Mann im Verdacht, die tödlichen Schüsse auf seinen Bruder und John abgefeuert zu haben – oder zumindest dabei gewesen zu sein. Aber keiner im Auto hatte Josch, der für Augustus eine wichtige Kontaktperson gewesen war, jemals zu Gesicht bekommen. Sie wussten außerdem nicht mit Sicherheit, ob die Verstorbenen an ihrem Todestag tatsächlich mit Josch eine Verabredung getroffen hatten oder mit jemand anderem. Immer wieder fluchte Solomon auf Augustus' Vorliebe, Informationen und Pläne für sich zu behalten.

Je länger sie fuhren, desto weniger hörte Joy noch zu, und umso kälter wurde die Angst, die sich in ihr ausbreitete und ihre Gedanken einfror. Egal, was man erlebt haben mochte, gegen Furcht wurde man niemals immun.

Zwischen Fahrer- und Beifahrersitz spähte sie durch die Windschutzscheibe. Dort vorn, im Nebel, zwischen eher niedrigen Gebäuden entdeckte sie den Turm.

Ja, das musste der Turm sein.

Die Männer quatschten unaufhörlich. Solomon war offenkundig dabei, neue Kunden an Land zu ziehen. So ein reiches Land, dachte Joy beiläufig. Sex zog immer und überall, aber warum konnte man mit Gewalt Geld machen? Ausgerechnet in einem so wohlhabenden Land, in dem es den Menschen so gut ging. Das würde Joy nie verstehen.

Das Auto hielt an. Die vier Männer stiegen aus. Einer von ihnen trug eine einfache Supermarkt-Plastiktüte mit sich, wie nach einem raschen Einkauf. Doch darin befanden sich Waffen: Schlagringe, Totschläger, viele Messer.

Auch Joy schob sich aus dem Wagen. Sie befanden sich auf einem Parkplatz, der im Moment nur von wenigen Fahrzeugen genutzt wurde. Kaum Verkehr ringsum. Stille. Kälte.

Sie legten ein Stück zu Fuß zurück, doch nicht länger als ein paar Minuten. Joy blickte auf. Der Nebel schmiegte sich an den Turm wie ein Trauerschleier.

Sie hatte von dem Gebäude gehört und hielt den Blick

darauf gerichtet, ganz starr, die Lippen zusammengepresst. Heute würde nichts passieren, das hatte sie mitbekommen, vielleicht auch morgen nicht, aber was würde in den nächsten Tagen geschehen?

Die Männer redeten weiterhin miteinander, sie achtete jedoch nicht darauf, sondern betrachtete nur den Turm.

Die nächste Hölle?

52

Mara Billinsky stand im Frauengemeinschaftsbad des Präsidiums vor dem Spiegel und starrte in ihre eigenen dunklen Augen. Trotz der schlaflosen Nacht, trotz der etlichen Rückschläge hatte sie sich gefangen gehabt, war eigentlich ganz gut drauf gewesen. Doch die Nachricht aus der Klinik, das musste sie sich eingestehen, hatte sie völlig unvermittelt getroffen.

Die Worte des Arztes rasselten noch durch ihren Kopf, einzelne Fragmente der Sätze, die gerade durch die Sachlichkeit, mit der sie ausgesprochen worden waren, so niederschmetternd wirkten: ... *tödlich war letzten Endes die Arterienverletzung durch das eingedrungene Projektil ... immense innere Blutungen ... ein schleichender, schließlich nicht mehr aufzuhaltender Tod ... zu viel Zeit vergangen zwischen Eindringen der Kugel und den Erste-Hilfe-Maßnahmen ...*

Obwohl sich der Mediziner schon in der zurückliegenden Nacht hinsichtlich einer Prognose zurückhaltend gegeben hatte, war Mara insgeheim davon ausgegangen, dass Manzoni es überstehen würde. Er war jemand, der *durchkam*, der dem Teufel gerade noch von der Schippe sprang. Jedenfalls hatte Mara es so empfunden, wenn sie an ihn dachte.

Falsch gedacht.

Domenico Manzoni atmete nicht mehr, grinste nicht mehr ironisch, fluchte nicht mehr. Niemals wieder.

Trotz seiner Geheimniskrämerei, trotz seiner Tricksereien, sie hatte ihn gemocht, wie sie sich nun zum ersten Mal wirklich eingestand. Und es war nicht schwer zu erraten, warum sie Sympathien für ihn hegte. Er war ein Außenseiter im

Job, er war eigenwillig, kaum in eine Schublade zu pressen, ein Einzelgänger – genau wie sie.

Immer noch stand Mara unbeweglich da und lieferte sich ein Blickduell mit den eigenen Augen. In der Erinnerung war sie allerdings wieder in dem Rettungswagen bei Manzoni, sie ignorierte den Arzt, interessierte sich für nichts außer möglichen Auskünften, verwickelte dafür den schwer verletzten Italiener in einen für ihn sicherlich anstrengenden Dialog. Zählte sonst nichts? Der nächste Hinweis? Die nächste Spur? Stand das über allem? Und was war mit Mara selbst? Ging sie unter in diesem Tumult, den der Job für sie bereithielt? Ermittlerin zu sein war ihre Welt, ihr Rettungsanker, ihre zweite Haut. Aber alles andere … ja, sie drohte unterzugehen. Sie hatte ihrem Vater nicht einmal ein lausiges Dankeschön zukommen lassen für die Informationen, die er schweren Herzens vor ihr ausgebreitet hatte, sie rannte einfach immer weiter.

Momente des Zweifels würde es stets geben, das war ihr klar. Auf ihrer Netzhaut hatten sich zu viele Bilder des Schreckens eingebrannt, kein Wunder, dass man da immer wieder mal ins Schlingern geriet. Und dennoch würde sie eine Antwort finden müssen. *Wo stehst du, Billinsky? Wo willst du hin? Und wie weit bist du bereit zu gehen, um einen Fall zu lösen?* In der Vergangenheit hatte sie so manche heikle Ermittlungsgrenze überschritten. Würde sie diesen Weg fortsetzen?

Es war überraschend für sie, aber zum ersten Mal wünschte sie sich, Hauptkommissar Klimmt wäre hier. Um sich mit ihm auszutauschen. Seinen knurrigen Kommentaren zuzuhören. Eine verbotene Zigarette zu qualmen, ausgerechnet mit ihm – anfangs immerhin ihr hartnäckigster Gegner im gesamten Kollegium.

Aber er war nicht hier, und es wurde verdammt noch mal Zeit, dass sie diese trostlose Toilette verließ, um sich dem zu stellen, was da draußen auf sie lauerte. Sie atmete noch einmal durch, wandte sich vom Spiegel ab und marschierte nach draußen auf den Korridor, vorbei an Büros und zurück in die Zweierzone, wo Rosen immer noch über Ausdrucken saß und auf seinem Monitor 3-D-Darstellungen der Stadt und ihrer Umgebung anklickte.

Mara setzte sich wieder auf ihren alten Platz.

Er musterte sie abwartend.

»Sorry«, meinte sie nach einem kurzen Schweigen. »Ich musste mal ein paar Minuten für mich sein.«

»Klar, kein Problem.«

»Manzoni«, sagte sie dumpf. »Tot.«

»Ich habe es dir angesehen.« Er räusperte sich. »Willst du mal einen Tag Pause machen, um wieder zu dir zu kommen?«

Sie winkte ab. »Zu Hause die Decke anstarren bekommt mir noch schlechter, als Dienst zu schieben.«

Jenseits der Trennwände wurden Stimmen laut, dann wieder leise.

Mara hob fragend die Augenbraue.

»Nicht das erste Mal heute«, meinte Rosen. »Schleyer hat vorhin, als du weg warst, schon wieder rumgebrüllt.«

»Worum ging es? Ich rede einfach mal mit ihm. Vielleicht gelingt es mir ja doch noch, ihn einzufangen und auf unsere Seite zu ziehen.«

»Damit würde ich lieber noch warten. Der Typ braucht Zeit, um erst mal runterzukommen.«

»Er? Und was brauche ich, was denkst du?«

»Glaub's mir, Billinsky, dafür ist jetzt echt kein guter Moment.« Rosen hob abwägend die Hand. »Wahrscheinlich hat er einfach nur ein Haar in der Suppe gesucht, um sich beschweren zu können. Er war ziemlich geladen. Stanko hat versucht, ihn zu beruhigen, da ist er fluchend abgerauscht und dann wieder aufgetaucht, immer noch stinkig.«

»Er kocht die ganze Zeit schon vor sich hin. Nach von Lingerts Ansprache schien sich das gebessert zu haben, doch wohl nur kurz.«

»Ja, er ist längst wieder auf hundertachtzig.« Rosen zeigte auf seinen Monitor. »Dafür habe ich vielleicht etwas entdeckt.«

Sofort stand sie auf, um sich neben ihn zu stellen und nicht mehr über Schleyers Launen nachzugrübeln, sondern die grauen Zellen in Bewegung zu setzen und zu funktionieren. »Schieß los.«

»Das Haus bei der Gießerei ist irgendwann nicht mehr für blutige Spiele genutzt worden. Deshalb waren die Spuren auch relativ alt. Man war also auf neue Standorte angewiesen.«

Sie sah ihm förmlich an, wie er seine Gedanken zu ordnen versuchte. »Da waren wir schon mal, Rosen. Was hast du entdeckt?«

»Äh, ja.« Er kratzte sich am Kopf. »Bei dem Stichwort Turm habe ich logischerweise nach auffallend hohen Gebäuden gesucht.«

»Ich auch«, kam es von Mara mit kaum verhohlener Ungeduld. »Also, was hast du …?«

Ihr Handy klingelte. Sie wollte den Anruf wegdrücken, als sie feststellte, dass es sich um Christian von Lingert handelte. Vielleicht keine so gute Idee, ihn links liegen zu lassen. »Hallo«, sagte sie knapp.

Mit einer alarmierenden Schärfe ertönte seine Stimme: »Eine Frage …«

»Eine Antwort: Ja, mein Morgen ist großartig«, fuhr sie ihm in die Parade.

Verhaltener sagte er: »Okay, sorry! Ich habe das von Manzoni gehört. Es tut mir sehr leid für deinen Kollegen.«

»Aber deswegen rufst du nicht an.«

Die Schärfe war gleich wieder da: »Nein, sondern wegen *meines* Kollegen.«

Mara schwieg.

»Kann es sein, dass du Karel Diebler beschatten lässt?«

Sie schwieg weiterhin.

»Wenn du ihm wirklich Beamte auf die Pelle rücken lässt, musst du etwas gegen ihn in der Hand haben. Das kannst du doch nicht einfach mir nichts, dir nichts machen. Als ich sagte, tu, was du tun musst, meinte ich nicht, auf ein paar höchst vage Verdachtsmomente hin …«

»Niemand hat den Auftrag, irgendwen zu beschatten.«

Sie hörte, wie er Luft holte.

»Sei vorsichtig, Mara!«

»Bin ich doch immer.«

Sie beendete das Gespräch und wurde wieder einmal von der Gewissheit eingeholt, dass sie sich auf verdammt dünnem Eis bewegte.

Rosen sah sie an. »Alles klar?«

»Zurück zu dem Turm«, verlangte sie.

»Okay.« Er nickte. »Wie gesagt, ich suchte auffallend hohe Bauwerke. Fand aber kein einziges, das mir in irgendeiner Weise verdächtig vorkam. Dann stieß ich bei der Recherche auf ein Gebäude, das nicht hoch ist, aber im Volksmund Turm genannt wird.«

»Verstehe.«

»Der Turm. Zuvor hatte ich nie davon gehört.«

»Leer stehend?«

»Ja.«

»Also ungenutzt?«

»Ja.«

»Abgelegen?«

»Nein, ganz und gar nicht.«

»Hm …«, machte Mara skeptisch.

»Trotzdem ist das Ding möglicherweise einen Versuch wert.« Er klickte ein Foto an und zog es auf bildschirmfüllende Größe. »Nicht gerade ein beeindruckendes Bauwerk. Vier Stockwerke, keine große Grundfläche. Es wurde früher von der Bahn verwendet, aber das ist lange her. Seitdem gammelt es vor sich hin. Am Ostbahnhof treiben sich oft Obdachlose herum – vielleicht nutzen die es ab und zu als Schlafstätte.«

»Falls da überhaupt jemand eindringen kann. Das sieht ziemlich verrammelt aus.«

»Stimmt, das Foto ist relativ aktuell.« Er winkte ab. »Vielleicht vergessen wir es einfach wieder.«

»Nein, tun wir nicht«, sagte Mara kopfschüttelnd.

»Äh. Und das soll heißen?«

Sie machte eine auffordernde Geste. »Auf geht's, Rosen, wir schauen uns den merkwürdigen Kasten mal an.«

53

Rosen zweifelte.

Aber war er nicht oft schon skeptisch gewesen, was Billinskys Ideen betraf? Und hatten sie am Ende die eigenwilligen Wege der Kollegin nicht immer ein Stück vorangebracht?

Diesmal mit Sicherheit nicht. Es war reine Zeitverschwendung, doch er hatte nicht protestiert. Das war nicht seine Art und würde es auch nie werden, da machte er sich keine Illusionen.

Schweigsam drückte er sich in das Polster des Beifahrersitzes, und wieder fiel ihm auf, dass er einfach *leer* war. Alles war ihm einerlei, und er stellte sich lieber nicht die Frage, wie es mit ihm weitergehen sollte.

Unterdessen saß Billinsky am Lenkrad und steuerte den Alfa mit ihrem üblichen schneidigen Fahrstil quer durch die Stadt. Aus der Soundanlage polterte eine ihrer favorisierten Bands, die Rosen kaum auseinanderzuhalten vermochte.

Sie hatte wieder diesen *Billinsky-Blick* aufgesetzt, wie er es nannte: hart, fokussiert, offensiv, vielleicht sogar aggressiv. Auch wenn Billinsky über Manzoni gemeckert hatte – es war Rosen nicht entgangen, dass sie Sympathien für den Italiener hegte. Keine romantischen, das war bei ihr ohnehin so selten wie bei Rosen selbst, aber zwischen den beiden hatte doch eine Verbundenheit bestanden. Manzoni war ein Einzelkämpfer gewesen, genau wie Mara. Nun ja, *fast*. Denn ausgerechnet mit ihm selbst, mit dem stillen, oft belächelten Jan Rosen war sie in den letzten Jahren zu einem Team zusammengewachsen. Verrückte Bullenwelt. Und sosehr Rosen sich manchmal unter Druck gesetzt fühlte durch seine Kollegin – wo stünde er ohne sie? Typen wie Schleyer hatten ihn nie ernst genommen, und er hatte sich erst dann durchsetzen können, als er Billinsky an seiner Seite wusste. Aber wollte er das überhaupt noch: sich durchsetzen, sich in der Abteilung behaupten? Hatte er es *je* mit ganzem Herzen gewollt?

»Hey, Rosen!«, rief Mara spöttisch. »Aufwachen.«

Die laute Musik erstarb.

Er brauchte einen Moment, um zu registrieren, dass sie bereits den Ostbahnhof erreicht hatten. Billinsky fuhr Schritttempo und bugsierte ihren Wagen schließlich in eine Parklücke vor dem großen Bahnhofsgebäude, über das man an die erhöht liegenden S-Bahn-Gleise gelangen konnte.

Sie stiegen aus, gingen los und passierten den Zugang zur U-Bahn, eine Bushaltestelle, einen Taxistand mit zwei Fahrzeugen und ein düsteres, seit Langem nicht mehr genutztes Bahngebäude. Passanten, die sich auf dem Weg zum täglichen Job verspätet hatten oder zum nahe gelegenen Amt der Agentur für Arbeit befanden, gingen an ihnen vorbei. Auf der anderen Seite der Gleise gab es eine Menge Werbe- und Mediaagenturen sowie Co-Working-Büroeinheiten und neue Apartmenthäuser. Die Europäische Zentralbank lag ebenfalls nicht weit entfernt, doch der Nebel verdeckte die Sicht auf den eigenwilligen architektonischen Keil mit seinen achtundvierzig Etagen.

Auch das Hochhaus, von dem sich Staatsanwalt Udo Grabach in den Tod gestürzt hatte, war in der Nähe. Rosen durchfuhr es kalt, als er sich daran erinnerte, wie er selbst in die Tiefe gestarrt hatte.

Billinskys Stimme holte ihn erneut in die Unmittelbarkeit des jetzigen Morgens zurück: »Dort hinten muss das Ding sein.«

»Ja, richtig«, antwortete er automatisch, ohne nachzudenken.

Ein Maschendrahtzaun mit einem weit offen stehenden, schiefen Tor trennte ein ebenfalls der Bahn gehörendes Grundstück vom Parkplatzareal ab. Das Grundstück war verwildert, Hecken, Sträucher und Unkraut hatten in den zurückliegenden Sommern wuchern können. Billinsky und Rosen gingen durch das Tor und kämpften sich durch das Gestrüpp. Ein seltsamer Ort inmitten von Beton und Asphalt; es war, als wollte sich die Natur auf widerspenstige Weise ein Stück Land von der Stadt zurückholen.

»Das ist die Stelle, die ich im Büro erwähnt habe«, erklärte Rosen, der sich wieder besser zu konzentrieren versuchte. »Die Stelle, die viele Obdachlose als Schlafplatz nutzen.«

»Aber wohl nicht um diese Jahreszeit, oder?«

»Nein, bestimmt nicht.«

Es war kalt, die Luft feucht, die Erde von etlichen Regengüssen aufgeweicht. Die Sohlen ihrer Schuhe sanken ein.

»Eine ziemliche Suppe hier«, kam es von Billinsky.

Sie meinte den Nebel, der sich schon wieder verdichtete.

»Hm, ich weiß nicht.« Rosen hielt inne und zog sich seine Wollmütze tiefer in die Stirn. »Vielleicht sind wir hier doch falsch.«

»Sind wir nicht.« Billinsky zeigte nach vorn.

Aus den grauen Schwaden erwuchs der mit einem Flachdach abgedeckte Turm, fast unwirklich, ein schlichtes Rechteck aus rostroten Backsteinen, das hochkant auf der höchstens zwölf Meter langen Seite stand, umgeben von den Sträuchern, mit denen es eine vergessen wirkende Insel bildete. Ringsum pulsierte und stampfte Frankfurt.

»Ganz in der Nähe war es«, sagte sie, »wo ich damals hinter Henry Okpube her war und er mich niedergeschlagen hat. Vielleicht wollte er die Location auskundschaften.«

Sie näherten sich langsam. Hinter keinem der vielen kleinen Fenster brannte Licht. Der Eingang war mit massiven Brettern zugenagelt worden.

Beide wechselten einen raschen Blick. Mehr war nicht nötig, sie verstanden sich ohne Worte, fast schon blind mittlerweile, wie ihm bewusst wurde. Gleichzeitig setzten sie sich wieder in Bewegung. Sie umrundeten das Gebäude, bis sie an die hintere Seite gelangten. Auch hier gab es einen Zugang, jedoch ebenfalls mit Brettern versperrt.

Erneut ein kurzer Blick, Billinsky zuckte die Achseln. Also wieder zurück.

Als sie von Neuem an der vorderen Tür standen, sagte Rosen leise: »Also doch Zeitverschwendung.«

»Sieht so aus.«

Billinsky griff nach den Brettern – und das feuchte Holz gab einen schmatzenden Ton von sich.

Ihre Augenbraue schnellte kurz in die Höhe. »Das gibt's doch nicht«, entfuhr es ihr.

Verdutzt stellten sie fest, dass sich jede einzelne Diele samt Nägeln mühelos wegnehmen ließ.

»Da hat sich jemand mit Bedacht und Vorsicht Zutritt verschafft«, meinte Rosen.

Sie entfernten die Bretter eines nach dem anderen, sodass nur noch die alte Holztür sie vom Inneren trennte.

In Augenhöhe befand sich ein zehn mal zehn Zentimeter großes Guckfenster. Mit dem Handy leuchtete Billinsky hinein, aber es war nichts zu erkennen.

Sie grinste Rosen an. »Ich wette …« Sie vollendete den Satz nicht.

»Ja?«

Sie legte die Hand auf den metallenen Türknauf. Mühelos ließ sich die Tür öffnen. »Da hat sich jemand am Schloss zu schaffen gemacht. Und zwar einer, der sich mit so etwas auskennt.«

»Vielleicht nur ein Obdachloser«, meinte er vage. »Es wirkt hier nicht so, als ob …«

»Das Haus bei der Gießerei hat auch nicht so gewirkt *als ob*.«

»Willst du wirklich ...?«, setzte Rosen an. »Klar, du willst.«

»Deswegen sind wir doch hier. Ein herzliches Willkommen im Turm.«

Sie betraten das Gebäude.

Ein muffiger Geruch. Stille. Eine schmale Treppe wand sich, in die hinterste Ecke gedrückt, nach oben.

Sie gingen hinauf.

»Rosen. Wer, sagst du, hat diesen Bau genutzt?«

»Die Bahn. Allerdings steht er wohl schon seit vielen Jahren leer, genau wie das andere Gebäude, das zum Ostbahnhof gehört. Du hast es vorhin gesehen, oder? Beide warten nur noch auf den Abriss, soviel ich weiß.«

Sie erreichten den ersten Stock. Zwei Türen standen offen und gaben den Blick frei auf Staub, Glassplitter, Abfall und mit Graffiti verzierte Wände.

Es war kalt. Vor den Fenstern, deren Scheiben allesamt noch intakt waren, spannten sich dicke Spinnennetze. Sie verzichteten darauf, die Räume näher zu inspizieren, und folgten der Treppe weiter nach oben, Billinsky voran, er hinterher. Abrupt stoppte sie, sodass er mit dem Gesicht gegen das Schwarz ihrer Lederjacke prallte.

»Was ist los?«, fragte er.

»Rosen, hörst du das?«, raunte sie. »Dieses Geräusch? Ein Brummen. Wie von einem Generator.«

»Seltsam«, sagte er unsicher.

Plötzlich verstummte das Brummen.

Ein anderer Laut ertönte.

Was war das? Hatte da jemand gehustet?

Billinskys Oberkörper versteifte sich sofort.

Rosen sah, wie sie die Waffe zog, und tat es ihr gleich, ganz automatisch. Sie besaß eine P30L, eine Version mit verlängertem Lauf und eigens für sie angefertigten Griffschalen, etwas *Spezielles*, weil sie selbst speziell war. Weil sie in diesem Job zu Hause war, auch wenn sie ständig aneckte. Und er? Wo fühlte er sich zu Hause?

In diesem Augenblick kroch etwas an ihm hoch, das er kannte, das ihm viel zu vertraut war. Wie oft waren sie in den letzten Jahren in derartigen Situationen gewesen? Und trotzdem fühlte es sich immer wieder so fremd an, so bedrohlich, wie über Treibsand zu laufen. Jedenfalls für ihn. Und Billinsky? Sie schaffte es, sich in solchen Momenten nichts anmerken zu lassen.

Unter seiner Mütze sammelte sich der Schweiß, dick und klebrig. Er dachte an den Moment, als die Klinge seinen Hals geritzt hatte. Das Messer hatte in der Hand von irgendjemandem gelegen, den sie wie so viele andere nie gefasst hatten, der einfach aufgetaucht und verschwunden war und Rosen beinahe ins Jenseits befördert hätte.

War es das alles wert?

Billinsky zischte: »Konzentrier dich, Rosen!«

Jetzt erst merkte er, dass ihre schwarzen Augen ihn fixierten, ehe sie den Blick wieder nach vorn richtete.

Langsam ging sie weiter, bis zur obersten Stufe. Er folgte ihr, inzwischen im eigenen Schweiß badend.

Auch in diesem Stockwerk gab es zwei Türen. Eine stand weit offen und zeigte ein gleichermaßen verdrecktes, mit Graffiti besprühtes Zimmer.

Die andere Tür war verschlossen.

Die Stille zerrte an Rosens Nerven. Er starrte wieder auf Billinskys Lederjacke, dann zur Tür hin.

Die Sekunden tickten herunter. Er fühlte jede einzelne in seinem Inneren, spürte seinen Puls, sein trommelndes Herz, er wollte das alles nicht mehr, wie ihm ausgerechnet jetzt mit knallharter Endgültigkeit bewusst wurde.

Billinsky verständigte sich erneut durch einen raschen Blick mit ihm. Er nickte ihr zu, versuchte, in seine Miene eine Entschlossenheit zu legen, die er gar nicht besaß.

Sie ging weiter. Vorsichtig, lautlos. Näherte sich seitlich der Tür. Lauschte daran. Die Stille toste geradezu in diesem seltsamen Gebäude. Billinskys Hand legte sich auf die Klinke, drückte sie nach unten.

Rosens Nervosität nahm immer mehr zu, es war, als würde in seinem Kopf eine Bogensehne bis zum Zerreißen gespannt.

Sie drückte die Klinke weiter nach unten.

Er schluckte.

Und dann war plötzlich die Hölle los.

Rosen vermochte gar nicht alles aufzunehmen, was um ihn herum geschah. Von innen drückte jemand jäh die Tür auf. Billinsky wurde zurückgestoßen, prallte gegen ihn, beide landeten auf den Stufen, Staubwolken wirbelten auf. Er rappelte sich wieder auf, das enge Treppenhaus war voller Gestalten, vor seinem Gesicht waren zwei große dunkle Augen, eine Faust kam auf ihn zu, die er schmerzhaft am Wangenknochen spürte. Der Schlag riss ihn erneut von den Beinen. Leute rannten, sprangen über ihn hinweg, eilten nach unten, schnelle Schritte polterten. Seine Finger krallte er immer noch um die Waffe.

Von Neuem kämpfte er sich auf die Füße.

Von dem Hieb drehte sich in seinem Kopf alles, zwei, drei zittrige Sekunden lang.

»Rosen!«

Billinskys Ruf ließ ihn zusammenzucken.

Wo war sie?

Unten? Ja, der Ruf war von unten gekommen. Hatte sie die Verfolgung der Flüchtenden aufgenommen? Er musste ihr helfen.

Er rannte los, nahm immer mehrere Stufen auf einmal und hetzte durch die noch offen stehende Tür ins Freie.

Wo war Billinsky?

Plötzlich tauchte ihr Kopf aus dem Gestrüpp auf. Sie fixierte ihn. Gab ihm Zeichen, die er sofort verstand. Sie wollte nach links weiter, er sollte nach rechts. So konnten sie die Flüchtenden womöglich in die Zange nehmen.

Heftig atmend setzte er sich in Bewegung. Seine Gedanken rasten und schienen zugleich nicht von der Stelle zu kommen, Schweiß tropfte ihm von der Nasenspitze.

Sträucher, Hecken, Unkraut. Schritt für Schritt hastete er weiter.

Geräusche. Als würde jemand rennen.

Jetzt konnte er Billinsky nicht mehr sehen.

Dann hörte er sie etwas rufen, ein Schuss ertönte.

Links von ihm raschelte etwas.

Zitternd fuhr er herum.

Er registrierte den Schatten gerade noch – und dann war es wie vor Kurzem. Wie bei dem Haus in der Nähe der Gießerei.

Jetzt wirst du sterben, sagte sich Rosen hilflos. Er nahm alles nur noch wie hinter Nebelschleiern wahr.

Sterben, hämmerte es irgendwo in seinem Kopf.

Erleichterung erfasste Mara Billinsky, als sie Rosen aus dem Turm kommen sah. Da er zunächst nicht aufgetaucht war, hatte sie schon gedacht, es hätte ihn schlimmer erwischt. Dennoch wirkte er ziemlich bleich und mitgenommen, wie er so vor dem Eingang stand, die Waffe in der Hand, als wäre sie zu schwer für ihn und könnte ihm jeden Moment aus den Fingern gleiten.

Sie verständigte sich kurz mit ihm und kämpfte sich dann weiter durch das Gestrüpp, in dem es von weggeworfenen Rotwein-Tetrapaks und sonstigem Abfall nur so wimmelte. Sie verspürte den Drang, voranzustürmen, auf keinen Fall jemanden entkommen zu lassen, aber ihr Verstand warnte sie gleichzeitig davor, aus Unvorsichtigkeit eine Zielschiebe abzugeben. Im Gebäude hatte niemand das Feuer auf sie eröffnet, aber das war keine Garantie, dass es so bleiben würde.

Irgendwo hier waren sie noch – sonst hätte Mara sie rennen gehört. Die Sträucher machten es nahezu unmöglich, sich lautlos fortzubewegen.

Vier Männer. Eine Frau.

Trotz des Durcheinanders, das kurzzeitig im Turm geherrscht hatte, war Mara sich sicher.

Irgendwo hier waren sie noch …

Wahrscheinlich hatten sie sich verteilt. Hinter jedem Strauch konnte einer … Mara hielt inne. Sog die Luft ein. Stand völlig regungslos da.

Wie aus dem Nichts erklang ein wildes Rascheln, seitlich von ihr, sie wirbelte herum. Der Mann startete. Perfekte Laufhaltung, geschmeidig, unglaublich schnell. Er rannte weg von ihr, auf den Maschendrahtzaun zu, der das Grundstück umschloss.

Das Laufwunder, Henry Okpube. Er war es.

Diesmal würde sie erst gar nicht versuchen, das ungleiche Sprintduell aufzunehmen.

»Stopp!«, brüllte Mara.

Sie zielte.

Und schoss.

Rosen nahm alles nur noch wie hinter Nebelschleiern wahr.

Jetzt wirst du sterben, hämmerte es irgendwo in seinem Kopf. *Sterben. Vorbei. Alles aus.*

Der kalte Stahl an seinem Hals, das Ritzen, das warme Blut, das an seiner Haut hinablief. Er roch seinen eigenen Schweiß, aber auch etwas Süßliches. War es damals auch so gewesen? Dieser Duft? Er wusste es nicht mehr, er wusste nur: *sterben. Das Ende.*

Er wollte sich wehren, um sein Leben kämpfen, doch er war wie gelähmt. Du darfst nicht einfach aufgeben, sagte er sich, doch er war außerstande, gegen die kalte Starre anzukämpfen, die ihn erfasst hatte und ihn immer fester umschlungen hielt. Er keuchte heftig. Er schloss die Augen, spürte nicht nur Angst, sondern vielleicht auch eine Art Erleichterung, und er ergab sich in sein Schicksal, das nur noch aus einem finsteren Nichts bestand.

Mara Billinsky spürte den vertrauten Rückstoß in der Schulter, als der Schuss sich löste. Sie sah, wie das Blut spritzte und die helle Jeans des Mannes mit roten Tupfern sprenkelte. Als wäre er gegen eine unsichtbare Mauer geprallt, stoppte er mitten in der Bewegung und sank zusammen.

Er kauerte auf langem toten Gras und Unkraut und presste beide Hände auf den Oberschenkel, wo er getroffen worden war.

Mara eilte auf ihn zu, die Pistole im Anschlag.

Schwer atmend sah er zu ihr nach oben.

Einen Meter vor ihm hielt sie an.

Leise stieß er abgehackte Laute in seiner Heimatsprache aus. Wahrscheinlich verfluchte er sie gerade.

»Du bist zu schnell für mich«, sagte sie. *Aber nicht schnell genug für eine Kugel*, dachte sie. »Und glaub mir, diesmal werden wir dich nicht so bald wieder verschwinden lassen wie zuletzt.« *Wirklich?*, fragte sie sich. Sie hatten nicht mehr gegen ihn in der Hand als beim letzten Mal. Jetzt *mussten* sie einen Schritt weiterkommen, sonst wäre bald alles verloren, das war Mara nur zu klar.

Sie spähte über die Sträucher hinweg.

»Rosen?«, rief sie.

Es kam keine Antwort.

»Rosen?!«

Beunruhigt lauschte sie in die Stille, die sie umgab. Während sie Okpube weiter fest im Blick behielt, forderte sie per Handy Verstärkung und einen Notarztwagen an.

Okpube war in Schweigen verfallen, er hielt die Lider gesenkt.

Mara wartete. Und dachte an Rosen. Sie sah ihn vor sich,

wie er zuvor am Eingang des Turms aufgetaucht war, blass, mit gehetztem Blick. Er hatte sein Unbehagen, seine *Angst* wie einen Schild vor sich hergetragen, und das war ein verdammt schlechtes Zeichen.

Endlich ertönten die Sirenen. Mara atmete durch, ohne dass die Sorge um ihren Kollegen geringer wurde. Nach einer weiteren kurzen Wartezeit sah sie vier uniformierte Beamte durch die Sträucher auf sich zukommen, gefolgt von zwei Ersthelfern.

Sie wies sie an, den Verletzten in Gewahrsam zu nehmen, und machte sich sofort auf die Suche nach Rosen.

Abermals rief sie nach ihm. Nichts, kein Laut kam von ihm.

Auch von den übrigen Geflüchteten war nichts zu hören, sie waren wohl alle entkommen.

Mit der linken Hand drückte Mara Zweige und Äste beiseite, mit der rechten hielt sie nach wie vor ihre Waffe. Ratlos blieb sie stehen, etwa zehn Meter von dem verwahrlosten Turm entfernt, an den sich noch immer Nebelfetzen schmiegten.

Wo war Rosen?

Sie wollte sich gerade umdrehen, als sie im Gestrüpp etwas entdeckte.

Dunklen Jeansstoff.

»Rosen!«

Sie lief los, unwillkürlich erfüllt von einer bitteren Angst um den Kollegen, den sie anfangs belächelt und dann immer mehr zu schätzen gelernt hatte.

Da war er. Jan Rosen, dieser Bulle, der irgendwie kein Bulle war.

Er lag auf dem Bauch, Arme und Beine von sich gestreckt, reglos wie eine Puppe.

»Fuck!«, entfuhr es Mara, als sie ihn erreichte. »Rosen!«

Er rührte sich nicht.

»Rosen!«

54

Joy rannte noch immer.

Rannte und rannte und rannte.

Manchmal musste man ein bisschen sterben, um weiterleben zu können. Sie war schon viele Tode gestorben, kleinere und größere. Ihr war das Weiterleben gar nicht mehr so wichtig, aber in jedem Menschen stemmte sich wohl irgendetwas gegen das Endgültige, gegen den letzten Atemzug auf Erden.

Sie hetzte durch diese Stadt ohne Farben, dieses Monster aus Stahl und Beton und Glas, die Endstation ihrer Reise, die wohl einzig und allein mit ihrem Tod enden konnte. Wann würde es so weit sein, das letzte Flattern der Lider, das letzte Zucken des Körpers, das letzte Schnappen nach Luft? War es tatsächlich so, dass Bilder des eigenen Lebens an einem vorbeiglitten? Vielleicht nur die schönen Momente, zu Hause, mit der Familie. Auf dem Hof der Großmutter, die kreisenden Schwalben am Himmel, die gackernden Perlhühner, das wohlige Gefühl, wenn die Sonne die nackte Haut der Arme und Beine streichelte.

Hier gab es keine Sonne, hier bestand die Welt aus Desinteresse und Feindseligkeit. Und einem kalten Aschgrau, das einen erdrückte.

Ja, Joy rannte noch immer. Obwohl niemand mehr hinter ihr her war. Jedenfalls glaubte sie das. Sie *hoffte* das. Ihr fiel der Traum mit den toten Schwalben ein, und sie hatte gleich noch mehr Angst.

In der Nähe des Turms hatten Stufen nach unten zur U-Bahn geführt. Aus einem ersten Impuls heraus hatte sie die Treppe nehmen wollen, dann jedoch war sie weitergehetzt. Irgendwohin. Inzwischen folgte sie einem Bürgersteig, der parallel zu einer großen, dicht befahrenen Straße verlief. Passanten beäugten sie verängstigt, und erst nach einer Weile merkte sie, dass das an dem Messer lag, das sie nach wie vor in der Hand hielt und an dessen Klinge noch Blut des Polizisten war.

Erst ganz allmählich erlaubte es sich Joy, langsamer zu werden, schließlich gar nicht mehr zu rennen und nur noch zügig zu gehen. Das Messer verbarg sie nun unter der offenen Jacke. Aber sie war froh, dass sie es besaß. Beim Auftauchen der Polizisten waren ihre Landsmänner in Aufregung geraten und hatten für kurze Zeit der Plastiktüte mit den Waffen keine Beachtung mehr geschenkt. Da hatte Joy instinktiv zugegriffen. Dann waren sie auch schon alle nach draußen gestürmt.

Und jetzt?

Die Autos dröhnten. Regen fiel. Hier war es immer laut, immer nass. Hier gehörte sie nicht hin. Nirgendwo gehörte sie hin, seit jenem Moment, als sie von zu Hause weggegangen war.

Wohin?

Inzwischen ging sie im Schritttempo.

Wohin in dieser grauen, kalten Wüste?

Eine Straßenbahn ratterte heran und stoppte. Joy stieg ein, drückte sich auf einen Sitz. Ein paar Haltestellen lang rührte sie sich nicht, ohne auf ihre Richtung zu achten. Dann verließ sie den Waggon wieder, um ihren ungewissen Weg zu Fuß fortzusetzen. Irgendwann blieb sie völlig verloren an einer großen Kreuzung stehen. Unzählige Autos brausten darüber hinweg.

Wohin?

Sie hatte kein Ziel, sie hatte keine Chance.

Da kam ihr ein Gedanke.

55

Mara Billinsky stand im dritten Stock des trostlosen Gebäudes, das Turm genannt wurde. Sie ließ den Blick kreisen. Dachte nach.

In der Ecke brummte ein Generator, der einen frei stehenden Heizkörper auf Rollen mit Strom versorgte. Es war der Raum, aus dem die vier Männer und die Frau geflüchtet waren. Das einzige Zimmer, das eben nicht trostlos war. Im Gegenteil, hier hatte sich jemand Mühe gegeben und dabei ganz bestimmte Absichten verfolgt.

Es gab keine Graffiti-Schmierereien, keinen Staub, keinen Abfall. Dieser Raum war hergerichtet worden. Ein großer Teppich bedeckte fast den gesamten Boden. An beiden Fenstern waren Samtvorhänge angebracht worden. An der Wand stand ein breites Bett mit einem golden schimmernden Gestell und einer dicken, schwarz bezogenen Matratze.

Nur die Wände und die Decke erinnerten noch an den schäbigen Zustand des Gebäudes, doch auch sie waren offenkundig gereinigt worden. Ein Eimer mit Schmutzwasser, der noch in der Ecke stand, und mehrere Schwämme zeigten, dass das erst kürzlich geschehen war. Gut möglich, dass Mara und Rosen bei der Arbeit gestört hatten.

Oder sollten etwa Blutspuren entfernt werden? Das Laken wies nämlich große, mit bloßem Auge erkennbare Flecken auf. Der Teppich ebenfalls. Die Kollegen der Spurensicherung waren verständigt worden und würden in Kürze eintreffen, um sich ein genaues Bild von diesem Ort zu machen. Immer wieder musste Mara an das Haus denken, das sich in der Nähe der Gießerei befand. Dieselbe beklemmende Atmosphäre wie dort meinte sie auch hier wahrzunehmen.

Auch an Rosen musste sie unentwegt denken. Im ersten Moment war sie überzeugt gewesen, er sei … Wie tot hatte er dagelegen. Das Blut an seinem Hals, an seinem Kopf. Er schien gar nicht mehr geatmet zu haben. Doch es hatte sich herausgestellt, dass seine Kehle nur geritzt, aber nicht durchtrennt worden war – genau wie erst vor Kurzem. Und das Blut in seinem Haar und seiner Mütze stammte von einer Platzwunde, die von einem Schlag herrührte, wohl mit dem Knauf des Messergriffs. Wiederum hatte der Angreifer ihn nur außer Gefecht setzen, jedoch nicht töten wollen.

Rosen hatte ihr eine kurze Nachricht aus dem Krankenhaus geschrieben, wo die Wunde mit vier Stichen genäht worden war. Nun befand er sich bestimmt schon zu Hause, um sich zu erholen. Und Erholung hatte er sowieso nötig, auch ohne den Zwischenfall, der sich bei dem Turm ereignet hatte.

Mara drehte sich um und verließ das Zimmer. In Gedanken versunken ging sie die Treppe nach unten. Mit einem knappen Kopfnicken verabschiedete sie sich von den Beamten, die dabei waren, den Turm und das verwilderte Grundstück ringsum abzusperren und abzusuchen. Seit Okpube abtransportiert worden war und Rosen wieder das Bewusstsein erlangt hatte, war bereits über eine Stunde verstrichen. Hier gab es für Mara jedenfalls nichts mehr zu tun.

Nach der Rückfahrt zum Präsidium, wieder allein in Klimmts Büro, wurde Mara immer bewusster, was für ein Risiko es gewesen war, auf Okpube zu schießen. Die Aussicht, er könnte entkommen, war ihr schlimmer erschienen als mögliche Konsequenzen für sich selbst. Wenn es erneut misslingen würde, ihn mit einem Verbrechen in Verbindung zu bringen, steckte Mara in gewaltigen Schwierigkeiten. Und ein tobender Christian von Lingert wäre dann wohl noch ihr kleinstes Problem.

Sie waren nah dran, die ganze Zeit schon, aber der entscheidende Schritt wollte einfach nicht gelingen. Überall gab es Ansatzpunkte, aber sie bekamen niemanden zu fassen. Besonders große Hoffnungen ruhten also auf den Resultaten der Spurensicherung.

Angefangen mit dem Schusswechsel in der Gießerei über den Mord an Falko Steffen und dessen rätselhafte Bargeldabhebungen bis hin zu dem bestialischen Verbrechen an Louise Losakhare: Noch immer türmten sich die offenen Fragen geradezu auf. Bereits bei diesem vagen Ermittlungsstand Karel Diebler auf die Pelle zu rücken, war ein Fehler gewesen – Mara hatte es geahnt und sich dennoch nicht zurückhalten können.

Sie öffnete das Fenster, ihr Gehirn konnte einen Schwung Frischluft ganz gut brauchen. Wieder hätte sie nichts dagegen gehabt, mit Klimmt eine Zigarette zu rauchen. Sie hatte ihn anrufen und sich erkundigen wollen, wie es ihm ging, aber auch das hatte sie so lange aufgeschoben, bis es vergessen war. Gern hätte sie sich auch mit Rosen ausgetauscht. Aber sie war allein, wie so oft in ihrem Leben.

Den Blick in den grauen Himmel gerichtet, stand sie da. In Gedanken spielte sie die Situation im Turm noch einmal durch. Fünf Gestalten, verdammt schnell, wie ein Überfallkommando. Der erste Mann, der aus dem Zimmer gestürmt war. Was war ihr an ihm aufgefallen? Zwei Details. Leuchtend grüne Sportschuhe und ein Vollbart im dunkelhäutigen Gesicht. Die grünen Schuhe, der Bart. Wann hatte sie das schon einmal gesehen? Na klar, in Sizilien. Er war der Kerl gewesen, der ihr einen Tritt verpasst hatte, in der Nähe der unheimlichen Geisterstadt. Handelte es sich bei ihm um Solomon Yekini? Denkbar. Zeitlich würde es passen, denn erst kurz danach war Solomon aus Catania verschwunden.

So nah war sie ihm also gekommen? Schmerzhaft nah.

Alles hing miteinander zusammen, war mal mit dickeren,

mal mit dünneren Fäden verbunden. Könnten sie einen dieser Fäden endlich kappen, würde sich womöglich der ganze Knoten lösen.

Mara begann, im Zimmer auf und ab zu laufen.

Wo war der Punkt, an dem es zusammenlief? Der Dominostein, der fallen und alle anderen zum Einsturz bringen konnte?

Wieder strömten die Bilder aus dem Turm auf Mara ein. Vier Männer. Und die Frau, bei der es sich um Joy handeln musste. Von ihr hatte Mara kaum etwas gesehen, wie schon in der Situation, als sie in Manzonis Auto auf dem Beifahrersitz gesessen hatte.

Ja, fünf Personen waren geflüchtet. Nur eine davon hatten sie schnappen können. Aber was war mit Joy? Sie hatte sich doch vor Kurzem selbst abgesetzt. Nun war sie wieder bei den Männern, die …

Was, wenn Joy der Dominostein wäre?

Mara hielt abrupt inne. Hatte Joy vielleicht die Gelegenheit genutzt, um erneut das Weite zu suchen? Wann, wenn nicht in diesem Durcheinander?

Eine Zwangsprostituierte aus Nigeria, mitten in Frankfurt, auf sich allein gestellt. Manzonis Schilderungen zufolge gab es niemanden, an den Joy sich hätte wenden und um Hilfe bitten können.

Niemanden?

Sie setzte sich wieder in Bewegung, schloss das Fenster und schlüpfte in die Lederjacke. Eilig verließ sie das Büro. Gleich darauf saß sie hinter dem Steuer des Alfas und fuhr mit ihrem üblichen Tempo durch die Stadt. Es dauerte nicht lange, bis sie die schäbige Straße erreicht hatte, die ihr Ziel war. Sie fand einen Parkplatz, stieg aber nicht aus.

Die Minuten vergingen zäh. Sie rief im Präsidium an, aber es gab immer noch keine Ergebnisse von der Spurensicherung. Also hieß es, weiter zu warten. Sie drückte sich ins Polster und versuchte, sich darauf einzustellen, dass ihre Geduld einmal mehr auf eine harte Probe gestellt werden würde.

Da entdeckte Mara sie.

Es war die Frau, die ihre Gedanken beherrschte, die der Dominostein sein konnte. Sie sah die Unbekannte die Straße entlangkommen und nahm sich die Zeit, sie endlich einmal richtig in Augenschein zu nehmen. So oft war ihr Name gefallen, so viel hatte sie von ihr gehört – und da war sie endlich.

Auffallend groß, sehr schlank, aufrechte Haltung. Die roten Haar-Extensions waren lang und glatt. Beim Gehen fielen Joy die Stirnfransen über die Augen, die trotz der letzten Anstrengungen, die sie hatte auf sich nehmen müssen, perfekt geschminkt waren, ebenso wie der wunderschön geformte Mund. Das Rot des Lippenstifts war so dunkel, dass es fast schwarz wirkte. Gegen die Kälte war sie nur unzureichend geschützt: Schal, billige Handschuhe, eine kurze, viel zu dünne Jacke. Die extrem enge Jeans betonte die Form der Beine.

Sie bewegte sich auf eine bemerkenswerte Weise, einerseits lässig, andererseits sehr bestimmt, forsch, und Mara merkte, wie fasziniert sie selbst auf die Entfernung von dieser jungen Frau war.

Doch am eindrucksvollsten an ihr war etwas anderes. Und zwar die Art, mit der sie ihre Umgebung betrachtete. Wahrscheinlich hatte Mara wie selbstverständlich diesen leeren, zugleich dauerhaft erschrockenen Blick erwartet, der so typisch für Frauen mit Joys Schicksal war. Häufig hatte sie diesen Ausdruck in den Gesichtern wahrgenommen, bei jeder Razzia, die am Straßenstrich durchgeführt wurde, bei unzähligen Befragungen. Joys Augen hingegen zeigten, dass sie sich nicht aufgegeben hatte. In ihnen schimmerte eine Härte auf, die Mara so noch nicht gesehen hatte. Nein, es war nicht unbedingt Härte, es war eine … ja, was?

Die junge Frau hatte den Alfa passiert, ohne sie zu bemerken, überquerte die leere Straße und ging auf den Block auf der anderen Seite zu, den Mara die ganze Zeit im Blick behalten hatte.

Mara schob sich langsam und unauffällig aus dem Auto, während Joy ihren Weg fortsetzte.

Die Nigerianerin hatte also tatsächlich die Absicht, bei Ralf Zirn unterzukommen. Allein das zeigte, wie verzweifelt sie sein musste. Wahrscheinlich war das der letzte Rückzugsort, der ihr noch blieb. Und sie wusste bestimmt nichts davon, dass Wiesel Anzeige gegen Manzoni erstattet hatte und er ohnehin ein polizeibekanntes Subjekt war.

Wie auch immer, jetzt war für Mara der Moment gekommen, um ihre Pechsträhne zu beenden und dem ganzen Spiel eine andere Richtung zu geben.

Joy hatte den Eingang erreicht. Sie betätigte einen der Klingelknöpfe.

Mara näherte sich lautlos.

Erneut klingelte Joy, offenbar war Wiesel nicht zu Hause.

Mara stand nun hinter ihr, kaum einen Meter entfernt.

Die junge Frau wirbelte herum.

Sie sahen einander an.

Außer ihnen war niemand in der Nähe, Stille herrschte in der trostlosen Wohnstraße.

Und jetzt wusste Mara, was es war, das Joys Blick so besonders machte. Trotz allem, was sie durchgemacht haben mochte, und trotz der Situation, in der sie sich befand, wirkte sie vollkommen ungebrochen. Im Gegenteil, sie strahlte nach außen eine Überlegenheit aus, die erstaunlich war. Die Klarheit ihrer Augen, die Tiefe ihres Blickes. Es handelte sich um eine außergewöhnliche Frau, so viel stand fest.

»Ich habe eine bessere Idee, als bei Wiesel unterzutauchen«, sagte Mara vollkommen ruhig.

Joys Blick blieb unverändert. Kein Mucks kam von ihr, kein Laut der Verblüffung oder der Wut, überhaupt nichts.

Eine weitere Sekunde absoluter Stille zog vorüber.

Plötzlich hatte die Nigerianerin ein Messer in der Hand. Sie stieß zu. Geistesgegenwärtig gelang es Mara auszuweichen, der zweite Stoß folgte. Mara packte Joys Handgelenk. Ihre Gesichter waren ganz dicht beieinander.

Diese Augen, dachte Mara beeindruckt. Was mochten sie alles gesehen haben?

56

Mara Billinsky musste auf den Verkehr achten, doch immer wieder traf ihr Blick im Rückspiegel auf Joys mysteriöse Augen. Hart und unnachgiebig musterten sie sich, wie bei einem Duell.

Es war nicht leicht gewesen, die Frau auf den Boden zu drücken und ihr das Messer zu entwenden, doch zum Glück hatte Mara es geschafft und ihrer Gegnerin schließlich Handschellen angelegt.

Die Nigerianerin saß hinter dem freien Beifahrersitz, die gefesselten Hände auf dem Rücken, die schön geschwungenen Lippen zu einer scharfen Kerbe zusammengepresst.

Noch immer hatte sie keinen Ton von sich gegeben, kein Muskel regte sich in ihrem eindrucksvollen Gesicht.

Befragungen und Verhöre waren sehr oft harte Nüsse, aber diesmal … Es würde besonders schwer werden, das war Mara klar. So oft schon hatten sie größte Anstrengungen und Mühen auf sich genommen, um jemanden zu finden, nur um die Person dann doch wieder gehen lassen zu müssen, ohne etwas erreicht zu haben.

Heute würde sie besonders bedächtig vorgehen müssen – nicht gerade ihre Stärke. Sie musste sich etwas einfallen lassen. Doch je näher sie dem Präsidium kamen, desto unsicherer wurde Mara, was ihre Taktik für das anstehende Gespräch betraf. Ja, etwas musste ihr einfallen. *Irgendetwas*, sie befanden sich bereits auf der Adickesallee …

Nach einem weiteren Blickduell im Rückspiegel wurde Mara von einem plötzlichen Impuls erfasst. Sie wechselte die Fahrbahn, bog ab, wendete und fuhr in der Gegenrichtung zurück, um gleich darauf noch einmal abzubiegen. Nach der nächsten Kreuzung ließ sie sich vom Gassengewirr Bornheims schlucken, dem Stadtviertel, in dem sie lebte. Unweit ihrer Wohnung fand sie eine enge Parklücke, in die sie ihren Wagen quetschte.

Wieder der Blick in den Rückspiegel, in diese Augen, die sie auf undurchschaubare Art taxierten.

»Aussteigen!«, befahl Mara.

Joy spähte in die Umgebung. Und da endlich zeigte sich eine Spur Verwunderung bei ihr.

Gut, dachte Mara.

Nur Minuten später saßen sie auf dem Boden in Maras Wohnzimmer, auf dem Teppich mit den Totenköpfen. Joy war nun erst recht irritiert, gab sich aber alle Mühe, ihr Erstaunen hinter der Fassade aus abweisender Kälte zu verbergen.

Mara warf ihr hin und wieder einen gelassenen Blick zu, äußerte aber nichts. So schwer es ihr auch fiel, manchmal half es in Gesprächen, sich in Geduld zu üben, die Zeit für sich arbeiten zu lassen.

Was hast du denn jetzt wieder Verrücktes vor?, hätte Rosen gefragt. *Du musst sie ins Präsidium bringen.*

Und was wäre dort passiert?, hätte sie zurückgefragt. *Rein gar nichts!*

Mara musste an die Verhörräume denken, an die vielen Gelegenheiten, bei denen sie Frauen und Mädchen wie Joy stundenlang befragt hatten, ohne auch nur eine einzige Antwort zu erhalten. Es musste einen anderen Weg geben.

Wie konnte man jemanden wie Joy aus der Reserve locken?

Die Nigerianerin blickte sich unauffällig in der Wohnung um, in der es kaum etwas zu entdecken gab. Manchmal hörte man den Motor eines vorbeifahrenden Autos brummen. Irgendwo im Haus übte jemand Klavier, und die Klangtupfer der Tasten drangen gedämpft bis zu ihnen und schienen seltsamerweise die Stille nur noch greifbarer zu machen.

»Ich möchte Ihnen danken«, sagte Mara völlig unvermittelt, erst auf Deutsch, dann noch einmal auf Englisch.

Die Frau mit den roten Stirnfransen sah sie an und erwiderte nichts.

»Ich bin wirklich sehr froh. Andere hätten in Ihrer Situation wohl nicht so beherrscht gehandelt.«

Keine Erwiderung.

»Und das gleich zweimal«, fügte sie an. »Danke!«

Hinter Joys Stirn ratterten die Rädchen, man konnte es sehen.

»Ich bin jedenfalls sehr froh, dass Sie es nicht getan haben.« Mara nickte ihr zu.

»*Was* nicht getan?« Ganz leise die Stimme, noch leiser als die Klaviermusik. Ein bisschen rau, sehr misstrauisch, abwartend, feindselig, alles zugleich.

Mara zog Joys Messer aus der Innentasche ihrer Jacke, die neben ihr lag, und ließ es gleich wieder verschwinden. »Meinen Kollegen *nicht* getötet. Zweimal hatten Sie die Chance, beide Male haben Sie sich damit begnügt, ihn auszuschalten und wegzulaufen. Dafür bedanke ich mich.«

Joy taxierte sie, allerdings unsicherer als zuvor.

Oder bildete Mara sich das bloß ein? »Er ist nämlich mehr als nur ein Kollege für mich.«

Ein kurzes Aufzucken im Blick der Nigerianerin.

Mara lächelte. »Nein, nicht *so viel* mehr. Aber er ist ein guter Freund. Und glauben Sie mir, ich habe nicht viele Freunde.«

Joy lehnte sich gegen das Sofa, schien sich sogar ein wenig zu entspannen. »Ist Manzoni auch ein Freund?«, fragte sie gleichsam leise.

Mara hockte im Schneidersitz da, etwas mehr als einen Meter von ihr entfernt. Sie musste ihre Antwort abwägen. Was war Manzoni für Joy? »Sie kennen ihn schon lange, nicht wahr?«

»Warum antworten Sie mir nicht?«

Mara wurde ernst. »Hören Sie, Joy. Manzoni ist tot.«

Keine Reaktion, das schöne Gesicht war wie gemeißelt.

Mara wiederholte den letzten Satz auf Englisch, doch wieder ließ Joy keine Empfindung nach außen dringen.

»Sie wussten nur, dass er verletzt worden ist, nicht wahr?« Mara schüttelte bedauernd den Kopf. »Er hat es nicht überlebt.«

»War er nun Ihr Freund, oder nicht?«

»Ich glaube, er war eher *Ihr* Freund. Oder wäre es gern gewesen.«

Joy senkte den Blick und betrachtete die in den Teppich gewebten Totenköpfe.

»Er war verliebt in Sie, Joy.«

»Viele glauben, verliebt zu sein. Aber sie sind es nicht in einen Menschen, sondern nur in das Gefühl, wie es ist, verliebt zu sein.«

»Ich weiß, was Sie meinen. Aber bei Manzoni war es *echt*. Manzoni war nicht leicht zu durchschauen, aber trotz allem glaube ich, dass er in Ordnung war.«

»Das war er ganz bestimmt.« Verhalten setzte Joy hinzu: »In Sizilien wäre ich fast mit ihm fortgegangen. Aber sie haben es herausbekommen. Ich musste dann weg aus Catania. Mit mir war viel Geld zu verdienen.«

Insgeheim atmete Mara auf. Tatsächlich, Joy redete. Jetzt musste sie dafür sorgen, dass es so blieb. »Wer verdient mit Ihnen? Die Männer, die im Turm waren?« Louise Losakhare wollte sie nicht erwähnen – *noch* nicht.

»Natürlich. Das wissen Sie doch längst, oder?«

»Der Mann mit dem Vollbart. Ist das Solomon Yekini?«

Joy nickte, ohne zu zögern. Dann sagte sie übergangslos: »Armer Manzoni. In meinem Leben ist kein Platz für Freunde.« Mit einem gewissen Trotz in den Augen hob sie den Kopf. »Nur für Feinde.«

»Ich kann helfen, Ihre Feinde auszuschalten.«

Joy betrachtete sie zweifelnd.

»Ich benötige nur eine einzige Person, die den Mund aufmacht. Dann werden viele Personen von der Bildfläche verschwinden.«

Joy bewegte ihre Arme, um hinter dem Rücken die Handschellen rasseln zu lassen. »Nehmen Sie mir die ab.«

»Erst reden wir. Dann sehen wir weiter«, entgegnete Mara bestimmt. Sie verlagerte ein wenig ihr Gewicht. »Die Männer, die mit Ihnen Geld machen. Wo verstecken sie sich?«

Ein knappes Achselzucken folgte. »Es gibt mehrere Verstecke, aber ich kenne nicht alle. Seit Augustus und John erschossen wurden, ist die Bande sehr vorsichtig geworden. Die Männer bleiben nicht lange an einem Ort und zeigen sich kaum auf der Straße. Früher haben sie regelmäßig ihre Treffpunkte aufgesucht, Cafés, Restaurants. Jetzt nicht mehr.«

»Verdient außer denen noch jemand Geld an Ihnen?« Mara musste vorsichtig sein, das wusste sie.

Etwas Abwehrendes, Widerwilliges mischte sich in Joys Ausdruck. »Nein, niemand.«

»Louise Losakhare«, kam es von Mara, scheinbar ohne jeglichen Zusammenhang. *Vorsicht, zu früh!*, sagte sie sich.

»Kenne ich nicht«, antwortete Joy blitzschnell.

Mara betrachtete sie. Ihr Gefühl trog sie nicht, sie war auf einer wichtigen Fährte. Aber sie durfte es auch nicht dazu kommen lassen, dass Joy wieder in Schweigen verfiel. »Schon okay«, sagte sie schließlich. »Dann noch mal zurück zu den Männern, die sich mit Ihnen im Turm befanden. In dem auffällig hergerichteten Zimmer. Wozu dient der Turm? Doch nicht auch als Versteck?«

Joy schüttelte den Kopf. »Diese Männer handeln mit Drogen, aber vor allem verkaufen sie Frauen. Auf der Straße, auch in Häusern.«

»Der Turm soll ein Bordell sein?«

»Sie suchen sich ein leeres Haus aus, nutzen es ein paarmal, dann wechseln sie zu einem neuen Gebäude.«

»Weshalb nur ein paarmal?«

»Weil es kein normales Bordell ist. Weil da schlimme Dinge geschehen. Weil da viel Blut fließt.«

»Dinge, die über Prostitution weit hinausgehen«, ergänzte Mara. »Deshalb ist es wichtig für die Männer, flexibel zu bleiben. Beweglich. Und die Orte, an denen das Blut fließt, wieder aufzugeben. Ist es so?«

»Es darf sich nicht herumsprechen. Ein- oder zweimal, dann war es das. Dann geht es woandershin.«

»Der Turm ist also relativ *neu* für die Bande?«, fragte Mara weiter.

Joy nickte zustimmend.

»Und das Haus bei der Gießerei?«

Die Frau machte ein ausdrucksloses Gesicht. »Was ist eine Gießerei?«

»Ich spreche von dem Haus, wo Ihnen mein Kollege das erste Mal über den Weg gelaufen ist.«

Es kam keine Antwort.

»Joy, ich weiß doch, dass Sie es waren, die ihm das Messer an die Kehle gesetzt hat. Draußen beim Turm und vor einiger Zeit bei dem anderen Haus.« Eindringlicher fügte Mara hinzu: »Schon gut, Joy, es passiert Ihnen deswegen nichts. Dieses andere Haus. Es ist von Yekinis Bande genutzt und irgendwann aufgegeben worden, richtig? Und Sie haben sich dort versteckt, nachdem Sie von der Bande entkommen waren, oder?«

Joy zögerte erst, dann nickte sie abermals. »Ich habe mich hier und da versteckt, aber es war schwierig und …« Sie seufzte und verstummte schon wieder.

»Ja?«

Sie sah Mara an, ein jähes Funkeln in den Augen. »Ich sage jetzt nichts mehr. Sie behaupten, Sie helfen mir, aber das glaube ich nicht. Sie wollen nur wissen, was ich weiß. Und dann geben Sie mir einen Tritt in den Hintern, und ich bin wieder in der Hölle.«

Mara nickte kaum merklich. »Okay. Dann doch wieder zu Louise Losakhare. Oder auch Madame Lou. Ich *weiß*, dass Sie sie kennen. Das heißt, kannten. Denn sie ist tot. Doch ich nehme an, das ist nichts Neues für Sie. Ich habe schon durch Manzoni erfahren, dass Sie …«

»Ich kenne sie – na und!«, unterbrach Joy sie scharf.

»Louise ist auf brutale Weise umgebracht worden.«

»Das Leben ist zu vielen Menschen brutal.« Sie starrte erneut die vielen kleinen Teppichtotenköpfe an.

»Sie war Ihre Madame. Bereits in Catania, später auch hier in Frankfurt. Wann haben Sie sie zuletzt gesehen?«

»Seit ich nach Frankfurt kam, kaum noch. Nur noch die Männer. Madame Lou und sie haben öfter mal gestritten. Augustus hat versucht, in die eigene Tasche zu arbeiten. Solomon später auch. Die Okpubes halten zu ihnen.«

»Waren Sie schon einmal in Madame Lous Frankfurter Wohnung?«

»Nur ein einziges Mal. Lange her. Viele, viele Wochen. Das war bei einer Besprechung. Ich und einige Mädchen waren dabei. Wir hockten auf dem Fußboden, wie kleine Hunde, rund um den Wohnzimmertisch, an dem Madame Lou und Augustus saßen und redeten.«

Mara nickte kaum wahrnehmbar. Joy wusste also, wo sich die Wohnung der Ermordeten befand. Ihre Ahnung bei diesem Fall musste richtig gewesen sein, sie war immer stärker davon überzeugt. Ohnehin war sie recht zufrieden. Das Gespräch, bei dem sie vom Deutschen immer mal wieder zum Englischen wechselten, lief besser, als sie es erwartet hatte. Aber sie waren noch nicht am Ende.

»Wissen Sie, Joy, auf den Waffen, mit denen Madame Lou getötet wurde, konnten sehr viele Spuren des Täters festgestellt werden. Fingerabdrücke zum Beispiel.« Das war eine glatte Lüge, und Mara kam sich schäbig dabei vor.

Joys Miene wurde wieder abweisend.

»Nehmen wir an, es wären *Ihre* Fingerabdrücke«, fuhr Mara fort. »Dann gibt es kein Zurück, verstehen Sie? Dann müssten Sie für viele Jahre ins Gefängnis. Aber meine Ziele gehen weiter. Viel weiter. Ich sage es noch einmal. Wenn Sie mir helfen, helfe ich Ihnen.«

Joy schwieg.

»Hören Sie, ich kann ...«

»Madame Lou war der Teufel«, platzte es jäh aus der Nigerianerin heraus. »Eigentlich war sie nur ein Mädchen. Genau wie ich. Aber dann hat sie sich in den Teufel verwandelt. Wahrscheinlich nur, um zu überleben. Also könnte man ihr die Verwandlung verzeihen. Wer will schon sterben?« Sie schloss die Augen, holte Luft und schüttelte resigniert den Kopf.

»Madame Lou war der Teufel«, wiederholte Mara leise Joys Worte. »Möglicherweise gibt es mehrere Leute, die erfreut sind über ihren Tod. Solomon Yekini etwa. Aber hätte er wegen der erwähnten Streitereien einen Mord auf sich genommen? Dann würden wir hier in Frankfurt jeden Tag ein paar Leichen finden. Und selbst wenn – hätte er Madame Lou derart lange gefoltert? Das Bügeleisen, Joy. Es erinnerte mich daran, was Manzoni mir über die brutalen Methoden der Mesdames erzählt hat. Und dann fragte ich mich, wer ein Interesse daran haben könnte, dass Madame Lou nicht nur stirbt, sondern sehr langsam stirbt.«

Joy presste hart die Lippen aufeinander.

»Okay, lassen wir das fürs Erste.« Mara behielt sie unentwegt im Auge. »Sagen Sie mir stattdessen, wer Augustus Yekini und John Okpube erschossen hat.«

Die Nigerianerin wirkte erleichtert über den Themenwechsel. »Ich weiß es nicht.«

»Aber die anderen Männer der Bande müssen doch darüber geredet haben. Wen haben sie im Verdacht?«

»Sie wissen nicht, wer dahintersteckt – oder sind sich zumindest nicht sicher.«

»Sie wissen es nicht?«, fragte Mara ungläubig.

»Augustus war immer vorsichtig, er hat nicht alle eingeweiht in die Geschäfte, die er aufzog. Nur er sollte Bescheid wissen. Und vielleicht auch John Okpube. Sie sind nicht wie die italienischen Gangster, sie sind unorganisiert. Von den Mesdames haben sie die Brutalität gelernt, aber in allem anderen sind sie Amateure.« Sie schüttelte den Kopf. »Die wissen nicht einmal, mit wem Augustus und John sich getroffen haben, als es zur Schießerei kam. Und deshalb haben sie jetzt auch große Angst.«

»Wer könnte Ihrer Meinung nach auf die beiden geschossen haben?«

»Es ist mir egal, wer es war. Ich habe ihnen keine Träne nachgeweint.«

»Das glaube ich Ihnen gern.« Mara musterte sie unverändert intensiv. »Aber Sie müssen doch zumindest darüber nachgedacht haben. Wenn zwei Bandenmitglieder mit jeder Menge Kugeln aus dem Weg geräumt werden, kommt man automatisch ins Grübeln.«

Joy zuckte mit den Achseln. »Yekinis Bande will sich hier breitmachen. Andere haben etwas dagegen. Deshalb kommt es zu Auseinandersetzungen.«

»Das soll die Erklärung sein? Revierkämpfe?«

Sie wusste mit dem Begriff nichts anzufangen, also erklärte Mara ihn auf Englisch.

Worauf sie nickte. »Ja, klar. Bandenkämpfe. Das ist es, was ich denke.«

»Manzoni hat mir erzählt, Sie seien abgehauen.«

Sie nickte erneut.

»Warum?«

»Ist die Frage ernst gemeint?«

»Warum sind Sie genau zu diesem Zeitpunkt getürmt? Offensichtlich ohne die Chance, irgendwo unterzukommen. Was war der Auslöser?«

Joy bedachte sie mit einem langen Blick. Ganz bestimmt war sie noch immer unsicher, wie sie Mara einschätzen sollte.

»Es gibt Dinge, die unerträglich sind«, sagte sie dann. »Dinge, bei denen man Schmerzen erdulden muss. Erniedrigung, Verachtung. Dinge, die eine Traurigkeit mit sich bringen, die man nicht beschreiben kann.«

Mara war fasziniert von ihr, wie sie sich unumwunden eingestand. Sie empfand Respekt vor ihr, verspürte auch ein tiefes Mitgefühl für sie.

»Frauen wie ich«, fuhr Joy fort, »sind keine Menschen mehr, sondern nur noch Hüllen. Hilflose, von Angst zerfressene Wesen, die nicht mehr leben, die einfach nur reagieren. Wir sind verlorene Seelen, die langsam absterben.«

Mara sah sie nur auffordernd an.

»Aber dennoch ist der Tod etwas ...« Joy brach ab und räusperte sich, um ihrer Stimme Festigkeit zu geben. »Es ist so, wie ich vorhin sagte. Ich habe auf meinem Weg keine einzige Frau getroffen, die Selbstmord begangen hätte. Trotz all der furchtbaren Erlebnisse. Man fügt sich. Man erträgt es. Man denkt, es gibt nichts, was einem noch Angst machen könnte, doch ...«

»Ja?«

»Ich wollte das nicht.«

»Was wollten sie nicht?«

»Ich wollte nicht so enden. Nicht wie Flower.«

»Flower?«, wiederholte Mara.

In diesem Moment klingelte ihr Handy. Sie wollte den Anruf eigentlich genervt wegdrücken, doch bei einem Blick aufs Display erkannte sie die eingeblendete Nummer.

Endlich!, dachte sie.

»Sorry, ich muss da drangehen«, erklärte sie Joy
Es war die Spurensicherung. Mara spürte eine jähe Anspannung. Würde sie gleich einen Schritt weiter sein? »Hier ist Billinsky«, sagte sie.

57

Es fühlte sich an, als wäre sein Gehirn von dicker, flauschiger Watte umschlossen. Ein bisschen wie in einem Traum. Aber zumindest tat Jan Rosens Kopf nicht mehr weh; die Schmerzmittel zeigten Wirkung. In einer Woche würden die Fäden gezogen werden. Keine Gehirnerschütterung, immerhin.

Viel war passiert in der letzten Zeit. Wahrscheinlich zu viel. Die Erlebnisse zogen im Schnelldurchlauf an seinem inneren Auge vorüber, als er vor der Uniklinik in ein Taxi stieg und seine Adresse als Ziel angab. Während der Fahrt überprüfte er sein Handy. Kein Anruf, keine Nachricht. Er wollte sich bei Billinsky melden, ließ es dann aber doch sein. Einerseits war er neugierig, wie es nach dem Zwischenfall in dem Turm weitergegangen war, andererseits kümmerte es ihn nicht im Geringsten.

Erst mal nach Hause. In die leere Wohnung, die er mittlerweile geradezu hasste, weil sie seit Anyanas Tod alle Behaglichkeit eingebüßt hatte.

Obwohl in seinem Kopf nach wie vor alles taub war, begannen die Rädchen schon wieder ineinanderzugreifen, ging er im Geiste von Neuem die Punkte durch, an denen er zuletzt gearbeitet hatte. Während der Taxifahrer, ein freundlicher, arabisch wirkender Mann, übers Wetter und Eintracht Frankfurt zu plaudern versuchte, geriet Rosen immer stärker ins Grübeln. Irgendetwas hatte er vergessen. Etwas, das er sich auf seiner To-do-Liste vermerkt und unterstrichen hatte. Es reizte sein Gedächtnis, kitzelte seine Gedanken, aber er kam einfach nicht darauf.

Der Fahrer gab es auf, ihn in eine Unterhaltung verwickeln

zu wollen, und als Rosen bezahlte und ausstieg, zermarterte er sich immer noch das Gehirn. Sein Blick fiel auf den Block, in dem er seit Jahren wohnte, und er kramte den Schlüssel aus der Tasche.

Etwas hatte er vergessen. Es war ihm aufgefallen, er hatte es nachholen wollen, dann war etwas dazwischengekommen. Kopfschüttelnd betrat er das Gebäude.

Was war das nur gewesen?

58

Als der Experte der Spurensicherung Mara Billinsky im Büro nicht erreicht hatte, hatte er es mit der Handynummer versucht. Es war ihm wichtig, ihr die entscheidenden Ergebnisse unbedingt persönlich mitzuteilen, wusste er doch, wie viel davon abhing.

Mara atmete erleichtert auf, als sie sich bei ihm bedankte und das Gespräch nach einigen Minuten beendete. Endlich etwas Positives. Etwas, das ihr Mut machte. Und Mut hatte sie verdammt nötig.

Jetzt allerdings galt es, sich wieder auf ihre Zeugin zu konzentrieren.

Sie legte das Handy neben sich auf dem Teppich ab und fragte noch einmal: »Also, Joy, wer war Flower?«

Joys Augen waren voller Traurigkeit. »Niemand, der gezählt hat.«

»Erzählen Sie mir mehr.«

Der Blick der Nigerianerin schien sich düster und hilflos in Erinnerungen zu verlieren. »Nach einiger Zeit auf meiner Reise wusste ich, dass ich kein Mensch war, sondern ein Fetzen Fleisch, den andere für Sex benutzten. Sex kann vieles sein. Vieles, von dem ich früher nicht ahnte, dass es das gibt.« Sie machte eine Pause, um leiser fortzufahren: »Aber irgendwann, wenn Männer beim Sex alles kennen, dann wird er langweilig. Dann muss man ihn steigern. Jedenfalls ist das bei manchen so.«

Unwillkürlich sah Mara das Zimmer in dem Haus vor sich, die Unmengen an längst getrocknetem Blut, das auf den paar Quadratmetern vergossen worden sein musste.

»Die Steigerung von Sex?«, wiederholte sie auffordernd. »Jetzt sind wir wieder bei den Dingen, die über gewöhnliche Prostitution hinausgehen, nicht wahr?«

»Dieser *Kick*. Das ist es, was zählt. Oder wie immer sie es nennen.« Joy sah sie mit einer plötzlich aufwallenden Härte an, die Mara wohl nur selten bei jemandem wahrgenommen hatte. »Ja, der Kick. Es muss immer noch *mehr* sein. Irgendwann reicht es nicht, Sex zu haben. Dann kommt Erniedrigung. Dann kommen ein paar Schläge. Dann reicht auch das nicht mehr. Erst waren Frauen wie wir bloß Fleischstücke, die man sich nimmt und hinterher wegwirft. Doch es gibt Männer, die wollen das Fleisch brennen sehen … auch wenn es dabei vernichtet wird. *Erst recht*, wenn es vernichtet wird.«

»Yekinis Bande versorgt nicht nur den Straßenstrich mit Frauen und betreibt nicht nur als Wohnungen getarnte Bordelle.« Mara erwiderte geradewegs ihren Blick. »Die leeren Häuser, die von der Bande genutzt werden. Was genau geschieht dort? Sagen Sie es jetzt bitte. Sie müssen es aussprechen.«

»Und dann? Sie werden mir doch nicht helfen. Egal, was Sie mir versprechen.«

»Doch, das werde ich«, entgegnete Mara mit fester Stimme.

Nach langem Zögern redete Joy weiter: »Ich war schon eine Weile in Frankfurt. Sie hatten mich in eines dieser Bordelle geschafft, so was kannte ich aus Catania. Eine Hölle, die halbwegs auszuhalten ist. Wenn man gelernt hat, sich mit Höllen abzufinden. Dann aber sah ich Flower.«

»Sagen Sie mir jetzt bitte, wer Flower ist.«

»Wer Flower *war*, muss es heißen«, gab Joy tonlos zurück. »Denn inzwischen ist sie tot. Zuerst erklärte man den Frauen, in den Häusern würde das Übliche passieren – also Sex. Doch die Frauen wurden nicht nur sexuell benutzt, sie wurden gefoltert, gequält. Einsame Häuser ohne Nachbarschaft. Schreie hörte niemand. Es musste Blut fließen. Viel Blut. Auspeitschungen, Schläge, Verbrennungen, Elektroschocks.« Joy holte tief Luft. »Nach einer der ersten Partys – so nannten sie es – erfuhr ich, dass Flower tot war.«

»Was geschah mit ihrer Leiche?«, fragte Mara.

»Sie wurde vergraben.«

»Wo?«

»In der Nähe des alten Hauses.«

Mara versuchte, trotz der erschreckenden Aussagen sachlich zu bleiben. »Aber der Tod war nicht beabsichtigt, wenn ich das richtig verstehe?«

Joys Blick traf sie wie ein Hieb. »Und ob er das war!«

»Was?«, entfuhr es Mara.

Ein Stille breitete sich aus, die Mara dafür nutzte, die letzten Worte erst einmal zu verarbeiten. Leise sagte sie dann: »Ich dachte, es geht um brutale …« Sie schüttelte ungläubig den Kopf.

Joy holte Luft, ehe sie mit rauer Stimme sagte: »Bald darauf wurde bei einer dieser Partys eine zweite Frau getötet. Ich kannte sie flüchtig. Sie wurde Angel genannt. So schöne Namen geben sie uns, ehe sie uns in die Hölle schicken. Auch Angel wurde vergraben wie ein krepierter Hund, an derselben Stelle.«

»Das heißt, es stand von vornherein fest, dass Frauen gequält wurden, bis der Tod eintrat?« Mara konnte es immer noch nicht fassen.

»Anfangs noch nicht. Da wurde nur gefoltert. Ich kenne ein paar Frauen, die es miterlebt haben.«

Mara schwieg.

»Sie glauben mir nicht? Das war mir klar. Sie können noch so sehr zweifeln, aber es ist die Wahrheit.« Joy sah sie offen an. »Ich weiß, wie Bestien ticken. Sie können nicht genug kriegen. Qualen müssen gesteigert werden. Höhepunkte müssen gesteigert werden. Der Tod ist für die Bestien der schönste Höhepunkt. Und dann brauchen sie Ersatzfleisch, das sie quälen und töten können. Doch Ersatzfleisch ist ja kein Problem.«

Fast emotionslos hatte sie gesprochen, sachlich, aber genau das verstärkte die Wirkung ihrer Worte nur umso mehr.

Mara ließ ihr viel Zeit, bis sie die nächste Frage stellte: »Haben Sie auch solche Partys miterlebt? Zu Beginn?«

»Nein.« Sie schüttelte heftig den Kopf. »Mich wollten die Männer weiter im Bordell lassen. Mein Körper war Kapital, damit musste man vorsichtiger sein. Aber dann ...« Sie verstummte.

»Was passierte?«

»Sie zeigen ihren Kunden Fotos der Frauen. Nicht mein Foto, also bestand keine Gefahr für mich. Doch einer der Kunden kannte mich und wollte eine große Summe zahlen, damit auch ich für Gewaltspiele zur Verfügung stehen sollte. Augustus war erst dagegen, dann änderte er seine Meinung. Er sah die Chance und wollte den Preis für mich so weit wie nur möglich nach oben treiben. Schließlich kam es zu einer Einigung. Er gab sein Einverständnis. Das war, kurz bevor er starb. Und ich ...«

»Sie ergriffen die Flucht.«

Joy nickte erneut, diesmal ganz langsam.

Mara veränderte ihre Position und streckte die Beine aus. Es war unglaublich. Plötzlich waren zwei weitere Leichen im Spiel – möglicherweise Mordopfer.

»Jetzt können Sie sich zur Abwechslung ein paar Fotos ansehen«, sagte sie nach einer Weile.

»Wieso? Geht es um die Kunden der Bande?«

»Genau.« Mara swipte über das Display ihres Handys. »Das ist alles andere als eine korrekte Überprüfung von Verdächtigen, wir müssten das unter Umständen im Präsidium wiederholen.«

»Ich will nicht in dieses ... Präsidium.«

»Früher oder später werden Sie dorthin müssen.«

»Ich will nicht!«

»Vertrauen Sie mir«, bat Mara abermals.

Sie beugte sich vor, um Joy das Handy vors Gesicht zu halten. Die erste Aufnahme zeigte Udo Grabach, die zweite Falko Steffen, die dritte Karel Diebler. »Kennen Sie die Männer? Waren sie Teilnehmer der Partys?«

Joy runzelte die Stirn. »Nein, ich kenne keinen. Und bei den Partys war ich ja nicht dabei.«

Enttäuscht zog Mara das Handy zurück.

»Heißt einer von ihnen Josch?«, kam es plötzlich von Joy.

»Warum fragen Sie?«

»Den Namen habe ich öfter mal gehört. Er ist eine Art Kontaktmann. Jedenfalls war er das für Augustus. Solomon kennt ihn nicht, glaube ich.«

»Kontaktmann?« Mara runzelte die Stirn.

»Ich glaube, mit Josch hat man die Partys verabredet, und er hat sich darum gekümmert, dass die anderen Teilnehmer Zeitpunkt und Ort erfuhren.«

»Sie haben Josch wohl nie getroffen, was?«

»Nein.«

Mara fragte sich, ob einer der drei Männer, von denen sie durch ihren Vater wusste, sich als Josch ausgegeben hatte. »Ist es sein richtiger Name, oder könnte es ein Deckname sein?«

»Ich weiß nicht.«

»Kennen Sie noch weitere Frauen, die anfangs dabei waren und überlebt haben?«

Joy nickte.

Mara wurde klar, dass sie sich erneut den Straßenstrich würde vornehmen müssen. »Wie oft gab es diese Partys?«

»Schwer zu sagen. Ab und zu.«

»Also an verschiedenen Orten.« Sie überlegte und kam auf die immer wieder gleiche Frage: »Wie viel haben Männer bezahlt, um mitmachen zu dürfen?«

»Ich weiß nicht. Aber es gab Ärger …«

»Inwiefern?«

»Mit den Männern. Streit. Augustus versuchte, einige von denen über den Tisch zu ziehen, das hörte ich raus. Und gleichzeitig war es sein Ziel, immer neue Kunden zu bekommen.«

»Hat er welche gefunden?«

»Dreckschweine finden sich immer und überall, aber – ich weiß nicht.«

»Hat ihm dabei dieser Josch geholfen?«

»Möglich.«

»Über den Tisch ziehen«, sagte Mara noch einmal betont. »Auf welche Weise?«

»Es ging um Geld.«

»Wollte er, dass die Herren mehr bezahlen?« Mara kam ein Gedanke, und endlich schien sie klarer zu sehen.

»Genaues weiß ich nicht. Ich habe hier und da etwas aufgeschnappt, aber nie …« Joy stutzte. »Moment! Die Fotos.«

Mara holte die Aufnahmen mit ein paar Klicks zurück aufs Display und hielt Joy wieder das Handy hin.

»Den hier habe ich doch schon mal gesehen. Er war in dem Bordell. Aber er hat sich bei seinem Besuch getarnt. Er hat mich ausgewählt und hatte Sex mit mir. Öfter. Er trug eine Perücke, jedenfalls glaube ich das. Außerdem eine Brille mit dunklen Gläsern. Und ich musste mir beim Sex die Augen verbinden lassen. Wahrscheinlich, weil er da seine Verkleidung abgenommen hat.«

»Wieso glauben Sie, ihn trotzdem zu erkennen?«

»Er küsste mich. Die ganze Zeit über. Obwohl ich das nicht wollte. Und er biss mich auch, immer schlimmer. Was ich noch weniger wollte. Ich weiß genau, wie seine Lippen aussahen.« Sie deutete auf das Display. »Es waren die Lippen von dem da.«

Mara zog das Handy zurück. »War er grob zu Ihnen?«

»Ja, das war er.«

Mara betrachtete das Handy. Auf dem Display war eine Aufnahme zu sehen, die Karel Diebler zeigte.

Teil 4

Weiße Würmer

59

Für Mara Billinsky war es, als hätte sie Ballast abgeworfen und einen neuen Energieschub erhalten. Sie hatte das Gefühl, schneller gehen, schneller denken und endlich handeln zu können. Eigentlich zum ersten Mal, seit dieser blutige Wahnsinn begonnen hatte.

Und das lag allein an Joy.

Sie war der entscheidende Dominostein. Der Stein, den sie herbeigesehnt hatte und der die anderen zum Fallen bringen konnte. Und zugleich war Joy das größte Fragezeichen von allen. Von ihr hing alles ab.

Hatte Mara es geschafft, genügend Vertrauen aufzubauen? Konnte sie sich auf Joy verlassen – zumindest so weit, dass es reichen würde, um den Erfolg herbeizuführen, den sie so verdammt nötig hatte?

In Gedanken vertieft, marschierte Mara im Präsidium den Korridor entlang. Sie sah die junge Nigerianerin vor sich, wie sie sie in ihrer Wohnung zurückgelassen hatte. Ohne Handschellen, allein, mit diesem völlig unergründlichen Blick. *Ich spiele mit dem Feuer*, dachte Mara. *Wenn Joy weg ist, dann ist alles verloren.* Doch sie wollte ihr beweisen, dass auf sie Verlass war. Falls Joy Mara wirklich ein gewisses Maß an Vertrauen entgegenbrachte, durfte sie das keinesfalls erschüttern. Nein, lieber das Spiel mit dem Feuer. Darin war Mara ohnehin geübt.

In Klimmts Büro überprüfte sie am Laptop die Ergebnisse, die vorher schon mit dem Anruf angekündigt worden waren. Sie überflog die Seiten, von denen sie eine nach der anderen anklickte, zuerst noch unruhig, dann zunehmend gelassener. In dem Haus bei der Gießerei waren durch die umfassende, deutlich aufwendigere Suche tatsächlich DNA-Spuren entdeckt worden, die eindeutig Falko Steffen und Udo Grabach zugeordnet werden konnten. Außerdem noch weitere, bislang nicht zuzuordnende Spuren, etwa Haare, winzige Hautpartikel und sogar Spermarückstände.

Zu gern hätte Mara über Karel Dieblers DNA-Profil verfügt …

Darüber hinaus waren im Turm Blutrückstände gefunden worden, offenbar in beträchtlichen Mengen. Hier würden die Analysen noch erfolgen. Also wieder mal abwarten.

Mara dachte an Rosen und wollte ihn anrufen, um sich zu erkundigen, wie es ihm ging, doch dann entschied sie sich dafür, erst einmal die dringendsten dienstlichen Telefonate zu erledigen, denen sie gleich noch einige E-Mails folgen ließ. Das längste Gespräch wurde das mit Christian von Lingert. Eine der wichtigsten Aufgaben war es, ein Team auf das Gelände rund um die Gießerei und das nahe gelegene Haus anzusetzen, damit der Boden umgegraben werden konnte.

Von Lingert zeigte sich zunächst geschockt, als Mara ihm die neuesten Informationen mitteilte, gab aber auch zu bedenken, dass die Aussagen von Maras Informantin erst bewiesen werden mussten. Damit hatte er recht, Mara hatte nichts anderes von ihm erwartet. Für ihre Verhältnisse sehr geduldig bat sie den Staatsanwalt nachdrücklich darum, ihr in diesem Punkt möglichst freie Hand zu lassen. Als er einwilligte, war sie selbst überrascht. Wahrscheinlich hing sein Einverständnis damit zusammen, dass er ähnlich verzweifelt und auf Resultate angewiesen war wie sie selbst. Auch ihn musste die Ungeheuerlichkeit von Joys Angaben mit voller Wucht getroffen haben.

Wieder fiel ihr Rosen ein, doch abermals war es nicht seine Nummer, die sie wählte, sondern Stankos. Sie wies ihn an, eine weitere Razzia vorzubereiten, bei der der Straßenstrich umgekrempelt werden würde – wiederum mit dem Fokus auf afrikanischstämmige Prostituierte.

»Schon wieder?«, meinte er gedehnt.

Sie hörte, dass er kaute. »Ja, schon wieder«, antwortete sie bissig. »Diesmal werden wir mehr Erfolg haben.«

»Wirklich?«, kam es widerwillig von ihm.

Diesmal haben wir Joy, dachte Mara. »Ja, ganz bestimmt. Ich werde es dir später erklären. Veranlass jetzt erst mal alles, was nötig ist. Und beeil dich, Stanko.«

»Okay, wenn du meinst«, meinte er unverändert skeptisch.

»Und ob ich das meine. Gib Gas, Stanko!« Mara dachte kurz nach. »Und lass es mich wissen, wenn Schleyer und Patzke plötzlich beknackte Ausreden haben, dass andere Sachen viel wichtiger seien und sie uns nicht unterstützen können.«

»Okay, ich rede mit ihnen.«

Nicht nur bei dem Gespräch mit Stanko, bei praktisch jedem Telefonat mit Kollegen spürte Mara, wie ihr Widerstand entgegenschlug. Aber sie versuchte, darüber hinwegzugehen, sie wollte das alles einfach nur noch durchziehen, wer oder was auch immer sich ihr entgegenstellen mochte.

Ein Blick zur Uhr. Die Zeit rannte davon. Wie immer.

Ein Guss klatschte ans Fenster, die Heizung war nur minimal eingestellt, doch Mara schwitzte. Zum dritten Mal verschob sie den Anruf bei Rosen und machte sich stattdessen auf den Weg in einen Verhörraum, um mit der Befragung von Henry Okpube zu beginnen, dessen Schussverletzung sich als recht harmlos herausgestellt hatte und der gründlich verarztet worden war.

Sie stellte ihre Fragen und erntete das Schweigen, mit dem sie gerechnet hatte. Neben ihm saß sein Anwalt, derselbe wie beim letzten Mal. Er hieß Meyerbach und unterstützte Okpubes ablehnende Haltung voll und ganz. Nach einer knappen Stunde brach Mara das Ganze ab. Sie ließ Okpube abführen und ignorierte das Geschwafel seines Rechtsbeistands.

Zurück im Büro, verspürte sie noch immer dieselbe Energie wie bei ihrem Eintreffen. Ja, das tat gut. Endlich rief sie Rosen an, doch sie erreichte ihn nicht und sprach ihm nur eine kurze Mitteilung auf die Mailbox. Sie erinnerte sich daran, dass es noch jemanden gab, bei dem sie sich längst hätte melden sollen. Nicht einmal bedankt hatte sie sich bei ihm, dabei wusste sie doch, wie schwer es ihm gefallen war, diese enorm wichtige Information an sie weiterzureichen.

Sie wählte die Nummer ihres Vaters vom Bürotelefon aus, und sofort ertönte seine Stimme: »Mara? Schön, dass du noch lebst.«

»Finde ich auch. Du hast was gut bei mir, das weißt du ja.«

»Es war tatsächlich nicht ganz einfach für mich«, sagte Edgar. »Karel Diebler ist jemand, der …« Er hielt kurz inne. »Ein so kultivierter, besonnener Mensch. Egal, was kommt, er bleibt gelassen und …«

»Vielleicht gelingt ihm das nur, weil er ab und zu Dampf ablässt.«

»Karel ist jemand, der …«, setzte er erneut an, verstummte aber rasch wieder von selbst.

»Ich glaube, es muss sich erst noch herausstellen, wer dieser Mann wirklich ist.«

»Wir werden sehen«, erwiderte er deutlich verhaltener, als es sonst seine Art war.

»Wie gesagt, du hast was gut bei mir.«

»Wie wäre es endlich mal wieder mit einem Abendessen? Allen Gefahren zum Trotz überlasse ich dir die Wahl des Restaurants.«

Sie lachte. »Abgemacht. Ich rufe dich an.«

Nach der kurzen Unterhaltung verließ Mara das Büro, um sich einen Kaffee zu holen. Als sie den Gang hinabschritt, musste sie erneut mit bangen Gefühlen an Joy denken. Dann entdeckte sie eine vertraute Gestalt, die vor dem Automaten stand.

Mara stellte sich daneben.

Sie wechselten einen langen Blick.

»Du bist doch krankgeschrieben«, sagte sie.

Jan Rosen nickte. Sein Gesicht war bleich, die Schultern hingen herab. »Zu Hause halte ich es nicht aus.« Er lächelte scheu und starrte in seinen Kaffeebecher. »Da ist es sogar hier noch besser.«

Sie schilderte ihm die neuesten Entwicklungen im Schnelldurchlauf. Er war ebenso schockiert wie sie selbst.

Dann fügte sie an: »Ich weiß jetzt, wer dir das Messer an die Kehle gesetzt hat.« Der Satz klang komisch, wie Mara bewusst wurde, er war ihr einfach über die Lippen gerutscht.

Er schaute erstaunt auf und betastete das Tuch, das er sich notgedrungen wieder um den Hals geschlungen hatte. »Ach? Tatsächlich?«

»Na ja, ich habe kein Geständnis, aber …« Sie machte einen vielsagenden Blick. »Zumindest eine Bestätigung mit den Augen.«

»Wer war es?«

»Kann es eine Frau gewesen sein?«

Verdutzt sah er sie an. »Möglich wär's. Da war eine bestimmte Duftnote. Ich dachte, es wäre für ein männliches Parfüm etwas süßlich …« Er hielt inne. »Nun ja, ich war ziemlich durcheinander.«

»Schon gut, Rosen.«

»War es etwa diese Joy?«

»Ich nehme es ganz stark an. Bei eurem ersten Zusammentreffen, wenn man es so nennen will, hat sie das Haus genutzt, um sich zu verstecken und ein Dach über dem Kopf zu haben. Sie kennt sich nicht gut aus in der Stadt, aber sie wusste, dass die Bande die jeweiligen Gebäude immer nur für eine gewisse Zeit nutzte und dann aufgab, deshalb fühlte sie sich dort halbwegs sicher. Doch dann kam es in der nahen Gießerei zu dem Schusswechsel und unseren anschließenden Untersuchungen, was Joy von dort vertrieb.«

»Übrigens, stimmt das wirklich? War Manzoni so verrückt nach ihr?«

»Und ob er das war.« Mara legte den Kopf schräg und dachte an den Italiener.

Dann setzte sie bedeutungsvoll hinzu: »Und wie ich es dir vorhin schon angedeutet habe: Unser Freund Diebler steht wohl auch sehr auf sie.«

Rosen schnalzte mit der Zunge. »Unsere Erfolgsaussichten sind anscheinend nicht mehr ganz so trübe. Wo steckt Joy jetzt? Du hast sie doch sicher ins Präsidium gebracht, oder?«

Mara grinste.

Er kräuselte die Stirn. »Billinsky …«

»Ich musste bei ihr vorsichtiger sein, sie ist eben keine gewöhnliche Zeugin.«

»Was treibst du schon wieder für ein Spiel?«

»Ein Spiel, bei dem ich mir wahrscheinlich das Genick brechen werde.«

60

Joy starrte in die Leere dieser dunklen Wohnung. Lauschte in die Stille, die sie umhüllte wie ein schwerer unsichtbarer Stoff.

Die Sekunden tickten in ihrem Kopf. Jede einzelne davon ein verlorener Moment. Etwas drängte sie, nach draußen zu stürzen und so schnell zu laufen, wie sie nur konnte, wohin auch immer. Etwas anderes hielt sie zurück. Aber was? Der Blick aus den Augen der Polizistin, die so dunkel waren wie ihre eigenen?

Oder blieb sie einfach nur aus dem Grund noch hier, weil sie zuletzt oft genug davongelaufen war, ohne Plan, ohne Richtung, hinaus in die Kälte dieser bösartigen Stadt, die da draußen lauerte, um sie zu verschlingen?

Ja, die Polizistin. Sie war sonderbar. Joy war niemals einem Menschen wie ihr begegnet. Keiner würde sie für eine Ermittlerin halten. Sie schien einiges zu wissen oder zumindest zu erahnen. Aber sie brauchte dennoch jemanden, der ihr half.

Wenn Joy sie unterstützte, würde sie dann auch Joy unterstützen? Oder war alles nur leeres Gerede? Warum vertraute Joy ihr mehr als anderen? Weil sie *anders* war? Tat sie das überhaupt? Ihr vertrauen? Konnte man auf jemanden bauen, der ein *Bulle* war? Bis auf Manzoni hatte Joy keinen getroffen, der nicht hinterlistig, gemein und … Egal. Die Polizistin wirkte jedenfalls nicht hinterlistig. Doch was hieß das schon?

Sie ging im Wohnzimmer auf und ab, lauschte immer weiter dieser beunruhigenden Stille. Sonst war ihr Frankfurt immer laut vorgekommen, ein brodelndes, tosendes Ungetüm. Warum empfand sie die Ruhe nicht als angenehm? Im Gegenteil, sie fühlte ein fortwährendes, immer stärker werdendes Kribbeln unter der Haut.

Die Stille erdrückte sie, nahm ihr die Luft.

Die Polizistin hatte einen Plan, musste dafür allerdings erst einmal Vorbereitungen treffen. Und Joy spielte dabei eine wichtige Rolle. Oder sollte es zumindest. Würde sie mitmachen?

Es blieb dabei, sie war hin- und hergerissen.

Etwas hielt sie zurück, und etwas trieb sie zugleich fort.

Was war stärker?

61

Sie hatten den ersten Becher getrunken, einen zweiten gezogen, und nun entfernten sie sich von dem Getränkeautomaten. Mara hatte Rosen mittlerweile nicht nur über Joys Aussage, sondern auch über die neuesten Ergebnisse informiert, die ihr von der Spurensicherung übermittelt worden waren.

»Nun sag es mir schon, Billinsky«, forderte er sie dann gleich noch einmal auf. »Wo ist Joy? Wo hast du sie versteckt?«

»Das ist ein Geheimnis, Rosen. Ich habe ihr versprochen, es niemandem zu verraten. Nach außen hin wirkt sie total cool und hart. Doch wie sieht es in ihrem Inneren aus?«

Er musterte sie. »Ich ahne auch so, wo du sie untergebracht hast.«

»Klar tust du das.« Mara grinste. »Du kennst mich eben.«

»Das ist gefährlich. Wer weiß, ob Joy …«

»Das ist mir absolut klar, Rosen.« Sie erreichten Klimmts Büro, Rosen schloss die Tür hinter ihnen.

»Schleyer war vorhin mal wieder ziemlich sauer«, sagte er, als er sich in den Stuhl fallen ließ. »Er hat so laut Scheiße gebrüllt, dass es bis nach Offenbach zu hören war.«

»Nicht nur er, mehrere der werten Kollegen sind schon wieder auf hundertachtzig, weil ich sie auf den Straßenstrich angesetzt habe.« Mara warf einen beiläufigen Blick aus dem Fenster und nahm dann ebenfalls Platz.

Er nickte. »Oh, das kann ich mir vorstellen.«

»Man darf nun mal nicht aufgeben. Man muss es wieder und wieder und wieder versuchen.«

Er sah sie auf diese nachdenkliche Art an, die so typisch

für ihn war. »Das mag sein, aber manche …« Die Silben verklangen, ohne dass er den Satz vollendete.

»Frag dich lieber, warum wir beide nicht bei der Aktion dabei sind.«

Rosen hob den Kopf. »Sag's mir.«

»Wir haben Wichtigeres zu tun.« Sie grinste ihn herausfordernd an. »Das heißt, *falls* du überhaupt mitmachen willst. Vernünftiger wäre es, dich gemäß deiner Krankschreibung ins Bettchen oder aufs Sofa zu verziehen.«

»Wobei mitmachen?«

»Bei dem Einsatz, der dazu führt, dass wir Solomon Yekini und den Rest seiner Bande hochgehen lassen.«

»Wir beide?«, kam es völlig verblüfft von ihm.

»Wir beide und ein kleines, aber schlagkräftiges Team des SEK. Ich musste erst von Lingert dazu bewegen, mir das abzusegnen. Und das, ohne ihm die Hintergründe im Detail nennen zu können. Aber die neuen DNA-Nachweise helfen. Vielleicht glaubt sogar er, dass wir doch noch eine Chance haben. Und vielleicht zweifelt er endlich an seinem Freund Diebler.«

»Und was meint er zu Henry Okpube? Er ist sicher nicht begeistert davon, dass du den Mann angeschossen hast.«

»Nun ja, Begeisterung und von Lingert – das schließt sich ohnehin aus.« Mara grinste erneut. »Ach so, das habe ich vergessen, dir zu erzählen. Von den Okpube-Brüdern wurden ebenfalls DNA-Spuren sichergestellt, sowohl im Turm als auch in dem alten Haus bei der Gießerei. Wenn die Kollegen dort wirklich auf zwei Leichen stoßen, dann nageln wir den guten Henry an die Wand.« Sie beugte sich vor. »Und vielleicht ja nicht nur ihn.«

»Zurück zum Einsatz.« Rosen wirkte nicht enthusiastischer als vorher.

»Rosen, du musst nicht …«

»Wie willst du es anfangen? Warum sollten wir Solomon

Yekini ausgerechnet jetzt kriegen? Die Bande versteht es, sich zu verstecken, und sie ist auch noch nicht etabliert im Viertel. Eher unwahrscheinlich, dass einer unserer Spitzel auf einmal den entscheidenden Tipp für uns hat.«

»Das stimmt alles, aber jemand ist ihnen sehr wichtig, denn dieser Jemand bringt ihnen normalerweise eine schöne Stange Geld ein.«

Er stutzte und fuhr sich durch sein schütteres Haar. »Ach so.«

»Genau.« Mara nickte.

»Was wird sie tun?«

»Sie wird die Rolle des Lockvogels übernehmen.« Abrupt stand Mara auf und griff nach ihrer Jacke.

»Wohin willst du?«, fragte er verdutzt.

»Ich fahre los, um sie zu holen.«

»Du verlierst keine Zeit, was?«

»Jetzt nicht mehr.« Mara schlüpfte in die Jacke. »Ich habe dir doch gesagt, es ist alles in die Wege geleitet.«

Wortlos starrte er sie an, wie so oft überrumpelt von ihrer Art.

»Du fährst mit deinem eigenen Auto zum Einsatzort«, sagte sie. »Dort treffen wir uns dann.«

»Wo ist das?«

Sie nannte eine Adresse im Bahnhofsviertel.

Er musste nur kurz überlegen. »Verstehe. Das Restaurant.«

»Ich komme mit dem Lockvogel dorthin.« Mara öffnete die Bürotür und fügte hinzu: »Falls unser Vögelchen nicht davongeflattert ist.«

62

Zögernd glitt Joy vom Beifahrersitz und spürte dabei Billinskys Blick auf sich.

Sie schloss die Autotür hinter sich und betrachtete die Straße inmitten des Bahnhofsviertels. Später am Abend würde es anders sein, doch jetzt war noch alles ruhig, kaum jemand ließ sich sehen. Triefende Wolken hingen über den Dächern.

Joy wusste nicht genau, warum sie geblieben war. Nur wegen Billinsky? Sie hatte wirklich keine Ahnung, ob es die richtige Entscheidung gewesen war, in der kleinen dunklen Wohnung auszuharren, bis die Frau mit der schwarzen Lederjacke wieder aufgetaucht war und sie abgeholt hatte.

Sie überquerte die Straße, mit diesem geschmeidig wiegenden Gang, der die Blicke der Männer auf sich zog. Die Männer waren überall auf der Welt gleich, aber diese Polizistin – die war schwer einzuschätzen.

Nun befand Joy sich bereits in unmittelbarer Nähe des Restaurants. Für eine Flucht war es endgültig zu spät. Sie hatte zuvor in dem Gasthaus anrufen müssen. Der Eindruck jener bangen Sekunden, als das Klingelzeichen ertönte, war noch frisch und intensiv. Es meldete sich ein Mann. Sie sagte ihm, was die Polizistin von ihr verlangte. Dass sie am Ende sei, dass sie erfrieren und verhungern würde, dass sie zurückwolle. Der Mann sollte das Solomon Yekini mitteilen, auch dass sie im Restaurant auf ihn warten würde. Es war früher schon als Treffpunkt der Bande genutzt worden, wie sie wusste.

Sie hatte überzeugend klingen sollen, doch sie hatte keine Ahnung, ob ihr das gelungen war. Jedenfalls erhielt sie die Antwort, sie solle sich später noch einmal melden. Und bei diesem zweiten Anruf hieß es tatsächlich, Yekini sei bereit, sie zu sehen.

Die letzten Meter, die letzten Schritte.

Plötzlich war er wieder da, dieser Drang, einfach loszulaufen, die Straße hinab, ohne Ziel, irgendwohin.

Unwillkürlich ging sie langsamer, während die Gedanken immer schneller durch ihren Kopf rasten.

Die Eingangstür kam ihr vor wie das Tor zu einer neuen Hölle.

Der Drang zur Flucht wurde stärker.

Und dennoch widerstand sie ihm.

Sie legte die Hand auf die schwere schmiedeeiserne Klinke, atmete einmal tief durch und betrat das Restaurant.

63

Mara spähte in den Seitenspiegel und sah, dass Rosen sich näherte. Sofort blickte sie wieder zum Restaurant, in dem Joy Sekunden zuvor verschwunden war.

Er öffnete die Beifahrertür und nahm auf dem jetzt wieder freien Beifahrersitz Platz. In der Hand hielt er ein Walkie-Talkie.

»Mein Auto habe ich um die Ecke geparkt«, erklärte er. »Da warten auch die SEK-Kollegen in einem Kleinbus. Einen rückwärtigen Zugang zum Restaurant gibt es nicht, das wurde überprüft.«

»Sehr gut.«

»Auf einmal könnte alles sehr schnell gehen, meinst du nicht auch?«

Sie erwiderte nichts. Sie war angespannt, und zu plaudern lag ihr ohnehin nicht. Sie dachte an Joy und konnte nur hoffen, dass das nicht das letzte Mal war, dass sie etwas von ihr gesehen hatte.

Die Minuten verrannen, erst noch recht zügig, dann immer zäher.

Was wäre, wenn Yekini und sein Gefolge nicht kämen?

Und was, wenn sie kämen?

Hier und da riss die Wolkendecke auf, ein paar verlorene Sonnenstrahlen kämpften sich durch und tauchten die nahezu leere Straße in ein milchiges Licht.

Es war erneut Rosen, der die Stille brach: »Worüber grübelst du nach?«

»Tue ich das?«

»Ich sage doch, ich kenne dich.«

»Weißt du, woran ich denken muss, seit ich von den Blutspuren in den beiden Gebäuden erfahren habe?«, sagte Mara. »An ein bestimmtes Detail, über das ich schon längst mit dir reden wollte. Und zwar an die hohen Geldbeträge, die Falko Steffen kurz vor seinem Tod flüssiggemacht hat. Wir haben nämlich etwas vergessen. Ich könnte mir in den Hintern treten, das war ein verdammter Fehler.«

»Was meinst du?« Rosen sah auf.

»Wir hätten auch überprüfen müssen, ob sich ähnliche Geldbewegungen auf Udo Grabachs Konten nachweisen lassen. Wenn es Auffälligkeiten gegeben hätte, dann ...«

»Moment mal«, unterbrach er sie und zog sich mit der linken Hand die Mütze vom Kopf, um nervös damit herumzuspielen. »Das war es also ...«

»Was meinst du?«

Etwas Gequältes lag in seinem Ausdruck. »Ich habe die ganze Zeit gedacht, ich hätte etwas vergessen. Ich wusste einfach nicht, was es war.«

»Das Überprüfen von ...«

»Dabei hatte ich das längst getan«, fiel er ihr ins Wort. »Ich habe einfach nur vergessen, es dir mitzuteilen. So ein Mist! Normalerweise notiere ich mir alles, um es dann per E-Mail ...«

»Schon gut, Rosen, das kann eben mal passieren«, sagte sie milde, um es ihm nicht noch schwerer zu machen. »Auf dein Gedächtnis ist ja sonst immer Verlass.«

Geknickt starrte er nach unten. »Ich vergesse nie etwas. Tja. Eigentlich.«

»Was kam denn nun bei der Kontoüberprüfung heraus?«, fragte sie drängender als beabsichtigt.

»Äh, es war so, dass es eine Sache gab, bei der ich mir nicht sicher war, ob man sie wirklich als Auffälligkeit bezeichnen kann. Ein recht hoher Betrag wurde von Grabach in bar abgehoben, ohne dass sich die Verwendung für das Geld nachverfolgen ließ. Ich glaube, es waren zehntausend Euro, werde das aber im Büro noch mal checken. Es passierte nur *einmal*, und deshalb …«

»Verstehe. Danke!« Sie warf ihm einen beruhigenden Blick zu. »Bei Karel Diebler würde ich ebenfalls gern die Finanzen überprüfen. Und ein DNA-Nachweis von ihm wäre auch hilfreich. Wenn es dann einen Treffer mit den Spuren in unserem sogenannten Blutzimmer gäbe, hätten wir endlich etwas in der Hand.«

»Du verlässt dich auf eine Frau, die …« Er wägte seine Worte ab.

»Ja?«, sagte Mara rasch.

»Die enorm unter Druck steht. Die nicht mit normalen Maßstäben zu betrachten ist. Und die in Sachen Zuverlässigkeit eher …«

»Sie ist in dieses Restaurant gegangen, oder? Das ist ein Maßstab, der mir gefällt. Und sie ist nicht getürmt, als sie zuvor bei mir zu Hause stundenlang Gelegenheit dazu hatte.«

»Aber doch vielleicht nur, weil sie gar nicht wusste, wohin sie sollte und …« Er ließ den Satz offen und seufzte. »Ich wundere mich nur. Sonst bist *du* immer die Chefzynikerin, und auf einmal hast du ein Gottvertrauen, das …«

»Vertrauen in Joy, Rosen«, unterbrach sie ihn mit einem unschlüssigen Grinsen. »Frag mich nicht, warum. Ich weiß es selbst nicht. Aber Joy hat etwas Außergewöhnliches.«

Er verzog nachdenklich das Gesicht. »Immerhin hätte sie mich fast umgebracht.«

»Fast«, wiederholte Mara. »Und das ist das Entscheidende.«

»Ich will auch nicht negativ sein, aber …«

»Rosen!«, stoppte sie ihn abrupt. »Ich glaube, sie kommen.«

Sein Oberkörper versteifte sich. »Yekini? Wirklich?«

Mara gab keine Antwort. Stattdessen deutete sie durch die Windschutzscheibe nach draußen.

64

Kein Gast befand sich im Restaurant. Unbesetzte Stühle, leere Tische, im Hintergrund lief leise nigerianische Musik.

Hinter dem Tresen, neben dem Durchgang zur Küche, stand der Wirt – der Mann, mit dem Joy telefoniert hatte. Er sah sie an. Sagte kein Wort.

In ihrem Kopf herrschte ein einziges Durcheinander, sie wusste nicht, vor was oder wem sie gerade am meisten Angst hatte. *Du hättest fliehen sollen*, sagte sie sich. Es war ein Fehler hierherzukommen. Ein Fehler, der nicht wiedergutzumachen war.

Einen Moment stand sie unschlüssig in dem großen, leicht schummrigen Gastraum. Sie setzte sich an einen Tisch, wählte dabei bewusst einen Platz in unmittelbarer Nähe zur Tür. Langsam streifte sie ihre Handschuhe ab. Sie machte den Reißverschluss auf, ließ die Jacke aber an.

Der Wirt starrte sie unentwegt schweigend an.

Die Musik plärrte munter vor sich hin. Flöten, Xylofone, Tomtoms, Leiern und Udus. Die Klänge waren Joy vertraut. Kurz gab sie sich der Illusion hin, zu Hause zu sein, weit weg von dieser grauen Stadt, doch rasch war sie wieder in der Gegenwart, die auf ihre Schultern drückte wie Blei, die ihren Magen zusammenkrampfen ließ. Sie vermied es, den ständig glotzenden Wirt anzusehen. Ein Song wechselte zum nächsten über. Nichts geschah, es war fast unwirklich.

Irgendwann öffnete sich die Tür, und drei Männer kamen herein. Joys Blick fiel auf die grünen Sportschuhe, wanderte nach oben zu Solomon Yekinis Gesicht.

Kalt betrachtete er sie.

Ja, ein Fehler. Ein Riesenfehler. Sie hätte nicht herkommen, sich nicht auf das Spiel einlassen dürfen. Zu spät. Dafür würde sie bezahlen müssen.

Yekini und seine beiden Begleiter marschierten auf sie zu. Es waren dieselben wie zuletzt. Vielleicht besaß er im Moment auch gar nicht mehr Helfer, vielleicht hatten ein paar nach den letzten Ereignissen das Weite gesucht und waren in anderen Städten untergetaucht. Egal, für Joy würden sie reichen.

Die Männer blieben vor ihr stehen.

Alles war vorbei.

Sie spürte es, war sich dessen ganz sicher. Und noch bevor sie auch nur einen einzigen klaren Gedanken fassen konnte, herrschte plötzlich totales Chaos.

Wieder sprang die Tür auf, diesmal mit einem lauten Knall. Mehrere Gestalten strömten mit flinken Schritten ins Innere. Helme, Schutzkleidung, Waffen. Wie Kampfroboter aus der Zukunft wirkten sie auf Joy.

Yekini und seine Männer spritzten auseinander, jeder suchte irgendwo Deckung, Pistolen und Messer in den Händen, Schüsse dröhnten, laute Schreie ertönten, das Holz der Einrichtung zersplitterte, als es von Querschlägern zerfetzt wurde.

Nachdem sie sekundenlang wie paralysiert gewesen war, gefangen zwischen Schock und Angst, konnte Joy endlich reagieren. Sie ließ sich auf die schmierigen Bodenfliesen fallen und krabbelte innerhalb eines Wimpernschlags unter den Tisch.

Ganz fest stülpte sie die Hände über die Ohren, sie presste die Augen zusammen, damit um sie herum alles schwarz wurde. Sie zwang sich, an den Hof ihrer Großmutter zu denken, stellte sich Einzelheiten vor, die Formen der Wolken, die bunten, zum Trocknen auf der Leine hängenden Kleidungsstücke, die trockene rotbraune Erde, und das Wummern der

Waffen verlor sich tatsächlich irgendwie im Gesang der Oma und dem Gegacker der dürren Hühner, die um Joy herumtippelten, damals, als sie noch nicht Joy, sondern Azuka gewesen war. Eine andere Welt, ein anderes Leben – das einzige, in dem sie wirklich gelebt hatte.

Sie krümmte sich zusammen, machte sich ganz klein, doch jetzt verschwanden die Geräusche von früher, wurden wieder verdrängt von Schüssen, die allerdings weniger wurden.

Eine irritierende Stille trat ein.

Joy hätte nicht sagen können, ob der Schusswechsel acht Sekunden oder acht Stunden gedauert hatte. Sie kauerte weiterhin auf demselben Fleck, wo sie am liebsten in die Tiefe versunken wäre, für immer unauffindbar. Der Boden öffnete sich allerdings nicht, um sie aufzunehmen und zu schützen.

Die Stille hielt an und zerrte fast so stark an ihren Nerven wie zuvor die Schüsse. Sie erschrak heftig, als sich eine Hand auf ihren Oberarm legte. Nur ganz langsam hob sie die Lider.

Dunkle, fast schwarz wirkende Augen waren auf sie gerichtet. Augen, die sie kannte, von denen sie immer noch nicht mit letzter Sicherheit wusste, ob etwas Vertrauenswürdiges aus ihnen sprach oder nicht.

65

Der Morgen kroch fahl am Horizont entlang, als würde eine riesige Stoffbahn über die Stadt gezogen werden. Es regnete nicht, und es war nicht mehr ganz so kalt wie zuletzt. Mara Billinsky glaubte sogar einen ersten schwachen Anflug von Frühling in der Luft zu ahnen, die sie tief einsog, bevor sie das Bürofenster wieder schloss.

Sie war schon sehr früh am Schreibtisch erschienen, ihr Energieschub hielt nach wie vor an. Kein Wunder, gestern war ein guter Tag gewesen – fast schon ein ungewohntes Gefühl nach all den Misserfolgen, nach diesem ständigen Auf-der-Stelle-Treten.

Den Vorabend hatte sie damit beendet, Karel Diebler zu einer Befragung vorladen zu lassen. Das hatte ihr verdammt gutgetan, sie gestand sich das unumwunden ein. Es war noch zu früh, um hundertprozentig von einem Erfolg auszugehen, aber sie fühlte sich bei Weitem nicht mehr so auf verlorenem Posten wie in den zurückliegenden Wochen.

Mara setzte sich an den Schreibtisch, schrieb E-Mails und beantwortete diejenigen, die eingegangen waren. Sie rief Kollegen aus anderen Abteilungen an, doch derart früh war noch kaum jemand zu erreichen. Deshalb war sie auch ein wenig verdutzt, als es an ihre Tür klopfte.

»Herein!«

Rosen?, fragte sie sich.

Es war nicht ihr Kollege, der eintrat, die Tür gleich wieder schloss und sich auf einen der beiden Besucherstühle setzte, wie immer ohne ein Wort der Begrüßung, ohne eine Floskel. Aber das mochte Mara ganz gern, sie tickte ja ähnlich.

Sie maßen sich mit ihren Blicken.

»Gestern ist es also sehr erfolgreich verlaufen, wie ich höre«, begann Christian von Lingert.

»Das kann man so sagen.«

»Wichtige Festnahmen«, fuhr er in diesem Telegrammstil fort, der ebenfalls Maras Art glich.

Sie nickte. »Es ist uns gelungen, Solomon Yekini und zwei seiner Begleiter festzunehmen, die ziemlich heftigen Widerstand geleistet haben.«

»Glücklicherweise gab es diesmal keine Verletzten«, betonte er spitz. »Es kommt vor allem bei der Presse nicht gut an, wenn Verdächtige mit Schüssen zur Aufgabe überredet werden.«

»Die beteiligten Beamten hatten gewiss nicht die Muße, sich bei dem Einsatz Gedanken über mögliche Pressereaktionen zu machen. Aber ja: Es ist erfreulich, dass trotz des erwähnten Widerstands kein Tröpfchen Blut geflossen ist und nur die Einrichtung dieses jämmerlichen Gasthauses in Mitleidenschaft gezogen wurde. Yekini hat erkannt, dass er auf verlorenem Posten stand und das Zeichen zur Aufgabe gegeben. Wir haben den Wirt ebenfalls in Gewahrsam genommen, auch auf die Gefahr hin, ihn wieder laufen lassen zu müssen. Sei's drum. Es geht um Yekini und die anderen beiden, außerdem um Henry Okpube. Der Abgleich mit den festgestellten DNA-Spuren läuft.« Mara lehnte sich zurück und fügte hinzu: »Und die wichtigste Nachricht konnte ich ja noch gestern Abend an dich weitergeben.«

»Die Leichenfunde.«

Mara nickte. »Zwei weibliche Leichen, dunkelhäutig, vergraben zwischen der Gießerei und dem alten Haus. Auf unnatürliche Weise ums Leben gekommen. Jedenfalls deuten schon jetzt einige Details darauf hin. Es wird eine umfangreiche Obduktion erfolgen. Ich werde dabei sein. Du auch?«

»Sicher.« Er nickte, offensichtlich durchaus überrascht von den jüngsten Ereignissen.

»Auf jeden Fall gibt es Anzeichen von Gewaltanwendung.«

»Anzeichen, die Rückschlüsse auf diejenigen schließen lassen, die für den Tod der Frauen verantwortlich sind und sie unter die Erde gebracht haben?«

»Das kann ich noch nicht sagen, aber die Experten gehen davon aus, dass sich etwas Verwertbares finden lässt. Die Toten auf diese Weise verschwinden zu lassen und dabei Fingerabdrücke sowie das Verlieren von Hautschuppen oder Haaren zu vermeiden, scheint nahezu unmöglich zu sein.«

»Insofern kann ich dir und dem Team nur meine Glückwünsche übermitteln.«

Er verzog den Mund zu einem Lächeln, während seine Augen unverändert ernst blieben. »Meine vorläufigen Glückwünsche. Du weißt ja, wie das ist. Erst wenn wir sicher sein können, dass …«

»Klar. Ich weiß, wie das ist«, wiederholte sie seine Worte.

»Diesmal müssen wir die Bande festnageln.«

»Wir sind dran, und wir bleiben dran.«

Er warf ihr erneut einen langen Blick zu.

Sie ahnte, was kommen würde.

»Allerdings bin ich nicht nur deswegen hier«, bemerkte er schließlich.

»Auch das weiß ich.« Mara schenkte ihm ein herausforderndes Grinsen.

»Ich bitte dich, in einem Punkt besonders vorsichtig zu sein.«

»Karel Diebler«, meinte sie mit abschätzigem Blick.

»Du hast ihn vorladen lassen. Sag mir, dass es ein Scherz ist.«

»Zurzeit bin nicht mal ich sonderlich versessen auf Scherze, das kannst du mir glauben.«

»Ich noch viel weniger – das kannst du *mir* glauben.«

Ruhig erwiderte sie: »Hast du nicht kürzlich verlauten lassen, ich solle tun, was ich tun muss? Und dass du hinter mir stündest?«

»Aber nur, wenn du dein Vorgehen durch Beweise wasserdicht absicherst«, gab er bissig zurück. »Das ist zu früh. Viel zu früh.«

»Kein Grund, Angst zu haben.«

»Ich habe keine – *du* solltest Angst haben.«

»Wir sind ganz knapp davor und …«

»Wenn sich das mit Karel Diebler als Rohrkrepierer erweist, wäre es eine glatte Katastrophe. Du musst konkret etwas vorweisen können, wenn du ihn vorladen lässt. Sonst fällt der Vorhang schneller, als du dein berühmtes *Fuck* sagen kannst.« Angespannt setzte er hinzu: »Ich will, dass wir auf felsenfest sicherem Boden stehen, wenn wir gegen ihn …«

»Ich weiß, dass er dein Freund ist.«

»Darum geht es doch nicht«, fuhr er sie verärgert an.

Ein erneutes Klopfen ließ Mara aufblicken.

»Ich bin in einer Besprechung«, rief sie.

Die Tür wurde trotzdem geöffnet. Zwei Männer betraten das Büro. Der erste war Karel Diebler, der zweite ein nur unwesentlich jüngerer, gleichsam mit elegantem Anzug ausgestatteter Herr.

Sie blieben mitten im Raum stehen. Diebler deutete kurz auf seinen Begleiter. »Das ist Dr. Kremer, mein Rechtsbeistand. Obwohl ich hundertprozentig davon überzeugt bin, dass sein Einsatz unnötig ist, denn es ist absolut lächerlich, was hier veranstaltet werden soll.«

Niemand sagte etwas, eine dunkle Spannung lag in der Luft des auf einmal eng wirkenden Büros.

Erneut war es Diebler, der das Wort ergriff: »Und am unverständlichsten ist es für mich, dass du da mitspielst, mein lieber Christian.« Sein Blick richtete sich auf von Lingert.

Der Staatsanwalt lief rot an. Er federte vom Stuhl hoch. »Ich spiele bei gar nichts mit«, meinte er pikiert.

Diebler fuhr sich mit einer knappen, kontrollierten Geste den Seitenscheitel nach. »Christian, ich sage es nur ungern, aber wenn du das nicht stoppst, wird nicht nur der Kopf deiner kleinen Kommissarin rollen, sondern auch dein eigener.«

Mara erhob sich ebenfalls. »Da die Herren schon so nett miteinander plaudern, stört es sicher nicht, wenn ich mich kurz ausklinke.«

Von Lingert warf ihr einen verdutzten und zugleich verärgerten Blick zu.

»Bin sofort wieder da«, fügte sie hinzu und war schon draußen auf dem Gang. Sie verdrehte die Augen angesichts des Auftritts der beiden Männer und eilte zum Großraumbüro, in dem sich Rosens Zweierzone befand.

Rosen gegenüber saß Joy, die sich ganz still verhielt und alles um sich herum mit Misstrauen begutachtete. Den Schock vom Vortag, als sie innerhalb von Sekunden in eine Auseinandersetzung mit Schusswaffen geraten war, konnte man ihr nicht mehr ansehen, aber Mara war klar, dass das nichts heißen musste. Joy war eine Meisterin darin, ihre Gefühlslage unter Verschluss zu halten. Selbst jetzt gelang es ihr, diesen unantastbaren Ausdruck aufzusetzen.

Mara nickte ihr zu, und Joy erwiderte ihren Blick.

Rosen telefonierte und achtete nicht auf Mara. Aus dem, was er sagte, schloss sie, dass er gerade mit Heidrun Vogel sprach. Nach dem gestrigen Einsatz hatte er Mara diesen Vorschlag unterbreitet, und sie fand ihn gut. Frau Vogel war eine der beiden Leiterinnen von *Sharonna*, einer gemeinnützigen Organisation, die sich umfassend um ehemalige Zwangsprostituierte kümmerte. Bereits Anyana, seine große Liebe, hatte er dort unterbringen wollen, doch die tragischen Ereignisse, die zum Tode der Frau führten, hatten das vereitelt.

Mara bedeutete ihm, dass er das Telefonat beenden solle,

aber er verneinte mit einem Kopfschütteln. »Dann komm eben nach«, meinte sie und gab Joy ein unmissverständliches Zeichen, sie zu begleiten.

Gefolgt von der Nigerianerin, kehrte Mara ins Büro zurück, wo noch immer eine heftige Diskussion zwischen von Lingert und Diebler im Gange war, die allerdings augenblicklich von einer schneidenden Stille abgelöst wurde.

Alle Blicke ruhten auf ihrer Zeugin.

»Das ist Azuka. Ich habe mich lange mit ihr unterhalten und dabei noch wesentlich mehr erfahren als ihren richtigen Namen«, sagte Mara leichthin. »Sie, Herr Diebler, kennen sie ja bereits. Allerdings als Joy.«

Erneut strich Diebler über seinen Scheitel. Fast schien es, als würde er die Fassung verlieren, doch es gelang ihm, ruhig zu bleiben. »Was soll das?«, schnarrte er, und wenig an ihm erinnerte noch an den freundlichen Herrn, als der er sich bei den ersten Zusammentreffen gezeigt hatte.

»Sie wissen, welcher Beschäftigung Azuka bisher nachging. Beziehungsweise nachgehen musste.« Maras Ton blieb gelassen.

»Was ist Ihre Absicht, Frau Kommissarin? Wollen Sie mir vorwerfen, dass ich die Dienste einer Prostituierten in Anspruch genommen hätte? Ist das alles? Mehr haben Sie nicht zu bieten? Diese Frau hat mich niemals bei einer gesetzeswidrigen Handlung gesehen. Was wollen Sie mir unterstellen? Das würde mich interessieren.«

»Sie brauchen sich überhaupt nicht zu äußern, Herr Diebler«, meldete sich Rechtsanwalt Kremer mit sachlicher Stimme zu Wort. »Das alles ist doch in höchstem Maße absurd.«

»Unterstellen will ich Ihnen gar nichts«, erwiderte Mara. »Aber beweisen werde ich einiges, bei dem Sie beteiligt waren. Ich bringe nur Azuka zurück ins andere Büro, dann können wir mit Ihrer Befragung beginnen. Es wird ganz bestimmt aufschlussreich sein.«

»Mit mir wird es keine Befragung geben. Das ist lächerlich.«

»Was führen Sie eigentlich gegen meinen Mandanten im Schilde?«, wollte Kremer wissen. »Das alles erscheint mir höchst fragwürdig.«

Mara fixierte mit ihren schwarzen Augen nach wie vor Diebler. »Übrigens, wir müssen noch mal über ein bestimmtes Haus reden. Ich habe Ihnen vor Kurzem ein Foto davon gezeigt. Sie wussten angeblich nichts damit anzufangen. Dabei kennen Sie es, ebenso wie Sie ja Falko Steffen und Udo Grabach kannten.«

Diebler erwiderte ihren Blick, doch er war mittlerweile knallrot angelaufen. An seiner Schläfe pochte eine Ader so heftig, als könnte sie gleich platzen. Gepresst stieß er hervor: »Lassen Sie uns verschwinden, Kremer.«

Auf dem Absatz drehte er um. Mit steifen Bewegungen schob er sich aus dem Zimmer, hastig gefolgt von seinem Anwalt.

Wieder kehrte Stille ein.

Von Lingerts Augen suchten Maras Blick. »Willst du ihn nicht aufhalten? Du hattest doch unbedingt vor, ihn …«

»Er soll ruhig gehen, das wird ihm nichts nützen. Für den Moment genügt es mir, ihm Feuer unter dem Hintern gemacht zu haben.«

Der Staatsanwalt schnaufte auf. »Ich hoffe nur, es stimmt alles, was du behauptest. Denn ein weiteres deiner berüchtigten Pokerspielchen …«

»Im Gegenteil. Poker haben wir seit gestern nicht mehr nötig. Mit Azukas Hilfe räumen wir auf. Und ich wette, je mehr sie erzählt, desto eher wird auch Solomon Yekini oder einer seiner Männer bereit sein, den Mund aufzumachen.« Sie sprach es voller Überzeugung aus, auch wenn sie wusste, dass es weiterhin genügend Fragezeichen gab.

Von Lingert wirkte immer noch reichlich angespannt. Er

nahm seine Brille ab, reinigte die Gläser und äußerte in warnendem Ton: »Bei Diebler haben wir uns hoffentlich nicht zu weit vorgewagt. Ich kann mir nach wie vor nicht vorstellen, dass ausgerechnet er an so etwas beteiligt war.«

»Ja, vielleicht war es zu früh, aber er weiß ohnehin, dass ich an ihm dran bin. Und ich hasse dieses Taktieren, dieses ständige Abwägen. Ich sage dir, ich ziehe das durch. Womöglich wird es kein Sieg auf ganzer Linie, womöglich werden wir Zugeständnisse machen müssen. Aber ich habe mich festgebissen, und ich lasse nicht mehr locker.«

Mara sah von ihm zu Azuka, die die ganze Zeit über keinen Ton von sich gegeben hatte. Wahrscheinlich hatte die Nigerianerin nicht jedes Wort verstanden, aber der Sinn dahinter war ihr gewiss nicht entgangen. Zum ersten Mal, seit Mara sie kannte, zeichnete sich auf ihren Lippen ein feines, kaum sichtbares Lächeln ab.

66

Ein kleiner, schmuckloser Raum. Zwei Stühle, der Tisch, auf dem das Aufnahmegerät und zwei Kaffeebecher platziert waren. Die erste offizielle Befragung von Azuka konnte beginnen.

Eine Stunde lang redete Mara mit der jungen Frau, wobei es um dieselben Dinge ging wie bei dem Gespräch in der Wohnung, nur dass Mara manches wegließ und ihre Fragen auf andere Weise stellte. Wiederum wechselten sie hin und wieder vom Deutschen zum Englischen und zurück.

Dann folgte eine Gegenüberstellung, bei der Azuka Solomon Yekini, Henry Okpube und deren beide Helfer sehen konnte – allerdings nicht umgekehrt. Im Nu waren alle vier Verdächtigen identifiziert. Menschenhandel, Körperverletzung, Drogenhandel. Zum ersten Mal würde es Anklagen gegen Mitglieder jener neuen Gruppierung geben, die dabei war, sich einen Platz im kriminellen Gefüge des Bahnhofsviertels zu erkämpfen. Nur der Wirt des Restaurants musste, wie von Mara vermutet, auf freien Fuß gesetzt werden; ihm war nichts nachzuweisen.

Über Azuka an Yekinis Bande heranzukommen und über Yekinis Bande an Karel Diebler: Das war nach wie vor Maras Hoffnung.

Nach der Gegenüberstellung sprach sie im Verhörraum wieder allein mit der Nigerianerin. Azuka gab sich nun offener und ließ weitere Details ihrer eigenen Geschichte anklingen, die Mara betroffen machten. Einzig und allein ein Thema wurde ausgeklammert, und Mara verzichtete sogar darauf, es auch nur andeutungsweise ins Spiel zu bringen: der Mord an Louise Losakhare.

Das Gespräch dauerte diesmal länger, und irgendwann wurde Azuka sichtlich müde. Da sie nur als Zeugin befragt wurde, stand es ihr frei zu gehen, doch wohin hätte sie gehen sollen? Unsicherheit und Furcht flackerten bereits wieder in ihren Augen auf. Sie verlangte, bei Mara bleiben zu dürfen.

»Hier? Im Präsidium? Aber ich muss arbeiten.« Mara lächelte bedauernd. »Das geht nicht.«

»Bei Ihnen zu Hause?«

»Das geht auch nicht.«

»Ich bleibe einfach in Ihrem Büro.«

Mara schüttelte den Kopf.

»Aber …« Azuka strich sich die Ponyfransen aus der Stirn. »Ich weiß nicht, wohin ich …«

»Okay, kommen Sie erst mal mit. Wir finden schon eine Lösung.«

Mara brachte sie tatsächlich in Klimmts Büro, wo Azuka erst einmal tief durchatmete. Offensichtlich war sie froh, dem Verhörzimmer entkommen zu sein. Erschöpft kauerte sie sich auf einem der beiden Besucherstühle zusammen, die Beine angezogen, und war innerhalb von Sekunden eingenickt.

Im Gegensatz zu ihr verspürte Mara keinerlei Müdigkeit. Noch immer war sie von diesem wilden, fieberhaften Drang erfüllt, dranzubleiben, weiterzumachen und endlich die vielen Frage- in Ausrufezeichen umwandeln zu können. Mit einem kurzen Anruf beorderte sie Rosen zu sich. Er kam auch gleich, brachte seinen Laptop mit und arbeitete an Klimmts Schreibtisch weiter, damit jemand bei Azuka war, wenn sie wieder aufwachte. Denn noch immer schlummerte sie in der zusammengekauerten Haltung auf dem Stuhl. Die letzten Wochen und Monate hatten sie zweifellos enorm viel Kraft gekostet.

Mara hingegen musste zurück in den Verhörraum. Kalte Feindseligkeit schlug ihr entgegen, als sie eintrat und auf einem der inzwischen drei Stühle Platz nahm. Ihr gegenüber saßen zwei Männer, die sie bereits erwartet hatten.

Sie schaltete das Aufnahmegerät ein, sprach einige knappe erläuternde Worte auf das Band. Dann schwieg sie und bedachte die beiden Männer mit prüfendem Blick.

Solomon Yekini saß da und gab sich alle Mühe, einen durch nichts zu erschütternden Eindruck zu erwecken, die Arme vor dem kraftvollen Brustkorb verschränkt, den Rücken gerade durchgedrückt. Neben ihm befand sich derselbe Rechtsanwalt, der schon Henry Okpube beigestanden hatte, dieser in Maras Augen unerträgliche Winkeladvokat namens Meyerbach. An der Tür waren zwei uniformierte Beamte postiert, was sonst nicht unbedingt üblich war, aber jetzt, da sie Yekini endlich hatten, wollte Mara keinerlei Risiko mehr eingehen.

Obwohl die Fragen geradezu aus ihr herausplatzen wollten, zwang sie sich dazu, bedachtsam und ruhig vorzugehen. Sie begann mit harmlosen Fragen. Seit wann hielt Solomon Yekini sich in Frankfurt auf? Was machte er hier, und was hatte er davor getan?

Er musterte sie weiterhin mit kaltem Schweigen. Nur Meyerbach verkündete hin und wieder, dass sein Mandant sich das Recht vorbehalte, keine Angaben zu machen.

Mara ließ sich nicht aus der Ruhe bringen und reihte Frage an Frage. Aus der Nähe wirkte Yekini viel jünger und weniger gefährlich als auf dem Bild, das sich während der letzten Tage in ihrem Unterbewusstsein geformt hatte. Sie musste daran denken, wie viel seit dem Tag geschehen war, als sie in Sizilien unversehens auf genau diesen Mann getroffen war und er sie mit einem Tritt niedergestreckt hatte. Doch trotz allem sah sie heute in ihm nicht nur den Verbrecher. Irgendwo hinter dem Vollbart und den abweisenden Augen kam der Junge zum Vorschein, der in Nigeria aufgewachsen war, ohne Perspektive, ohne Chance. Sie erinnerte sich genau an Manzonis Worte, und sie gab ihm recht – es war immer leichter, jemanden zu verurteilen, als fair zu beurteilen.

Wie verurteilenswert Yekinis Taten auch immer sein

mochten, er wirkte jedenfalls anders als die eiskalten, stets kalkulierenden Profigangster, die ansonsten im organisierten Verbrechen des Bahnhofsviertels mitmischten. Davon durfte Mara sich allerdings nicht beeinflussen oder ablenken lassen, und diese Gefahr bestand auch keineswegs. Sie musste nur an Azuka und deren Leidensgenossinnen denken und an die Angst, die sie vor diesem Mann hatten.

Weiterhin stellte sie eine Frage nach der anderen, weiterhin schwieg er. Eine Situation, die sie kannte und hasste. Sie legte Ausdrucke auf den Tisch, die Fotos von Falko Steffen, Udo Grabach und Karel Diebler zeigten. »Schauen Sie sich diese Männer an. Was können Sie mir über sie sagen?«

Er schwieg.

»Wann trafen Sie sie zuletzt?«

Keine Antwort.

»Wer gehört noch zu diesen Männern? Haben diese Männer Bekannte, die mit ihnen gewisse Vorlieben teilen?«

Er kratzte sich ausgiebig am Ohr und hielt den Mund.

»Oder sind das alle, mit denen Sie Geschäfte gemacht haben?«

Er sah durch sie hindurch und – schwieg.

»Wer ist Josch? Kennen Sie jemanden, der so heißt oder sich so nennt?« Mara zeigte auf das Foto von Diebler. »Kennen Sie diesen Mann unter dem Namen Josch? Trafen Sie Absprachen mit ihm?«

Er gähnte demonstrativ.

Mara schaltete das Aufnahmegerät aus.

»Über diese Männer will ich mehr erfahren«, fuhr sie fort. »Vor allem über den letzten in dieser Reihe. Karel Diebler. Ich werde Ihnen jetzt keine Fragen mehr stellen und Sie in Ruhe lassen. Nutzen Sie die Zeit, um über sich und Ihre Situation nachzudenken. Und wenn wir uns wiedersehen, wird das Ihre letzte Chance sein. Dann können Sie mit mir reden und durch Ihre Kooperation dafür sorgen, dass sich Ihre Situation erheblich verbessert. Oder *ich* sorge dafür, dass Sie bis zum Hals in Anklagepunkten untergehen und Ihnen jedes denkbare kleine und große Verbrechen angehängt wird. Auch der Doppelmord an den beiden Frauen, deren Überreste wir ausgegraben haben.«

Ein Flackern in seinen Augen, ein Zucken des Mundwinkels – die ersten, wenn auch dürftigen Reaktionen Yekinis.

Mara fixierte ihn hart und fügte hinzu: »Auch den Mord an Louise Losakhare.«

Ein Anflug von Empörung zeigte sich in seinem eben noch beherrschten Ausdruck. »Ich habe niemanden umgebracht«, sagte er plötzlich in akzentstarkem, aber klarem Deutsch.

»Dann haben Sie den Auftrag dazu gegeben, und Ihre …«

»Nein!«, rief er in jähem Zorn. »Wir haben niemanden umgebracht.«

»Herr Yekini, ich würde Ihnen raten«, schaltete sich Meyerbach ein, »weiterhin von Ihrem Recht Gebrauch …«

»Wir haben niemanden umgebracht«, wiederholte Yekini schnaubend, ohne auf den Anwalt zu achten.

Mara erhob sich und starrte auf Yekini herunter, in dessen Augen es noch wild flackerte. »Vor einiger Zeit haben Sie mir einen Tritt verpasst, Yekini. Glauben Sie mir, die Tritte, die ich austeilen kann, sind wesentlich schlimmer. Die bringen Sie für Jahre hinter Gitter.«

Sofort meldete sich Meyerbach zu Wort: »Ich verbitte mir ein solches Auftreten. Mit Nachdruck verwehre ich mich gegen jegliche Drohungen, die meinen Mandanten …«

Schneidend fuhr Mara ihm in die Parade: »Sie können sich verwehren, gegen was Sie wollen. Sie sind mir wirklich scheißegal. Sagen Sie Ihrem Mandanten lieber, dass ich ihn genau da habe, wo ich ihn haben wollte. Und er muss nun entscheiden, ob er aus diesem Sumpf wieder herauskommt oder endgültig darin untergeht. Schönen Tag noch!«

Ohne ein weiteres Wort marschierte sie aus dem Zimmer.

67

Der Abend rückte näher. Windböen klatschten gegen die Fensterscheiben, doch weiterer Regen war ausgeblieben.

Im gesamten Präsidium herrschte nach wie vor eine wilde Geschäftigkeit. Mara hatte den ganzen Tag über nur ein Käsesandwich gegessen und zu viel schlechten Kaffee getrunken. Weitere Befragungen, Besprechungen mit Kollegen, Überprüfen der Berichte der Spurensicherung. Es hatte sich kaum ein Moment ergeben, um einmal tief durchzuatmen, aber das war ihr auch recht so. *Dranbleiben, weitermachen.* Jetzt erst recht, da sie endlich die Chance sah, durchgreifen zu können.

Erneut hatte sie sich einen Kaffee geholt, fast schon gewohnheitsmäßig. Mit dem Becher in der Hand eilte sie den Gang entlang, wich Kollegen aus, passierte eine Gruppe von Prostituierten, die von Beamten für neuerliche Befragungen in einen Verhörraum geführt wurden.

Sie schloss die Tür von Klimmts Büro hinter sich und stellte den Becher auf dem Schreibtisch ab. »Sicher, dass du keinen willst?«, fragte sie Rosen, der noch immer hier seine Arbeit verrichtete, obwohl Azuka nicht mehr anwesend war.

Er betrachtete den Kaffee leicht angewidert und schüttelte den Kopf. »Nein danke. Wie viel kannst du nur von dem Zeug trinken?«

»Viel zu viel.«

Rosens Handy klingelte. Er nahm den Anruf entgegen, und als er zu sprechen begann, wusste Mara, wer am anderen Ende der Leitung war: Heidrun Vogel. Innerhalb weniger Stunden hatte Rosen es nicht nur geschafft, dass Frau Vogel über Azukas Fall bestens unterrichtet war. Es war ihm zudem gelungen, sie dazu zu bewegen, für die junge Frau eine Unterkunft in einem der beiden *Sharonna*-Wohnheime zu beschaffen. Dort hielt sich Azuka im Moment auf, mit einem Polizisten als Personenschutz, da sie als besonders wichtige und dadurch möglicherweise gefährdete Zeugin galt.

Azuka war zunächst alles andere als begeistert von dem Plan gewesen, hatte sich aber schließlich von Mara überzeugen lassen. Beim Abschied jedoch hatte sie fahrig und ängstlich gewirkt. Noch ganz verschlafen hatte ihr Blick Mara gesucht, und zum ersten Mal hatte sie ausgesehen wie das Mädchen, das sie in Wirklichkeit noch war.

»Besten Dank noch mal«, sagte Rosen und beendete das Gespräch.

»Und?«, fragte Mara sofort.

»Alles gut mit Azuka. Sie hat gegessen, geduscht, und jetzt liegt sie bereits im Bett.«

»Hat wohl jede Menge Schlaf nachzuholen.« Mara sah ihn an. »Danke, dass du dich da so reingehängt hast, um ihr zu helfen. *Sharonna* war die beste Idee.«

Rosen nickte. »Alle bei *Sharonna*, auch Frau Vogel, waren selbst Huren. Sie verstehen Frauen wie Azuka noch besser als Helfer anderer Einrichtungen.«

Mara lächelte. »Bei mir brauchst du keine Werbung für sie zu machen, Rosen. Ich finde sie absolut großartig.«

Er nickte nur und schaute vor sich hin, bereits wieder in Gedanken vertieft. Kränklich sah er aus, abgekämpft, immer noch blass.

»Wenn der ganze Wahnsinn vorüber ist, gehen wir mal wieder einen Wein trinken. Was hältst du davon, Rosen?«

»Tja, *wenn* …«, meinte er, hob aber den Daumen.

Sie kippte das Fenster, um frische Luft hereinzulassen. Der Himmel hatte sich noch ein wenig dunkler verfärbt. Reglos stand sie da, um nach draußen auf die Stadt zu starren. Dünne Nebelfetzen zogen vorüber.

»Billinsky, wenn du jetzt noch eine Zigarette im Mundwinkel hängen hättest, könnte man fast meinen, du wärst Klimmt.« Rosen schmunzelte.

»*Fuck*, das macht mir wirklich Angst.« Mara lachte auf, und sie merkte, wie selten sie zuletzt gelacht hatte. »Immerhin kommen wir voran, findest du nicht?«

»Absolut«, stimmte er zu.

Sie ging zurück an den Schreibtisch, schob ihr Hinterteil darauf und band ihr langes schwarzes Haar zu einem Pferdeschwanz zusammen. »Wie es aussieht, hat Yekinis Bande, zunächst von Augustus, dann von Solomon angeführt, Kunden aufgetan, die nicht nur Sex mit den Prostituierten wollten, sondern besonders drastische Spiele bevorzugten.« Sie verschränkte die Arme vor der Brust.

Rosen lehnte sich im Stuhl zurück. »Und diese Spiele hat man sich sehr gut bezahlen lassen, schätze ich.«

Noch einmal berichtete Mara ihm davon, was Azuka bei dem in vertraulicher Atmosphäre geführten Gespräch in Maras Wohnung erzählt hatte: dass nach einiger Zeit die Gewalt auf ein immer neues Level gehoben worden war – bis zum Tode der Opfer.

»Deswegen beharrte Yekini im Verhör darauf, dass er und seine Männer niemanden umgebracht hätten. Aber trotzdem hat er die späteren Opfer den Taten zugeführt – in dem Wissen, was mit ihnen passieren wird.«

»Vollkommen unfassbar, oder?« Rosen hob konsterniert die Hände. »Egal, wie oft man es sich vergegenwärtigt, es will einem einfach nicht in den Kopf. Was Menschen anderen Menschen antun können. Zu welcher Brutalität manche fähig sind. Die Abgründe, die sich in diesem Job immer wieder auftun, sind …« Er verstummte.

»Umso wichtiger, dass wir uns nicht unterkriegen lassen«, erwiderte Mara rasch, damit er gar nicht erst anfangen konnte, sich von seiner Gedrücktheit überwältigen zu lassen.

»Kommen wir also noch mal zu dieser verdammten Sache, die immer mitschwingt, aber von anderen Fragen an den Rand gedrängt worden ist.«

»Du meinst das Bargeld?« Fragend sah Rosen sie aus müden, rot geränderten Augen an.

»Genau das meine ich.« Sie verlagerte ihr Gewicht. »Joy hat erwähnt, dass es Streit in Yekinis Bande gegeben hat. Untereinander, aber auch mit anderen Männern. Ich bin automatisch davon ausgegangen, dass es sich dabei um weitere Gangster handelte. Revierstreitigkeiten eben. Doch das muss nicht der Fall sein. Augustus war angeblich derjenige, der immer höher hinauswollte, mehr bestimmen, mehr absahnen. Sicherlich hat er irgendwann spitzgekriegt, dass die Kerle, die er mit Huren versorgte, recht vermögend waren.«

»Mir ist schon klar, worauf du hinauswillst«, warf Rosen ein.

»Anfangs war es unmöglich, das zu durchschauen, aber nach dem ersten Gespräch mit Joy hatte ich das Gefühl, plötzlich viel näher an allem dran zu sein.«

»Du denkst, Yekini und sein Gefolge haben die Männer erpresst, die den Huren Gewalt angetan haben.«

Sie nickte. »Na klar. Weil Augustus die Chance wahrnehmen wollte, noch viel mehr Kohle aus ihnen herauszuschlagen als auf dem bisherigen Weg. Falko Steffen hat Kohle herausgerückt, Udo Grabach vielleicht auch, aber nur einmal. Er sah ein, dass er die Erpresser nie loswerden würde. Entweder ein Leben lang bezahlen oder mit der Schande leben und womöglich sogar juristisch belangt werden.«

»Seine ganze Existenz stand auf dem Spiel. Alles, was er sich aufgebaut hatte.« Rosen machte eine abwägende Miene. »Hm, schon möglich.«

»Und deshalb hat er den Abgang gemacht.« Mara stellte sich wieder ans Fenster. »Es bleibt die Frage, wer der sogenannte Ansprechpartner war. Wer dieser Josch war.«

Rosen sagte nichts.

Sie schüttelte den Kopf. »Wir müssen Diebler an die Wand nageln. Bekämen wir ihn nicht zu fassen, wäre das mehr als tragisch.«

»Du hast doch Solomon Yekini unter Druck gesetzt, wie ich dich kenne.«

»Aber das heißt nicht, dass wir von ihm alles erfahren, was wir brauchen.«

»Diebler ist Josch. Das denkst du schon die ganze Zeit. Stimmt's, Billinsky?«

»Also, noch mal zurück zu unseren Theorien. Erst zahlen die feinen Saubermänner für Sex. Dann dafür, dass sie ihren Sadismus ausleben dürfen. Danach wird es ungemütlich, sie werden nämlich erpresst.«

»Du hast es ja schon gesagt, Billinsky. Einer hat bezahlt, einer Selbstmord begangen, und …«

»Einer hat sich gewehrt.« Sie hob die Augenbraue. »Ist es wirklich so gewesen?«

»Wer wehrt sich? Diebler?« Rosen verzog zweifelnd den Mund. »Kaum wahrscheinlich.«

»Vielleicht engagiert er jemanden, der in der Lage ist, sich gegen die Erpresser zur Wehr zu setzen.«

»Hm …« Er blieb skeptisch. »Dass Diebler jemanden kauft, der für ihn den Revolverhelden spielt und drauflosfeuert, also, ich weiß nicht. Klingt vielleicht blöd, aber so sieht Diebler einfach nicht aus.«

»Wie sehen solche Leute denn aus?«, fragte Mara herausfordernd. »Er sieht auch nicht aus wie einer, der junge Frauen aus sexueller Lust quält.«

»Trotzdem, das erscheint mir …«

»Oder es gibt noch einen«, unterbrach sie ihn. Sie lehnte sich ans Fenstersims. »Einen vierten Mann.«

Er musterte sie. »Wer könnte das sein?«

Sie wechselten einen Blick, dann sagte Mara: »Steffen,

Grabach, Diebler. Allesamt Juristen. Demnach ebenfalls ein Jurist.«

»Oder zumindest jemand, der engen Kontakt mit Juristen pflegt.« Rosen legte den Kopf schräg. »Die ominöse Nummer vier. Falls es die überhaupt gibt.«

»Jemand, der sich zur Wehr setzt«, sagte Mara noch einmal betont. »Der in der Lage ist, mit einer Schusswaffe umzugehen, auf Menschen zu schießen und sie gegebenenfalls zu töten. Denn der Ausgangspunkt für den ganzen Irrsinn, der uns umtreibt und verrückt macht, war nun mal die Auseinandersetzung in der Gießerei.«

Rosen nickte. »Wenn es einen vierten Mann gibt, dann ist er womöglich ...«

Wie aus einem Mund sagten beide: »Ein Polizist!«

68

Ihre Lider sanken herab. Um sie herum Stille und Dunkelheit, auf ihrem Körper die weiche, nach Waschmittel riechende Bettdecke. Sie trug nur Slip und Trägershirt, rollte sich fest zusammen, und diese Körperhaltung trug sie in Gedanken unweigerlich zurück in jene unerträglich beklemmende Lage, als sie sich unter dem Restauranttisch ebenfalls ganz klein gemacht hatte.

Die Schüsse, die Schreie, die Nähe des Todes.

Azuka riss die Augen rasch wieder auf, um sich in die Gegenwart zu retten. In das kleine Zimmer mit Bett, Tisch, Stuhl und Spind. Das Wohnheim, irgendwo in Frankfurt, nicht weit vom Bahnhofsviertel, wie sie auf der Fahrt hierher gemerkt hatte.

Bisher war ihre Situation immer recht klar gewesen: Das Böse hatte sie nie losgelassen, sondern fest im Griff gehabt. Und jetzt? Wo sah sie sich jetzt? Gerettet? Oder auf dem Weg, gerettet zu werden? Oder war rein gar nichts besser geworden, und die Polizistin mit den schwarzen Augen würde Azuka, wenn sie erst mal ihre Aussage gemacht hatte, einfach ihrem ungewissen Schicksal überlassen.

Dass Azuka sich jetzt hier befand, sprach dagegen. Auch die Art, mit der sich Billinskys Kollege um sie gekümmert hatte: der Polizist mit dem traurigen Blick und dem schütteren Haar. Dann war da noch die ältere Frau, die sie hier in Empfang genommen hatte. So nett, so aufrichtig war ihr selten jemand begegnet. Oder täuschte sie sich?

Ja, hier war sie sicher. Jedenfalls fürs Erste.

Also durchatmen. Doch das gelang ihr nicht. Mit jeder

weiteren stillen Sekunde wurde sie unruhiger. Hätte sie wählen können, wäre ihre Wahl auf die Wohnung der Polizistin gefallen. Dort hatte sie sich, warum auch immer, bislang am sichersten gefühlt. Abgeschirmt von der Welt, die nie nett mit ihr umgesprungen war.

Sie lag da, die Augen offen, mittlerweile überhaupt nicht mehr müde. Sie hörte die Stille, die durchs Zimmer, durchs gesamte Gebäude schwebte. War der Polizist mit der Uniform noch draußen, direkt vor ihrer Zimmertür? Das hatte man ihr ja versprochen.

Mucksmäuschenstill war es. Was tat der Beamte die ganze Zeit über, bis er am frühen Morgen abgelöst werden würde? Las er, spielte er mit seinem Handy herum, war er längst aus Versehen eingenickt? War auf ihn überhaupt Verlass? Konnte er ihr im Fall der Fälle Schutz bieten?

Aber weshalb sollte ihr eigentlich jemand etwas antun? Jetzt noch? Solomon Yekini saß fest, er hatte gewiss andere Probleme, als sich Gedanken um Azuka zu machen.

Sie spähte in die Finsternis, horchte auf.

Waren da doch Geräusche? Oder spielte ihre Fantasie verrückt?

Sie wusste es einfach nicht, sie wusste nur, dass ihre Gedanken durcheinanderwirbelten und ihre sterbende Seele immer dünner, immer zerbrechlicher wurde, bis sie sich endgültig auflösen würde.

Die Zeit kroch. Sie lauschte, sie starrte ins Dunkel. Hatte sie nicht doch irgendetwas gehört?

Schritte?

Ein Flüstern?

69

Der nächste Tag begann mit dem Tod.

Damit, ihn wahrzunehmen, ihm ins Gesicht zu starren, ihn in seiner ganzen grausamen, ausweglosen Direktheit ertragen zu müssen.

Wie oft konnte man das?

Wie oft würde ein Anblick wie dieser künftig noch auf sie warten? Eine Routine, die nie Routine werden konnte, die sich in die Netzhaut eingrub, ins Innerste vordrang und dort für immer blieb.

Mara Billinsky betrachtete angespannt die beiden Leichname, deren dunkle Haut in den Wochen unter der kalten Erde einen grauen Farbton angenommen hatte. Zwei unmenschlich verzerrte Gesichter mit leeren Augenhöhlen. Verrenkte Gliedmaßen, angenagtes, verfaulendes Gewebe, rostrot eingetrocknete Blutschlieren.

Vorsichtig spähte sie zur Seite, wo Rosen stand, noch bleicher als zuletzt, die Lippen farblos, die Augen mit noch stärker rot leuchtenden Rändern unter den hellblonden Brauen.

Neben Rosen stand Christian von Lingert, konzentriert wie immer, anscheinend durch keine Obduktion auf der Welt aus der Fassung zu bringen.

Zum Glück war die Sache bald vorbei, die weißen Laken wurden wieder über die toten Frauen gelegt. Das Aufnahmegerät wurde ausgeschaltet, die Kamera weggelegt, und wie jedes Mal spürte man in diesem Moment ein tiefes Durchatmen aller Anwesenden.

Sie bedankten sich bei Dr. Tsobanelis, dem recht exzentrischen Gerichtsmediziner, mit dem Mara immer mal wieder aneinandergeriet, und verließen den großen Saal, der nach Desinfektionsmitteln und Verwesung roch.

Als sie auf dem angrenzenden Flur standen, verabschiedete sich von Lingert mit einem knappen Kopfnicken und der Ankündigung, sich später telefonisch zu melden. Wie meistens war er bereits auf dem Sprung zum nächsten Termin.

Mara warf erneut einen unauffälligen Blick in Rosens Richtung. Neben dem üblichen und mehr als verständlichen Abscheu, den er in solchen Situationen nicht verbergen konnte, spürte sie außerdem einen Widerwillen, der neu an ihm war. Oder vielleicht gar nicht so neu, nur dass sie ihm wohl nie genügend Beachtung geschenkt hatte. Sie würde endlich mit ihm sprechen müssen, in Ruhe, ihm gut zureden, ihn irgendwie auffangen in seiner dumpfen Traurigkeit.

Während sie sich Gedanken über ihren in sich gekehrten Kollegen machte, hallten noch Dr. Tsobanelis' Worte in ihrem Kopf wider: ... *Halswirbel gebrochen beziehungsweise stark in Mitleidenschaft gezogen, höchstwahrscheinlich durch langwieriges, immer wieder neu angesetztes Drosseln. Geplatzte Hautpartien, wie von Peitschenhieben. Erhebliche Verbrennungen. Gebrochene Rippen ...*

Es hatte sich also bestätigt. Die Frauen waren durch schiere Gewalt zu Tode gekommen. Mord? Totschlag? Egal, wie ein Gericht letztlich die Fälle einordnen würde, Mara war angewidert und bestürzt wie selten in ihrer Laufbahn. Jeder, der irgendwie einen Beitrag zum qualvollen Ende der Opfer geleistet hatte, sollte dafür bezahlen.

Erst als sie und Rosen später wieder im Präsidium waren, aus dem Aufzug stiegen und dem Korridor mit seinem abgetretenen Laminatboden folgten, setzte wieder eine Unterhaltung zwischen ihnen ein – zuvor hatten die Eindrücke aus der Obduktion jedes Gespräch im Ansatz erstickt. Beim Betreten von Klimmts Büro sagte Mara: »Gestern Abend sind wir zu keinem Ergebnis gekommen.«

Rosen nickte und ließ sich in denselben Stuhl sinken wie am Vortag.

»Unser letztes Stichwort ist mir die ganze Nacht im Kopf herumgeschwirrt.«

»Mir auch.«

»Ein Polizist«, wiederholte sie dieses Stichwort betont. »Einfach unfassbar, ein verdammter Bulle.«

»Noch wissen wir nicht, ob es ein Polizist ist.«

Genau wie gestern riss Mara kraftvoll das Fenster auf, als müsste sie jede Bewegung nutzen, um Energie zu verbrauchen. Sie drehte sich zu ihrem Kollegen um und erwiderte seinen Blick, äußerte aber keinen Ton.

»Und wenn es so wäre«, fuhr Rosen fort, »müssten wir uns fragen, aus welcher Abteilung er sein könnte. In jedem Fall aus einer Einheit, die nah dran am Geschehen ist und einen relativ direkten Einblick in die Ermittlungen erhält. Deshalb ist es ihm leichtgefallen, bislang unter unserem Radar zu bleiben.«

Wiederum kam kein Wort über ihre Lippen.

»Hm, du meinst, er könnte aus unserer Abteilung sein?«

Sie grinste.

»Sag schon, was dir den ganzen Morgen auf der Zunge liegt – wahrscheinlich schon gestern Abend«, forderte er sie auf.

In ihren Augen war ein wilder Glanz, Mara konnte es selbst spüren. »Wer hat die Ermittlungen ständig verschleppt, schlechtgeredet und gestört?«, fragte sie.

»Nun ja«, meinte Rosen gedehnt. »Das würde in gewissem Maß auf Patzke zutreffen.«

Sie grinste erneut.

Er sprach weiter: »Aber ich bin mir ziemlich sicher, dass du jemand anderen viel stärker auf der Rechnung hast.«

»Sicher, Patzke hat gemeckert, sich gedrückt und dumme Sprüche gemacht. Allerdings wissen wir beide, dass er wohl nur der Mitläufer ist. Derjenige, der einem anderen nach dem Maul redet.«

»Billinsky, nun sprich den Namen schon aus.«

»Schleyer«, sagte sie schlicht. Doch in ihren Augen war es nach wie vor, dieses ganz spezielle Billinsky-Funkeln.

70

Nach ihrer Unterredung hatte Rosen sich wieder an seinen Schreibtisch zurückgezogen, um mit der Recherche zu beginnen. Billinsky tat das Gleiche, aber von ihrem Platz aus. Später wollten sie wieder zusammenkommen, um mögliche Resultate zu vergleichen.

Nachforschungen betreiben zu können hatte Rosen immer Sicherheit verliehen. Er war sehr gut darin, konnte von seinem Bürostuhl aus Dinge ans Tageslicht fördern, die anderen verborgen geblieben wären. Diesmal war es anders. Auch wenn er Schleyer nicht mochte, bereitete es ihm Unbehagen, sich dem Mann in aller Heimlichkeit an die virtuellen Fersen zu heften. Das fühlte sich richtig schlecht an.

Er klickte sich durch die Onlinewelt des Polizeiapparats, nahm sich Akten vor, notierte Namen früherer Wegbegleiter Schleyers. Jedes Mal, wenn er auf etwas stieß, das ihm auffiel, versuchte er die Angaben zu verifizieren, indem er Anrufe tätigte, bei denen er sehr bedachtsam vorgehen musste, um mit seinen Erkundigungen nicht allzu auffällig zu wirken. Nein, das fühlte sich nicht gut an.

Bei einigen der ehemaligen Kollegen Schleyers, die jetzt woanders arbeiteten oder sich bereits im Ruhestand befanden, meldete er sich direkt, und er hasste es, wenn er bei seinen Fragen ins Stottern geriet. Es war schon mindestens der zehnte Anruf, als er plötzlich innehielt. Endlich. Nach vielen nutzlosen Anläufen hatte er auf einmal etwas in der Hand, das ihn aufhorchen ließ. Er stellte weitere Fragen und schrieb sich nebenher Stichworte auf.

Nach dem Gespräch musste er erst einmal nachdenken.

Wie ihm erst jetzt klar wurde, war er von der Theorie mit dem Polizisten weitaus weniger angefixt als Billinsky. Doch diese neue Information ließ die Sache unversehens in einem anderen Licht erscheinen.

Rasch rief er Billinsky an, die sofort abnahm, und kündigte seine große Neuigkeit an. Er machte noch einen schnellen Abstecher zur Toilette, wo er beim Betreten der Räumlichkeiten auf einen Kollegen traf.

Ausgerechnet Schleyer.

Nebeneinander standen sie vor den Pissoirs, um sich zu erleichtern. Ein merkwürdiges Gefühl von Déjà-vu erfasste Rosen, der sich daran erinnerte, dass es vor einiger Zeit zu genau derselben Situation gekommen war.

Schleyer zog den Reißverschluss hoch und stellte sich an eines der Waschbecken. Im Spiegel behielt er Rosen im Blick, Rosen merkte es ganz deutlich und konnte nicht pinkeln. Als er unverrichteter Dinge ebenfalls zu einem Waschbecken ging, trocknete sich Schleyer die Hände ab, wofür er sich auffallend viel Zeit nahm.

Rosen drehte den Wasserhahn auf, und Schleyer trat dicht neben ihn.

»Die Krähe hat uns schon wieder den Straßenstrich aufkehren lassen. Die hat doch einen Knall, gib's endlich mal zu, Rosen.«

»Sie hat keinen Knall, sie will einfach nur dranbleiben.« Er zog ein Papiertuch aus dem Wandbehälter.

»Ach, scheiß drauf.« Schleyer lachte genervt auf. »Wir haben doch die Bande. Da hat sie schon Glück genug gehabt. Ich sag dir, wenn ich noch einmal den Scheißstraßenstrich sehen muss, kotze ich der Krähe ins Gesicht.«

Rosen sagte nichts. Sie betrachteten sich nicht direkt, sondern nur im Spiegel.

Stille.

Rosen senkte den Blick.

»Oder ist da noch was anderes im Busch?«, fragte Schleyer leise.

»Was meinst du?« Rosen wandte sich ihm nun doch zu.

»Ich bin ein alter Bulle mit einem jahrelang trainierten Riecher. *Das* meine ich. Und ich finde, wenn ihr etwas wisst, dann solltet ihr das nicht für euch behalten. Einerseits wollt ihr, dass man euch hilft, andererseits spielt ihr die Geheimniskrämer.«

»Wir spielen gar nichts.«

Schleyer lachte erneut, diesmal spöttisch, wie schon so oft, wenn er Rosen eins auswischen wollte. Was ihm meistens gelang. Auch heute.

Rosen sah auf. »Hast du vor irgendwas Angst?«

Schleyer zog die Augenbrauen zusammen. »Ich?«

Rosen nickte.

»Wovor denn? Wollt ihr mir irgendeinen Mist an die Backe schmieren?«

Rosen wandte sich wieder ab von ihm, um das eigene Spiegelbild anzuschauen. Er wollte weg hier, weg von dem Kerl.

»Gib mir gefälligst eine Antwort!«, kam es hart von Schleyer.

»Ich muss los.«

Ansatzlos packte Schleyer Rosen am Genick und schleifte ihn zum ersten Pissoir. Rosen fuchtelte mit den Armen, doch viel mehr konnte er nicht gegen den wutschnaubenden Kollegen ausrichten; er fühlte sich leer und kraftlos, wie ihm in diesem Moment wieder bewusst wurde. Schleyer boxte ihm ins Kreuz, drückte ihn dann mit eisernem Griff nach unten, bis sein Gesicht im Pissoir war, und betätigte die Spülung.

»Das nächste Mal mach ich das mit der Krähe«, zischte Schleyer ihm ins Ohr und ließ von ihm ab.

Sekunden darauf war Rosen allein. Niedergeschlagen

starrte er sich wieder im Spiegel an. Langsam, mit leicht zitternden Fingern trocknete er sich mit einer Handvoll Papiertüchern das Gesicht ab. Dann stand er noch eine Weile da, als würde er darauf hoffen, sein Spiegelbild mit den rot geränderten Augen könnte ihm einen befreienden Ratschlag geben.

Er hatte genug. Er hatte wirklich genug von allem. Ihm war, als müsste er gleich wie ein Kind in Tränen ausbrechen. Mühsam schaffte er es, sich zu fassen.

Als ein weiterer Kollege die Toilette betrat, zuckte er zusammen und eilte mit gesenkten Lidern zurück auf den Korridor. Gleich darauf erschien er in Klimmts Büro.

»Wo bleibst du denn?«, rief Billinsky.

Er nahm Platz. »Bin kurz aufgehalten worden.«

»Also, was ist das für eine Information?«

»Ich bin über etwas gestolpert, das uns eventuell ein großes Stück …«

»Dann komm zur Sache«, fiel sie ihm auf ihre typische Art ins Wort.

Er würde wohl nie einfach mit etwas herausplatzen können.

»A-also«, stotterte er, immer noch durcheinander von der Begegnung auf der Toilette. »Es ist so, dass Schleyer und Diebler sich kennen.«

Sie machte eine drängende Geste, er solle fortfahren.

»Es ist schon viele Jahre her, aber Fakt ist, dass Schleyer Diebler als leitenden Staatsanwalt bei einer Einbruchsserie unterstützt hat, die aufgeklärt und für Diebler zu einem Prestigeerfolg wurde. Das war in Wiesbaden, Schleyer gehörte einer anderen Abteilung an. Ob die beiden seither in Kontakt stehen, ließ sich noch nicht feststellen. Ich wollte dir erst mal das mitteilen.«

»Hut ab, Rosen. Darauf war ich bislang noch nicht gestoßen.« Sie musterte ihn forschend. »Ist sonst was?«

»Nein.«

»Quatsch, nun sag schon, ich seh's dir doch an.«

Er schilderte den Vorfall von gerade eben.

Billinskys Augenbraue zuckte in die Höhe. »Wir müssen mit Schleyer reden. Je schneller, desto besser.«

»Sollten wir nicht versuchen, erst noch mehr über ihn herauszubekommen, um …«

»Nicht, wenn man bedenkt, wie er sich dir gegenüber aufgeführt hat.« Sie schnellte hoch und lief schon los.

Mal wieder überrumpelt von ihrem Aktionismus, zwang sich Rosen, ebenfalls aufzustehen. Er bemühte sich, mit ihr Schritt zu halten, als sie den Korridor hinabeilte. Sie stürmte in das Großraumbüro und hielt inne, sodass Rosen beinahe auf sie geprallt wäre.

Schleyers Platz war unbesetzt. Seine Jacke hing nicht am Haken.

»Wo steckt er?«, fragte Billinsky und zeigte auf den freien Stuhl. Stanko, der am Schreibtisch gegenüber saß, beobachtete sie, als hätte er mit ihrem Erscheinen gerechnet.

»Er wollte kurz nach draußen, eine rauchen.«

Ohne ein Wort machte Billinsky kehrt und hastete aus dem Büro, Rosen erneut hinter ihr. Sie nahmen nicht den Aufzug, das ging Billinsky nicht schnell genug, sondern liefen die Stufen hinab, ihre Absätze trommelten laut im Treppenhaus.

Im Freien angekommen, wallte ihnen kalte Luft entgegen. Auf dem Platz vor dem Gebäude erblickten sie sofort die breite, allein stehende Gestalt.

Schleyer schnippte seine Kippe weg und straffte den Oberkörper. Düster sah er ihnen entgegen. Die massigen Hände stemmte er in die Hüften.

»Wir müssen mit dir reden«, sagte Billinsky.

»Ihr beiden könnt mich mal.« Sein Zeigefinger wies auf sie, seine Augenbrauen schoben sich wieder wütend zusammen. »Rosen, ich steck dich noch mal ins Pinkelbecken. Und dich gleich dazu, Krähe.«

Er wirkte nicht mehr nur streitlustig, sondern offen aggressiv.

»Achtung, Billinsky«, raunte Rosen seiner Kollegin von hinten zu. »Mit ihm ist nicht zu spaßen.«

»Ein Spaß wird's auch nicht. Aber am allerwenigsten für ihn.«

71

Sie hatte keine Angst mehr.

Konnte das sein? Konnte das tatsächlich sein? Zum ersten Mal seit … Seit wann eigentlich? Ohne Furcht, vollkommen ruhig. Als wäre ihr die Angst aus der Hosentasche gerutscht wie ein kleiner, unwichtiger Gegenstand.

Azuka horchte aufmerksam in sich hinein, doch sie nahm es einfach nicht mehr wahr, dieses Beben, dieses Zittern, dieses Bewusstsein darum, dass jederzeit etwas Schreckliches über sie hereinbrechen konnte. Die Schatten, die sie verfolgten, die stets bei ihr waren, dunkel und unheilvoll, schienen verschwunden zu sein. Und die Geister, die sie damals in der Hütte bei ihrem *Juju*-Schwur zu spüren gemeint hatte – an sie glaubte sie schon lange nicht mehr. Es lag nicht Jahre, sondern *Jahrhunderte* zurück. Die Narben von damals waren noch da, doch es gab Schlimmeres als Risse in der Haut: Risse in der Seele.

Es waren keineswegs die Dämonen, vor denen man sich in Acht nehmen musste, das wusste sie inzwischen, es waren menschliche Wesen aus Fleisch und Blut, die das Verderben brachten.

Sie atmete tief ein und aus. Ja, es war eine Ruhe in ihr, die lange wie verschollen gewesen war, nicht einmal als Erinnerung noch existiert hatte. Keine Zuversicht, aber immerhin Ruhe. Die Polizistin mit den schwarzen Augen hatte nicht gelogen, Azuka konnte ihr vertrauen.

In der letzten Nacht war nämlich alles friedlich geblieben. Irgendwann war sie dann doch in dem fremden Zimmer eingeschlafen. Sehr lange hatte man ihr das Versteck unter der

Bettdecke gegönnt, ihr Zeit gegeben, sie zu rein gar nichts gedrängt. Nach dem Aufstehen konnte sie erneut ausgiebig duschen, dann hatte man ihr aufs Zimmer Frühstück oder Mittagessen oder beides auf einmal gebracht. Viele kleine Tellerchen, Süßes, Salziges, Fruchtsaft, eine ganze Kanne Kaffee allein für sie. Sie hatte reingehauen wie wohl nie zuvor im Leben, es war herrlich.

Nicht nur zu Billinsky hatte Joy nun Vertrauen, auch zu Heidrun Vogel, einer etwas dicklichen Frau mit kurzen, grellorange gefärbten Haaren und tiefen Furchen im Gesicht, die zeigten, dass sie längst kein junges Ding mehr war und viele ihrer Lebensjahre kein Zuckerschlecken gewesen waren.

Heidrun, wie Azuka sie ganz schlicht nennen sollte, hatte ihr außerdem Hoffnung gemacht, dass sie mit ihren Eltern telefonieren konnte. Sie würde versuchen, Kontakt mit dem Dorf aufzunehmen, in dem Azuka aufgewachsen war, um deren Eltern an den Apparat zu bekommen.

Das hatte sie völlig unvorbereitet getroffen.

Die Stimmen ihrer Mutter und ihres Vaters, vielleicht auch die Stimme ihrer Schwester ... Allein der Gedanke daran war überwältigend, als würde sie von einer riesigen Meereswelle fortgerissen. Ganz warm hatte sie die Hoffnung durchströmt, doch je länger sie darüber nachgrübelte, desto mehr verspürte sie auch ein Gefühl der Beklemmung.

Was würde sie ihnen sagen, den Menschen, die nur die Heimat kannten, nicht aber die Höllen, die sie betreten hatte. Ja, was würde sie ihnen sagen?

Sie lag wieder auf dem Bett, vollständig bekleidet, und die Aussicht auf das Gespräch strahlte endgültig etwas Bedrückendes aus. Wie in der Nacht zuvor lauschte sie in die Stille, die das Gebäude umhüllte. Irgendwann fragte sie sich auch von Neuem, ob auf die Polizisten, die sich vor der Tür ablösten, wirklich Verlass war.

Nein, keine Furcht mehr.

Oder etwa doch?

Glomm tief in ihrem Innern doch schon wieder Angst?

Konnte man all den Höllen, die auf einen warteten, wirklich entfliehen?

Azuka lag da und regte sich nicht. Lauschte in die Stille. Schreckte bei jedem Geräusch hoch, das sie aufzuschnappen meinte.

72

Da saß er also, reingezwängt in den Besucherstuhl, der zu eng für ihn war. Wie ein Wal, den die Strömung zwischen die Klippen quetschte.

Er brütete, kaute auf der Unterlippe, starrte aggressiv zu Mara Billinsky hin, die erst einmal abwartete und ein paar Augenblicke der Ruhe in die schlechte Stimmung streute.

Immerhin hatte Schleyer sich überreden lassen, sie zurück ins Präsidium zu begleiten. Für einen Moment hatte es für Mara eher danach ausgesehen, als würde es tatsächlich zu einem Gewaltausbruch kommen. Direkt vor dem Gebäude, vor den Fenstern, an denen sich mit Sicherheit im Nu etliche neugierig gaffende Kollegen aufgereiht hätten.

Schleyer hatte knurrend darauf bestanden, mit Mara allein zu sprechen: »Die Trauermiene von Rosen halte ich echt nicht aus.« Rosen hatte eingewilligt, ehe Mara widersprechen konnte.

»Also, was willst du von mir, Billinsky?«, kam es mit aggressivem Ton von Schleyer, als Mara sich weiterhin, untypisch für sie, in Schweigen hüllte.

Sie musterte ihn. Das Büro von Klimmt als Gesprächsort auszuwählen war wohl kein kluger Schachzug, aber sie hatte nicht darüber nachgedacht. Schleyer würde es gewiss als zusätzliche Provokation auffassen, sie auf dem Platz des Hauptkommissars sehen zu müssen.

Fast wirkte er selbst wie Klimmt. Ein erfahrener Bulle. Immer noch kräftig, doch mittlerweile ziemlich in die Breite gegangen. Wuchtige Schultern, ein kantiges Kinn, auf dem Stoppeln schimmerten, die ungepflegten Haare von Grau durchsetzt.

Ihr Schweigen ging ihm auf die Nerven, sie sah es ihm an.

Er brummte: »Ich hätte euch da draußen einfach zusammenschlagen sollen, das habt ihr schon lange verdient.«

Mit gelassener Ironie erwiderte sie: »Wir treffen uns einfach mal auf dem Klo, damit du das erledigen kannst. Aber vorher möchte ich mich mit dir unterhalten.«

»Dann spuck's schon aus.«

»Sehr gern«, gab sie wieder mit Ironie zurück. »Wir sind durch Zufall darauf aufmerksam geworden, dass du Karel Diebler kennst.«

»Durch Zufall«, blaffte er. »Verarsch mich doch nicht.«

»Stimmt, es war *nicht* zufällig«, gestand sie sofort ein. »Du kennst ihn also. Und zwar recht gut.«

Über den Schreibtisch hinweg funkelte er sie aus argwöhnisch verengten Augen an. »Es ist schon eine Weile her, dass ich mit Diebler zu tun hatte.«

»Du hast ihn bei einer Verbrechensserie unterstützt. Eine große Sache. Da muss man intensiv zusammenarbeiten.«

»Es war eben mein Job. Sonst noch was?«

»Du wusstest, dass wir Diebler auf dem Schirm haben und ihn überprüfen.«

Diesmal war es keine Frage.

»Na und?«

»Warum hast du nicht mitgeteilt, dass du ihn kennst, und das mehr als flüchtig?«

»Auf dem Schirm haben. Überprüfen. Das ist typisch Krähe. Entweder man ermittelt gegen jemanden oder nicht.«

»Du wusstest es«, wiederholte sie.

»Na klar. Ist doch logisch. Wieso auch nicht? Er ist vorgeladen worden. Es gab unsere Teambesprechungen. Jeder hier weiß, dass Diebler auf deinem berühmten *Schirm* ist und außerdem ...«

»Noch mal«, unterbrach sie ihn mit plötzlicher Schärfe.

»Warum hast du nicht Bescheid gesagt? Es wäre doch das Erste, was man …«

»Hör mal zu«, unterbrach er sie gleichermaßen hart. »Wenn du dein eigenes Ding durchziehen willst, ist das deine Angelegenheit. Aber jammer dann nicht rum, wenn du nicht weiterkommst.«

»Erstens – ich jammere nicht. Zweitens – ich ziehe nichts allein durch. Du hast es gerade selbst gesagt. Es gab die üblichen Teambesprechungen. Ich habe von Anfang an versucht, jeden mit einzubinden. Es ist nur so, dass nicht jeder mitmachen will.«

»Dass ich nicht lache. *Einbinden.* Rosens Dreck wegwischen. Mehr sollte ich nicht machen. Ich kann es immer noch nicht fassen.«

Sie forschte in seiner zornigen Miene. »Gekränkte Eitelkeit, das ist alles?«

»Scheiß auf dich, Billinsky.«

»Kanntest du auch Falko Steffen?«, fragte sie unbeeindruckt weiter.

»Klar, vom Sehen. Wie viele, die in diesem Scheißpräsidium arbeiten.«

»Kanntest du auch Udo Grabach?«

»Nein.« Er spuckte das Wort aus und wirkte noch immer, als würde er ihr am liebsten die Faust ins Gesicht rammen.

»Kennst du einen gewissen Josch?«

»Nein, Krähe, ich kenne keinen gewissen Josch.« Er beugte sich so weit vor, dass sich sein Kinn über dem Schreibtisch befand. »Und vor allem: Ich bin nicht Josch.«

»Wann hast du Diebler zuletzt gesehen?«

Ruckartig lehnte er sich zurück. »Jetzt also wieder zu Diebler. Du springst von hier nach da, hüpfst aber immer am Ziel vorbei. Du stocherst nur im Nebel herum. Glaubst du, ich merke das nicht?«

»Wann hast du Diebler zuletzt gesehen?«

Er schnaubte und sagte nichts.

»Ging euer Kontakt über das berufliche Miteinander hinaus?«

»Bist du so verzweifelt, dass du ausgerechnet mir was anhängen willst?«

»Ich will dir nur ein paar Fragen stellen. Kein Grund, deswegen auszuflippen.«

»Du hältst dich für die Größte, was?«, knurrte er.

»Nein, das habe ich noch nie.« Auch sie beugte sich nach vorn, um ihn mit ihrem Blick aufzuspießen. »Und nun beantworte endlich meine Fragen.«

»Mach lieber deine Hausaufgaben, Krähe. Und zwar bevor du mir irgendwelchen Quatsch an den Kopf wirfst. Wenn du mir wirklich was anhängen willst, kannst du dir das in die Haare schmieren. Erst recht, wenn es um Mord gehen sollte.« Schleyer machte eine Pause, ehe er mit triumphierender Boshaftigkeit fortfuhr: »Willst du wissen, was ich an dem Tag gemacht habe, als in der Gießerei herumgeschossen wurde? Ich habe Dienst geschoben. Mehrere Kollegen können das bestätigen.«

Mara erwiderte nichts.

»Willst du auch wissen, was ich an dem Tag getan habe, als man Steffen abgestochen hat? Ich habe früher Feierabend gemacht und bin zu einem Hautarzt in der Innenstadt gefahren. Er hat mir am Rücken eine Warze entfernt, die ständig entzündet war. Willst du die Scheißnarbe sehen, Krähe? Denn bei der Gelegenheit kannst du mir auch gleich den Buckel runterrutschen.«

73

Mittlerweile war es später Nachmittag. Erneut hatte die Kälte ein wenig nachgelassen, zum zweiten Mal in kurzer Zeit sickerte Sonnenlicht durch die Wolkendecke. Vielleicht würde ja doch noch irgendwann der Frühling kommen.

Jan Rosen sah nachdenklich durch das schlierige Fenster, das den Blick auf eine Straße im Bahnhofsviertel freigab. Er und Stanko hatten einen Stehtisch in einem kleinen italienischen Imbiss in Beschlag genommen. Jeder hatte einen Pappteller mit einem fast aufgegessenen Pizzadreieck vor sich.

Mit einem Anruf aus ihrem Büro hatte Billinsky sie beide angestachelt, noch einmal den Straßenstrich abzusuchen, um weitere afrikanische Prostituierte aufzuspüren, doch so langsam waren wohl alle in Gewahrsam genommen worden.

Rosen merkte Stanko an, wie sehr es ihm gegen den Strich ging, und er konnte ihn verstehen; es war eine mühselige, undankbare Aufgabe. Andererseits rang ihm Billinskys Zähigkeit erneut Respekt ab. Wenn man es recht bedachte, war sie noch um einiges hartnäckiger und unnachgiebiger als Klimmt, der eigentliche Chef. Er selbst, Rosen, hätte niemals den Biss, so etwas durchzuziehen, unter derartigen Umständen, gegen alle möglichen Widerstände, und einmal mehr wurde ihm klar, wie sehr er zurzeit in der Luft hing, wie unbefriedigend alles für ihn lief.

»Übrigens, ich finde es gut, dass du dich um die Kleine gekümmert hast«, drang Stankos Stimme in seine Gedanken. »Sie weiß anscheinend eine ganze Menge.«

»Die Kleine? Ach so.« Rosen zupfte an seiner Mütze, die er auch hier im Inneren des schlecht beheizten Imbiss nicht abnahm. »Wenn es Azuka nicht gäbe, hätten wir einen deutlich schwereren Stand. Sie wird in den nächsten Tagen weiterbefragt, und ich hoffe, da kommt noch einiges heraus.«

Stanko nickte kauend und wischte sich mit einer Papierserviette den Mund ab. »Weißt du noch, als wir in Falko Steffens Kanzlei ankamen und alles verwüstet war? Wer hätte angenommen, dass so eine Riesenschweinerei dahintersteckt?«

»Stimmt.«

»Und jetzt auch noch Schleyer. Unglaublich, was? Ich hab viele Jahre mit dem alten Sturkopf auf dem Buckel. Wir sind zusammen etlichen Dreckskerlen hinterhergehechelt, glaub's mir – und jetzt wird er in einer solchen Angelegenheit verhört. Wie läuft es denn? Weißt du etwas?«

»Ich würde es eher eine Befragung nennen.«

»Und ich kann dir genau sagen, wie Schleyer es nennen würde. Das wird er nicht auf sich sitzen lassen, da macht sich deine Krähe einen Feind fürs Leben.«

Penibel faltete Rosen seine benutzte Serviette zusammen.

»Sie ist nicht *meine* Krähe. Und sie kann ganz gut auf sich aufpassen.«

»Ich hab Schleyer immer für total in Ordnung gehalten. Sicher, er ist nicht gerade ein Schmusekater, aber im Großen und Ganzen ...« Stanko ließ den Satz verklingen. »Na ja, wie auch immer. Die beiden werden sich ganz schön beharken. Junge, da fragt man sich, wen man weniger beneidet, was?«

Auch wenn Rosen nicht danach zumute war, fiel er in Stankos Lachen ein.

Sie tranken einen Espresso, dann sagte Stanko entschieden: »So, Schluss für heute. Ich hab zuletzt so viele Überstunden geschoben, dass ich jetzt in den Feierabend abhaue.«

»Soll ich dich nicht zum Präsidium mitnehmen?«

»Ach was, ich springe hier um die Ecke in die U-Bahn.« Er zwinkerte Rosen zu. »Äh, das musst du ja nicht an die große Glocke hängen.«

»Klar, schon gut.«

Als sein Kollege verschwunden war, atmete Rosen erst mal durch. Es tat ihm gut, allein zu sein, nicht mehr reden zu müssen. Er trank noch einen Espresso gegen das bleierne Gefühl, das ihn im Griff hatte, und schlenderte zu seinem Wagen.

Hinterm Steuer sitzend, hörte er in Gedanken wieder Stankos Worte, ohne eigentlich bewusst daran denken zu wollen: … *verdammt viele Jahre mit dem alten Sturkopf … etlichen Dreckskerlen hinterhergehechelt* … Und noch ein Satz fiel ihm ein: *Sie weiß anscheinend eine ganze Menge.* Etwas an der Art, wie Stanko es ausgesprochen hatte …

Plötzlich wurde es Rosen ganz heiß.

Er fuhr an den Straßenrand, hielt an und zog sein Smartphone aus der Jackentasche, um Billinsky anzurufen.

Das Klingelzeichen ertönte. Doch sie meldete sich nicht.

Vorbeifahrende Autos hupten, weil er nicht weit genug rechts stand. »Mist!«, fluchte er. Hastig tippte er eine Nachricht ins Handy, dann fuhr er weiter. Erneut hörte er die Worte von vorhin irgendwo in seinem Kopf, ganz beiläufig und harmlos: *Sie weiß anscheinend eine ganze Menge.*

Mit einem unbehaglichen Gefühl dachte er an die Antwort, die er gegeben hatte: *Wenn es Azuka nicht gäbe …*

»Mist!«, stieß er noch einmal laut aus.

Er beschleunigte. Unter der Mütze strömte ihm Schweiß auf die Stirn.

74

Die Wolkendecke bekam immer mehr Risse, die Sonne drang nun so kraftvoll durch, dass Lichtschein das Büro flutete.

Mara saß am Schreibtisch. Sie war inzwischen wieder allein.

Ein Ausspruch von Schleyer hallte noch in ihr wider: *Mach lieber deine Hausaufgaben, Krähe.*

Sie legte die Füße auf die Tischplatte. Ihre Doc-Martens-Stiefel waren abgewetzt und von getrocknetem Matsch verschmiert.

Normalerweise machte sie durchaus ihre Hausaufgaben, hatte es aber diesmal als ein Gebot der Fairness betrachtet, zuerst mit Schleyer zu sprechen, ehe sie … Oder nahm sie das nur als Ausrede, obwohl sie billige Ausreden doch so sehr verachtete? Hatte es ihr mal wieder nicht schnell genug gehen können?

Schon im Verlauf der Unterredung mit Schleyer war ihre Zuversicht flötengegangen. Irgendwas hatte nicht gestimmt.

Nach dem Ausspucken seiner Alibis war er aufgestanden und abgerauscht, immer noch wütend auf sie, aber auch mit einer gehörigen Portion Genugtuung.

Sie hatte immer gewusst, dass er sie nicht leiden konnte – aber nicht, dass er sie abgrundtief hasste. Nun ja, vielleicht hatte sie es doch gewusst. Wie auch immer, es spielte keine Rolle für sie, es gab Wichtigeres als Schleyers Befindlichkeiten. In jedem Fall würde sie seine Alibis überprüfen, noch wollte sie ihn nicht von ihrem Zettel streichen.

Ja. Irgendetwas hatte nicht gestimmt.

Ihre Gedanken wanderten von Schleyer zu Patzke. Und von Patzke zu …

Sie stutzte und blickte auf.

Vertieft in ihre auf einmal rasenden Gedanken, griff sie nach dem Handy. Vor dem Gespräch mit Schleyer hatte sie es auf »lautlos« gestellt und dann nicht mehr daran gedacht. Sie prüfte es. Ein Anruf von Rosen. Und eine Nachricht von ihm. Mara las sie. Er hatte einen Verdacht. Und er war in Eile.

Abrupt sprang sie hoch, griff nach ihrer Jacke. *»Fuck!«*, zischte sie. Gleich darauf rannte sie aus dem Büro und den langen Gang hinab.

75

Rosen machte eine Vollbremsung und stürmte aus dem Wagen. Er befand sich direkt vor dem Wohnheim, das bereits von *Sharonna* betrieben worden war, als er versucht hatte, mit Heidrun Vogels Hilfe Anyana den Einstieg in ein neues Leben zu ermöglichen. Damals ohne Erfolg.

Diesmal durfte es nicht wieder schiefgehen. Diesmal musste es besser enden.

Obwohl sie ihn kannte, hielt er der Frau, die am Empfang Schicht hatte, im Vorbeieilen seinen Dienstausweis hin. Dann hetzte er die Treppe nach oben in den ersten Stock.

Atemlos stoppte er und starrte den Gang entlang. Vor der Tür, die zu Azukas Zimmer führte, lag der uniformierte Beamte, der Wache schieben sollte. Langsam näherte sich Rosen dem reglosen Mann, der eine blutende Kopfverletzung aufwies. Zum Glück schien er am Leben und lediglich bewusstlos geschlagen worden zu sein.

Rosen holte tief Luft. Zog seine Waffe. Stieß die Tür mit der linken Hand weit auf. Und betrat den Raum.

Die Jalousien des einzigen Fensters waren zur Hälfte heruntergelassen, seine Augen mussten sich erst einmal eine quälend lange Sekunde an das diffuse Halbdunkel gewöhnen.

Als Erstes nahm er die Gestalt wahr, die auf dem Boden kniete und sich nun langsam erhob. Dann entdeckte er die Frau, die am Boden lag, so regungslos wie draußen der Polizist. Azuka.

Ohnmächtig? Oder tot?

Unwillkürlich wanderte sein Blick wieder zu dem Mann, der nun aufrecht dastand, zwei Schritte von ihm entfernt, in der Hand ein Handtuch, mit dem er die Frau erwürgen wollte – oder bereits erwürgt hatte.

Sie starrten einander an, und Rosen erkannte, dass er das Gesicht seines Kollegen noch nie so gequält gesehen hatte wie in diesem Moment.

»Rosen, du willst doch das Ding da nicht benutzen.«

Stanko deutete auf die Waffe, die Rosen in der Hand hielt, und ihm fiel erst jetzt wieder ein, dass er sie gezogen hatte. Unsicher hob er sie an, er war noch immer ganz durcheinander von der Entwicklung, die die Dinge genommen hatten.

»Du willst doch nicht auf mich schießen«, sagte Stanko leise. In seinen Augen schimmerte Verzweiflung auf. Die träge Gutmütigkeit, die ihn sonst ausmachte, hatte sich völlig verloren. Angst, Verzweiflung, Druck, all das zeigte sich in seinen verzerrten Zügen.

»Du hast sie doch nicht etwa umgebracht, oder?«, kam es ebenso leise über Rosens trockene Lippen. Schweiß strömte ihm immer heftiger ins Gesicht, doch er war viel zu angespannt, um sich die Mütze abzustreifen.

Stanko leckte sich die Lippen. Und gab keine Antwort.

Rosen deutete auf die Frau am Boden. »Sie weiß doch gar nichts über dich. Sie ist abgehauen, bevor …« Er verstummte.

Verwirrt zuckte es in Stankos ebenfalls völlig verschwitztem Gesicht. »Willst du mich reinlegen? Du hast doch vorhin gesagt, dass sie …«

»Du hast mich missverstanden. Durch sie wollen wir Diebler und Yekini festnageln. Aber sie kennt Josch nicht.« Rosen schüttelte den Kopf. »Sie hat nicht die geringste Ahnung, wer Josch ist.«

Stanko ließ achtlos das Handtuch fallen. Wieder sagte er nichts.

»Du bist Josch, nicht wahr?« Rosen sah ihn an. »Hast du Schleyer damals schon zugearbeitet, als er mit Diebler zu tun hatte? So hast du Diebler kennengelernt, richtig? Irgendwann habt ihr euch wiedergetroffen, vielleicht nur aus Zufall. Und festgestellt, dass ihr bestimmte Vorlieben teilt.«

»Du kannst einen Scheiß beweisen.« Stankos Lippen bebten. Er stand kurz davor, völlig die Nerven zu verlieren.

»Die toten Frauen. Das Haus bei der Gießerei. Der Turm. Denkst du wirklich, ihr habt keine Spuren hinterlassen, du und Diebler? Ihr seid verdächtig, wir werden einen Abgleich machen mit allen DNA-Spuren. Die Prostituierten werden weiterhin befragt. Irgendeine von ihnen wird über dich Bescheid wissen und gegen dich aussagen.« Leiser, eindringlicher fügte Rosen an: »Es ist aus, Stanko. Unmöglich für dich, da noch irgendwie unbeschadet rauszukommen. Stanko, der Weg in dieses Wohnheim war ohnehin vollkommen unnötig.«

Stanko keuchte, in seinen Augen flackerte es unkontrolliert.

Rosen fuhr fort: »Wir dachten, Schleyer hätte gegen uns gearbeitet, um etwas zu verbergen – dabei war es bei ihm nur Frustration, verletzter Stolz. Du dagegen hast uns unterstützt. Allerdings nur vordergründig. Du hast dich angeboten, den Tatort in der Gießerei zu übernehmen, hast den Tatort im Westend untersucht. Beigetragen hast du nichts, warst aber immer dabei, um auf dem Laufenden zu bleiben. Anfangs konntest du relativ beruhigt sein, aber als wir Azuka hatten, wurde es brenzlig.«

Stanko starrte ihn wortlos an.

»Warum fielen in der Gießerei Schüsse? Sie haben euch erpresst, nicht wahr? Wollten mehr und mehr Geld. Grabach war der Erste, den es traf, und er hat schnell aufgegeben. Dann warst du an der Reihe? Oder Steffen? Du konntest und wolltest nicht zahlen, richtig?« Rosen bemühte sich, ganz ruhig zu sprechen. »Du hast nicht so viel Vermögen wie die Anwälte, nicht so viel Erspartes. Du warst ganz schön unter Druck, was? Und so verzweifelt, dass du auf Yekini und Okpube geschossen hast, um sie loszuwerden.«

Stanko bewegte den Kopf – nur die Andeutung eines Nickens.

»Wieso musste auch Falko Steffen sterben?« Rosen machte eine Pause, fuhr dann selbst fort: »Hat er Panik bekommen? Hat er mit dem Gedanken gespielt, die Erpressung auffliegen zu lassen – und damit auch alles andere?«

Erneut ein kaum wahrnehmbares Nicken. »Er war ein Hosenscheißer«, kam es leise über Stankos Lippen. In seinen Augen schimmerten Tränen.

Trotz allem – plötzlich tat er Rosen fast wieder leid, Stanko war doch immer so ein netter Kerl gewesen. »Wie hat es nur so weit kommen können, Stanko?«

Sein Kollege zuckte mit den Achseln. »Wie das halt so geht. Am Anfang war es einfach geil, das war der große Kick. Der größte, den ich je hatte. Und es wurde immer wilder. Ich bin mein ganzes Leben lang zu Nutten gegangen, hatte nie eine feste Beziehung. Irgendwann mussten es masochistische Nutten sein. In einem Sadomaso-Club traf ich auf einmal Diebler, kurz nachdem wir uns durch den Job flüchtig kennengelernt hatten. Mir ist fast das Gesicht runtergefallen, ihm auch, und wir haben so getan, als wären wir Fremde. Aber beim zweiten Mal sagten wir, Schluss mit dem verlegenen Getue, wir sind doch Männer. Es war ein besonderer Club. Einer, in dem es wirklich wild zuging. Aber mir nicht wild genug. Diebler sah das ähnlich, das wusste ich.« Stanko schüttelte den Kopf, als die Erinnerungen ihn so unversehens einholten. »In dem Club gab es einen Türsteher, und der sprach mich an. Er könnte mir Frauen besorgen, meinte er, bei denen müsse ich nicht aufhören, wenn es anfängt, erst richtig Spaß zu machen, nicht bei ein paar lächerlichen Striemen auf der Haut.«

»War das Augustus Yekini?«

»Ja. So lernte ich ihn kennen. Und Diebler ebenfalls. Wir nutzten Decknamen, doch Diebler hat sich immer cleverer angestellt als wir anderen. Sie erfuhren wohl nie, wer er wirklich war, und hatten deshalb Schwierigkeiten, ihn mit ihren Erpressungsversuchen unter Druck zu setzen. Und Augustus wollte ebenfalls clever sein. Bei den Partys war von seinen Leuten nie jemand dabei – nur er selbst und John Okpube. Das Geld aus den Erpressungen wollten sie wahrscheinlich auch nur unter sich aufteilen. Ich dachte, wenn ich sie aus dem Weg räume, dann …« Er verfiel in ein dumpfes Schweigen.

Die junge Frau regte sich noch immer nicht, wie Rosen bestürzt feststellte. Es hatte doch nicht schon wieder schiefgehen sollen. Warum war das so? Warum gelang es ihm nicht, ihnen zu helfen? *Warum?* Immer wenn er etwas bewegen wollte … Er riss sich von den deprimierenden Gedanken los, versuchte, sich zu konzentrieren. Er sah auf und starrte in Stankos immer noch verzerrte Fratze. »Du weißt, dass du jetzt mit mir kommen musst, Stanko.« Er hätte gern bestimmender geklungen, doch seine Stimme hing dünn in der abgestandenen Luft des Zimmers.

»Ja, das weiß ich«, brachte Stanko hervor. Und er trat zu. Traf Rosen mit dem Fuß zwischen den Beinen, Rosen klappte nach vorn, vor Schmerz wurde ihm schwarz vor Augen. Stanko packte ihn, riss an seiner Hand, an der Waffe, Rosen wehrte sich, doch ein Stoß mit der Schulter und ein Schlag ans Kinn ließen ihn zu Boden gehen.

Zwischen seinen Beinen tat es immer noch fürchterlich weh, er schnappte nach Atem und blinzelte nach oben, Tränen in den Augen.

Stanko stand vor ihm, Rosens Waffe in der rechten Hand.

»Das bringt doch nichts«, keuchte Rosen. Er kniete sich hin. »Es ist vorbei, Stanko.«

Plötzlich ertönte ein Geräusch.

Hinter Rosen.

Er blickte erschrocken über die eigene Schulter zurück.

76

Mara parkte hinter Rosens Auto, das direkt vor dem Eingang stand, und rannte auf die Tür zu.

Kam sie zu spät?

Ihre Anspannung stieg im Sekundentakt, als sie durch das Haus eilte. Erst recht, als sie den ohnmächtigen Beamten sah. Sie stoppte vor der Tür, vor der er lag. Sie hörte verhaltene Stimmen und platzte in den Raum, die entsicherte Waffe im Anschlag.

Halbdunkel, eine jähe Stille, Azuka starr wie eine Puppe auf dem Boden, Rosen neben ihr auf den Knien. Stanko stand mitten im Raum. Schnell machte er einen Schritt auf Rosen zu und setzte ihm die Mündung an den Kopf.

Mara richtete ihre Waffe auf Stanko. »Es ist vorbei.«

»Dasselbe hat Rosen mir auch gerade gesagt.«

»Und damit hat er recht.«

»Einen Scheiß hat er!«, jammerte Stanko kläglich.

Sie sah ihm an, wie überfordert er war, wie durcheinander und ängstlich. Sie wusste, nicht unbedingt der kaltblütigste Gegner war der gefährlichste – wer von Verzweiflung getrieben wurde, war um einiges unberechenbarer. Es war umso tragischer, wenn sie daran dachte, dass ausgerechnet er und Rosen sie einmal aus einer lebensbedrohlichen Situation gerettet hatten.

»Egal, was du jetzt tust, Stanko, du machst es nur schlimmer«, redete Mara auf ihn ein. »Außer wenn du aufgibst. Leg die Waffe hin. Selbst wenn du Rosen und mich aus dem Weg räumst, hast du keine Chance mehr.«

Stanko stand der Schweiß auf der Stirn.

Er lachte auf, irr und verzweifelt, als würde er gleich durchdrehen.

»Leg die Waffe hin«, wiederholte Mara.

»Ich wollte das alles nicht«, stammelte Stanko.

»Das wissen wir. Leg die Waffe hin.«

Er räusperte sich, starrte Rosen an, dann wieder Mara. »Nein, Billinsky, leg *du* die Waffe hin.«

»Und was ist dann, Stanko? Wenn du erst mal hier draußen bist – wo willst du dann hin?«

»Mir wird schon was einfallen.«

»Denkst du?« Mara spürte, dass die nächsten Sekunden entscheidend waren. »An dir klebt zu viel Schmutz. Es ist aus.«

»Ich will nicht, dass ihr mich verhaftet«, sagte Stanko.

»Hör zu …«

»Nein, Krähe, *du* hörst zu. Leg die Scheißwaffe hin, sonst ist dein Freund Rosen tot.«

Sie sah Stanko in die Augen. Er würde es tun. Er würde schießen, daran zweifelte sie nicht im Geringsten.

77

Stankos Worte dröhnten in Rosens Schädel. Es dauerte etwas, bis ihm wirklich klar war, dass es in diesem Augenblick um nichts anderes als um sein Leben ging. Dass es jetzt gleich zu Ende sein konnte.

Einen eindringlichen Moment lang sah er sich hier liegen, die Hälfte des Schädels weggeschossen, Blut, Hirnmasse, die verschwitzte Mütze in Fetzen, die Arme von sich gestreckt.

Sein Blick suchte Mara. Er wollte ihr zu verstehen geben, dass sie keine Rücksicht auf ihn nehmen sollte, wollte ihr sagen, dass sie auf keinen Fall auf Stanko hören sollte … doch das war unmöglich. Sein Mund öffnete sich, allerdings brachte er keinen Ton heraus. Er fühlte die Angst in seinem Inneren, das Zittern seiner Lippen. Es gab nicht vieles, auf das er stolz war, er hing noch nicht einmal am Leben, ein paarmal war er wohl versucht gewesen, es eigenhändig zu beenden. Doch hier in diesem engen, nach Schweiß und Putzmitteln riechenden Zimmer wurde ihm bewusst, dass es das Einzige war, was er hatte. Nie war es ihm wertvoller erschienen, nie hatte er es mit so unbändiger Verzweiflung festhalten wollen wie genau jetzt.

»Billinsky, leg die Waffe hin!«, kreischte Stanko zum dritten Mal. »Das ist deine letzte Chance!«

»Okay, Stanko.« Ihre Stimme wehte zu Rosen herüber. Noch nie hatte er sie so betont ruhig, so verhalten sprechen hören. »Alles klar, Stanko.«

»Die Waffe, Billinsky! Auf den Boden!«

Sie nickte.

Bitte, Billinsky!, flehte Rosen lautlos, nur mit den Augen. *Leg die Pistole hin. Leg sie hin, leg sie hin, leg sie hin.*

»Okay, Stanko«, sagte sie erneut. »Ich mache, was du verlangst. Ich hab's kapiert, wie ernst es dir ist.«

Rosen verfolgte geradezu paralysiert, wie Billinsky vorsichtig in die Hocke ging, um sich ihrer Pistole zu entledigen. Zentimeter für Zentimeter kam ihre Hand dem billigen Laminat näher. Er spürte die Erleichterung, die ihn durchströmte, von Kopf bis Fuß, Luft entwich ihm – und dann der Schock.

Er wusste plötzlich, dass sie …

Aus ihrer gebückten Haltung riss Billinsky die Waffe hoch.

Rosen starrte in ihre schwarzen Augen, er schrie auf. Der Laut kam ihm fremd vor, ganz nah und doch seltsam fern, und zugleich meinte er, den eigenen Herzschlag unnatürlich laut zu hören. Dann wurde alles vom Krachen des Schusses übertönt.

78

Zwei Tage voller Schlagzeilen: Verhaftungen, Schießereien in Verbindung mit Sadomaso-Partys mit tödlichem Ausgang, in die Kriminalbeamte und hochrangige Juristen verwickelt waren. Dazu Zwangsprostitution und Rotlichtbanden. Die Presse überschlug sich förmlich mit reißerischen Artikeln, aber in der Flut aus Informationen vermischten sich wie so oft Wahrheit und Gerüchte derart stark, dass sie irgendwann nicht mehr voneinander zu unterscheiden waren.

Und der Pressewirbel würde von Neuem losgehen, wenn die Prozesse anstanden, die bereits von Polizeisprechern angekündigt wurden.

Zwei Tage ohne Kälte und Nebel, zwei Tage, in denen die Luft zum ersten Mal nach Frühling gerochen und sich die Sonne gehalten hatte. Auch jetzt drangen die Strahlen bis in Hauptkommissar Klimmts Büro, wo sich Mara Billinsky und Christian von Lingert gegenübersaßen. Keiner von ihnen hatte in den letzten Nächten viel geschlafen, und daran würde sich fürs Erste nichts ändern. Es gab jede Menge aufzuarbeiten und komplizierte Anklagen vorzubereiten.

»Hoffentlich bleibt es dabei, dass – in Anführungszeichen – *nur zwei Frauen* bei diesen widerlichen Gewaltorgien ums Leben gekommen sind«, sagte der Staatsanwalt mit angespanntem Ausdruck.

Mara nickte. »Mal sehen, was noch alles herauskommt. Vielleicht auch, dass noch weitere Männer mitgemacht haben. Ich meine, außer Steffen, Grabach, Diebler und Stanko. Aber das werden die weiteren Verhöre zeigen. Sowohl Yekini als auch Okpube zeigen sich ja gesprächsbereit.«

»Wir müssen ihnen eben die ein oder andere Möhre vor die Nase halten. So läuft die Sache nun mal. Wichtiger ist, dass wir von Stanko und Diebler ausreichend DNA-Spuren an den Opfern und an den Tatorten gefunden haben.«

Erneut nickte sie. »Auch bei den afrikanischen Prostituierten vom Straßenstrich sieht es besser aus. Seit sie wissen, dass ihre Zuhälter vorerst nicht in Freiheit gelangen werden, sind sie offener. Jedenfalls einige von ihnen.«

»Ja, sie verlieren allmählich ihre Furcht, und das ist höchst erfreulich.«

Mara maß ihn lange, ehe sie fragte: »Dein Freund Diebler hat sich anstandslos verhaften lassen, wie ich höre.«

Er senkte kurz die Lider, dann erwiderte er ihren Blick geradewegs. »Er ist mein Freund, ja. Und zwar schon seit langer Zeit. Auch mein Förderer, mein Ratgeber. Ich habe einmal versucht, ohne seinen Anwalt mit ihm zu reden, aber er blockt ab.«

»Nicht verwunderlich.«

»Ich danke dir, dass du Patzke die Verhaftung hast vornehmen lassen. Das war für Diebler zumindest etwas einfacher zu ertragen. Er hätte dir diesen Triumph wohl nicht gegönnt.«

»Ich hätte es nicht als Triumph empfunden.«

Nach einem Schweigen sagte von Lingert: »Lange haben wir auf ziemlich verlorenem Posten gestanden. Gleich in mehrfacher Hinsicht. Dass das nicht so geblieben ist, haben wir vor allem deiner Hartnäckigkeit zu verdanken.« Nun war er es, der sie eingehend betrachtete. »Wir wissen, was in den Häusern mit den Prostituierten geschehen ist. Es wurde enorme Gewalt angewendet, bis der Tod eintrat, zumindest in zwei Fällen. Dafür werden sich Diebler und Stanko verantworten müssen, auch die Zuhälter der Frauen.«

Ruhig hörte Mara zu. Ihr war klar, worauf es hinauslief.

Von Lingert fuhr fort: »Wir wissen außerdem, dass Stanko

Augustus Yekini und John Okpube bei dem Schusswechsel getötet hat, weil er von ihnen erpresst worden war. Außerdem hat er Falko Steffen ermordet – aus Angst, die ganzen Schweinereien würden durch Steffen ans Licht kommen.«

Ja, sie wusste genau, was gleich kommen würde, und schwieg weiterhin.

»Stankos Schulterverletzung ist nicht allzu gravierend. Er ist geständig und wird uns im weiteren Verlauf keine Probleme bereiten. So hoffe ich zumindest.« Ein kurzes Kopfschütteln. »Wirklich, eine traurige Geschichte. Ich habe ihn nie für den besten Ermittler, aber für einen hochanständigen Kerl gehalten. Man kann eben in niemanden hineinsehen.«

Als sie weiterhin schwieg, sprach er weiter: »Dann ist da noch der Mord an Domenico Manzoni. Yekini und seine Leute plädieren auf Notwehr. Sie behaupten, Manzoni hätte zuerst eine Pistole gezogen. Natürlich absurd, er war ja nicht einmal bewaffnet. Wenn wir es richtig anstellen, kommen sie damit nicht weit. Auch da haben wir ja Azuka in der Hinterhand. Ein Glück, dass sie gerettet werden konnte! Und trotzdem werden wir uns erst auf die deutschen Angeklagten konzentrieren.«

Mara sah ihn an und wartete weiter ab.

»Wie gesagt«, meinte er, »wir sind nun ziemlich genau im Bilde und werden vor Gericht alles hieb- und stichfest darlegen können.«

Jetzt würde es kommen.

»Nur eine Sache ist nicht aufgeklärt.« Er ließ den Satz förmlich in der Luft stehen. »Wir haben keinen Verdächtigen für den Mord an Louise Losakhare.«

Mara zeigte keine Reaktion und erwiderte nichts.

»Von Solomon Yekini und allen Mitgliedern seiner Bande haben wir DNA-Spuren in der Wohnung des Opfers nachweisen können. Aber nicht auf den diversen Tatwaffen. Von ihnen war es keiner.« Von Lingert fixierte sie hart mit seinen

Augen. »Du willst tatsächlich keinen möglichen Täter präsentieren?«

»Manchmal muss man eben auch verlieren können. Hast du das nicht mal zu mir gesagt?«

Mit verwundertem Ausdruck hob er das Kinn. »Habe ich das?«

»Ja.« Sie zeigte ein schmales, hintergründiges Lächeln. »Als wir die Bande illegaler Organhändler zwar aus Frankfurt vertreiben, aber deren Hintermänner nicht kriegen konnten.«

»Das mag sein. Diesmal jedoch ist unser Erfolg zweifellos umfassender. Du hast dich an allem festgebissen und zeitweise an ganz verschiedenen Fronten gekämpft, sogar gegen einen Kollegen, wie sich herausstellte. Doch ausgerechnet diesen ungewöhnlich grausamen Mord an Losakhare …«

»Manchmal ist das eben so«, unterbrach sie ihn, ohne die Stimme zu erheben. »Ein Unterweltmord, bei dem es um Macht im Revier und um Geld ging.«

»Macht und Geld? Wirklich? Oder um Rache?«

»Vielleicht taucht irgendwann noch ein Verdächtiger auf.«

»Und bis dahin soll die Sache zu den *Cold Cases* wandern und Staub ansetzen?«

Sie schwieg.

»Wenn es sich so verhält, wie du es gerade darstellst – also als Mord im Milieu – soll es für mich okay sein. Wenn allerdings *nicht*, dann …«

»Was ist dann?«, unterbrach sie ihn abrupt.

Er holte Luft. »Du bist Polizistin, Mara. Ermittlerin. Zurzeit sogar in exponierter Stellung. Unter keinen Umständen darfst du …«

»Was darf ich nicht?«, kam sie ihm wieder zuvor.

»Ich habe einen Verdacht, und das ist dir klar.« Von Lingerts Blick wurde sorgenvoll.

»Ich habe getan, was ich tun konnte. Es war schwer genug.« Sie verschränkte die Arme. »Und es wird immer schwer bleiben.«

Er erhob sich mit einem knappen Seufzer. »Ich bitte dich nur, dich vorzusehen. Ich weiß, dass du nie davor zurückschreckst, dich auf dünnes Eis zu begeben. Da bricht man leicht mal ein. Und dann kann einem niemand mehr helfen. Gehe nicht zu weit, Mara.«

Er nickte ihr zu und verschwand aus dem Büro.

Mara saß da und betrachtete grübelnd das Chaos aus Papieren und Akten, das sich vor ihr auf dem Schreibtisch türmte. Sie dachte an von Lingerts eindringliche Sätze. Sie dachte an Stanko und Diebler. An Yekini und Okpube. An Domenico Manzoni und die letzten Worte, die er an sie gerichtet hatte: *Sei nicht zu hart mit ihr. Verurteile sie nicht. Versprichst du mir das?* Sie dachte an Azuka. Und an all die Frauen vom Straßenstrich.

Für einen langen Moment schloss sie die Augen, gefangen von den Bildern der zurückliegenden Tage und Wochen.

Und dann dachte sie an Jan Rosen.

79

Gleißendes Tageslicht blendete Jan Rosen, der am Steuer seines Peugeots saß. Er blinzelte und schob sich die Sonnenbrille auf die Nase. Unter dem Halstuch, das er immer noch trug, schwitzte er ein wenig.

Ohne Eile steuerte er den Wagen durch die Stadt. In Gedanken war er noch bei den letzten Gesprächen mit Heidrun Vogel. Und bei der Idee, den Dienst zu quittieren – Schluss zu machen. Nicht mit dem Leben, wie er vielleicht hin und wieder versucht gewesen war, sondern mit dem Job.

Die Möglichkeit, Frauen wie Anyana und Joy helfen zu können, beschäftigte ihn insgeheim schon seit geraumer Zeit, wie ihm irgendwann klar wurde. Frau Vogel war durchaus interessiert an seiner Unterstützung, daraus machte sie in ihrer direkten, unkomplizierten Art keinen Hehl.

Momentan war er noch krankgeschrieben. Weniger aus physischen Gründen, sondern aufgrund eines diagnostizierten Stresssymptoms. Viel Ruhe, viel frische Luft, eine Reihe von Terminen beim Psycho-Doc, wie Billinsky ihn nannte. Aus seiner Abteilung wusste noch keiner, was ihn in Wirklichkeit umtrieb. Auch nicht Billinsky. Ihr wollte er es als Erster mitteilen. Und zwar genau jetzt. Falls er die richtigen Worte fand, falls er … Aus irgendeinem Grund war ihm bei dem Gedanken unbehaglich zumute.

Er parkte vor dem Präsidium, zog die Sonnenbrille aus und legte sich in Gedanken die Worte zurecht, die er gleich aussprechen wollte. Als er das Gebäude betrat, wurde er durch einen Anflug von Melancholie überrascht. Sollte es tatsächlich vorbei sein? Sollte er nie wieder hier an seinem Platz vor seinem Laptop sitzen? Nie wieder den miesen Kaffee aus dem Automaten trinken?

Er nahm den Aufzug, folgte dem langen Gang und nickte einigen Kollegen zu, die ihm begegneten. Dann stand er vor Klimmts Bürotür. Er wollte anklopfen, hatte die Hand schon erhoben – und verharrte mitten in der Bewegung. Er brachte es einfach nicht fertig und stahl sich davon.

Wieder im Freien, vor dem Gebäude, blinzelte er in die Sonne, die ihr Licht über die Stadt fächerte. Er zog sein Handy aus der Jackentasche und rief Billinsky an.

Noch bevor sie sich meldete, sah er sie schon am Fenster stehen und auf ihn hinunterblicken. Woher wusste sie, wo er sich befand? Oder war es einfach nur ein Zufall?

»Rosen«, sagte sie in ihr Handy, ungewohnt leise, abwartend, als ahnte sie, was nun folgen würde.

»Billinsky.« Er hob die freie Hand zu einem kurzen Gruß, den sie erwiderte.

Schweigen setzte ein.

»Ich bin müde«, sagte er nach einer Weile.

»Ich weiß, Rosen.«

»Nein, ich meine es anders. Ich bin zu müde für das *alles*. Zu müde für die Dienstbesprechungen, die Einsätze, die Verhöre. Die Straßen im Bahnhofsviertel und die Gewalt. Die Kriminellen, die wir schnappen und die uns frech angrinsen, weil sie wissen, dass wir sie doch laufen lassen müssen.«

»Ich weiß, Rosen«, wiederholte sie.

»Ich bin leer, vollkommen fertig. Ich kann einfach nicht mehr.«

Bevor sie noch etwas antworten konnte, beendete er das Gespräch mit einem schnellen Klick. Aus der Entfernung sahen sie einander an. Wieder winkte Rosen ihr kurz zu, und auch sie hob die Hand.

Langsam drehte er sich weg, um zurück zum Auto zu

gehen. Ohne sich ein weiteres Mal nach ihr umzuschauen, stieg er ein. Als er losfuhr, spürte er, dass Billinskys Blick ihm folgte.

80

Mara saß wieder am Schreibtisch, die Beine hochgelegt. Die ganze Zeit schon hatte so etwas in der Luft gelegen, ihr Gespür hatte sie also nicht getrogen. Sie hätte früher das Gespräch mit Rosen suchen sollen. Ständig hatte sie das nach hinten geschoben. Sie hätte ihn aufmuntern, ihm zuhören sollen.

Und jetzt? War es tatsächlich zu spät?

Anscheinend schon.

Sie nahm die Beine herunter und versuchte, sich auf die Akten und E-Mails zu konzentrieren, aber das klappte nicht. Sie erinnerte sich an ihre erste Begegnung mit Rosen, als er herumgedruckst und sie angestarrt hatte. Er hatte es kaum fassen können, dass sie eine Kriminalpolizistin war. Und auch noch *seine* Kollegin werden sollte. Es kam ihr vor, als läge das eine wahre Ewigkeit zurück.

Ein Klopfen an der Tür riss sie aus den Gedanken.

Rosen? Plötzlich rechnete sie ganz fest damit, dass er kehrtgemacht hatte. Dass sich doch noch eine Chance ergab, ihn umzustimmen.

»Herein!«, rief sie.

Doch es war nicht Rosen, der das Büro betrat.

»Sie?«, kam es verblüfft von Mara.

Der Besucher musterte sie. »Was dagegen?«

81

Noch immer kam es ihr vor wie ein Wunder, dass sie am Leben war, dass sie dabei war, wieder Azuka zu werden.

Vor allem nach den Ereignissen in dem Heim, in dem man sie untergebracht hatte. Zuerst hatte sie Geräusche wie von einem Kampf wahrgenommen, dann war ein Mann in ihr Zimmer gestürmt, den sie noch nie gesehen hatte. Er hatte eine Pistole in der Hand – wahrscheinlich hatte er damit den Wachpolizisten niedergeschlagen.

Er wollte sie töten. Sie sah es ihm an, wusste es vom ersten Moment an.

Doch er schoss nicht auf sie, vielleicht wegen des Lärms, den ein Schuss verursacht hätte. Er griff nach dem Handtuch, das am Haken neben dem Waschbecken hing, und starrte ihr in die Augen. Sie wollte an ihm vorbei auf den Gang stürmen. Ein Hieb mit der Waffe, dann wurde alles schwarz um sie. Als sie wieder zu sich kam, wusste sie nicht, was eigentlich los war.

Inzwischen war sie allerdings bestens im Bilde. Es war verrückt. Ausgerechnet der Polizist, den sie zweimal fast umgebracht hätte, hatte durch sein Auftauchen verhindert, dass der Fremde sie erwürgte.

Ja. Ausgerechnet der stille Mann mit dem sanften Blick und dem dünnen blonden Haar. Wie verrückt das war.

Jetzt allerdings musste Azuka alles aus ihrem Kopf verbannen, sie musste sich konzentrieren, sie wollte nichts Falsches oder Dummes sagen. Aufgeregt folgte sie Heidrun Vogel in deren Büro. Dort setzten sie sich nebeneinander an den Schreibtisch. Heidrun griff nach dem Telefonhörer und tippte eine Nummer ein, die sie von einem Notizzettel ablas.

Auch das kam Azuka wie ein Wunder vor. Dass nun dieses Telefonat folgen sollte, das sie herbeisehnte und vor dem sie sich zugleich fürchtete.

Während Heidrun auf Englisch in den Hörer zu reden begann, dachte Azuka an die Polizistin mit den schwarzen Augen. Zuerst hatte sie angenommen, Mara Billinsky wüsste nichts und sie würde ihr spätestens dann nicht mehr helfen, wenn sie irgendwie die Wahrheit erfuhr. Aber Billinsky unterstützte sie weiterhin. Dabei hatte die Polizistin es von Anfang an gewusst.

Heidrun hielt ihr den Hörer hin.

Azuka blieb fast die Luft weg, so aufgeregt war sie. Sie war völlig durcheinander, wusste nicht, ob sie italienisch, deutsch oder englisch reden sollte, dann wurde ihr klar, dass ihre Heimatsprache gefordert war. Zum ersten Mal seit Langem.

»Na los«, ermutigte Heidrun sie lächelnd.

Azuka nahm den Hörer.

Sie brachte keinen Ton heraus.

Im nächsten Moment hörte sie die ebenso aufgeregten Stimmen ihrer Eltern.

82

Mara betrachtete ihn noch immer völlig verblüfft.

Er stieß die Tür zu und stiefelte wie ein Bär auf den Besucherstuhl zu, in den er sich sinken ließ. »Sie tun immer so, als könnte Sie nichts überraschen, Billinsky. Aber diesmal hab ich Sie so richtig auf dem falschen Bein erwischt, stimmt's?«

Hauptkommissar Rainer Klimmt grinste sie über seinen eigenen Schreibtisch hinweg an.

Mara erwiderte das Grinsen. »Scheint so.«

Walrossschnauzbart, breite Schultern, kräftiger Nacken. Auf den ersten Blick war er ganz der Alte, doch bei genauerem Hinsehen wirkte es so, als hätte er – auch wenn sein stattlicher Bauch noch da war – einiges an Gewicht eingebüßt. Aufgrund gesünderer Lebensweise oder der Krankheit, die ihn angeblich erwischt hatte, hätte Mara nicht sagen können. Ob er erschöpft oder erholt wirkte, war ebenfalls schwer einzuschätzen. Er war eben Klimmt.

»Höchste Zeit, dass Sie zurück sind«, meinte Mara. »Ich bin eine erbärmliche Chefin.«

Er ließ sich Zeit, ehe er erwiderte: »Darauf kommen wir noch zu sprechen.«

Ihre Augenbraue zuckte. »Und worauf kommen wir zuerst?«

Klimmt schnaubte auf seine vertraute Art. Er kam einem immer brummig vor, selbst wenn es mal nicht der Fall war. »Heute Vormittag hatte ich ein längeres Telefonat mit von Lingert. Und er hat einige Andeutungen gemacht, die mir nicht geschmeckt haben. Er meinte, Sie hätten im Rahmen Ihrer Ermittlungen eine bestimmte Grenze überschritten. Eine verdammt *gefährliche* Grenze.«

»So? Sagt er das?«

»Es ging um den Mordfall Louise Losakhare.«

»Er hat mir auch schon ins Gewissen geredet. Falls Sie also nur gekommen sind, um ...«

»Er ist der Überzeugung, dass Sie einen Verdacht haben, wer die Tat begangen hat, aber trotzdem nicht ermitteln. Das wäre ungeheuerlich. Selbst in meinen Augen. Selbst für eine komplett Verrückte wie Sie.« Er winkte ab. »Jemanden wie Sie gibt's nicht noch mal, das steht fest. Zum Glück, kann ich nur sagen.«

»Ich ...«

»Äußern Sie sich jetzt lieber nicht dazu, Billinsky«, unterbrach er sie abermals. »Stattdessen werde ich Ihnen etwas sagen.«

»Ich bin ganz Ohr.«

»Das sollten Sie auch sein, denn es ist verflucht wichtig.« Mit hartem Blick nahm er sie ins Visier. »Machen Sie das nie wieder.«

Erneut zuckte ihre Braue. »Das ist alles? Wie erwähnt, von Lingert hat mir bereits dasselbe ...«

»Aber auf mich sollten Sie hören«, fiel er ihr abermals ins Wort. »Sehen Sie, in gewisser Weise sind wir beide uns ähnlich. Es hat eine Weile gedauert, bis ich es begriffen habe, aber es ist nun mal so. Wir pfeifen auf den ganzen Mist. Auf Karrieren, auf Seilschaften, auf das widerliche gegenseitige Schulterklopfen. Wir wissen beide, dass es für da draußen nicht immer eine Regel gibt, die man im Gesetzbuch nachschlagen kann. Dass es da draußen hart auf hart kommt. Manchmal gewinnt man nur, wenn man auf einen Paragrafen scheißt. Das ist mir alles klar, Billinsky. Aber es gibt einen Punkt, an dem geht man niemals weiter. Wir sind Bullen. Wir werden niemals Richter sein.«

»Ich will kein Richter sein.«

»Was Sie wollen, interessiert keinen. Entscheidend ist, was Sie tun – oder eben nicht tun. Wenn Sie den Punkt, den ich meine, überschreiten, schaden Sie damit in jedem Fall mindestens einer Person. Und das sind Sie selbst. Sie kriegen das nicht mehr los, es wird immer an Ihnen kleben, es wird Sie letztlich im Zweifel lassen, ob es wirklich richtig war, so zu handeln. Und ich kann Ihnen versichern, es ist niemals richtig.« Unverändert hart musterte er sie. »Machen Sie das nie wieder.«

Mara hielt seinem Blick stand. »Ich …«

»Nein.« Er schüttelte den Kopf. »Ich will nicht, dass Sie irgendetwas antworten. Was immer Sie jetzt sagen, ist scheißegal. Noch mal: Was Sie tun oder nicht tun, darauf kommt es an. Letzten Endes müssen Sie allein entscheiden, welchen Weg Sie einschlagen.«

»Das habe ich in den vergangenen Wochen auch erkannt.«

»Dann gehen Sie Ihren Weg. Bleiben Sie so hartnäckig und streitlustig. Bleiben Sie die Nervensäge, die Sie sind. Das erfordert mehr Energie, als Ihnen lieb sein wird, doch vielleicht halten Sie ja durch und bleiben sich treu. Aber machen Sie *das* nie wieder.«

Mara entgegnete nichts.

»So, Billinsky, und jetzt zurück zum Anfang. Sie sind also eine erbärmliche Chefin. Korrekt?«

Sie grinste schmal. »Korrekt.«

»Das dachte ich auch.«

»Von Ihnen selber?«

Er lachte. »Nein, von Ihnen. Aber wie Sie wissen, dachte ich zu Beginn unserer turbulenten Zusammenarbeit ja auch, dass Sie keine gute Ermittlerin sind. Ich dachte, ich würde Sie nie in meinem Team halten können. Und ich dachte außerdem, Sie würden sich mit Ihren Alleingängen selbst den Hals brechen. Doch ich habe mich geirrt. Und vielleicht irren Sie sich ja jetzt ebenfalls. Arbeiten Sie an sich, und ich wette, Sie werden eine ganz bestimmte Person positiv überraschen.«

»Wen? Sie?«

»Nein, Sie werden sich selbst überraschen, Billinsky. Sie sind hart, Sie schrecken vor keiner Auseinandersetzung zurück, Sie haben keine Vorurteile.«

»Kein Wunder, ich habe selbst oft genug mit den Vorurteilen anderer zu kämpfen.«

»Sie haben keine Angst vor Autoritäten und hochgestellten Persönlichkeiten«, fuhr er fort, als hätte sie nichts gesagt. »Und Sie stehen felsenfest zu einem Kollegen wie Rosen, egal, wie der Rest der Truppe ihn beurteilen mag. Ausgerechnet Sie sind es, die in meinem Team die klarste Birne und die meisten Prinzipien hat. Das sind alles Voraussetzungen, um die Führung übernehmen zu können. Deswegen habe ich Sie als Stellvertreterin eingesetzt und nicht jemanden wie Schleyer, der nie ein Risiko eingeht, unsere Strukturen kennt und sich daran anpasst. Manchmal braucht es in unserem Job einen Hitzkopf. Einen, der sich *nicht* anpasst. Sicher, das ist der schwierigere Weg, keine Frage, aber ich bin froh, wenn ihn jemand aus meiner Abteilung geht. Ein wenig mehr Diplomatie wird hin und wieder gefragt sein, Billinsky, ein wenig mehr Regelkunde. Sie müssen eben dazulernen. Und zugleich auf Ihrer ureigenen Spur bleiben. Dann werden Sie eine sehr gute Vorgesetzte sein.«

»So sehe ich mich nicht.«

»Ich weiß. Aber so sollten Sie sich sehen.«

Er erhob sich schwerfällig, ging zum Fenster und öffnete es. Lässig hielt er ihr Zigarettenschachtel und Feuerzeug hin.

Nebeneinander standen sie da und rauchten.

»Noch muss ich mir keine Gedanken über ein Leben als Vorgesetzte machen«, sagte Mara nach einer Weile. »Zum Glück haben wir ja Sie.«

Er sah sie mit einem Grinsen an, das unmöglich zu deuten war. »Wer weiß, wie lange noch, Billinsky.«

Mädchen, die auf Reisen waren

Die Reise, die in der Hütte des Priesters begonnen und aus vielen Etappen und noch mehr Höllen bestanden hatte, war zu Ende. Jedenfalls hoffte Azuka das mit ganzem Herzen.

Als sie in der Heimat von ihren Eltern und ihrer Schwester empfangen wurde, musste sie weinen. Alle weinten. Und keiner wusste etwas zu sagen. Dabei blieb es. Ihre Eltern stellten keine Fragen, Azuka erzählte nichts.

Von Frankfurt aus hatte Heidrun Vogel es organisiert, dass Azuka durch NATIP Hilfe erhielt. Dabei handelte es sich um ein Programm, das sogenannten zurückgeschobenen Opfern von Menschenhandel den Wiedereinstieg in ein halbwegs normales Leben erleichterte. So konnte Azuka eine Ausbildung machen. Sie fand auch eine Stelle in einem Catering-Unternehmen.

Doch damit war sie eine Ausnahme. Sie war eines jener Mädchen, die auf Reisen gewesen waren – und solche Mädchen wurden normalerweise nicht eingestellt. Man schnitt sie, schaute durch sie hindurch. Viele gingen wieder anschaffen, manche wurden sogar zurück nach Europa verkauft, um dort ihre frühere Hölle von Neuem zu durchleiden.

In ihrer Heimat gab es einen langen weißlichen Wurm, der sich unter die Haut der Menschen grub, in ihrem Fleisch umherwanderte und Krankheiten übertrug. Entdeckte man ihn am Ende einer Vene, hielt man ein Streichholz hin, um das das widerliche Biest instinktiv sein hinteres Ende wickelte. Dann konnte man es herausziehen. Aber man musste vorsichtig sein, durfte keine Eile haben. Es war ein ganz langsamer Vorgang. So kam sich auch Azuka vor. Als wäre ein unsichtbarer Wurm des Bösen in ihr. Und den musste sie herausziehen, behutsam, geduldig. Irgendwann allerdings, so hoffte sie, würde sie geheilt sein, befreit von den schrecklichen Erlebnissen, die sie so lange begleitet hatten.

Tage kamen, Tage gingen. Azuka gab sich still und reserviert, sie hielt den Blick gesenkt. Die Vergangenheit ist deine Stärke. Ja, das bedeutete ihr Name in der Sprache der Igbo. Sie hatte das nie geglaubt. Aber war es vielleicht doch möglich, dass sie aus allem, was sie erlebt hatte, Kraft schöpfen konnte? War es nicht so, dass ihr die Vergangenheit gezeigt hatte, dass es nichts gab, was sie in die Knie zwang? Sie nahm sich vor, stark zu sein und stark zu bleiben.

Trotzdem hörte sie nachts manchmal fremde italienische, englische und deutsche Stimmen, dann wieder auch ihre eigene, die mit bebenden Lippen den Schwur des Priesters nachsprach. Aber wenn sie am Morgen aufwachte, war sie erleichtert. Darüber, dass sie wieder hier war. Dass sie nach der Arbeit auf einen Sprung zu ihrer Großmutter gehen und mit ihr die Hühner füttern konnte. Immer in dem Wissen, dass genau in diesem Moment andere Mädchen aufbrachen, um auf Reisen zu gehen, durch die Wüste nach Europa. Mädchen, die nicht viel mehr am Leib trugen als die Narben, die ihnen von dem Ritual blieben. Tag für Tag wurden es mehr von ihnen. Azuka dachte oft an sie.

ENDE

Er wird nicht aufhören, sie zu töten

Matthias Bürgel
DUNKLER HASS
Thriller

352 Seiten
ISBN 978-3-404-18084-4

Ein Serienkiller verschleppt junge Frauen, die er grauenvoll verstümmelt und ermordet. Und die Abstände, in denen er tötet, werden immer kürzer ... Hilfesuchend wendet sich Kommissar Marius Bannert an den bekannten Profiler Falk Hagedorn, der nach einem Unfall an den Rollstuhl gefesselt ist. Eigentlich will Hagedorn von der Welt nichts mehr wissen – und von der Polizei noch viel weniger. Aber der Fall reizt ihn. Gemeinsam tauchen die beiden Kriminalisten immer tiefer in die Psyche des Täters ein. Doch als sie beginnen, seine Motivation zu erahnen, passiert das Unfassbare – und es beginnt ein tödlicher Wettlauf gegen die Zeit.

Lübbe

Deinem Schatten kannst du nicht entkommen

Patricia Walter
BLUTROTER SCHATTEN

416 Seiten
ISBN 978-3-404-18318-0

Innerhalb weniger Tage werden in München mehrere Leichen gefunden, bei denen jeweils ein Zettel liegt: »Mit den besten Empfehlungen von Thomas Rohde.« Die Polizei steht vor einem Rätsel. Denn der verurteilte Serienmörder Rohde sitzt seit Jahren im Hochsicherheitstrakt der Psychiatrie. Weiß er, wer der Täter ist? Rohde ist bereit zu sprechen - aber nur mit einer einzigen Person: seiner Tochter Sam. Obwohl sie den Kontakt zu ihrem Vater vor langer Zeit abgebrochen hat, willigt Sam ein - und gerät bald selbst ins Visier des Killers ...

Leblos blicken ihre schönen blauen Augen in den Sonnenaufgang ...

Leslie Wolfe
DEIN IST DER SCHMERZ
Thriller
Aus dem amerikanischen
Englisch von
Kerstin Fricke
336 Seiten
ISBN 978-3-404-18319-7

Im Morgengrauen wird eine junge Frau tot an einem einsamen weißen Sandstrand in Palm Beach gefunden - alles deutet auf einen Ritualmord hin. Das FBI wird zu dem Fall hinzugezogen und die Agentin Tess Winnett beginnt zu ermitteln. Bald schon stellt sich heraus, dass es sich um einen Serienkiller handelt, der seine Opfer tagelang gefangen hält, vergewaltigt und auf grausame Art und Weise foltert. Als noch eine junge Frau verschwindet, beginnt ein Wettlauf gegen die Zeit. Wird Tess den Mörder rechtzeitig finden? Auf der Suche nach dem Killer muss sie sich auch ihren eigenen Dämonen stellen und gerät selbst in tödliche Gefahr ...

Lübbe